KB111635

누군가 내 몸에 빙의했다

누군가 내 몸에
빙의했다 vol.5

신솔라 장편소설

초판 1쇄 찍은 날 | 2023년 7월 14일
초판 1쇄 펴낸 날 | 2023년 7월 21일

지은이 | 신솔라
발행인 | 이진수
펴낸이 | 황현수

펴낸곳 | 주식회사 카카오엔터테인먼트
등록번호 | 제2015-000037호
등록일자 | 2010년 8월 16일
주소 | 경기도 성남시 분당구 판교역로 221 6(일부)층

제작·감수 | KW북스
E-mail | paperbook@kwbooks.co.kr

ISBN 979-11-385-8944-4 04810
　　　979-11-385-8939-0 (set)

누군가 내 몸에 빙의했다 VOL.5

신솔라 장편소설

Possession Damage Control

Yeondam

CONTENTS

chapter 28

거대한 틈 아래로 새카만 무언가가 빠르게 자라 올랐다. 마치 악마의 발톱 같았다. 칸나는 그것의 정체를 알아차렸다.

'세계수잖아.'

세계수가 저 벽을 부수는 데 일조하고 있다.

'라파엘이 세계수를 없앴다고 했는데?'

이게 어떻게 된 거지?

칸나는 절망에 사로잡혀 검은 틈을 바라보았다. 스멀스멀 기어 나오는 검은 안개, 그곳에서 무언가가 우박처럼 떨어져 내리고 있었다. 마물이었다.

'다 끝났어.'

이제 세계의 벽은 완전히 부서질 것이다. 마치 깨진 접시처럼……. 그 순간이었다. 별안간 머리에 번쩍이는 섬광이 스쳐 지나갔다.

<깨진 접시를 붙이는 술법진.>

칸나는 즉시 용수철처럼 튕겨 나갔다. 자신의 방을 향해 전속력으로 달려갔다.

'어쩌면.'

또 다른 알렉산드로, 과거에서 왔음을 주장했던 그가 준 그 술법진.

'그래, 어쩌면.'

선희가 이 일에 개입해 있다. 알렉산드로와 협조하며 무언가를 막기 위해 안간힘을 다하고 있다. 어쩌면 그것은 비단 자신의 죽음뿐만은 아닐지도 모른다. 지금 같은 상황- 세계의 종말을 막기 위해서일지도 모르지.

그러니까 어쩌면 그건 부서진 벽을 붙이는 연금술일지도 모른다!

벌컥! 문을 박차듯 열고 방으로 들어갔다. 숨을 헐떡이며 정신없이 서랍을 뒤졌다.

'여기 있다!'

즉시 손가락에 피를 내었다. 흐르는 피로 허공에 기하학적인 도형을 그려 냈다. 술법진이 완성되는 순간.

"……!"

어디선가 깨지는 소리가 들렸다.

"아."

안에서.

아주 깊디깊은 곳, 근원이라 부를 수 있는 곳에서.

"아, 아."

조각조각 깨지고 부서지고 있었다. 그 고통은 느리지만 또렷하게 그녀를 가로질렀다. 하나, 둘, 셋, 넷, 몸이 하나하나 잘리는 듯한 통증이었다.

칸나는 가슴을 콱 붙잡았다. 생전 처음 겪는 끔찍한 통증에 눈앞에 새하얀 불이 번쩍였다. 하얗게 점멸하는 시야 너머, 칸나는 보았다. 그녀가 만든 술법진에서 검은빛이 흘러나오는 것을.

연금술이 발동하고 있다. 칸나는 헐떡헐떡 얕은 숨을 내쉬며 힘겹게 걸어갔다. 창문을 열어 하늘을 응시했다.

'성공했어.'

검은 틈이 조금씩 조금씩 아물고 있었다. 그럴수록 호흡이 가빠졌다. 온몸이 조각나는 고통이 하나둘 이어진다.

'이건 내가 감당할 수 있는 힘이 아니야.'

부서진 벽을 붙이는 이 술법은 그녀의 피만 필요한 것이 아니었다. 칸나 아디스의 모든 것을 요구했다. 그리고 맹렬하게 빨아들이고 있었다. 그녀의 힘, 체력, 기력, 모든 생명력을.

'아니, 이걸로도 부족해.'

본능적으로 알 수 있다. 이걸로도 안 된다는 것을.

설령 자신이 죽을 때까지 이 술법을 유지하더라도 저 거대한 균열을 완전히 붙이는 데에는 부족할 것이다.

'어떡하지?'

눈앞이 캄캄해졌다. 그녀 하나로는 역부족이다. 무언가가 필요하다. 조금 더 강력한 무언가가…….

"칸나?"

그때, 들려오는 목소리에 칸나는 뒤를 돌았다. 오르시니였다.

"오르……."

그 순간, 칸나는 속을 뒤집는 뜨거운 열감을 견디지 못하고 기침했다.

"쿨럭!"

붉은 피가 왈칵 쏟아졌다.

"……."

충격적인 정적이었다. 오르시니는 따귀를 맞은 사람처럼 얼어붙었다. 그러고는 단번에 그녀가 있는 곳까지 뛰어왔다.

"칸나, 너 왜 이래."

그의 목소리는 더없이 침착했다. 그러나 무너지는 칸나의 몸을 붙드는 오르시니의 손은 정신없이 떨리고 있었다.

"오르시니, 마석을."

칸나는 또다시 피를 토해 내며 간신히 말을 이었다.

"뭐?"

"마석, 저택에 있는 거 다 가져와."

다음 순간, 칸나의 코에서도 피가 주륵 흘러내렸다. 그것을 본 오르시니의 입술이 굳었다. 그가 새하얗게 질린 얼굴로 외쳤다.

"마석을 가져와!"

오르시니는 떨리는 손으로 쓰러진 칸나를 부축했다.

"당장!"

잠시 후, 하인들이 저택의 마석을 끌어모아 왔다. 칸나는 그 새카만 돌무더기, 이계의 힘이 응축된 돌에 손을 가져다 댔다.

'아.'

살 것 같다.

직감적으로 떠올린 가능성이었지만, 역시나 옳았다. 마석. 다른 세계의 힘이 그녀에게 마력을 수혈해 주고 있었다.

그러나 임시방편에 불과했다. 이 돌의 마력은 그녀의 몸 안으로 빨려 들어가고 있고, 그녀의 생명력은 술법진에 빨려 들어가고 있었으니.

"오르시니, 잘 들어."

그래도 이제는 말할 만큼은 회복됐다.

"나는 지금 검은 틈을 부수고 있어."

오르시니는 빠르게 상황을 이해했다.

"그만둬."

그가 단호하게 말했다.

"그건 네 일이 아니다. 검은 틈을 부수는 건 내가 한다."

"어떻게? 하늘을 나는 능력이라도 있어?"

칸나는 코에서 흐르는 피를 닦아 내며 웃었다.

"저 검은 틈, 내버려 두면 어떻게 되는지 알고 있지?"

검은 틈에서 흘러나오는 검은 안개. 그것이 지상까지 내려오는 것은 시간문제였다. 그렇게 되면…….

"다 죽어."

"……."

"감염돼서 죽거나, 마물들에게 잡아먹혀 죽겠지."

"……빌어먹을."

오르시니는 욕을 내뱉었다. 그 역시 알고 있었다. 평생을 검은 안개와 싸워 왔기에 모를 수가 없었다.

"내가 멈추면 검은 틈은 더 크게 벌어질 거야. 그렇게 되면 검은 안개가 쏟아지는 속도도 빨라지겠지."

말이 끝나는 즉시 배가 끊어지는 듯한 통증이 작렬했다.

'제길.'

칸나는 이를 악물었다. 참으려고 했다. 약한 모습 보이기 싫어서. 그래서 참으려고 했지만.

"쿨럭!"

그러나 결국 또다시 피를 토해 냈다. 그 모습을 보는 오르시니의 얼굴이 창백해졌다. 금방이라도 졸도할 것 같은 얼굴이었다.

그것이 좀 웃겼다. 겁에 질린 오르시니라니. 손을 덜덜 떠는 오르시니라니. 저런 표정은 또 처음이네. 칸나는 입가를 닦으며 중얼거렸다.

"오르시니, 네가 해 줘야 할 일이 있어."

자신 혼자만으로는 부족하다. 아무리 많은 마석을 긁어모아도, 저 균열을 붙이는 데에는 턱없이 모자랄 테지. 그러니 더 거대한 이물질의 힘이 필요했다.

"나를 세계수가 있는 곳까지 데려다줘."

"……세계수?"

"그래. 세계수를 이용해야만 저 검은 틈을 완벽하게 없앨 수 있어. 부탁해, 오르시니."

오르시니가 손을 뻗었다. 커다란 손바닥이 피로 얼룩진 칸나의 얼굴을 감쌌다. 그리고 말했다.

"너는?"

낮은 음성이 잔뜩 갈라져서 흘러나왔다.

"저 검은 틈을 없앤다고 쳐. 너는? 그 후에 너는 어떻게 되지?"

오르시니의 입매가 비틀렸다.

"너, 죽냐?"

칸나는 그의 손바닥에 힘없이 얼굴을 기대었다. 그리고 미소 지었다.

"아니."

어쩌면.

"내가 그런 손해 보는 짓을 할 것 같니?"

그럴 수도 있겠지.

"하지만 이대로 내버려 두면 반드시 죽어."

지금도 거대한 손이 생명력을 뽑아 가는 것이 생생하게 느껴졌다. 이미 너무 많은 힘을 잃고 말았다. 설령 지금 술법진을 거두더라도 그녀는 오래 살지 못할 것이다. 본능적인 깨달음이었다.

　'빌어먹을, 누가 개죽음 따위 당할 줄 알아?'

　어차피 이렇게 된 거, 저 균열만큼은 확실하게 부수고 죽을 것이다. 그러나 칸나는 이 모든 진실을 감추며 말했다.

　"지금 이 마석 덕분에 조금 회복하긴 했지만 얼마 못 버텨. 그러니까 날 살리고 싶으면 세계수가 있는 곳까지 데려다줘."

　오르시니, 이 녀석은 젊은 시절의 알렉스랑 판박이니까. 자신이 죽을 수도 있다는 걸 알면 세상이 끝장나든 말든 내버려 둘 녀석이었다. 알렉산드로처럼.

　'알렉스, 이 멍청아.'

　당신 대체 무슨 생각인 거야?

　날 정말 지키고 싶다면 이런 일이 벌어지기 전에 막았어야지. 당신은 실패했어. 과거에서 온 또 다른 당신은 아마도 날 살리는 데 관심이 없나 봐.

　순간 칸나는 참지 못하고 웃음을 터뜨렸다. 이런 순간에 믿고 함께할 수 있는 사람이 오르시니라니. 죽도록 미워하고 증오했던 녀석인데…….

　"알겠다."

　오르시니가 칸나의 몸을 안아 일으켰다.

　"도착하기 전에 죽지나 마라."

라파엘은 눈을 떴다.

'칸나가 오고 있다.'

곧 칸나에게 모든 것을 들킬 것이다.

자신이 세계수라는 것. 자신이 저 벽을 부수는 데 일조했다는 것. 그리고 그녀의 부탁을 들어주지 못했다는 것, 세계수에 패배했다는 것, 쓸모없다는 것, 완벽한 종이 되지 못했다는 것…….

모든 것이 들통날 것이다.

"왜 그래?"

아르곤이 의아한 얼굴로 물어 왔다.

"겁먹은 햄스터 같아. 뭐가 그렇게 두려워?"

그러나 이미 알고 있는 눈이다. 아르곤이 해죽 웃었다.

"칸나에게 미움받는 게 그렇게 무서운 거야?"

이 녀석 의외로 귀여운 면이 있네. 아르곤은 라파엘의 어깨를 툭툭 쳤다.

"두려워하지 마. 애초부터 칸나의 사랑은 네 것이 아니었으니까. 그렇다면 차라리 증오라도 받는 게 낫지 않아?"

아르곤은 고개를 들어 위를 올려다보았다. 하늘을 쪼갠 거대한 검은 틈에서 시커먼 안개가 흘러나오고 있다. 칸나가 어떤 수작을 부렸는지 조금씩 아물어 가고 있지만…….

'그래 봤자 못 막아.'

균열은 이미 시작되었다. 머지않아 세계의 벽이 완전히 부서질 것이다. 그렇게 되면 마침내 선희를 만날 수 있다.

선희. 나의, 아니, 라르고스의, 그렇기에 나의 하나뿐인 사랑.

아르제니안에게 협조하는 것도, 세계의 벽을 부수는 이유도 선희

때문이었다. 선희를 만나기 위해서.

아르곤은 이 세계에 아무런 미련도 감흥도 없다. 황위에도, 권력에도, 그 어떤 것에도 관심이 없었다.

이 세계에는 선희가 없으니까.

그러나 세계의 벽이 부서지고 또 다른 세계와 결합하면, 선희를 만날 수 있다. 마침내 선희와 같은 세상에서 살아갈 수 있는 거다!

'칸나가 방해하지 않았으면 진작 다 부서졌을 텐데.'

아르곤은 혀를 찼다. 이럴 것 같았다. 그녀가 끝까지 방해할 것 같아서 칼렌에게 그녀를 감금하라고 명한 건데…… 그 얼간이는 암시를 무시하고 죽음을 택한 모양이다.

칼렌은 지배되지 않았다. 아르곤은 그 사실이 몹시 불쾌했다.

"오르시니 아디스와 함께 오고 있습니다."

그때 라파엘이 넌지시 말했다. 그는 눈을 감고 그들을 내려다보았다.

"오르시니……."

아르곤은 잠시 고민하다가 씩 웃었다.

"그 녀석은 내게 맡겨. 나, 예전에 그 녀석 죽여 봤거든."

아르곤은 품 안에서 병을 꺼냈다. 루시의 피가 담긴 병이었다.

"한 번 죽였던 녀석인데 두 번은 못 죽이겠어?"

오르시니가 칸나를 안고 저택을 나서려 할 때였다. 그는 말고삐를 잡아당겨 멈춰 섰다.

"뭐야?"

저택 앞, 황실 기사단이 진을 치고 있었다.

"아디스 공작 각하, 다시 안으로 들어가십시오."

"뭐?"

"폐하께서 저택에 머물라 명하셨습니다."

"날 감금하는 거냐?"

"폐하의 엄명입니다."

"수도가 저 꼴이 났는데 가만히 있으라고?"

그 말에 기사의 얼굴이 흐려졌다. 그러나 잠시일 뿐이다.

"황명입니다. 따르십시오."

하! 오르시니는 거친 웃음을 터뜨렸다. 검은 사도가 제공하는 약에 취해 있다더니, 역시 칸나의 말이 진실이었다.

'그런 새끼가 왕이라고?'

오르시니의 눈에 불이 번쩍였다. 그가 검의 손잡이를 잡자, 황실의 기사들이 바짝 긴장했다.

"비켜라. 비키지 않으면······."

베겠다.

오르시니는 알고 있었다. 이 말을 끝내는 즉시, 반역이다. 그러나 멈출 생각은 없었다.

그때였다.

"아디스 공작."

오르시니는 고개를 돌렸다. 실비엔 발렌티노가 다가오고 있었다.

"성미가 급하시군요."

실비엔은 조용히 웃으며 오르시니에게 눈짓했다. 그러지 말라는 눈빛이었다.

실비엔은 발렌티노의 기사들에게 마물 토벌을 명한 후 아디스로 향했다. 언제나처럼 협업할 생각이었던 것이다. 그런데 도착하자마자 황제의 기사들에게 검을 뽑으려는 오르시니를 목격했다.

'하여간, 불타는 망아지가 따로 없지.'

실비엔은 속으로 혀를 찼다. 일단은 대화로 풀어야지. 그렇게 생각하며 입을 열었지만…….

"……."

입 밖으로는 아무것도 나오지 않았다. 그의 시선이 칸나에게 박제되었다. 오르시니의 품 안에서 피범벅이 되어 있는 여자에게.

"발렌티노 공작 각하, 무슨 말씀을 하시는 겁니까?"

"……아아."

실비엔은 칸나에게서 시선을 떼지 않은 채 다시금 입술을 열었다. 그리고 매끄럽게 웃었다.

"폐하의 명을 가지고 왔습니다."

"예?"

"지금부터 황실 기사단은 발렌티노의 지휘를 받아 수도의 마물을 토벌합니다."

"……그것이 사실이십니까?"

"제가 설마 황명을 꾸며 내겠습니까? 그것은 반역이란 것을 아실 텐데요."

실제로 그러했다. 그렇기에 황제의 기사는 곧바로 납득했다. 아니, 사실 거짓이어도 믿고 싶었다. 수도가 아비규환으로 변해 가는 때, 아디스를 감금하라는 황제의 명령은 이해하기 힘들었으니.

"……너, 거짓말이지?"

가까이 다가온 오르시니가 실비엔에게 중얼거렸다. 실비엔은 대답 없이 웃었다. 그리고 말했다.

"살릴 수 있습니까?"

구태여 이것저것 묻지 않았다. 오르시니가 칸나를 살리기 위해 어디론가 가고 있다는 것은 확실했으니.

"그래."

"좋습니다. 이쪽은 제게 맡기고 가십시오. 그리고 살리십시오."

"……빚을 졌군."

그 말을 끝으로 오르시니는 말고삐를 후려쳤다. 멀어지는 뒷모습을 보며 실비엔은 웃었다. 그의 말이 옳았다. 아디스는 발렌티노에게 빚을 졌다.

'어쩐다. 내가 곤란해졌네.'

발렌티노가 대신 반역자가 되었으니.

칸나는 힘없이 눈을 깜빡였다.

의식이 희미했다. 마석이 품은 힘도 거의 다 닳아 간다.

숲을 전력으로 달리는 말 위, 칸나는 오르시니의 품에 기댄 채 하늘을 올려다보았다. 검은 틈은 다행히 더 커지지는 않았다. 그러나 더 작아지지도 않았다.

자신의 힘으로는 저기까지다.

"왜 네가 이런 일을 해야 하는 거지?"

오르시니가 딱딱한 목소리로 말했다.

"넌 원래 너밖에 모르는 애 아닌가. 어울리지도 않게 왜 희생하고 있냐?"

"……."

"그러지 말고 지금 당장 그만둬라."

그의 시선이 칸나에게 내려왔다. 하필이면 그 타이밍에 또다시 피를 토해 내고 말았다. 오르시니의 얼굴이 공포로 물들어 가는 걸 보며 칸나는 생각했다.

'그러게, 난 나만 살면 되는데.'

어쩌다가 난 죽고 남 살리는 일을 하는 걸까? 더 우스운 것은, 이 상황이 그다지 놀랍지 않다는 것이었다.

한때는 그런 일을 하면서 살아가고 싶었던 것 같기도 하고…….

칸나는 눈을 감았다.

"칸나, 눈 떠!"

무리야. 눈꺼풀이 너무 무거워.

"죽지 마, 빌어먹을, 너 죽기만 해 봐!"

오르시니의 외침도 멀어진다. 달리는 말의 움직임도. 몸을 찢는 듯한 고통도. 모두 다 멀어졌다.

"칸나!"

그때였다. 히이잉! 말이 울음을 터뜨리며 몸을 번쩍 들어 올렸다. 갑작스러운 발광에 오르시니는 말고삐를 놓쳤다. 평소 같았으면 잡고 버텼겠지만, 그의 품에는 칸나가 있었다. 오르시니는 칸나의 몸을 꽉 끌어안았다. 땅에 착지하는 순간이었다.

콰콰쾅! 땅이 거칠게 터졌다. 아주 거대한 무언가가 대지를 꿰뚫고 솟구친 것이다. 그것이 무엇인지 알아차릴 사이도 없이 오르시니는 검을 들어 쇄도하는 형체를 잘라 냈다.

"이게 뭐야."

검고 길쭉한 것. 마치 식물의 뿌리 같은……

'세계수의 뿌리인가?'

그때, 또다시 땅에서 뿌리가 솟구쳤다. 오르시니는 달려드는 수십 개의 뿌리를 한꺼번에 베어 냈다. 이런 건 아무것도 문제가 되지 못했다. 문제는…….

"야! 말 새끼야, 이리 안 와?"

꽁지가 빠지게 도망가는 말을 보며 오르시니는 욕설을 내뱉었다.

"제길."

더 깊은 절망으로 밀어 넣듯 마물들이 튀어나오기 시작했다. 그는 초조함에 휩싸여 검을 휘둘렀다. 시간이 지체되고 있다. 어서 칸나를, 세계수가 있는 곳까지 데려가야 하는데!

그때였다. 말발굽 소리와 함께 기척이 빠르게 접근했다.

"괜찮으십니까?"

순간 오르시니는 하마터면 안도의 한숨을 내쉴 뻔했다.

"라파엘."

칸나의 뒤를 졸졸 쫓아다니는 음침한 녀석. 그러나 이런 순간에는 반갑기 그지없었다.

"내려. 말 좀 빌리자."

"아뇨. 칸나를 제게 주십시오."

"내리라고 했다."

"칸나가 죽어 가고 있습니다."

그 말에 오르시니는 이를 악물었다.

"칸나의 상태는 제가 더 잘 압니다. 지금 당장 세계수에 도달하지 않으면 죽을 겁니다."

알고 있다. 누가 그걸 몰라?

"당신이 마물을 처리하십시오. 제가 칸나를 세계수가 있는 곳까지 데려가겠습니다."

오르시니는 본능적인 거부감을 느꼈다.

"어서. 당신의 질투 때문에 칸나가 죽어도 좋습니까?"

제길. 오르시니는 결국 라파엘에게 칸나를 건넸다. 라파엘이 팔을 쭉 뻗어 그녀를 품 안에 가둔다. 거침없이 말고삐를 후려쳤다. 빠르게 멀어진다.

오르시니는 묘한 뒤틀림에 사로잡힌 채 자신의 역할을 했다. 그들의 뒤를 쫓는 마물과 뿌리를 잡아 으깨고, 부수고, 잘라 냈다. 도륙했다.

'그래, 이게 맞다.'

방해물을 일일이 상대하다가는 늦어진다. 칸나가 죽을 것이다. 역할을 분담하는 것이 맞다.

그런데 왜 이렇게 불길한 거지?

"꺄아아아!"

그 순간, 들려오는 비명. 칸나. 칸나의 비명이다.

"살려 줘, 오르시니!"

눈이 뒤집혔다. 그는 달려드는 모든 것을 부수며 짐승처럼 돌진했다.

"칸나!"

그리고 마침내 그는 발견했다. 땅에 엎어져 있는 칸나를.

"칸나!"

그가 달려가며 발을 디딘 어느 순간.

"……!"

콰콰쾅! 땅이 폭발했다. 요란한 굉음이 귀를 찢었다. 오르시니는 신음을 흘렸다. 아주 잠깐, 몇 초 정도 정신을 잃었다. 그는 땅에 엎어진 얼굴을 들어 올렸다. 순간 격렬한 통증이 밀려왔다.

'빌어먹을.'

그는 인상을 찡그렸다. 굵은 나뭇가지가 어깨를 관통한 상태였다. 그러나 오르시니는 몸을 일으켰다.

"칸나."

그러고는 그녀를 향해 걸어갔다. 오르시니는 칸나의 앞에 앉으며 자신의 팔목을 확인했다. 소용없다. 폭발에 날아간 것인지 인형을 구분하는 팔찌는 아무 데도 보이지 않았다.

그 순간 예전에 그녀가 한 말이 스쳐 지나갔다.

"다음부터는 내가 위험에 처한 것 같아도 가만히 있어. 그게 내가 아닐 수도 있으니까."

하지만 너일 수도 있다. 난 그 가능성을 무시하는 방법을 모른다.

"라파엘은?"

"라, 라파엘이 나를 죽이려고 했어."

그렇게 말한 칸나가 그의 품에 안겨 왔다.

"무서웠어, 오르시니."

칸나의 혈향과 뒤섞여 달콤한 향이 퍼지기 시작했다.

"네가 날 지켜 줘. 다른 사람은 믿을 수 없어."

오르시니는 안겨 오는 칸나를 끌어안았다. 그녀가 속삭였다.

"사랑해, 오르시니."

이번 생, 들으리라 생각하지 못했던 말을.

"……."

오르시니는 대답 없이 그녀의 어깨에 얼굴을 파묻었다. 달콤한 향이 이제 혈향을 압도했다. 그 아늑한 향에 파묻혀 있자니 문득 웃음이 나올 것 같았다. 아니, 사실은 눈물이 나올 것 같았다.

"사랑해, 오르시니. 이런 순간이 되어서야 깨달았어."

저 단어가 너무나 아름다워서.

"옆에 있어 주는 건 역시 너뿐이야."

저 문장이 너무나 황홀해서. 차라리 모른 척 취하고 싶은 자신이 병신 같아서.

"계속 내 옆에 있……."

그 순간, 칸나의 말이 뚝 끊겼다. 붉은 입술이 벌어졌다. 오르시니가 중얼거렸다.

"나도."

그녀를 더 강하게 끌어안으며, 등을 꿰뚫은 손을 헤집었다. 심장을 움켜쥐었다.

"나도 사랑한다."

그리고 터뜨렸다.

"……!"

칸나의 경악한 눈과 마주쳤다. 그러나 찰나였을 뿐이다. 그녀는 다시 본래의 형태로 돌아갔다. 후두둑, 후두둑, 모래로 무너져 내렸다. 순식간에 사라지는 그 온도, 그 무게감, 그 향기. 그 상실이 어찌나 아쉬운지…….

오르시니는 쓴웃음을 삼키며 몸을 일으켰다. 사랑한다는 그 말 덕분에 인형임을 눈치챘다. 칸나가 그를 사랑할 리 없으니까.

오르시니는 비틀거리며 나무 기둥을 짚었다. 유독 짙었던 그 달콤한 향은 아마도 독향이었을 것이다. 그 때문인지 시야가 어지러웠다.

'아니, 괜찮다. 곧 괜찮아질 거다.'

그러니까, 어서 칸나를 쫓아가야만…….

"오르시니."

그는 멈춰 섰다. 뒤를 돌았다.

"그만 때려, 오르시니."

검은 머리 소녀가 나무 뒤에 숨어서 벌벌 떨고 있었다.

"내가 잘못했어. 응?"

그때, 옆에서 무언가가 휙 스쳐 지나갔다. 붉은 머리칼의 소년이었다. 빠르게 소녀에게 달려들더니 그대로 걷어찬다.

"아, 아파! 때리지 마!"

"너 같은 오물은 죽어야 해!"

오르시니의 손끝이 떨렸다. 그는 목이 졸리는 질식감에 젖어 숨을 멈추었다. 저것은 과거의 어느 순간.

어린 오르시니가 어린 칸나를 때리고 있었다.

'어쩐 일로 안 속지?'

오르시니 녀석, 또 속아서 죽을 줄 알았는데. 먼 곳에서 지켜보던 아르곤은 고개를 기울였다. 인형의 대사에 뭔가 실수가 있었던 걸까?

'그래 봤자 독에 중독되었으니까.'

몸의 기능을 악화하면서 정신을 오염시키는 독향. 인형의 온몸에서 뿜어져 나왔으니 슬슬 중독 현상이 일어날 거다. 이제 오르시니는 가슴속 가장 깊은 어둠과 마주하게 될 것이다. 그러다가 곧 시름시름 앓으며 정신이 파괴되겠지.

'그때 내가 확실히 죽여야겠어.'

아르곤은 나비 가면을 쓰며 몸을 일으켰다.

❧

그것은 그의 기억에도 없는 장면이었다.

"내 공!"

서너 살쯤 되었을까. 자그마한 남자아이가 정원에서 공놀이를 하다가 튕겨 나가는 공을 쫓아간다. 그리고 그 공을 잡아 올리는 새하얀 손을 보았다.

"……"

아이는 멈춰 섰다.

한 소녀가 공을 잡고 서 있었다. 사라락, 소녀의 검은 머리칼이 바람에 흩어진다. 새까만 눈동자와 마주치자 아이는 멍하니 입을 벌렸다.

와, 저렇게 예쁜 눈은 처음 봐.

아마 그렇게 생각했던 것 같다.

"이 공, 네 거야?"

"으응."

"나도 같이 놀면 안 돼?"

대답하기도 전, 황급히 달려온 어머니가 소녀의 손에서 공을 빼앗았다.

"이 저주받은 게 어디서 내 아들한테!"

그러고는 서둘러 아들의 몸을 끌어안고 소녀에게서 멀어진다. 엄마의 품에 안긴 아이는 소녀에게서 눈을 떼지 못했다. 같이 놀고 싶었는데…….

"오르시니, 절대로 저 애랑 가까워지면 안 된다. 알겠지?"

"왜?"

"몸이 썩어 들어갈 거야."

히익. 아이의 얼굴이 공포로 질린다. 몸이 썩는다고?

아이는 몇 년 내내 그 말을 믿었다. 정말로 닿으면 몸이 썩는 줄로만 알았다. 그것이 어머니의 거짓말이었음을 깨달은 것은 여섯 살 때였다. 공포는 사라졌다. 그러나 어린 시절 각인된 혐오감은 잔류했다. 모친이 학습시킨 감정이었다.

'애 또 여깄네.'

이번엔 열 살쯤 되었을까. 소년은 또 공이 튀어 간 곳으로 달려가다가 멈춰 섰다. 나무 아래 검은 머리 소녀가 앉아 있었다. 공은 소녀가 쭉 뻗은 다리에 멈춰 있었다.

"야, 오물. 공 이리 줘."

잠든 건지 대답이 없다. 소년은 투덜거리며 소녀의 앞까지 걸어가 공을 들어 올렸다. 소녀는 정말 잠든 듯 그가 가까이 오는데도 겁먹지 않고 그 자리에 앉아 있었다.

'걷어찰까?'

그때 산들바람이 불어와 소녀의 머리칼을 흐트러뜨렸다.

"……."

소년은 그대로 멈추어 섰다. 한참 그 자리에서 서서 소녀를 물끄러미 내려다보았다. 바람이 불어올 때마다 사락사락 흔들리는 검은 머리칼. 그때마다 긴 속눈썹에 햇살이 반짝 맺혔다가 사라지기를 반복했다.

별안간 기묘한 충동이 밀려왔다.

'머리카락을 걷어볼까?'

소년은 홀린 듯 손을 뻗었다. 앞머리를 슬쩍 옆으로 걷는 순간…….

번쩍, 소녀가 눈을 떴다.

새카만 흑요석 같은 눈동자였다. 깜짝 놀란 소년은 재빨리 뒤로 물러났다. 심장이 덜컹 떨어져 내렸다. 빠르게 뛰기 시작했다.

"뭐야?"

자신이 놀랐다는 사실에 화가 나서 소년은 윽박질렀다.

"뭘 쳐다봐?"

평소 같으면 어깨를 움츠리며 미안, 이 말과 함께 자리를 피했을 누이인데…….

"오르시니?"

믿기지 않게도 활짝 웃었다. 처음으로 보는 환한 미소였다.

순간 태양을 정면으로 본 듯 눈이 부셨다.

"성공했어!"

그러고는 알 수 없는 말을 지껄이며 그를 와락 끌어안는 것이 아닌가.

"……!"

부드럽게 감겨오는 몸에 소년은 숨을 멈추었다. 일순 세상이 멈춘 것만 같았다.

"이 재수 없는 녀석아, 쓰레기 같은 너지만 그래도 만나서 반가워! 이 귀여운 녀석, 이리 와!"

소년은 평소처럼 반박하지 못했다. 강한 파도에 휩쓸리는 것처럼 정신을 차릴 수가 없었다.

"나중에 후회하기 싫으면 나한테 잘해, 이 꼬마 쓰레기야!"

그 말을 끝으로 소녀는 다른 곳으로 달려가 버렸다.

"뭐, 뭐라는 거야! 저 오물이!"

제대로 화도 못 낸 소년은 씩씩거리며 뒤늦게 성질을 부렸다. 얼굴은 물론 귓불까지 새빨갛게 익어 있었다.

걷어찼어야 했는데. 평소처럼 머리를 잡아당겼어야 했는데!

"두고 보자, 오물. 복수할 테다."

두근두근. 정신없이 뛰는 심장 소리를 들으며 소년은 각오를 다졌다. 그 이후부터 소녀를 볼 때마다 소년은 예전보다 더 뜨거운 감정에 사로잡혔다. 어린 소년이 감당하기 힘든 열기였다.

"아악!"

소녀의 입에서 비명이 터졌다. 정원의 수풀 안에 숨어 있던 소년이 튀어나와 소녀를 깜짝 놀라게 했다. 그러고는 도망가는 소녀를 쫓아가 머리칼을 잡아당긴 것이다.

"아파, 하지 마!"

"누가 내 눈앞에서 얼쩡거리래?"

"네, 네가 수풀에 숨어 있었잖아! 거기 있는 줄 내가 어떻게……."

"내가 알 게 뭐야. 내 눈에 띄지 말라고!"

진심으로 저 여자애가 싫어서, 저 여자애가 내 누이라는 게 싫어서 견딜 수가 없었다. 특히나 축 늘어진 앞머리에 가려진 눈. 그 검은 눈동자와 마주칠 때면 소년은 크게 동요했다. 속에서 불이 나는 것처럼 아팠다.

욱신욱신, 화끈화끈. 그 감각이 더없이 짜증스럽고 화가 났다. 그래서 일부러 찾아가 괴롭혔다.

실은 내내 그 생각뿐이었다.

'오늘은 어떻게 괴롭히지?'

그런 광경의 연속이었다. 처참한 장면이었다. 잔인한 순간이었다.

"야, 너 가출하려고 했다며?"

다음 장면, 소년은 제법 자라났다. 또래 소년보다 월등한 체격과 근골이었다.

"등신이냐? 네까짓 게 가출을 할 수 있을 것 같았어?"

언니가 가출하려고 했대! 이자벨의 말을 듣고 어찌나 짜증이 나던지. 기르던 개가 도망간 기분이 이러할까. 소년은 잔뜩 화가 나서 소녀의 은신처로 한달음에 달려갔다.

"널 받아 줄 사람은 아무 데도 없어. 집에 얌전히 처박혀 있을 것이지 어딜 도망가?"

"내가 사라지는 게 너에게도 좋지 않아? 너는 날 보는 것도 싫어하잖아."

"그러니까 내 눈에 띄지 않는 곳에 있으라고!"

그렇게 말하는 소년은 스스로 모순되는 말을 하고 있다는 걸 알았다.

"한 번만 더 가출하려고 해 봐. 그때는 내가 가만 안 둬."

대체 무슨 말을 지껄이는 거야? 소년은 자신의 궤변에 잔뜩 화가 나서 의자를 걷어찼다.

그 후 소년은 소녀를 완벽하게 무시했다. 몇 년 내내 거들떠보지도 않았다. 마주칠 때는 욕을 뱉으며 눈에 띄지 말라고 협박했다. 그리고 또 장면이 바뀌었다.

"걔가 결혼한다고?"

"그래. 발렌티노 공작이 미쳤지. 언니 따위랑 결혼할 생각을 하다니."

소년은 그날 잠을 자지 못했다. 밤 내내 머리가 쪼개지는 분노에 시달렸다. 몇 년 전, 소녀가 가출했다는 이야기를 들었을 때처럼.

'그래, 차라리 잘됐다.'

평생을 손가락에 박힌 가시처럼 거슬렸던 소녀였다. 이제 사라진다니, 차라리 잘됐다. 잘됐는데…….

대체 왜 이렇게 화가 나는 건지.

소년은 베개에 얼굴을 파묻었다. 우악스럽게 이불을 붙잡으며 끙끙 앓았다. 어딘가가 아주 고통스러운데 원인을 알 길이 없었다.

결국 소년은 태어나 처음으로 고열에 시달렸다. 원인 불명의 병이었다. 그렇게 그는 며칠을 시름시름 앓았다. 마침내 누이가 저택을 떠난 날의 밤, 열은 절정에 이르렀다. 열 때문인지 새벽녘에는 눈물 한줄기가 흘러내렸다.

"빌어먹을, 재수 없는 년. 내 눈에 다시 띄기만 해 봐."

그리고 또다시 장면이 바뀌었다. 어느덧 소년은 완연한 성인이 되었다.

"칸나 아디스가, 아니, 칸나 발렌티노가 돌아왔다고?"

술이 확 깨는 기분이었다. 미워하는 누이가 결혼한 이후 그는 줄곧 술에 절어 살았다. 근 몇 년간 이토록 정신이 또렷한 적이 없었다.

"오물 덩어리 년이 재수 없게, 감히 여기가 어디라고!"

몇 년 만에 듣는 이름, 몇 년 만에 느끼는 존재감. 그것만으로도 잊고 지낸 열기가 요동친다. 천불이 끓듯 가슴이 달아올랐다.

"칸나는 어디 있나!"

정신없이 걸어갔다. 지하 연구실에 가까워질수록 심장이 부서질 듯 뛰었다.

"야, 오물."

평생을 미워한 여자가 몸을 천천히 돌린다. 그리고 마주쳤다.

지독하게 못난 모습을 한 여전한 누이.

순간 속이 욱신거리며 심장이 타들어 간다.

역시나, 보기만 해도 열이 올라 견딜 수 없는 여자였다.

"저런 짓거리를 해 놓고 사랑한다는 말이 나와?"

과거를 목도한 오르시니의 눈이 새카맣게 가라앉는다.

"사춘기 소년의 어설픈 첫사랑으로 미화하기엔 너무 끔찍하지 않아?"

그것은 칸나의 목소리였다. 귓가에서 소곤소곤 속삭인다.

"넌 그냥 폭력배야. 그뿐이야."

"그런데 이제 머리 좀 컸다고, 이제 자기 감정을 깨달았다고 감히 사랑을 속삭여?"

"넌 나를 아프게 만들었어."

"넌 죽어 마땅해, 오르시니."

그 말이 옳다. 자신은 죽어 마땅하다.

결코 용서받을 수 없는 죄를 저질렀다. 끓는 물에 처넣어서 아주 고통스럽게 죽여야만 한다…….

하지만 네놈에게는 아니지.

오르시니는 멍한 얼굴로 검을 뒤로 획 내질렀다. 그러자 살금살금

기척을 죽인 채 다가오던 남자의 몸이 썩둑 잘린다. 또 한 번 검을 휘둘렀다. 상대의 피가 분수처럼 솟구친다. 신음을 내뱉는다. 도망을 치기 시작한다.

오르시니는 내버려 두었다. 그에게는 할 일이 있으니까. 비틀거리는 다리에 힘을 주었다. 몸을 일으켰다. 시야가 흐릿했다.

여긴 어디지? 무슨 일이 일어난 거지?

결혼했다가 다시 아디스로 돌아온 칸나, 아니, 아니다. 그건 몇 년 전 일이다. 나는 지금 칸나를 살리기 위해 세계수에게 가고 있었다.

'칸나가 내게 부탁했다.'

시커먼 독으로 오염된 정신 속에서, 그는 간신히 그 문장을 끄집어냈다. 가야 한다. 칸나에게.

가야 하는데…….

어느덧 무릎이 꺾였다. 오르시니는 피를 토해 내며 땅을 짚었다. 무너져 가는 몸을 일으켰다.

'가야 하는데.'

칸나가, 나에게, 부탁을…….

문득 오른팔이 경련했다. 근육이 비틀리며 기이한 각도로 꺾인다. 그러나 고통은 느껴지지 않았다. 아무 감각도 느껴지지 않았다.

오르시니는 눈을 깜빡였다.

어느덧 그는 다시 아디스 저택의 정원에 서 있었다.

그곳에 어린 칸나가 있었다. 검은 머리칼을 음침하게 늘어뜨린 소녀였다. 그리고 자신도 소년이 되어 있었다. 어린 시절 그녀를 괴롭혔던 그 소년으로.

소년은 공을 내밀었다.

"같이 놀래?"

그러자 소녀가 고개를 저었다.

"싫어."

그 거부에 오르시니는 울음을 터뜨렸다. 그리고 사과했다. 미안해. 내가 잘못했다. 그러자 칸나가 어쩔 수 없다는 듯 한숨을 내쉬며 손을 내밀었다. 오르시니는 눈물을 뚝뚝 흘리며 그녀의 손을 잡았다.

"오르시니, 예전에 나에게 같이 떠나자고 했지?"

그랬지. 너의 두 번째 결혼식에서.

"지금이라도 같이 갈래?"

칸나가 장난스러운 얼굴로 속삭였다.

"떠나자. 우리 둘만 있을 수 있는 곳으로."

오르시니는 힘차게 칸나의 손을 감아 쥐었다. 그 손의 감각이 너무 따뜻해서 웃음이 나왔다. 그러자 놀랍게도 소녀가 함께 웃어 주었다. 그것이 기뻐서 그는 또 울었다. 그러고는 함께 달려갔다.

이 길의 끝에서 환한 빛이 터져 나오고 있었다.

저곳에 도착하면 칸나와 공놀이를 할 것이다.

저곳에서. 저 아늑한 빛 속에서……

"허억, 허억."

아르곤은 절뚝절뚝 걸어갔다. 왼쪽 다리, 그리고 오른쪽 팔을 잃고 말았다. 완전히 잘려 나간 것이다. 10초, 아니, 5초도 되지 않는 사이에 벌어진 공격이었다.

'어떻게 알아차린 거지?'

오르시니는 정신이 파괴되고 있었는데. 죽음을 앞둔 상태였는데!

'빌어먹을, 괴물 같은 아디스.'

아르곤은 비틀거리며 걷다가 쓰러졌다. 제기랄, 욕설을 내뱉으며 하나 남은 팔로 땅을 짚었다. 한쪽 팔과 다리를 잃었지만, 괜찮다. 아직 품 안에 루시의 피가 남아 있다. 그것으로 새로운 팔다리를 붙일 수 있을…….

"……."

아르곤은 맞은편에서 다가오는 사람을 보았다. 순간 머릿속이 새하얘졌다.

'꿈인가?'

그렇지 않고서야 저 사내가 이곳에 있을 리가 없는데.

"네가 어떻게……."

공황에 빠진 사이 상대는 가까이 다가왔다. 아르곤은 한발 늦게 허둥지둥 도망가려 했지만, 상대가 더 빨랐다.

"커헉!"

순간 등허리에 작렬하는 묵직한 통증. 눈앞이 번쩍였다. 피가 역류해 입 밖으로 튀어나왔다.

'이, 이게 뭐야.'

아르곤은 작살에 꿰뚫린 물고기처럼 버둥거렸다. 믿을 수 없다. 이것을. 이 모든 것을!

다음 순간, 남자는 아르곤의 등에 찔러넣었던 검을 뽑았다. 높이 들어 올리며 말했다.

"내가 이곳에 있는 게 신기해?"

"이건, 말도 안 돼. 어떻게……."

남자가 옅게 실소했다. 아르곤의 목덜미를 내려다보며 말했다.

"궁금한 채로 죽는 것도 나쁘지 않겠군."

검을 내리쳤다. 피가 거칠게 튀었다.

'칸나를 죽여야겠다.'

세계수는 힘겹게 결심했다.

검은 틈을 붙잡고 있는 칸나. 방해하는 그녀를 죽여야겠다.

그 여자를 향한 라파엘의 두려움을 끝내고 싶었다. 그래서 오르시니에게서 그녀를 빼앗아 왔지만, 품에 안는 순간 깨달았다.

아아. 나는 아무것도 이루지 못하겠구나.

세계의 벽이 부서지도록 내버려 둬.

이건 어디서 들리는 소리지? 누구의 목소리지? 난 어디에 있는 거지?

어찌 됐건 대답은 정해져 있다.

그럴 수 없어.

그러자 목소리가 흐느꼈다.

이 세계에서 나는 오랫동안 고통받았어.

아, 그제야 깨달았다.

아르제니안의 목소리다.

이 세계의 사람들이 얼마나 냉혹한지 알고 있니? 나는 오백여 년
동안 정화 의식을 치러야 했어. 아아, 정말이지 너무 고통스러웠어.

그래서 뭐 어쨌다는 거야? 사연이 안타까운 건 알겠지만 자기 연민
도 적당히 해야지.

하지만 너도 이 세계에서 고통받았잖아?

그 순간, 칸나의 눈앞에 장면이 펼쳐졌다.

"죽어, 오물! 난 너 같은 게 제일 싫어!"

오르시니가 머리칼을 잡아당기다가 거칠게 넘어뜨리는 장면.

"누님, 책이 떨어졌습니다. 주워 오세요."

칼렌이 저열하게 괴롭히는 장면. 이자벨이 그녀를 놀리고, 클로이
의 손에 끌려가 옷장에 갇히는 장면들……. 눈앞에 빠르게 스쳐 지
나가더니, 어느덧 성장한 자신이 보였다. 황후의 명령으로 지하 감옥
에 갇힌 상태였다.

"네년이 감히 내 딸을 살해해?"

황후에게 뺨을 맞으며 마구잡이로 폭행을 당하고 있다.

"숲 안으로 도망가라. 나는 너를 사냥할 거다."

카실이 활대를 잡아 올리며 히죽 웃는다. 끔찍한, 정말이지 너무나 끔찍해서 소름이 돋는 기억들이었다.

가여운 칸나. 지금까지 살아남은 것이 신기할 정도야.

아르제니안이 속삭였다.

정말 이런 세상에서 살고 싶어?

"……."

생각해 봐. 더 나은 세상을.

달콤하게 속삭인다.

지금보다 더 나은 세상.

그저 가만히 있어. 그러면 돼. 다시 눈을 뜨면 너는 더 나은 세상에 도착할 테니까…….

"누나, 내 말 들려?"

칸나는 눈을 크게 떴다. 한 남자가 자신을 바라보고 있었다.

"……이선홍?"

그녀의, 아니, 주화의 동생이었다. 다시는 만날 수 없다고 생각한, 12년 동안 동생으로 생각해 온 남자애.

"정신이 들어?"

선홍이는 그녀의 손을 잡으며 떨리는 목소리로 말했다.

"다행이다. 이대로 못 깨어날까 봐 걱정했어."

뭐? 무슨 소리를 하는 거야?

칸나는 감격에 겨운 선홍이의 얼굴을 멍하니 바라보다가 주위를 둘러보았다. 병원이었다. 그리고 자신은 병원 침대에 누워 있었고 팔에는 링거를 꽂은 상태였다.

그러니까 이건…….

'이건 꿈인가?'

그렇게 생각하는 찰나 문이 벌컥 열렸다. 칸나는 헉 숨을 들이켰다.

"칸나야!"

주화였다.

"칸나야, 정신이 드니?"

선희. 엄마까지 있었다.

"아이고, 이제야 눈을 떴구나!"

아빠, 그러니까, 주화의 아빠까지.

그들은 달려들듯 칸나에게 다가와 손과 어깨를 잡고 마구잡이로
주물러 댔다.

"왜 이제 일어난 거야! 얼마나 걱정한 줄 알아?"

"다시는 못 일어나는 줄 알았어."

"이제라도 정신을 차려서 정말 다행이야!"

그들의 손길과 감격에 찬 말에 정신없이 휩쓸렸다. 그러다가 얼빠진
얼굴로 중얼거렸다.

"이게 뭐야?"

"뭐?"

"꿈인가? 그래, 꿈일 거야. 이게 현실일 리 없어. 현실일 리 없어."

그러자 그들의 얼굴이 흐려진다. 선희가 말했다.

"칸나야, 진정하고……."

"당신이 왜 여기에 있어요? 아니, 다들 여기 어떻게 온 거예요? 그
리고 이곳은……."

이곳은 대체 어디란 말인가? 이 병원. 이 시설. 마치 주화의 세계
같지 않은가.

"아무것도 기억 안 나?"

그때 주화가 슬그머니 말을 걸어왔다.

"기억이라니? 무슨 소리야?"

그들은 서로를 심각한 얼굴로 바라보았다. 시선이 오고 간 후 총대를 멘 듯 선홍이가 나섰다.

"세계의 벽이 부서진 지 1년이 지났잖아."

……뭐?

"그리고 우리는 세계가 합쳐져서 다시 만났고……."

잠깐. 잠깐. 잠깐만.

칸나는 머리를 짚었다. 지금 대체 무슨 말도 안 되는 소리…….

그때였다. 병실 문이 끼익 열리더니 누군가가 들어왔다. 선홍이가 재빨리 손을 흔들며 인사했다.

"아, 마침 잘됐다. 매형, 어서 들어오세요!"

매형? 매혀어엉?

칸나는 기가 막혀서 고개를 천천히 들어 올렸다. 그리고 초록색 눈동자와 눈이 마주쳤다.

"괜찮은가?"

알렉스였다.

입원이 더 필요하다는 의사의 권고를 무시한 채 칸나는 집으로 돌아갔다.

'여기가 내 집이라고?'

거실에는 결혼사진이 걸려 있었다. 그러니까 알렉스와 자신의 결혼 사진이.

"넌 계단에서 떨어졌다. 머리를 부딪쳐서 일주일 동안 의식을 찾지 못했지."

알렉스가 그녀의 이마를 어루만졌다. 아직은 불룩한 혹이 나 있었다.

"곧 다 기억날 거다. 너무 걱정하지 마."

안타까움이 배어나는 손길에 칸나의 얼굴이 붉어졌다. 그는 한때 냉랭했다는 것이 믿기지 않을 만큼 다정했다.

"쉬어라. 곧 식사를 준비하지."

알렉산드로가 칸나의 이마에 입술을 맞춘 후 부엌으로 향했다. 잠시 후, 무언가 폭발하고 부서지는 소리가 울리기 시작했다.

'잠깐.'

그러고 보니 저 사람 요리 끔찍하게 못하잖아?

"알렉스? 괜찮은 거야?"

"문제없다."

어째서인지 알렉산드로는 머리 위에 계란 껍데기를 뒤집어쓴 채 태연하게 대꾸했다.

"TV라도 보고 있어."

"으응."

칸나는 거실 소파에 앉았다. TV를 켰다.

<세계의 벽이 부서진 지 벌써 1주년이 되었습니다. 1주년을 기념하여 각지에서 축제가 벌어지고 있는데요.>

틱, 채널을 돌렸다.

<세계의 벽이 부서지기 전에 어떻게 살았는지 생각이 안 나요. 지금이 훨씬 더 살기 좋아진 거 같아요!>

허. 칸나는 헛웃음을 터뜨렸다.
세계의 벽이 허물어진 지 1년이 지났다.
도저히 믿을 수 없지만, 그랬다.

⚜

칸나는 빠르게 현실을 받아들인 후 적응했다. 그리고 없어진 1년간의 행적을 좇았다. 세계의 벽이 무너진 후, 주화의 가족들과 재회했다. 그리고 상의 끝에 선희 부부에게 입양되었다. 진짜 가족이 된 것이다.

얼마 전에는 한의원을 개업했다.

"으, 과제가 너무 많아. 정말 잠을 잘 시간이 없다니까."

퇴근 후에는 종종 주화를 만나 맥주 한잔을 했다. 주화는 뒤늦게 미대에 진학했는데 듣자 하니 과제의 홍수에 죽어 가는 모양이었다.

"근데 우리 과에 진짜 잘생긴 남자애 있잖아. 진짜 진짜 엄청 엄청 잘생겼다?"

"야, 한참 연하일 텐데 양심 좀 챙기지?"

"……뼈 때린다, 너. 재수 없어."

그렇게 주화와 떠들다가 집으로 돌아오면 난장판이 된 주방과 함께 알렉스가 밥상을 차려 놓고 대기하고 있었다.

"어서 와."

"다녀왔어."

그의 품에 꽉 안겼다. 알렉스 특유의 체향에 젖자 나른한 행복감이 밀려왔다.

"너무 좋다."

"그래?"

"응, 난 당신이 정말 좋아. 매번 부엌을 전쟁터처럼 만들긴 해도……."

알렉스가 그녀의 턱을 들어 올렸다. 입술을 맞추었다. 부드럽고 황홀한 체온이 너무나 아찔해서, 너무나 행복해서 눈물이 나올 것 같았다.

"사랑해요, 알렉스."

그러자 알렉스가 희미하게 웃었다. 귓가에 같은 단어를 되돌려 주었다.

"나도 사랑한다."

그렇게 시간이 흘렀다. 소소한 행복은 겹겹이 쌓여 일상이 되었다. 검은 안개도 검은 사도도 없는 평화로운 나날이었다.

그로부터 몇 개월 후, 눈 내리는 어느 날 칸나는 임신 사실을 알아차렸다. 7주 차. 이란성 쌍둥이였다.

"엄마, 아이 낳는 거 많이 아파?"

"당연하지."

"무섭다."

"키우는 게 더 힘들어. 쌍둥이니까 두 배로 힘들 거다."

"가까이 살아서 다행이다. 엄마가 육아 도와줄 거지?"

"응? 뭐라고? 엄마가 요새 귀가 잘 안 들려."

선희와 점심 식사 후 칸나는 집으로 향했다. 돌아가는 길에 수북이 쌓인 눈을 밟으며 감상에 젖었다.

'쌍둥이라. 벌써 겁나는데.'

키우는 건 힘들 거야. 말 안 듣는 쌍둥이가 둘이면 특히 힘들겠지. 마치…….

마치, 그 녀석들처럼.

"……."

자리에 멈춰 섰다. 발이 움직이질 않았다.

그 녀석들?

'누구?'

그 녀석들이라니. 내가 방금 누구를 떠올린 거지?

칸나는 멍하니 허공을 바라보다가 콱 내리치는 두통에 눈살을 찌푸렸다.

"언니, 아파……."

이 목소리는.

"누님, 어서 가십시오!"

이건, 누구의 목소리지?

칸나는 머리를 부여잡았다. 누군가가 강제로 껍질을 벗겨 내듯, 통증이 격렬하게 후려쳤다.

그래, 분명히, 누군가가 있었다. 그 애들이.

아니, 그들뿐만이 아닌데.

"어, 언니. 어, 엄마가 아프신데, 하, 한번 봐 주실 수 있어요?"

그래, 그 애도 있었다. 그리고.
그리고…….

"야."

그 목소리.
순간 심장이 쪼개지듯 아팠다. 숨이 헉 틀어 막혔다.

"너, 죽냐?"

칸나는 자리에 털썩 주저앉았다. 몸이 덜덜 떨렸다.
믿을 수 없다. 어떻게 그 사람들을 잊고 있었지?
아디스. 이 세계의, 그리고 나의 제물이 되어 버린 사람들을!
"칸나."
고개를 올렸다. 언제 도착한 걸까? 새카만 롱코트를 입은 알렉산드
로가 그녀의 앞에 한쪽 무릎을 꿇고 앉아 있었다. 그의 등 뒤로 새하
얀 눈발이 휘날렸다.
"너에게는 새로운 가족들이 생겼다. 선희, 주화, 선홍. 그리고."
알렉산드로가 커다란 손을 펼쳐 그녀의 배 위로 올렸다.
"그리고 우리의 아이."
그 손이 어찌나 차갑던지…….

"사라진 사람들은 잊어라. 새로운 세계에서 새로운 사람들과 살아
가면 된다. 그게 너의 행복이야."

알렉스의 말이 옳았다. 칸나는 행복했다. 사랑하는 남자. 속까지 털
어놓을 수 있는 자매. 엄마, 아빠, 남동생, 좋아하는 직업, 평화로운
세계. 모든 것이 완벽했다.

하지만…….

"칼렌이 죽었어."

하지만 이 세계가 어떻게 만들어졌더라?

"이자벨도, 루시도, 그리고."

칸나의 입꼬리가 떨렸다.

"오르시니도."

언제나 곁을 지켰던 녀석인데…….

그런데 왜, 지금 내 옆에 없는 걸까.

라파엘은 생각했다.

'나는 절대로 용서받을 수 없을 것이다.'

세계수 역시 인정했다.

'나는 그 여자의 털끝 하나 위협할 수 없다.'

남은 것은 거대한 두려움이었다.

그렇다면 자신의 결말은 무엇일까?

칸나는 말했다.

"이 세상은 가짜야."

존재할 수 없는 가능성. 그것이 바로 이 세계였다.

"가짜라고?"

"그래. 불가능해."

"나와 함께할 수 있는 미래를 포기하는 건가?"

알렉산드로가 손을 뻗었다. 그녀의 뺨을 어루만졌다.

"칸나, 이곳에서 나랑 살아가자. 내가 널 행복하게 해 주겠다."

칸나는 그의 손목을 잡았다.

"아니."

그리고 자신에게서 치워 냈다.

"우린 행복해질 수 없어."

그의 손을 뿌리치고 일어나는 순간이었다. 선희가 달려왔다.

"딸, 어디 가?"

선희가 덜덜 떨며 말했다.

"엄마가 잘못했어. 응? 이곳에 있자. 그동안 못했던 것만큼 잘할게."

그뿐만이 아니었다. 이번엔 선홍이가 다가온다.

"누나, 미쳤어? 왜 여길 떠나려고 해?"

"가지 마, 칸나야. 아빠와 가족으로 있어 주렴."

"그래, 칸나야. 이곳에서 같이 살자. 나 자매가 있어서 좋았단 말이야. 우린 누구보다 서로를 잘 알잖아?"

아빠, 주화까지. 그리고······.

"떠날 거니?"

칸나는 고개를 돌렸다.

색소가 엷은 갈색 눈동자, 투명한 수채화로 그려 낸 듯한 남자가 그곳에 있었다.

"그거 알아?"

연우가 하얗게 웃었다.

"나는 네 진짜 이름이 뭔지도 몰라."

"……."

"우리는 작별 인사도 하지 못했어."

도저히 견딜 수 없어서 칸나는 눈을 감았다.

"가지 마."

"제발 가지 마, 칸나야."

"우리 이곳에서 함께 살자."

"누나, 가지 마. 응? 응?"

문득 3년 전의 일이 떠올랐다. 페일런섬, 맥각균에 취해 그들의 환상을 보았을 때.

그때 자신이 어떠했더라?

진짜일 리 없다는 걸 알면서, 그들의 그림자를 쫓아 울면서 달려갔지. 가지 마. 나를 두고 가지 마, 그렇게 외치면서…….

그로부터 3년이 흘렀다.

칸나는 천천히 눈꺼풀을 들어 올렸다. 어느덧 메마른 눈동자는 그저 칼날 같았다.

'이런 미래는 오지 않아.'

그런데도 이번에도 속아 넘어간다면, 그거야말로 멍청이지. 그거야말로 용서받지 못할 일이지. 나 때문에 죽은 그 녀석들을 볼 면목이 없어질 테니까. 그러니까…….

"그러니까 이따위 거짓말은 집어치워!"

그 순간, 쨍그랑. 무언가 파편으로 깨지는 소리가 들려왔다.

그것을 시작으로 주위의 모든 것들이 쩌적쩌적 조각났다. 알렉스
도, 연우도, 가족들도, 눈 쌓인 서울의 거리도, 지나가는 사람들도,
잿빛 겨울 하늘까지도 조각조각 깨졌다.

칸나는 그 기괴한 광경을 보며 쓰게 웃었다.

"이런 환상은 필요 없어."

단호하게 말을 마치는 순간 마침내 모든 것이 와르르 붕괴했다.

"의외군."

칸나가 다시 눈을 떴을 때, 그녀는 숲 한복판 세계수에 기대어 앉
아 있었다.

"정말 의외야."

아르제니안의 목소리가 들려왔다. 그녀가 기댄 세계수, 그 나무의
안쪽에서.

"……!"

세계수가 일렁였다. 검은색 나무 기둥 안에서 한 남자가 물처럼 흘
러나왔다.

아르제니안이었다.

"의외네. 네가 좋아하는 장면을 보여 주면 협조할 줄 알았는데."

"당신…… 지금 세계수 안에서 나온 거야?"

"그래."

아르제니안은 그녀가 처음 보는 무표정한 얼굴로 고개를 끄덕였다.

"나는 세계수에게 잡아먹혔다. 그리고 하나로 동화되었지."

끔찍한 말이었으나 아르제니안은 담담한 얼굴로 말을 이었다.

"하지만 상관없어. 어차피 세계수와 나의 목적은 같으니."

그렇게 말하고는 하늘의 검은 틈을 올려다보았다.

"세계의 벽이 부서지도록 내버려 둬. 새로운 세계에서 네가 사랑하는 남자와 살아가."

"웃기는 소리. 어차피 난 오래 못 살아."

"하지만 남은 생, 행복하게 살 수 있지."

"필요 없어, 그런 행복."

그 말에 아르제니안이 한쪽 입꼬리를 비스듬히 올렸다.

"아디스 때문인가? 설마하니 그 녀석들을 용서한 건가?"

그럴 리가. 아직도 예전 생각을 하면 울화가 치미는데.

그럼에도 불구하고 가끔은 좋을 때도 있었다. 웃을 때도 있었다.

삶이란 게 다 그런 것 아닌가. 어느 날은 함께 웃었다가 어느 날은 싸우고, 또 어느 날에는 울음을 터뜨리기도 하는 그런 나날의 반복들.

'하지만 이제는 끝난 이야기지.'

웃는 것도, 우는 것도. 모두 다 살아 있는 자들의 특권이니까. 자신과 끊임없이 싸웠던 두 남자는 이미 세상에 없다. 그렇게 생각하자 도저히 참을 수가 없었다.

"내가 용서할 수 없는 것은 당신 하나야."

그렇게 말하며 칸나는 대화를 끌었다.

"당신도 용서받을 수 있을 거라고 생각 안 하지?"

조금만, 조금 더 가까이 와.

칸나는 허리 뒤로 자연스럽게 넘긴 손바닥에 술법진을 그렸다. 아르제니안이 세계수와 하나가 되었다. 그 말은 즉, 그를 죽인다면 세계수도 죽는다는 소리 아닌가?

'그러면 검은 틈을 막을 수 있어.'

아르제니안은 어지간해서는 죽지도 않겠지. 하지만 글쎄, 몸이 반으로 잘려도 살아남을까?

'조금만 더 가까이 와.'

선 하나만 그으면 술법진은 완성된다. 칸나는 일부러 시간을 더 끌었다. 그를 정확하게 조준할 수 있도록. 기회는 아마도 단 한 번. 한 번 실패하면, 그는 더는 방심하지 않을 것이다.

"용서라."

아르제니안의 눈이 일순 흔들린다.

"받을 수 있다면 무엇인들 못 할까?"

그러고는 천천히 그녀를 향해 걸어온다.

"무엇이든 할 수 있다."

조금만, 어서, 조금만 가까이.

"용서만 받을 수 있다면."

한 발자국만 더.

"기꺼이, 죽어 줄 수도 있지."

아르제니안이 설핏 웃었다. 그리고 그녀의 소원을 이루어 주듯, 한 걸음을 옮겨 주었다.

지금이다! 칸나의 눈이 번쩍였다. 선 하나를 그었다. 술법진을 완성하여 앞으로 펼쳐 내미는 순간.

쾅콰콰쾅! 눈부신 빛의 산란이었다. 거대한 힘이 손에서 터져 나갔다. 폭발했다. 모든 것을 깨부수고 돌진했다. 뿌옇게 날리는 흙먼지, 파편으로 튀어 오는 숲의 조각들. 칸나는 엉망진창이 되어 버린 대지 위에 무너지듯 쓰러졌다.

"허억, 허억, 허억."

당장에라도 숨이 끊길 것 같다. 알고 있다. 그렇지 않아도 한계였다는 것. 이제는 죽음이 정말 눈앞으로 성큼 다가오고 말았다는 것.

그러나 칸나는 몸을 일으켰다. 그것은 거의 오기에 가까웠다. 시야를 흐릿하게 만드는 흙먼지 속으로 걸어갔다.

"허억, 허억."

죽었나? 그래, 죽었을 거야. 아무리 아르제니안이어도. 아무리 영생을 살아도. 몸뚱이가 없으면 살아 있을 리가.

아니나 다를까, 흙먼지를 뚫고 다가가자 처참하게 무너진 형체를 발견했다. 배가 크게 꿰뚫렸다. 그것을 본 칸나는 활짝 웃었다.

됐다. 저 정도면 즉사……!

"……."

잠깐만.

아르제니안의 몸이 저렇게 컸던가?

순간 불길함이 목을 콱 졸라 왔다. 칸나의 입에서 기이한 신음이 흘렀다.

'아니야.'

그럴 리 없어. 칸나는 그에게 가까이 다가갔다.

'아니야, 아니야.'

압도적인 골격. 긴 팔과 다리. 그리고.

'아니야.'

짙푸른 머리카락. 라…….

"라파엘?"

순간 숨이 끊어지는 것 같았다. 그런 충격이었다.

칸나는 그대로 얼어붙었다가, 튕겨 나가듯 달려갔다. 주저앉아 그의 몸을 일으켰다.

"라, 라파엘. 왜! 어째서?"

왜?

왜?

왜?

사고가 이어지지 않는다. 그저 짧은 단어만이 뚝뚝 끊겨 튀어 나갔다. 분명 아르제니안이 이곳에 있었는데. 그를 공격했는데. 그를 죽이려고 했는데…….

그 순간, 라파엘이 눈을 떴다. 칸나를 바라보았다.

세계수의 눈으로.

"……아."

그리고 그녀에게 보여 주었다. 그의 이야기를. 그가 겪은 일들을. 그의 실패, 그의 거짓, 그의 패배, 그의 혼돈, 그 거대한 두려움을.

'라파엘과 하나가 된 것이 실책이었다.'

세계수의 한탄 또한.

라파엘의 집념은 세계수가 가진 모든 것을 압도했다. 세계의 벽을 부수고 싶다는 욕망도 칸나를 향한 연정에 비하면 한낱 먼지에 불과했으니.

'나는 결코 아무것도 이룰 수 없을 것이다.'

도리어 칸나가 죽어 가는 것이 피눈물이 날 만큼 안타까웠다. 그녀를 살릴 방도가 없다는 것도.

'그렇다면 적어도 그녀의 염원은 들어줘야 하지 않겠는가?'

세계수의 힘을 다 바친다면 검은 틈을 붙일 수 있다. 그것은 자신의 종말을 의미한다. 그래서 스스로 죽으려 하였지만 세계수의 의지가 그것을 끝내 거부하였다.

하지만 칸나의 손에 죽는다면 세계수도 어찌할 방도가 없겠지. 그러면 그렇게 해야지. 그렇게 해도 용서받을 수 없겠지만…….

그녀가 나를 끝까지 미워하면 어떡하지?

그의 두려움이 칸나에게 해일처럼 밀려왔다. 압도적인 공포였다.

"라파엘."

칸나는 그의 감정에 젖어 힘겹게 입술을 달싹였다. 하고 싶은 말들이 가득 쌓였다. 그러나 다시금 입을 다물었다. 시간이 없다. 라파엘이 호흡이 느렸다. 너무나도 느려서 이제 곧 사라질 숨결이었다.

그렇기에 이렇게 말해 주었다.

"무서워하지 마."

바보. 왜 그랬어? 애초에 질 줄 알았으면 싸우지 말았어야지. 내 부탁 하나 못 들어준다고 설마하니 널 미워할까 봐?

"괜찮아."

아무리 그래도 그렇지, 이렇게 널 희생하면 어떡해? 이건 나한테 너무 잔인하잖아.

바보. 멍청이. 죽지 마. 가지 마.

그렇게 소리치고 싶었지만 그러지 않았다. 오히려 있는 힘껏 환하게 미소를 지었다.

"괜찮아."

라파엘이 마음 편하게 갈 수 있도록.

"정말이야. 정말 괜찮아."

그가 더는 두려워하지 않도록.

"나는 너에게 화나지 않았어."

그 말이 끝나는 즉시 라파엘의 보랏빛 눈동자에 물기가 차올랐다. 뺨을 타고 흘러내렸다. 칸나는 그의 눈물을 닦아 주며 속삭였다.

"나는 너를 미워하지 않아."

그 순간, 후우…… 라파엘이 숨을 깊게 내쉬었다. 마치 안도처럼.

그리고 다시는 들이쉬지 않았다.

"……라파엘?"

그는 대답하지 않았다. 눈조차 감지 못했다. 마지막 순간까지 그녀만을 올려다보았다.

그렇게 떠났다.

칸나는 더는 그의 이름을 부르지 않았다. 피 묻은 손가락을 움직였다. 라파엘의 몸 위로 술법진을 그렸다.

귀가 먹어 간다. 문제없다.

눈도 멀어 간다. 문제없다.

이제는 눈에서까지 피가 쏟아졌다. 문제없다. 아직은 살아 있으니까. 아직은 손이 움직이니까. 라파엘이 만들어 준 이 순간, 이 기회를 놓칠 수 없다!

칸나는 멈추지 않고 술법진을 그려 갔다. 하나하나, 정교하게, 그리고 마침내……

완성했다.

그 순간 거대한 굉음이 몸을 쪼갰다. 벼락같은 고통이 작렬했다. 칸나는 알았다. 지금 이 순간 그녀의 힘이, 그리고 세계수의 힘이 술법진 안으로 회오리치며 빨려 들어가고 있었다. 그 거대한 힘의 움직임에 세상이 요동쳤다. 거칠게 불어오는 바람에 머리칼이 휘날렸다. 흙먼지가 몰아치며 시야를 어지럽혔다.

'됐어.'

칸나는 그 자리에 무너졌다. 하늘을 바라보았다. 부서진 벽이 빠르게 아물어 가는 것이 보였다.

'성공했어.'

세계의 벽은 곧 완벽하게 붙을 것이다. 검은 안개는 곧 사라질 것이고, 그곳에서 나온 마물들은…… 그래, 분명 실비엔이 어떻게든 해주겠지.

'이걸로 됐어.'

라파엘을 외롭게 혼자 두지 않아도 된다. 그리고 너를, 너희들을 다시 만날 수 있다. 칸나는 힘없이 실소를 흘렸다. 죽음을 앞두고 그 녀석이, 그 녀석들이 보고 싶다니. 미친 거지.

그리고 알렉스.

단 하나 마음에 걸리는 것이 있다면 오로지 그 남자뿐. 그 고독한 남자를 홀로 남겨 두고 가는 것이 너무나도 미안했다.

"……알렉스."

마음에 남은 짙은 미련 때문일까? 흐릿한 시야로 알렉스의 얼굴이 보인다. 그가 손을 뻗어 칸나의 뺨을 쓰다듬었다. 칸나는 그 체온을 느끼며 눈을 감았다.

"미안해."

어떡하지? 당신, 날 구하기 위해 모든 것을 버렸는데.

결국 이렇게 되어 버려서. 당신을 홀로 두고 가 버려서.

"정말 미안."

그것이 끝이었다.

칸나 아디스. 향년 29세였다.

알렉산드로는 꿈에서 깨어났다.

"일어났어?"

선희가 그의 앞에 서 있다.

"시간 여행이 좀 힘들긴 했나 봐? 내 앞에서 잠들 정도였어?"

"……."

"하긴 정신적인 충격이 컸겠지. 칸나가 좀 안타깝게 죽었잖아."

미래에서 목격하고 온 장면.

알렉산드로는 자신의 본래 시간으로 돌아온 이후에도 몇 번이나 미래에서 벌어질 그 일을 꿈에서 다시 보았다.

세계수의 힘을 흡수하여 검은 틈을 막은 여자. 그 대가로 영혼이 조각난 여자. 내가 지켜 주겠노라 약속한 그녀. 지금, 선희의 배 속에 있는 아기의 미래.

'칸나 아디스'가 죽는 장면을.

"너는 아디스의 혈족을 통째로 바쳐야 해. 너뿐만이 아니라 네 자식까지."

선희의 말에 알렉산드로는 인상을 찡그렸다.

"내 자식? 그게 무슨 소리지?"

"아이를 낳으라는 소리야."

"미쳤군. 지금 나보고 종마라도 되라는 거냐?"

"응."

그러나 선희는 단호했다.

"못 하겠어?"

"……."

"아니, 넌 뭐든 해. 나와 함께 미래에서 봤잖아? 미래의 너에게는 네 명의 자식이 있었어."

선희는 조롱하듯 키득키득 웃었다.

"넌 칸나를 지키기 위해서는 뭐든 하는 녀석이거든."

그 말에 알렉산드로는 깨달았다.

"이번이 처음이 아니군."

선희는 순순히 인정했다.

"그래. 너와 협력하는 것, 이번 시간대가 처음이 아니야."

놀랄 만큼 충격적인 말을 했다.

"사라진 과거의 시간대에도 네 도움을 여러 번 받았어. 결과적으로는 모두 실패했지만."

"그렇다면 애초부터 내가 협조해야 할 이유가 있나? 어차피 무슨 짓을 해도 죽는 거라면!"

선희가 희미하게 웃었다.

"이번엔 달라."

"뭐?"

"저번 시간대엔 사고가 있었어. 예상치 못한 일이 일어났거든."

"그게 무슨 소리냐?"

"나는 너에게 아주 긴 생명을 줄 거야."

알렉산드로는 인상을 찡그렸다. 긴 생명이라니. 받아들이기 힘든 문장이었다.

"저번 시간대의 너에게도 걸었던 연금술이지. 하지만 최후의 순간에 발동하지 않아서……."

"무슨 말을 하는 거지? 똑바로 설명해."

"그 전에 하나만 물을게."

선희가 그를 물끄러미 응시했다.

"넌 그 아이를 위해 어디까지 할 수 있어?"

알렉산드로는 회상을 마쳤다.

"뭐든 할 수 있다."

그는 수십 년 전, 젊은 시절 자신이 했던 대답을 중얼거리며 몸을 일으켰다. 창문을 열어 하늘을 올려다보았다.

쪼개진 균열에서 검은 안개가 흘러나온다. 그러나 균열이 더 커지지 않는 것을 보니 칸나가 막은 모양이다. 그는 그것이 무엇을 의미하는지 알고 있다.

칸나의 죽음이 시작되고 있다.

"미래를 바꿔 보고 싶어?"

"그래."

"그렇다면 말해 줄게. 그 아이를 살릴 유일할 길을."

알렉산드로는 방문을 열었다. 침대 위, 흰머리 청년이 생명을 잃고 누워 있는 모습이 보였다.

선희의 말대로 그는 종마가 된 삶을 기꺼이 살아 내었다. 치욕도. 비참함도. 견디지 못할 일은 없다.

구해 주겠다고 약속했는데 무엇인들 못 할까.

"그래서, 결국엔 내 자식들까지 죽이라는 소리냐? 다른 방법은 없는 건가?"

알렉산드로는 칼렌의 새하얀 머리카락을 손가락 끝으로 훑었다. 생명이 느껴지지 않았다.

칼렌 아디스. 칸나를 위해 희생한 가여운 나의 아들. 그러나……

"이봐, 알렉산드로. 내가 언제 죽이라고 했어?"

너는, 여기서 죽을 목숨이 아니다.

"내가 너에게 긴 생명을 줄 거라고 했지?"

알렉산드로의 손에서 희미한 빛이 퍼져 나왔다. 칼렌의 가슴팍 안으로 서서히 스며들었다.

"최후의 순간, 때가 올 거야. 그때 네 자식들, 그리고 칸나에게 너의 생명

을 나눠 주도록 해."

바로 이 순간을 위하여 나는 길고 긴 생을 부여받았다.
최후의 순간, 죽은 이들을 되살리기 위하여.

"지난 시간대의 사고가 이거야. 이것을 저주라고 믿은 칸나가 이 술법의
일부를 훼손했거든. 그래서 그 아이들에게 생명이 전달되지 않았어. 하지만
걱정하지 마. 이번엔 칸나가 건드리지 못하도록 대비를 해 놨어."
"......"
"정말이지, 시간을 반복하며 아주 오랫동안 연구한 술법이야. 얼마나 걸렸
는지는 묻지 마. 너는 나를 동정하게 될 테니까."

동정하지 않는다. 그러니 너 또한 나를 동정하지 마라.
"......!"
다음 순간 칼렌이 숨을 급하게 들이마셨다. 그가 눈을 번쩍 떴다.
"누님!"
그가 알렉산드로를 향해 외쳤다.
"누님은 어디 계십니까!"
살아나자마자 한다는 소리가 그건가? 알렉산드로는 어이가 없어서
픽 웃음을 흘렸다.
"세계수가 있는 곳으로 가라."
아무것도 묻지도 따지지도 않은 칼렌이 자리를 박차고 떠난다. 그
뒷모습을 보며 알렉산드로는 이번엔 이자벨을 되살렸다.
"아르곤 개새끼야아악!"

이자벨이 쌍욕을 내뱉으며 벌떡 일어났다. 숨을 헐떡이며 분노로 바들바들 떨다가 알렉산드로와 눈이 마주치고는 화들짝 놀라 얼어붙었다.

"아, 아버지?"

"그래."

"아르곤 개새끼는요?"

"……."

"제가 그 새끼 죽일 거예요!"

"따라와라."

이자벨을 데리고 갔을 때는 한발 늦었다. 칼렌이 이미 아르곤에게 검을 꽂은 것이다. 그러나 용케 아직 살아 있었다. 이자벨은 서둘러 달려가 칼렌에게 손을 내밀었다.

"검 줘."

"뭐?"

"저 새끼가 날 찔렀어. 용서 못 해. 내 복수는 내가 할 거야!"

그러나 알렉산드로가 그녀의 팔을 붙잡았다.

"아버지?"

"잠시만."

알렉산드로는 죽어 가는 아르곤의 몸을 뒤집었다. 제 형제의 기억에 지배당한 가여운 희생자였다.

아르곤은 피거품을 토해 내며 히죽 웃었다.

"하하, 내 동생이네. 여전히 당근은 못 먹어?"

"아르곤."

"새삼스럽게 왜, 내가 누구인지 알면서……."

"너는 아르곤 이자베르크다."

고요한 목소리로 말했다.

"라르고스 아디스는 죽었다. 너는 그저 세계의 벽을 부수기 위해 만들어진 실험체다."

아르곤의 얼굴에서 표정이 사라진다. 천천히, 천천히, 광기 어린 웃음이 메말랐다.

"그러나 널 동정하지 않는다. 결국 모든 피는 너 스스로 묻혔으니."

"……."

"네 삶은 라르고스에게 지배당했다. 적어도 최후의 순간만큼은 아르곤 이자베르크로서 맞이해라."

그 말에 아르곤이 엷게 웃었다.

"당신, 사신 같네. 친절한 사신."

그것으로 대화는 끝이었다.

알렉산드로는 몸을 일으켜 물러났다. 이자벨이 다가갔다. 아르곤은 불타는 그녀의 눈을 바라보았다. 그러다가 문득 궁금해졌다.

어머니는, 테레사는 왜 검은 사도가 되었을까? 왜 자식을 바쳐 가면서까지 이 세상을 부정하고 싶었던 걸까? 그렇게 되기까지 어머니의 삶은 얼마나 슬픈 비극으로 가득 차 있었을까?

한 번쯤은 물어볼걸. 분명 그녀에게도 사연은 있었을텐데.

그렇게 생각하고 나서야 그는 깨달았다. 이것은 아르곤의 생각이다. 그것이 우스워 그는 씩 웃으며 말했다.

"이자벨 양은 본격적으로 검을 배워 보는 게 좋겠어. 재능을 썩히는 건 아깝잖아?"

그것이 아르곤 이자베르크의 마지막 한마디였다.

이자벨이 검을 내리치는 것을 보며, 그는 눈을 감았다.

그리고 멀지 않은 곳에서 오르시니를 발견했다.

"형님!"

칼렌이 다가가 오르시니의 몸을 뒤집는다. 죽은 듯 축 늘어진 몸. 미동도 없다.

"형님, 정신 차리십시오!"

알렉산드로는 내심 초조하게 오르시니를 바라보았다. 그는 일전에 이미 한 번 오르시니를 살렸다. 그렇기에 두 번째 기회는 없다. 아무리 그가 넘치는 생명을 가지고 있다 한들 만능은 아니었다. 같은 사람을 두 번 살릴 수는 없었다.

그러니 만약 오르시니가 또 죽었다면 살릴 방법이…….

"칸나아아아!"

괴성과 함께 번쩍 뜨는 눈. 어째서인지 두 팔로 얼굴을 막으며 외쳤다.

"빌어먹을, 내가 미안하다고! 공 좀 살살 던져라! 아파! 공으로 사람 죽일 일 있……!"

"……."

고래고래 소리치다가 입을 다문다. 오르시니는 꿈에서 깨어난 듯한 얼굴로 주위를 둘러보았다.

"형님, 괜찮으십니까?"

"어, 어. 물론이지."

오르시니는 약간 무안한 듯 헛기침을 하면서 몸을 일으켰다. 그리고 물었다.

"칸나는?"

"지금 누님을 찾는 중입니다. 그런데 공이라뇨?"

"……."

오르시니는 입을 다물었다. 이자벨이 고개를 기울였다.

"꿈에서 언니한테 공으로 처맞기라도 했어?"

"미쳤냐? 개소리하지 마라."

그러나 그는 귓불까지 붉어져 있었다. 오르시니는 몸을 일으켰다. 온몸에 부상이 가득하긴 했지만, 괴물 같은 육체는 거뜬하게 이겨 냈다.

"그런데 너희 죽지 않았냐?"

"……."

"……."

칼렌과 이자벨은 서로를 바라보았다. 정신없이 이곳까지 오느라 그 생각을 못 하긴 했는데…….

"그렇군요. 제가 어떻게 살아 있는 겁니까?"

칼렌은 자신의 가슴 위에 손을 올렸다. 그래, 분명 심장이 파괴되어 죽지 않았던가? 그런데 어떻게 살아 있는 거지?

"아버지는?"

그때 이자벨이 중얼거렸다.

"조금 전까지 여기 계셨는데 어디 가셨어?"

하늘을 쪼갠 균열이 서서히 아물기 시작한다. 칸나가 기어코 세계수의 힘을 흡수해 검은 틈을 붙인 것이다.

알렉산드로는 그 힘의 파동을 쫓아 걸어갔다. 가는 길에 루시를 발견했다. 그 아이에게도 생명을 전달하여 되살렸다.

"정말 미안하구나. 나를 용서하지 마라."

재킷을 벗어 그 아이의 몸에 덮어 준 후, 나무 기둥에 조심스럽게 앉혀 놓았다. 그러고는 다시 걸어갔다.

지체할 시간이 없다. 어서 그녀에게 가야만 했다.

한 발 한 발, 걸을 때마다 계속해서 안에서 부서지는 소리가 들려온다. 아마 칸나도 균열을 붙이는 술법진을 펼쳤을 때 이 소리를 들었을 것이다.

이 소리— 혼이 부서질 때 들리는 이 파열음을.

인간이 감당할 수 없는 거대한 힘을 쓰면 영혼에 금이 간다. 더욱이 지금처럼 여러 번 연달아 쓰는 경우에는 완전히 산산조각으로 부서지겠지. 그리하여 결국에는⋯⋯.

"알렉산드로, 너는 죽을 거야."

알렉산드로는 걸음을 계속했다.

"수명을 나눠 주면 네 자식과 칸나를 살릴 수 있어. 하지만 그 대가로 네 혼은 산산조각으로 부서져 죽게 될 거야."

"⋯⋯."

"결국 너는 아무것도 얻지 못하고 끝날 텐데 괜찮겠어?"

알고 있다. 온 삶을 송두리째 바쳐도 그녀와 함께 행복해지는 날은 오지 않을 것을.

그 여자와의 인연은 과거의 그날, 그때, 그 순간, 독을 먹고 깨어난 그 여자의 손을 놓은 그 찰나에 끝났다.

알렉산드로 아디스의 첫사랑은 이루어지지 않는다.

그리고 그는 물거품처럼 흔적도 없이 사라질 것이다.

오로지 상실과 마모만으로 가득한 여정이었으나 망설이지 않았다. 그 대가로 칸나는 생과 삶을 얻을 테니. 그것을 주고 싶어서 지금껏 전력으로 달려왔다.

바로 지금 이 찰나, 그의 종말을 향하여.

알렉산드로는 마침내 칸나를 발견했다.

"알렉스?"

알렉산드로가 다가가 얼굴을 감싸자 그녀가 속삭인다.

"미안해. 정말 미안……."

그리고 곧장 멈추는 호흡.

알렉산드로는 남은 생명을 그녀에게 쏟아부었다. 칸나의 심장이 다시 뛰기 시작하자 알렉산드로는 이번엔 라파엘을 바라보았다. 분명 이처럼 맹목적인 청년이라면 칸나를 기쁘게 해 주겠지.

알렉산드로는 라파엘의 몸에 손을 뻗었다. 생명을 부여하자 흰빛이 그의 몸을 감쌌다. 세계수의 힘은 완전히 소멸했으므로, 라파엘만이 무사히 살아날 것이다.

됐다. 이것으로 되었다.

고비는 넘겼다. 이제 마지막 한 단계만이 남았다.

칸나가 눈을 떴을 때, 그녀의 세상은 완벽할 것이다. 그녀는 아무도 잃지 않았다.

오로지 자신만 제외하고는.

그러나 이 결말이 최선임을 알기에 그저 만족스럽다고 한다면, 칸나는 화를 낼까?

문득 칸나에게 했던 말이 떠올랐다.

"모두가 무사한 결말은 없다."

결말의 순간, 무사하지 못한 것은 자신 혼자로 충분했다.

실비엔은 복도를 걸었다. 그 궤적을 따라 붉은 발자국이 늘어졌다.

지금, 마물의 습격으로 수도가 혼란한 틈을 타 실비엔은 황제의 궁을 완벽하게 장악했다. 그다지 어려운 일도 아니었다. 마물과 검은 안개의 출현으로 어지러울 때, 이런 위기에서 발렌티노의 말만큼 절대적인 것은 없으니.

"황제 폐하의 궁 안에 검은 틈이 벌어졌으니 모두 대피하십시오."

그 시시에 궁의 모든 이들이 부리나케 도망갔다. 모두가 밖으로 달려가는 와중 안으로 들어가는 것은 실비엔뿐이었다. 발렌티노 공작이 황제 폐하를 구하기 위해 진입하고 있다, 모두가 그렇게 믿어 의심치 않았지만…….

"발렌티노 공작 각하? 지금 폐하께서는……!"

비명과 함께 피가 터진다. 실비엔은 피 묻은 손을 한차례 털어내며 그대로 지나쳤다. 뒤늦게 상대방의 시신이 무너졌다.

"공작 각하!"

"지금 뭘 하시는 겁니까! 이곳은 폐하의……!"

긴 복도를 지키는 호위 기사들이 달려든다. 모두 다 외운 얼굴이었다. 그러니까, 모두 다 검은 사도였다.

알고 있었다. 테레사가 끝이 아니라는 것. 황제의 주변이 검은 사도로 가득하다는 것.

'역시 잡초는 빨리 제거했어야 했어.'

황실과 관련한 일은 민감했고, 위험했고, 그래서 미뤘고, 결국엔…… 결국엔 제일 귀찮은 일을 하게 생겼잖은가.

"다, 다가오지 마! 다가……!"

아득. 벌레처럼 기어가며 도망치는 검은 사도의 목덜미를 발로 밟은 후 그대로 지나쳤다. 그리고 멈춰 섰다. 시체와 피로 엉망이 된 긴 복도의 끝, 이제 황제의 침전을 지키는 자는 아무도 없었다.

실비엔은 문을 열었다.

"폐하."

황제는 여느 때처럼 약에 취해 있었다. 곁에는 황후도 있었는데, 그 모습에 실비엔은 가볍게 웃고 말았다. 한때는 앙숙이더니 이 지경이 되어서야 다시 금실이 좋아지셨군.

"황제 폐하를 뵙습니다."

실비엔은 정중하게 허리를 숙였다. 황제는 인상을 구겼다.

"……발렌티노 공작?"

"예, 폐하."

"누가…… 들어와도 좋다고 했지?"

"폐하, 아디스 공작에게 내린 감금령을 해제해 주십시오."

"불허…… 한다."

"어째서입니까?"

"황명이다. 공작의 납득은…… 필요 없다."

느릿느릿한 말. 뭉개져서 들리는 발음에 실비엔은 혀를 찼다. 보아하니 약뿐만 아니라 검은 사도의 기묘한 환술에 걸린 듯했다.

대체 어쩌다가 이 정도로 망가졌단 말인가? 황제는 지금 밖에서 벌어지는 재앙조차 제대로 이해하지 못한 것 같았다. 테레사의 죽음 이후 더더욱 마약에 의존하게 된 것이다.

그래, 사랑하는 여자에게 배신당했으니. 게다가 그 여자는 죽어 버렸으니. 대단한 충격이었을 것이다. 인간이라면 충분히 무너질 만했다. 하지만.

'인간은 무너질 수 있지만 왕은 무너지면 안 되지.'

그 결과가 어떤가. 무너진 틈을 타고 저 밖을 지키던 검은 사도들이 정신을 주물럭거렸지. 왕을, 이 나라를 주물럭거렸지.

"폐하. 왕의 무능함은 죄악이란 것을 아십니까?"

그 말에 약에 취해 있던 황후가 눈을 번쩍 떴다.

"무엄하군, 발렌티노 공작."

실비엔의 푸른 눈이 천천히 움직여 황후에게 옮겨 갔다.

"나라에 망조가 들었어! 암, 그렇고말고!"

황후는 황제보다도 더 제정신이 아니었다. 고질병인 간지럼증을 가라앉히는 약 자체가 마약이었는지라 황제보다 더 긴 시간 마약에 손대 왔다. 그렇기에 황제보다 더 망가져 있었다.

"모두 다 그 계집년과 엮인 이후에 시작되었어. 그 오물 같은 시커먼 계집애가……."

마치 취객의 잠꼬대처럼 두서없는 문장. 그러나 그 말에 처음으로 실비엔의 눈에 감정 같은 것이 스쳐 지나갔다. 불쾌함, 혹은 분노와 비슷한 것. 그러나 그는 곧 입꼬리를 올려 웃었다.

"잠시 무례를 저지르겠습니다."

투툭! 황제의 뺨에 거친 핏방울이 튀었다.

그는 눈을 깜빡였다.

발렌티노 공작의 손이 황후를…… 황후의 머리를…… 지금 무슨 일이 벌어지는 거지? 또 환각을 보는 건가?

황제는 몽롱한 얼굴로 물었다.

"지금 뭐 하고 있나?"

그러자 실비엔이 차분하게 대답했다.

"무례를 저지르는 중입니다만."

그 순간, 무언가 툭 떨어진다. 그의 발치로 굴러왔다. 부릅뜬 눈과 마주쳤다.

"……!"

번개 같은 충격이 몸을 갈랐다. 허억, 황제는 숨을 들이켰다. 바로 코앞으로 다가온 죽음의 공포가 약 기운을 단번에 몰아냈다.

"바, 밖에 누구 없느냐!"

"예. 없습니다."

실비엔이 대신 대답했다.

"황후 폐하께서 황실에 침입한 마물에 당하셨군요. 시신이 심하게 훼손되셨습니다."

"뭐?"

"더욱 안타까운 사실은 폐하께서도 마물에 잡아먹히실 예정이라는 겁니다."

황제는 몸을 일으켰다. 서둘러 문을 향해 달려갔다.

"허억!"

그러나 몇 걸음 가지 못해 앞으로 나뒹굴었다. 턱이 덜덜 떨렸다. 왜 넘어진 거지? 왜 배에서 피가 나는 거지?

"왜, 왜 이런 짓을……!"

황제의 입에 피거품이 일어났다. 실비엔은 차분하게 대답했다.

"무능함으로 나라를 무너뜨리는 왕, 그리고 그 왕을 처단하는 신하. 타국의 역사에서 종종 발생했던 일이죠. 마침내 제국에서도 일어난 것뿐입니다."

황제가 다가오는 실비엔을 피해 기어가며 울부짖었다.

"야, 약을 끊겠네! 더는 약에 손대지 않겠어!"

그 말에 실비엔이 바로 앞에서 멈춰 섰다. 고개를 갸웃 기울였다. 피 묻은 은발이 흔들렸다.

"정말이십니까?"

"그래! 그, 그리고 아디스 공작에게 내린 감금령도 해제하겠어!"

"잘 생각하셨습니다."

그 말에 황제는 안도의 한숨을 내쉬었다. 다행이다. 다행히 위기는……!

"조금 더 빨리 제정신을 찾으셨다면 서로가 좋았을 텐데요."

그것이 황제가 들은 마지막 한마디였다. 실비엔은 피에 젖은 장갑을 벗어서 획 던졌다.

"공작 각하."

뒤를 돌자 발렌티노의 기사들이 서 있었다. 커다란 수레를 끌고 있었는데, 검은 천을 걷어 내자 마물의 시체가 드러났다.

"가져왔습니다."

"수고하셨습니다. 마물은 이쯤에 놓는 것이 좋겠군요."

황제와 황후, 그리고 그들을 지키는 호위 기사들은 마물의 습격에 살해당했다. 뒤늦게 달려온 실비엔 발렌티노 공작이 마물을 처리했다. 그렇게 기록될 이야기였다.

'아무래도 역모는 고상하지 못하니까.'

그런 저급한 이야기는 역사서 속 어디에서도 찾아볼 수 없을 것이다. 그저 마물들의 습격으로 벌어진 불행한 사고. 그뿐이었다.

⊹⊱⊰⊹

실비엔은 바로 세계수가 있는 숲으로 향했다. 아마 저곳에 칸나가 있을 것이다. 그러나 도착하자마자 세계수는 곧 연기로 흩어져 사라졌다. 더불어 검은 틈도 아물기 시작했다.

'무슨 일이 벌어진 거지?'

실비엔은 인기척이 느껴지는 곳으로 말을 몰았다. 그리고 그곳에서 알렉산드로 아디스를 만났다.

"발렌티노 공작."

알렉산드로는 그가 오길 기다렸다는 얼굴이었다. 실제로 그러했다. 알렉산드로는 마지막 단계만을 남겨 두고 있었으니.

"이게 어떻게 된 일입니까?"

알렉산드로는 지금까지 벌어진 일을 간략하게 설명했다. 다른 사람이 말했더라면 믿기 힘들었겠지만 상대는 농담을 모르는 알렉산드로 아디스였다.

"그래서 지금 칸나의 영혼이 부서졌다는 말입니까?"

"그래."

감당할 수 없는 힘을 쓴 대가로 그녀의 영혼이 쪼개지고 말았다. 아마 칸나도 그 파멸의 굉음을 들었을 것이다. 그럼에도 불구하고 계속했겠지.

"술법진 안으로 빨려 들어갔다."

검은 틈을 닫는 술법진 안으로 칸나의 모든 것이 빨려 들어갔다. 칸나의 힘, 생명, 그리고 부서진 영혼의 조각도. 육신의 생명은 되살렸지만 오로지 껍데기일 뿐이었다.

"그 말은 즉……?"

"검은 틈, 세계의 벽 너머로 칸나의 혼이 빠져나갔다는 뜻이다."

숨 막히는 침묵이 떨어졌다. 실비엔은 입을 꾹 다물었다. 지금껏 살면서 이보다 끔찍한 말을 들어 본 적이 없었다.

"그래서 칸나는 어떻게 되는 겁니까?"

"혼을 되찾기 전까지는 눈을 뜨지 못하겠지."

"찾을 수 있습니까?"

알렉산드로는 고개를 끄덕였다.

여기까지. 알렉산드로의 길은 여기까지였다.

알렉산드로는 이제 그녀를 위해 할 수 있는 일이 없었다. 바로 지금 이 순간, 이 장소가 그의 종착역이었으니. 누군가는 이 세계 밖으로 빠져나가 칸나의 조각들을 찾아와야만 했지만……

'나는 못 한다.'

그는 칸나처럼 영혼이 조각조각 부서져 최후를 앞두고 있다. 머지 않아 숨을 거둘 것이다. 게다가 한 번씩 죽음에서 되살아나 혼이 불 안정한 아디스 일족에게도 불가능했다. 세계의 벽을 넘는 과정에서 영혼이 부서질 가능성이 있다.

"찾을 수 있다면, 찾을 건가?"

그는 실비엔에게 칸나의 피를 담은 병, 그리고 책에서 찢어 낸 세 장의 종이를 내밀었다. 이것은 칸나가 발견했던 선희의 고대 연금술 서적, 그곳에서 찢어 내어 간직했던 책장이었다.

한 장은 세계를 이동하는 것. 한 장은 시간을 넘나드는 것. 그리고 마지막 한 장은 영혼을 회수하는 술법진이었다.

"칸나는 희미하지만 성력을 가지고 있다. 그것으로 알아볼 수 있을 거다."

"그러니까 성력만을 단서로 여러 세계를 쥐 잡듯이 뒤져 찾아오라 이겁니까?"

"그래. 모든 일이 끝난 후 다시 이 순간, 이 시간대로 돌아와라."

그 말에 실비엔은 실소했다.

"고작 몇 년으로 끝날 것 같지는 않군요."

말과는 달리 실비엔은 스스럼없이 물건을 받아 들었다. 찢어진 책 장에 상세하게 서술된 글자를 읽으며 고민했다.

'어쩔까.'

실비엔은 손해 보는 일은 절대 하지 않았다. 그가 한 말대로 이건 고 작 몇 년으로 끝날 일도, 고작 '고생'이라는 단어로 끝날 일도 아니었다.

하지만……

실비엔은 칸나의 얼굴을 물끄러미 응시했다. 한때 이 여자가 죽었다고 믿었을 때가 있었지. 당시 실비엔은 그녀가 살아 있을 때 하지 못했던 수많은 것을 떠올리며 후회했다.

'그래, 그랬었지.'

그렇기에 실비엔은 확신했다. 이대로 이 여자가 눈을 뜰 가능성을 무시한다면, 아마 죽는 순간까지도 편하게 잠을 잘 수 없을 것이다. 그리고 결국엔 또 후회하겠지.

이제 후회는 지긋지긋했다.

"그럼 잠시 후에 뵙죠."

그로부터 아주 긴 여행이 시작되었다.

이 세상에서 단 한 명.

오로지 실비엔 혼자만의 길고 긴 여행이었다.

잠시 후, 알렉산드로는 기척을 느끼고는 몸을 돌렸다. 바로 옆에는 조금 전에 사라진 실비엔이 홀연히 서 있었다.

실비엔은 생경한 것을 보듯 주위를 둘러보았다. 뺨에 닿는 바람과 푸른 잎의 나무, 그리고 새파란 창공까지.

그러고는 마지막으로 자신의 두 손을 내려다보았다.

이 시간의 자신. 한 줄의 주름도 없는 젊은이의 손을.

알렉산드로가 물었다.

"얼마의 시간이 걸렸지?"

그 언어를 한참 후에서야 실비엔은 이해했다.

"모르시는 게 좋을 겁니다."

실비엔이 조용히 말하며 웃었다. 그의 푸른 눈이 영겁을 지나온 별처럼 고요하게 빛났다.

"눈물 없이는 못 들을 테니까요."

칸나는 눈을 떴다.

"일어났나?"

따뜻한 시선이 그녀를 바라보고 있었다. 칸나는 멍하니 그를 응시하다가 빙그레 웃었다.

또다. 또 환상을 보고 있다. 세계수의 환상에서 보았던 알렉스. 자신에게 차갑지 않은 알렉스, 다정하기 그지없는 알렉스. 그가 자신을 내려다보고 있었다.

"피곤한 것 같군. 더 자라."

칸나는 대답하는 대신, 자신의 머리칼을 넘겨 주는 그의 손가락을 붙잡아 쥐었다. 그러자 알렉산드로가 낮은 웃음을 흘렸다.

이 사람이 이렇게 웃을 줄도 알았던가?

'역시, 이건 환상이야.'

어쩌면 과거의 기억을 보는 걸지도 모르지. 스무 살의 알렉스는 아주 가끔 이렇게 웃기도 했으니까. 알렉산드로가 말했다.

"잘 자라, 칸나."

부드러운 음성에 칸나의 마음이 편안해졌다. 마치 그날, 그 순간의 알렉스 같아서 따뜻한 행복감이 밀려온다. 스르륵, 눈을 감으며 웅얼거렸다.

"어디 가지 마, 알렉스……."

그는 대답하지 않았다. 그 대신 다정하게 축복해 주었다.

"부디 좋은 꿈만 꾸길."

이건 불공평해. 맨날 나만 잠들잖아?

나도 당신에게 그 말을 해 주고 싶은데…….

칸나는 다시 눈을 떴다.

"누님, 일어나셨습니까?"

여긴 어디지?

'침대잖아.'

심지어 칼렌의 품 안, 게다가 그의 팔을 베고 누워 있었다.

'뭐지?'

이 녀석, 분명히 죽었는데. 그런 그 녀석의 품에 잠들어 있다는 건…….

'역시 나도 죽은 건가?'

사후 세계라는 곳에 왔나 보군.

그렇게 생각하는 순간 칼렌이 그녀의 손을 잡아 올렸다. 손끝에 가볍게 입 맞추며 속삭였다.

"살아나 주셔서 감사합니다."

그의 눈시울이 붉었다. 자신을 걱정한 것 같았다.

"살아나다니, 우린 죽었잖아?"

그 말에 칼렌이 빙그레 웃었다.

"죽지 않았습니다, 누님."

"뭐?"

"살아 있습니다. 저도, 누님도."

모든 것이 서서히 또렷해졌다. 그의 목소리도, 눈빛도, 자신의 뺨을 만지는 손의 체온도 선명해졌다. 마지막으로 만졌던 칼렌의 손은 얼음장처럼 차가웠는데…….

한참 말없이 그를 올려다보다가 조심스럽게 불러 보았다.

"……칼렌?"

그러자 그가 눈을 접으며 웃었다.

"예. 부르셨습니까, 누님."

그 순간 기묘한 감격이 가슴을 울렸다. 대답한다. 영원히 침묵할 줄 알았던 칼렌이 지금 이 순간, 살아서 대답을 한다.

"이게 어떻게……?"

그때였다. 문이 쾅 열렸다.

"언니!"

이자벨과 루시였다. 그들이 잔뜩 흥분해서 달려들었다.

"언니, 일어났어?"

"어, 언니, 일어나셨어요?"

"걱정 많이 했어!"

"거, 걱정 많이 했어요!"

"언니, 예전엔 내가 미안했어! 내가 너무 지랄 맞았지! 내가 나빴어!"

"저도요! 저도 미안해요. 엄마가 아프다고 거짓말해서……."

"야, 루시. 너 왜 자꾸 내 말 따라 해?"

"따, 따라 하는 거 아녜요! 저도 언니한테 할 말이……."

뭐라는 거야? 갑자기 들어와서는. 칸나는 홀린 듯 구경하다가 그들 뒤를 따라 들어온 남자에게 시선을 넘겼다. 그의 눈과 마주치는 순간 칸나는 깊이 안도했다.

"칸나."

살아 있다. 이 녀석도 죽지 않았다.

살아서, 또 내 곁으로 왔다.

오르시니가 빠르게 다가와 칸나의 얼굴을 요리조리 돌려 살폈다.

"몸은? 괜찮냐?"

"괜찮아."

칸나는 어쩐지 머쓱해져서 그의 손을 걷어 냈다. 그러고는 방 안의 사람들을 차례차례 바라보았다.

칼렌, 오르시니, 이자벨, 루시.

모두가 죽었다고 생각했는데…….

"대체 어떻게 된 거야?"

터무니없는 현실이어서일까? 기쁨은 짧게 스쳐 갔다. 수상쩍은 의혹만이 짙게 남았다.

"다들 어떻게 살아 있어?"

특히나 칼렌과 이자벨은 자신의 두 눈으로 시신을 확인했는데.

"라파엘은? 지금 어디 있어? 게다가 난 어떻게 살아 있는 거야? 난 분명히 죽었는데?"

"진정하십시오, 누님. 제가 다 설명해 드리겠습니다."

칼렌이 그녀의 손을 잡은 채로 말을 이었다.

"라파엘은 살아 있습니다. 다만 조금, 아니, 꽤…… 상당히 많이 변하긴 했습니다만."

"변하다니, 어떻게?"

"누님이 직접 확인하시는 게 좋겠습니다. 어쨌든 그는 무사합니다."

그리고 이야기가 계속되었다. 도저히 믿을 수 없는 이야기가.

"이게 다 그 사람이 한 일이란 말이야? 그리고……."

순간 목이 탁 막혔다.

"떠났다고?"

알렉산드로 아디스는 저택을 떠났다.

"놀다 오겠다."

"언제 돌아오실 겁니까?"

"노는 게 질리면."

이렇게 당당하게 방랑을 선언했다는데, 도저히 믿기지 않았다.

"네. 저기, 언니에게 이 편지를 남기셨어요."

그때 루시가 재빨리 끼어들어 편지를 내밀었다. 이자벨이 믿기지 않는다는 듯 투덜댔다.

"루시, 아버지가 너에게 이걸 맡기셨어?"

"네에."

"이상하네. 왜 너처럼 어수룩한 꼬맹이에게 이런 걸 맡겼지?"

"저, 저는 어수룩하지 않아요!"

그러나 칸나는 알고 있었다. 그가 루시에게 편지를 맡긴 이유를.

'다른 사람들이 보면 안 되니까.'

아마도 아주 비밀스러운 이야기가 쓰여 있겠지. 루시라면 몰래 볼 리가 없으니까.

"모두 나가 줄래? 잠시만 혼자 있고 싶어."

그렇게 모두를 내보낸 후 마침내 혼자만이 남았다. 편지를 뜯는 칸 나의 심장이 빠르게 뛰었다.

"나를 구해 줘, 알렉스."

그로부터 시작된 이야기였다.

한 남자의 인생을 씹어 삼킬 저주인지도 모르고 속삭인 달콤한 부탁으로부터, 이 모든 것이 시작되었다.

그리고 마침내 끝이 났다.

알렉산드로는 기어코 그녀를 구해 내었다.

그러니 이제는 다음 페이지를 넘길 차례이지 않은가?

'어쩌면 나와 단둘이 떠나서 살길 바란 걸 수도 있어. 그래서 먼저 떠난 걸지도.'

이 편지 안에는 목적지가 적혀 있을지도 모른다. 어디에서 네가 올 때까지 기다리겠다, 이런 말이 있을지도……

<이제 다시는 연금술에 손대지 마라. 세계의 벽이 부서지지 않도록 주의해라.>

그러나 첫 문장은 예상과는 달리 엄격한 잔소리였다.

<일전에 네가 한 말이 옳다.

나는 너를 살리기 위해 선희와 협조했다.

수십 년 전, 잠시 너를 연모한 것은 사실이지만 젊은 시절의 약속만으로 너를 지킨 것이 아니다.

네가 죽으면 세계도 죽는다.

오로지 너만이 세계수를 없애고 세계의 균열을 막을 수 있는 단 한 사람이었다.

그렇기에 너를 누구보다도 중요시한 것이다.

또한 네가 저주라고 믿은 나의 영생, 그것은 최후의 순간 너희에게 생명을 나누기 위한 연금술이었다.

그 부작용으로 불면이 생겼지만 이번 일로 모두 다 사라졌다.

이제 다 끝났다, 칸나.

나는 휴식과 자유를 누릴 권리가 있다.

그러니 너 또한 너의 삶을 살도록.>

"하."

딱딱 끊어지는 필체가 어찌나 냉정한지.

그러니까 결론은, 서로 갈 길을 가자는 것이었다. 이제 네 인생 살아라. 나도 내 인생을 살겠다. 방해는 사절이다. 그런 편지였다.

'결국 이렇게 된 건가.'

가슴속에 시린 바람이 불어왔다. 지독한 쓸쓸함에 손끝이 아렸지만, 그래도 꾹 견뎌 냈다. 그동안 질리도록 겪은 그의 냉담함 덕분일까? 못 견딜 정도는 아니었다.

'이것이 알렉스가 원하는 거라면 어쩔 수 없지.'

게다가 모든 것을 잊기로 그와 약속했으니, 이제는 자신이 약속을 지킬 차례였다.

'그래도 고맙다는 말 한마디라도 하고 싶었는데.'

하지만 언젠가는 다시 만나겠지. 자유와 휴식을 누리다가 집이 그리워지면 한 번쯤은 돌아오겠지. 구해 줘서 고맙다는 말은 그때 해도 늦지 않을 것이다.

문득 슬퍼지려 했지만 일부러 기운차게 생각했다.

'괜찮아. 슬퍼할 필요 없어.'

비록 시간에 휩쓸려 알렉스의 사랑은 사라졌지만, 가짜가 되는 건 아니다. 거짓이 되는 것도 아니었다.

그건 진짜였다.

그러니까 그리워지면 그때의 추억을 꺼내 보면 되는 것이다.

수십 년 전, 그가 자신에게 산딸기를 따다 주었던 때. 혹은 그에게 문자를 알려 주던 때라든가, 같은 방에서 서로를 의식하느라 단 한숨도 잠들지 못했던 때. 그것도 아니면 얼마 전 해안 마을에서의 시간을 떠올리는 것도 좋겠지.

사랑은 그 순간에 영원히 존재할 테니까.

칸나는 편지지를 들어 올렸다. 그가 남긴 글자에 입술을 맞췄다.

"안녕, 알렉스."

부디 자유롭게 살아. 더는 무언가를 지키기 위한 삶이 아닌 당신 자신만을 위한 삶을. 그리고…….

"잘 지. 좋은 꿈 꿔."

대체 뭐가 문제였을까?

알렉산드로는 터진 냄비를 바라보다가 한숨을 내쉬었다. 이번에도 어김없이 폭발했다. 그는 머리카락 위로 떨어진 양파를 털어 냈다. 그러나 이번에도 맛은 제법 있었다.

그는 스튜를 한 그릇 비운 후, 사뭇 비장한 얼굴로 유리컵을 바라보았다. 당근 주스였다.

"……."

갈등은 짧았다. 그는 과감하게 손을 뻗어 한입에 털어 마셨다. 그리고 빠르게 컵을 탁 내려놓았다.

'괜한 시도였군.'

마지막이라서 혹시나 하는 마음에 시도해 보았지만, 역시나. 역시나 이 빌어먹을 당근은 인간이 먹을 수 있는 채소가 아니었다.

알렉산드로는 설거지를 한 후 집을 청소했다. 몸을 씻은 후에는 깨끗한 잠옷으로 갈아입었다.

이제 끝이 다가오고 있다.

영혼이 조각조각 부서지고 있을 뿐만 아니라 성력 또한 먼지처럼 바스러지고 있었다. 이것은 신벌이었다. 세계의 인과율을 어긴 형벌이었다.

그리고 알렉산드로는 기꺼이 그 대가를 치를 생각이었다.

마침표를 찍기 전, 소파에 앉아 오랜만에 궐련을 한 대 피웠다. 그러고는 아주 낡은 편지를 꺼내 읽어 내렸다. 세월 탓인지 글자가 흐릿했지만 그에게는 보였다. 이미 수십 번 수백 번 읽었기에 머릿속에 또렷하게 각인되어 있다. 그녀가 귓가에서 속삭이는 듯 선명하기까지 했다.

"다시 만나요."

이것이 그가 제일 좋아하는 문장이다.

알렉산드로의 입가에 희미한 미소가 스쳤다. 생각해 보면 자신은 행운아였다. 본래라면 만나지도 못할 여자를 기적처럼 만났고 사랑했고 재회했다. 그 과정에서 수많은 고통이 있었지만 모두 다 견딜 수 있는 것이었다.

그가 견딜 수 없는 것은 단 하나, 그녀를 만나지 못하는 일이었으니.

"너를 만나서 좋았다."

그것으로 끝이었다. 알렉산드로는 궐련을 재떨이에 비벼 끈 후 편지를 협탁 위에 올려놓았다. 그러고는 침대에 누웠다.

졸음은 금방 밀려왔다. 당연한 일이다. 너무나도 피곤하니까, 다시는 일어날 수 없을 만큼 지쳤으니까.

그러니 이제는 잠을 자야 할 때였다.

멀어지는 감각 속, 창밖에서 파도 소리가 희미하게 들려왔다. 환청일까? 부서지는 물결에서 그녀의 목소리가 들리는 듯했다.

"잘 자. 좋은 꿈 꿔."

알렉산드로는 천천히 눈을 감았다. 만약 나에게도 마지막으로 꿈을 꿀 기회가 있다면 나는…….

곧이어 짙은 어둠이 해일처럼 밀려왔다. 그를 집어삼켰다. 아주 깊숙한 아래로 끌고 내려갔다.

깊고,

어둡고,

아늑한 곳으로.

마침내 알렉산드로는 수십 년 만에 처음으로 잠들었다.

영원한 휴식이었다.

chapter 29

안 돼.

"야."

가지 마.

"야, 칸나."

이렇게 가면 어떡해.

"칸나!"

그 순간, 칸나는 눈을 번쩍 떴다. 그와 동시에 파도처럼 후려치는 감정에 숨을 헐떡였다.

거대한, 너무나도 거대한 슬픔이었다.

"칸나."

단호한 힘이 그녀를 붙잡았다. 짙은 어둠 속에서 오르시니가 그녀를 바라보고 있었다.

"괜찮다. 악몽이야."

"……."

"꿈일 뿐이다."

악몽이라고?

'아, 그렇구나.'

그저 꿈을 꾼 거구나. 다행이다.

칸나는 스르륵 눈을 감았다. 한 방울 남은 꿈의 잔재가 뺨을 타고 흘렀다. 그러자 오르시니가 망설이다가 그녀의 눈물을 닦아 주었다.

"대체 무슨 꿈이기에 등신처럼 질질 짜?"

칸나는 잠시 침묵하다가 중얼거렸다.

"기억 안 나."

그러고는 다시 그의 팔에 얼굴을 묻었다.

"……잘 자라."

한참 후에서야 오르시니가 잠긴 목소리로 말했다.

칸나의 몸은 터무니없이 약해졌다.

알렉산드로가 남긴 말에 따르면 칸나의 영혼은 여전히 여러 개로 갈라진 상태이며, 억지로 한 몸 안에 꿰매 모은 거라고 했다. 즉 자칫 잘못하면 다시 흩어져서 사라질 수 있다는 것이다.

"그러니 칸나는 평생 성력을 수혈받아야 살 수 있을 것이다."

라고 한다.

성력으로 혼을 안정적으로 붙잡아 줘야만 삶을 연명할 수 있었다. 설마 하는 마음에 성력 없이 버텨 보았는데, 점차 몸이 아파지기 시작하더니 피를 토하고 기절했다.

'그래도 살아 있는 게 어디야?'

어쨌든, 지금은 이것저것 실험해 보는 단계다. 지금까지 시도해 본 바로는 하루에 여섯 시간 정도는 성력을 주입받아야 일상생활에 지장이 없었다. 그 이하가 되면 방전된 것처럼 비실비실해지고는 했으니.

오랜 시간 신체를 접촉하고 있기에는 잠자리보다 적합한 게 없었다. 그래서 어제는 칼렌과 잤고, 오늘은 오르시니와 잤다. 자신이 이틀에 한 번꼴로 성력을 쪽쪽 빨아 가서일까? 그들의 안색이 나날이 나빠지고 있었다.

"너 정말 괜찮니?"

"뭐가?"

이른 아침. 막 침대에서 몸을 일으킨 오르시니가 퀭한 얼굴로 말했다.

"아무 문제 없다."

누가 봐도 불면과 욕구 불만으로 찌든 얼굴이지만 칸나는 그저 모른 척했다.

"야."

"응?"

오르시니가 머뭇거리며 자신의 입매를 쓸었다. 그러다가 툭 물었다.

"나랑 결혼할래?"

뭐래? 칸나가 혐오스러운 표정으로 대답을 대신했으나 오르시니는 태연했다. 이 정도 반응은 각오한 듯했다.

"생각해 봐라. 넌 이제부터 성력을 주입받으며 살아야 한다."

"지금 그러고 있잖아? 문제 있니?"

"제길. 그럼 문제가 있지, 없냐!"

오르시니가 결국 참지 못하고 버럭 소리쳤다.

"칼렌 그 개새끼가 언제까지 얌전히 성력만 줄 것 같아? 그 변태 같은 새끼, 틀림없이 밤새 온갖 망상을 하고 있을 거다. 내가 장담하는데, 그 자식 언젠가는 반드시 널 잡아서 해치울걸. 이 빌어먹을 망할 새끼!"

상상만으로 화가 난 걸까. 오르시니가 잔뜩 열이 올라 씩씩거렸다. 그러나 칸나는 차분하게 대응했다.

"넌?"

"뭐?"

"넌 그런 상상 안 해?"

오르시니의 말문이 막혔다. 칸나는 혀를 찼다.

"하여간 뭐 눈에 뭐만 보인다더니."

"……그래서 결혼하자는 거 아니냐."

오르시니가 헛기침을 했다. 아무렇지 않은 척했지만 그의 입술 끝자락이 미세하게 떨리고 있었다.

"너도 둘보단 한 놈이랑 엮이는 게 낫잖아?"

"……."

"성가신 건 내가 다 처리할게."

"……."

"결혼하자고. 어?"

어린애도 아니고 막무가내로 조르고 있냐…….

칸나는 경멸의 눈으로 그를 노려보았다.

그러다 문득 예전 기억이 떠올랐다. 얄덴 왕국, 결혼식을 앞둔 자신에게 떠나자고 한 오르시니가.

'예나 지금이나 똑같아.'

무식하게 돌진하는 것밖에 모르지. 그러다가 또 들이받혀서 나동

그라지면 어쩌려고?

그런데 어째서인지 더는 예전처럼 굴고 싶지 않았다. 이제는 상처 주고 싶지 않다.

"그랬다가는 너 나한테 성력 다 빨려서 죽어."

"안 죽어."

"그래, 죽지는 않겠지만 시름시름 앓을걸. 성력이라는 게 아무리 다시 차오른다지만, 하루의 공백도 없이 나한테 줬다가는 회복할 기회도 없을 거야."

"상관없다."

역시나 말이 안 통하는군.

'지금도 안색이 안 좋아졌는데.'

이틀에 한 번꼴로 성력을 나눠 주어서인지, 오르시니의 상태는 확실히 이전보다 좋지 않았다. 만일 그에게만 전적으로 의존하게 되면 이 녀석은 정말 미라처럼 말라비틀어질 것이다.

그걸 알면서도 오르시니는 칸나를 독점하길 바랐다. 미라가 되든 밀랍 인형이 되든 상관없었다.

그러나 칸나는 상관이 있었다. 아주 많이. 그러니 그의 자기 파괴적인 독점욕을 꺾어야만 했다.

"너 질투 때문에 이러는 것 같은데, 네가 그럴 자격이 있니?"

그 말에 오르시니의 얼굴이 굳었다. 칸나는 그의 뺨을 톡톡 건드리며 계속 말했다.

"욕심이란 게 끝이 없네. 그렇지? 예전엔 그저 옆에 있게만 해 달라고 매달려서 빌었던 것 같은데…… 결혼을 하자고?"

아. 안 되겠네. 못 하겠다. 오르시니의 눈이 상처로 일그러지는 것

을 보니, 혀끝이 아팠다.

"난 사람 정기를 다 빨아먹는 흡혈귀가 될 생각은 없어."

그래서 저도 모르게 그를 달래는 듯한 말을 하게 되었다.

"이자벨이 훗날 성력 발현이 능숙해지면 내게 나눠 준다고 했어. 그리고 실비엔도 즉위가 끝나고 여유가 생기면 돕겠다고 했고."

실비엔. 그 이름에 오르시니의 주먹 위로 핏줄이 돋아났다.

'하여간, 저 성깔머리 하고는.'

오르시니는 정말이지 질투의 화신이었다. 칸나는 결국 한숨을 내쉬며 진심을 말했다.

"나 때문에 네가 망가지는 건 싫어."

"……뭐?"

오르시니의 입술이 벌어졌다. 바보 같은 표정으로 바라본다.

"뭐라고 했냐, 지금?"

"못 들었으면 됐어."

"아니, 아니. 다시 한번 말해 봐라. 뭐라고?"

"몰라. 바보. 등신. 재수 없어."

칸나는 욕을 내뱉은 후 방을 획 빠져나갔다.

'흡혈귀라. 틀린 말은 아니네.'

발렌티노 공작저로 향하는 마차 안, 칸나는 자조적으로 웃었다.

자신은 칼렌과 오르시니의 성력에 의존하여 살게 되었다. 곧 실비엔도 이 성력 수혈에 동참할 것이다.

'다들 내가 뭐가 좋다고 그렇게까지 하는 걸까?'

이자벨도 기꺼이 그녀를 위해 성력 발현 연습에 들어갔으나, 루시는 도울 수 없음에 울상을 지었다. 루시는 칸나처럼 이물질이 섞였기에 성력이 미미했던 것이다.

그러나 비참해하지 않기로 했다. 이것은 알렉스가 온 생을 걸고 지켜 준 삶이었으니까.

'알렉스, 잘 지내고 있는 거야?'

칸나는 마차 밖의 하늘을 올려다보았다.

그가 궁금했지만, 큰 걱정은 하지 않았다. 이 세상에 그 사람보다 강한 자가 없을 테니까. 지금쯤 그의 시간을 온전히 누리고 있겠지.

'어디서든 잘 지내야 해, 알렉스.'

맛있는 음식 많이 먹고, 낮잠도 늘어지게 자고, 취미 생활도 즐기고. 그렇게 행복하게 지내고 있기를.

이자베르크 황가가 멸망했다.

황제와 황후가 죽고 릴리엔느 황녀는 실종된 것이다. 이럴 경우 본래는 황가의 방계 혈족을 찾아야 마땅하지만, 모두가 반대했다. 황족 중 검은 사도가 발견된 직후 검은 틈이 갈라졌기 때문일까. 제국민들은 이자베르크 황가에 천벌이 내렸다고 여긴 것이다.

그렇기에 당연한 수순으로 시선은 발렌티노에게 향했다.

실비엔 발렌티노. 검은 사도 테레사 귀비를 축출하고, 이번 재앙에서 기사단을 이끌며 마물을 토벌한 성기사의 후손.

거리에는 그를 새 황제로 추대하는 행렬이 가득했고 귀족원에서도 압도적인 지지가 쏟아졌다.

"아아, 귀찮아 죽겠습니다."

정작 본인은 하기 싫어서 죽으려고 하지만.

실비엔은 찻잔에 설탕을 넣은 후 티스푼으로 휘적휘적 저었다.

"제가 대체 전생에 어떤 죄를 지었는지 모르겠습니다. 한 시라도 쉴 수가 없군요."

그러고는 또 하나, 설탕을 퐁당.

"그렇게 귀찮으면 그냥 안 하면 되잖아요?"

"저 아니면 누가 합니까?"

실비엔은 아주 예민해 보이는 미소를 지었다.

"불타는 망아지에게 맡길까요? 아니면, 흰머리 변태에게?"

누군데, 그게? 설마 그 녀석들을 말하는 건가?

"그 두 사람은 당신과 관련한 일이면 제국이고 뭐고 팔아먹을 작자들입니다."

"음……."

맞는 말이라 변호를 못 하겠다.

'그 녀석들은 얼마나 티를 내고 다닌 거야.'

실비엔은 그들과 혈연이 아닌 것을 알고 있을뿐더러 두 형제가 품은 감정을 훤히 꿰뚫어 보고 있었다. 아니, 이제는 그냥 모르는 게 아무것도 없어 보였다.

그때 실비엔이 설탕을 하나 더 넣자 칸나는 참지 못하고 물었다.

"설탕 너무 많이 넣는 거 아니에요?"

"입맛이 바뀌었습니다. 단 것으로 가득한 세상에 다녀온 탓이죠."

자신의 영혼을 찾아왔을 때 이야기를 하는 거군. 안 그래도 그 얘기를 들으러 왔다.

"오늘은 말해 줘요, 실비엔. 무슨 일이 있었던 거예요?"

"싫습니다."

"……."

"당신이 직접 기억해 내십시오."

이 고집불통 같으니라고.

실비엔은 그녀가 눈을 뜬 이후 "아무것도 기억 안 나요?"라고 물었고, 기억 안 난다는 말에 실망해서는 돌아갔다. 그러고는 내내 이런 상태. 즉 삐진 것이다.

'아니, 정말 아무것도 기억 안 나는데 어떡해!'

자신의 영혼 조각과 어떤 일이 있었는지 모르겠지만 뭔가 대단한 것이 있었던 게 분명했다. 그러니까 저 인간이 답지 않게 토라져 있는 거겠지.

그런데 문제는, 그를 볼 때마다 가슴 한구석이 묘하게 울렁인다는 것이었다. 아마 영혼이 조각났던 세월의 흔적일 테지. 칸나는 이 감정의 출처를 알고 싶었다.

"기억이 안 나는 걸 어쩌라고……."

툴툴거리자 그의 푸른 눈이 묘하게 반짝였다. 실비엔이 요사스러운 눈웃음을 지었다.

"도와줄까요? 기억나게 해 줄 수 있는데."

"어떻게요?"

그가 긴 다리를 꼬며 등받이에 몸을 기대었다. 깍지 낀 두 손을 무릎에 얹으며 미소 지었다.

"자고 가요, 오늘."

"성력을 주려고요?"

"뭐, 이것저것 겸사겸사."

그 이것저것에 뭐가 들어가는 건데? 칸나는 기가 막혀서 웃음을 터뜨렸다.

"이봐요, 서로 오해가 있는 것 같은데⋯⋯."

"남녀가 한 침대에서 자는데 무슨 오해를 합니까?"

실비엔은 순진한 어린애 대하듯 쯧쯧 혀를 찼다.

"두고 보십시오. 오르시니와 칼렌이 참는 것도 하루 이틀이지, 제가 장담하는데 길어 봤자 1년일걸요."

실비엔은 제가 말해 놓고는 기분이 상했는지 다소 사납게 웃었다.

"아아, 그 자식들 다 벼락 맞아 죽었으면 좋겠네."

"⋯⋯실비엔? 지금 입 밖으로 말한 거 알고 있어요?"

"실례했습니다. 속으로만 생각한다는 것이 그만."

"⋯⋯."

"어쨌든 육체의 결합은 기를 소통하는 최상의 방법이죠. 시간 대비 가장 효율적으로 성력을 전달할 수 있을 겁니다."

그렇게 말하다가 문득 생각난 듯 말을 멈추었다.

"실험해 볼래요?"

그러고는 아주 자연스럽게 일어나 그녀의 옆에 앉았다. 그의 단단한 허벅지가 바짝 맞닿았다.

"실비엔?"

실비엔은 대답 없이 칸나의 턱을 붙잡았다. 그 순간 성력이 스며들었다.

'와.'

아디스와는 다른 느낌이다. 아디스의 성력이 뜨겁고 강렬한 불꽃이라면, 발렌티노의 것은 너무나 맑고 깨끗해서, 수면 아래가 다 들여다보이는 호수 같은…….

그 청아한 성력에 감탄하는 찰나 그가 아주 가까워졌다.

실비엔 발렌티노는 대단히 아름다웠다. 지금 이 순간 칸나는 완벽하게 현혹되었다. 반짝이는 은빛 머리칼이 빛살처럼 쏟아지고, 숨결마저도 향기로워서…….

딱히, 거절해야 할 이유도 없고.

그래서 눈을 감았다. 입술이 부드럽게 맞닿았다.

"……!"

거의 동시에 엄청난 양의 성력이 빨려 들어왔다. 거대한 물결처럼 밀려와 몸 구석구석까지 뻗어 갔다. 그 강렬한 침입에 칸나의 머릿속이 새하얘졌다.

"굉장하네요."

잠시 후 실비엔이 속삭였다. 그의 새파란 눈에 처음 보는 열기가 일렁였다.

"당신도 느끼셨습니까?"

느꼈다마다. 지금까지의 방식이 초봄의 빗방울이었다면, 조금 전은 하늘에 구멍이 뚫린 듯 쏟아지는 폭우였다.

"실비엔, 당신은 괜찮아요?"

"괜찮습니다."

"하지만 지금 성력이……."

"제가 성력이 좀 많습니다. 성욕도 많고요."

칸나는 귀를 의심했다. 지금 무슨 말을……

'잠깐.'

그러고 보니 언제 소파에 누운 건지, 언제 그의 돌덩이 같은 몸에 짓눌린 건지, 언제 가슴팍의 리본이 풀린 건지 알 수가 없었다. 대체 어느새…….

"잠깐, 실비엔."

그는 다시 얼굴을 내렸다. 입술, 뺨, 턱, 목덜미, 그리고…….

"잠깐만!"

다음 순간, 실비엔의 목이 꺾여 올라갔다. 칸나가 그의 머리채를 잡아당긴 것이다. 실비엔이 비스듬하게 시선을 내려 그녀를 바라보았다. 입꼬리를 올렸다.

"거칠군요. 이런 걸 좋아합니까?"

"농담하지 말고 비켜요. 저는 다음 약속이 있다고요."

"약속? 누구와?"

"라파엘."

그 말에 실비엔의 한쪽 눈썹이 올라갔다. 그러나 순순히 그녀의 몸 위에서 물러났다. 그러고는 그녀의 리본을 직접 매듭지어 주며 말했다.

"수위가 조금 높았습니까? 죄송합니다. 어린애에게 못 하는 짓이 없었군요."

"이건 수위의 문제가 아니라…… 잠깐, 누가 어린애라는 거죠?"

"제가 보기엔 어린애입니다. 이걸 언제 키운다."

그냥 닥쳐야겠다. 예전에도 상대하기 힘든 사람이었는데 이제는 정말이지, 도저히 쫓아갈 수가 없다.

"어떻습니까. 제 가정이 맞죠?"

"그러네요. 확실히."

"받아들이십시오. 당신은 다른 여성들과 같은 평범한 삶, 절대 못 삽니다."

"당신은 아무렇지도 않아요? 나에게 남다른 감정을 가진 것 같은데."

직설적으로 꼬집는 것은 처음이었지만 실비엔은 스스럼없이 인정했다.

"물론 그렇습니다만, 저는 당신의 안위가 걸린 일에 감정적으로 굴 만큼 어리석지 않습니다."

그러고는 코웃음 쳤다.

"당신 집에 사는 불타는 망아지와는 달라서 말이지요."

"……대체 얼마나 오래 살았기에 그렇게 초탈한 거예요?"

"알고 싶습니까?"

그 순간, 실비엔의 웃음기 어린 얼굴 너머로 기나긴 세월이 스쳐 지나간 듯했다.

"알게 되면 당신은 틀림없이 울 텐데요."

칸나는 차마 아무 말도 할 수 없었다. 실비엔이 다정하게 말했다.

"괜찮아요. 저 같은 인생도 있는 겁니다. 당신 같은 인생도 있는 거고요."

"고마워요, 실비엔."

"자고로 감사와 사과는 침대 위에서 하는 겁니다."

우아한 얼굴로 그런 말을 잘도 하는군. 예전에 음담패설 할 때부터 알아봤지.

그때 실비엔이 물었다.

"라파엘은 요새 어떻습니까?"

"여전해요."

"여전히 무섭습니까?"

돌변한 라파엘을 생각하자 저절로 한숨이 나왔다.

"네."

라파엘을 두려워하는 날이 오게 될 줄이야.

❦

신령의 방으로 들어서는 순간, 칸나는 차가운 눈빛에 움찔 멈추었다.

"늦으셨습니다."

약속 시간보다 2분이 지나 있었다.

"미안해. 많이 기다렸니?"

"……."

대답도 안 한다. 찬바람이 쌩쌩 불었다.

"미안해, 라파엘."

"아니요. 미안할 것까지야."

라파엘이 불손하게 웃으며 빈정거렸다.

"제가 귀찮으신 것 같은데. 오기 싫으면 오지 마십시오."

신이시여. 사춘기 남자애는 어떻게 다뤄야 하나요?

'미치겠네, 진짜.'

칸나는 한숨을 꼭 참았다.

세계수와 분리되고 부활한 라파엘은 아주 많이 변했다.

열일곱 살. 내내 세계수 안에서 살다가 처음 빠져나왔던 그 찰나로 회귀한 것이다. 비유적인 표현이 아니라, 그는 정말 열일곱 살 소년으로 돌아갔다. 몸과 마음과 기억까지, 모두 다.

'그래, 과거에서 만났던 라파엘의 외모가 이랬지.'

그는 세계수에서 빠져나온 이후로 겪은 모든 것을 잃어버렸지만, 단 하나. 칸나에 대한 기묘한 마음만큼은 여전히 가지고 있었다. 그녀가 누구인지 잊었음에도 감정만큼은 그대로였던 것이다.

그래서일까? 라파엘은 예전처럼 죽고자 하지 않았다. 오히려 삐뚤어진 어린아이처럼 관심을 요구했다.

"오기 싫을 리 있겠니? 난 네가 기억을 되찾는 걸 돕고 싶어."

라파엘이 칸나를 노려보았다. 잔뜩 날이 선 반항적인 눈빛이었으나, 사실 그건 두려움이었다. 귀찮아할까 봐, 다시는 오지 않을까 봐 무서워하고 있다.

그것이 안타까워 칸나는 일부러 다정하게 말했다.

"라파엘, 꿈 얘기를 해 줘. 최근에는 몇 개의 꿈을 꿨어?"

"기억나는 것은 총 세 개입니다."

불행 중 다행으로 그의 기억 조각들은 꿈을 통해 하나둘씩 나타나고 있었다.

"당신이 제게 우유를 줬습니다."

"⋯⋯아."

"특이한 방식이었습니다."

"그건 말이지."

으음. 칸나는 대충 얼버무렸다.

"성인이 되면 자세히 설명해 줄게."

"지금은 안 됩니까?"

"안 돼."

"빌어먹을."

"······뭐라고?"

라파엘이 욕을 했어? 칸나는 깜짝 놀라 눈을 휘둥그레 떴다. 그러나 그는 태연하게 말을 돌렸다.

"또 다른 꿈에서는 제가 당신을 주인님이라고 부르더군요."

"아, 그건······."

칸나의 얼굴이 확 붉어지자 소년의 눈이 깊게 가라앉았다.

"당신과 저는 대체 무슨 관계였습니까?"

"그건 말이야, 네가 나를 굉장히 따르고 싶어 했거든. 너는 명령 듣는 걸 좋아했······."

아니지, 이건 아니지. 칸나는 고개를 젓다가 다시 반듯하게 대답했다.

"네가 성인이 되면 알려 줄게."

라파엘이 불만을 지그시 담아 그녀를 바라보았다.

"또 무슨 꿈을 꿨니?"

"······그건."

라파엘이 망설이다가 말했다.

"제가 울고 있었습니다."

"······."

"겁에 질려 있었던 기억이 납니다. 당신이 나를······."

자존심 때문일까, 그는 얼굴을 붉힌 채 미간을 확 좁혔다.

"대체 저는 왜 그렇게 당신을 두려워한 겁니까? 당신이 뭐라고?"

칸나는 화가 난 소년의 얼굴을 물끄러미 바라보다가 손을 뻗었다.

"네가 나를 많이 좋아했어."

머리칼을 쓰다듬자 천천히 끓어오르던 소년의 분노가 다시금 사그라들었다.

"……당신은?"

잠시 후 그가 조용히 웅얼거렸다. 여전히 강한 척하지만 잔뜩 겁에 질린 눈이었다.

"당신은 절 좋아했습니까?"

"물론이지."

"하지만 꿈속의 저는 언제나 두려워했습니다. 언젠가 당신이 저를 버릴 거라 생각했습니다."

그 말에 칸나의 마음이 또다시 아파 왔다. 그것이 아마 지난날 라파엘의 진심일 것이다.

'라파엘은 언제나 두려워하고 있었구나.'

당연한 일이었다. 그는 그녀에게 오랫동안 외면당했고 몇 번이나 거부당했다. 그가 힘을 기르면 함께하겠다는 약속도 매몰차게 어기지 않았던가?

그럼에도 라파엘은 지치지도 않고 그녀를 기다려 주었다. 항상 같은 자리에 있는 나무처럼, 언제나 그녀의 뒤에 서 있었다.

백골이 되어 죽을 때까지.

"라파엘, 나는 절대 널 안 버려."

그 말에 소년의 눈가에 눈물이 찰랑 고였다. 그리고 그 반응이 당혹스러운지 서둘러 문질렀다.

가여워라. 칸나가 라파엘의 등을 쓸어 주자 그가 거칠게 쳐 냈다.

"함부로 만지지 마십시오."

"아, 미안."

"어쨌든, 저는 도움이 될 겁니다. 당신에게 성력을 줄 수 있다고요."

소년은 칸나의 말을 신뢰하지 못했다. 그래서 매번 자신의 쓸모를 증명하려고 했다. 그러나 칸나는 단호히 거부했다.

"고마워. 하지만 당분간은 네 회복에 집중하는 게 좋겠어."

자신을 돕지 않아도, 쓸모가 없어도 곁에 있을 거다. 일단은 그런 믿음부터 심어 주고 싶었다. 게다가 일단은 소년이기도 했으니까. 칸나는 나이 핑계를 댔다.

"넌 어리잖니. 어른을 돕기엔 아직 일러. 다 크면, 그때 도와줘."

"1년 후에는 저도 성인입니다. 그때는 할 겁니다."

어째서인지 경고처럼 들리는 말이었다.

"약속하세요."

그가 새끼손가락을 내밀었다. 순간 칸나는 웃음을 터뜨릴 뻔했다.

'애는 애네.'

칸나는 새끼손가락을 걸었다.

"약속할게, 라파엘."

다시는 너와의 약속을 어기지 않을 거야. 무섭게 만들지도 않을 거야. 지난번에는 두려움에 떨며 죽어 가도록 내버려 두었지. 아직도 그가 마지막으로 내쉰 안도의 숨결이 생생했다. 너를 미워하지 않아, 그 한마디에 내뱉은 눈물과 한숨이.

'다시는 그렇게 만들지 않을 거야.'

그런 아픔은 한 번으로 충분했다.

"아아, 피곤해……."

긴 하루였다. 목욕을 마친 칸나는 침대 위로 엎어졌다.

"누님, 들어가겠습니다."

그때 칼렌이 들어왔다. 오늘은 칼렌 차례였다.

"오랜만에 발 마사지를 해 드릴까요?"

"음…… 좋아."

고맙게도 칼렌이 그녀를 안아 소파에 앉혀 주었다.

'아, 좋다.'

그와 닿는 순간 스며들어 오는 성력. 빗방울이 내리는 듯한 감각이었다.

"편안하십니까?"

"응."

"원하신다면 다른 곳도 마사지해 드리겠습니다."

"……."

적당히 해라, 적당히. 칸나가 슬쩍 눈을 떠서 흘겨보자 칼렌이 장난스럽게 웃었다. 진담 섞인 농담이라는 듯.

'하여간……'

진짜 이상한 것은, 이 녀석이 싫지 않다는 것이다. 한때는 정말이지 벌레처럼 끔찍하게 싫었는데.

'하긴, 당연한 건가?'

칼렌이 언제든 자신을 위해 목숨을 바칠 수 있다는 걸 안다. 실제로 이미 그랬다는 것 또한 알고 있다. 자신을 해하느니 차라리 계단에서 홀로 비참하게 죽는 것을 택했지.

그렇게 생각하니 도저히 미워할 수 없다. 오히려 머리칼을 쓰다듬고 싶은 기묘한 충동마저 들었다. 그리고…….

죽지 않았으면 좋겠다.

다시는 자신의 부름을 무시하는 칼렌 따위는 보고 싶지 않았다.

"주무십시오. 잠들면 제가 침대로 모시겠습니다."

"응. 오늘 밤도 잘 부탁해."

칸나는 눈을 감았다. 그 순간에 깨달았다.

'아, 그렇구나. 이제 나는 아무도 미워하지 않는구나.'

약간의 불편함은 생겼지만, 지금만큼 마음과 환경이 편안한 적은 없었다.

'그런데 왜 이러지?'

잠을 자려고 하면 매번 마음 한구석이 불편해진다. 가시가 돋친 듯 따끔거렸다. 아주 중요한 것을 잃어버린 것처럼.

잃은 것은 아무것도 없는데.

그렇게 여러 남자에게 성력을 받는 환경에 적응이 될 무렵. 칸나는 슬슬 좀이 쑤시는 것을 느꼈다. 아무리 환자가 되었다지만 이대로 아무것도 안 하고 살아갈 수는 없었다.

'지식을 썩히는 것도 아까우니까.'

다시 의술을 써먹을 때가 왔다.

다만 일선에 직접 나서서 사람을 치료하는 대신, 의술을 가르치는 데 집중했다. 직접 아카데미에 나가 강의했으며, 책을 집필했고, 몇몇 우수한 제자들을 선별하여 키우기까지 했다.

그럭저럭 평화로운 나날이었다. 그 시간 동안 알렉산드로와는 단 한 번도 만날 수 없었다.

'그래도 어디선가 잘살고 있겠지.'

잊으려고 노력했다. 잊기로 약속했으니까.

그리고 그녀는 노력한 일은 대부분 해내는 편이었다. 종종 알렉스
가 떠올랐지만, 시간이 흐를수록 그 횟수가 조금씩 줄어들었다. 마음
의 통증 역시 점차 약해져 갔다.

언젠가는 그를 완전히 잊겠지. 그저 추억으로만 떠올리는 날이 오
겠지.

그것도 나쁘지 않을 것 같았다.

그렇게 3년이 흘렀다.

"아, 힘들어 죽겠네."

마차 안, 칸나는 벽에 머리를 기대며 한숨을 내쉬었다.

'빨리 아디스로 돌아가고 싶은데.'

강의를 끝내고 돌아가는 길, 갑자기 내린 폭우 탓에 건너야 하는
다리가 훼손된 것이다. 시간이 지체되자 성력이 점점 바닥난다. 몸이
조금씩 욱신거리며 아파오기 시작했다.

그때 마부가 제안했다.

"다른 길로 돌아가야 할 듯한데, 그 길이 제법 험준합니다. 괜찮으
시겠습니까?"

"괜찮아요."

칸나는 곧장 수락했다. 그러나 잘못된 선택이었다.

"피해! 낙석이다!"

"무너진다!"

산비탈 아래를 지나던 중 번개가 내리쳤다. 세상이 쪼개지는 굉음과 함께 암석이 와르르 무너져 내렸다. 그대로 마차를 후려치고 짓눌렀다. 칸나는 눈앞의 모든 것이 일그러지는 충격 속에서 눈을 감았다.

'이대로 죽는 건가?'

아니, 아니다. 칸나는 쏟아지는 비를 맞으며 정신을 찾았다.

죽지 않았다.

'누군가 내 몸을 밀쳤던 것 같은데.'

간신히 고개를 돌리는 순간, 눈이 마주쳤다.

"……."

이건 환상인가? 칸나는 입술을 벌렸다.

"알렉스?"

너무나도 오랜만에 발음해 본 이름. 기억 속에 묻어 놓은 그가 갑자기 튀어나왔다.

그리고 그의 전신이 거대한 돌에 짓눌려 있는 것을 보았다.

순간 머릿속이 새하얗게 질렸다.

"누가, 누가 좀……."

칸나는 주위를 더듬었다. 급하게 소리쳤다.

"누가 좀 도와줘!"

그러나 무너진 암석에 모두가 짓눌려 있다. 마차를 몰던 마부도, 동행했던 호위 기사도 죽은 것이다. 도와줄 이는 아무도 없었다.

"조금만, 조금만 버텨, 알렉스!"

그의 몸을 짓누른 돌을 전력으로 밀었지만, 꿈쩍도 하지 않는다. 마차만큼이나 거대한 돌이었으므로 당연한 일이었다. 하지만 연금술을 쓴다면 가능하다. 칸나는 서둘러 손을 들어 올렸다. 그러다가 문득 발견했다.

붉은색으로 변한 팔찌를.

"……."

칸나의 움직임이 멈추었다.

이것은 수년 전, 인형을 구분하기 위해 만든 팔찌였다. 그동안 줄곧 푸른색을 유지했던 팔찌가 지금 아주 오랜만에 붉은색으로 변해 있다.

그때였다. 돌에 짓눌린 알렉스, 아니, 인형이 그녀를 향해 손을 내밀었다. 위태롭게 떨리는 손. 그녀에게 단 한 번이라도 닿고 싶다는 듯 간절하게 뻗는다.

칸나는 멍하니 그 손끝을 바라보았다. 잡아 줘야 하는 걸까? 하지만 이건 인형인데, 어떤 함정이 있을지도 모르는데…….

그런 생각에 머뭇거리는 순간, 툭. 그의 손이 땅 위로 떨어졌다. 녹색 눈동자에 까무룩 빛이 꺼진다. 동공이 커다랗게 열렸다. 숨이 멎었다.

그리고 다시는 움직이지 않았다.

빗줄기만이 정신없이 쏟아져 내렸다.

"아디스 공작 영애!"

"괜찮으십니까?"

뒤늦게 뒤에서 쫓아오던 호위 기사들이 외쳤다. 암석이 무너져 앞을 막은 탓에 접근하지 못한 것이다.

"공작 영애!"

그러나 칸나는 대답하지 못했다. 대답할 수 없었다.

한바탕 큰 소란 끝에 그녀는 간신히 아디스 저택으로 귀환했다.

"야, 괜찮은 거냐? 어디 다친 곳은?"

"누님, 일단 쉬셔야 합니다."

칸나는 오르시니와 칼렌의 집요한 걱정을 뒤로한 채 연구실로 직행했다. 그곳에 자신을 구한 시체를 올려놓았다.

'그 약물, 어디에다가 뒀더라?'

서랍을 뒤적여 인형을 구분하는 약물을 찾아내었다.

칸나는 뚜껑을 열어 시체의 손끝에 흘려보냈다. 그리고 잠시 후, 역시나 시체의 손이 모래로 부서져 내렸다.

'이럴 줄 알았어.'

예상대로 알렉스의 인형이었다.

'그런데 상태가 왜 이렇지?'

자세히 살펴보니 인형의 피부가 썩어 들어가고 있었다. 아마 오래전부터 부식되기 시작한 것 같았다.

칸나는 인형을 빤히 바라보았다.

'이 인형, 혹시 그 남자인가?'

3년 전. 알렉산드로와 똑같이 생긴 남자에게 납치당한 적이 있다.

그 남자는 스스로를 인형 알렉산드로라고 말했다가, 과거에서 온 알렉산드로라고 말을 바꾸었다. 그러고는 홀연히 사라져서 지금까지 까맣게 잊고 있었는데…….

'이 인형의 정체를 알아내야겠어.'

그날로부터 아주 오랜만에 연금술 연구에 돌입했다. 그렇게 한 달후. 칸나는 마침내 인형의 기억을 채취하는 데 성공했다.

그녀는 약물을 바라보았다. 이 약물을 마시면 인형의 기억이 고스란히 자신에게 전달될 것이다.

칸나는 단번에 물약을 마셨다. 그리고 눈을 감았다. 어딘가로 빨려들어가는 감각과 함께 낯선 장면들이 떠올랐다.

인형의 기억이었다. 동시에 알렉산드로의 기억이었다.

ⁿᵉ✿ᵉⁿ

방 안. 알렉산드로는 칼렌의 새하얀 머리카락을 손가락 끝으로 훑었다. 생명이 느껴지지 않았다.

칼렌 아디스. 칸나를 위해 희생한 가여운 나의 아들. 그러나…….

"이봐, 알렉산드로. 내가 언제 죽이라고 했어?"

너는, 여기서 죽을 목숨이 아니다.

"내가 너에게 긴 생명을 줄 거라고 했지?"

그런데…… 왜 살아나지 않는 거지?

선희가 자신의 혼에 걸어 놓은 그 술법진, 생명을 전달하는 힘이 발동하지 않았다.

'아니야, 그럴 리 없다.'

일전에 이 방식으로 오르시니를 되살리지 않았던가?

그런데 발동하지 않는다. 칼렌뿐만이 아니다. 이자벨도. 루시도. 그리고.

"알렉스."

칸나까지. 알렉산드로는 죽어 가는 그녀의 뺨을 어루만졌다.

"미안해……."

그 말을 끝으로 그녀의 손이 툭 꺾였다. 더는 움직이지 않았다. 알렉산드로는 허망하게 그녀를 바라보았다.

칸나가 죽었다. 살아나지 않는다.

"알렉산드로."

알렉산드로는 천천히 고개를 돌렸다. 선희였다. 수십 년 만에 만난 여자. 다시 제 세계로 돌아간 여자. 그러나 그녀가 어떻게 이곳에 있는 건지는 중요하지 않았다.

"실패했다."

알렉산드로의 눈이 새빨갛게 타올랐다.

"술법이 발동하지 않았다."

온 인생을 그 여자를 살리는 데 썼는데, 살리지 못했다.

"칸나가……."

알렉산드로의 눈에 붉은 액체가 고였다. 뺨을 타고 길게 흘러내렸다. 피눈물이었다.

"알렉산드로, 잠깐 네게 건 술법을 확인할게."

선희가 손을 뻗어 그의 이마를 만졌다. 그러고는 미간을 좁혔다.

"술법이 훼손됐어. 심지어 칸나의 피로. 이건 칸나가 한 짓이야."

칸나가 했다고?

'그럴 리가.'

얼마 전, 해안 마을. 정신이 돌아온 그는 칸나에게 이별을 고했다. 그렇게 칸나를 보낸 직후 다른 곳으로 이동했다. 당연히 그녀에게는 목적지를 말하지 않았다.

그런데 칸나가 어느새?

"당신, 최근 들어 정신이 뒤엉키는 횟수가 줄어들었지?"

선희의 물음에 알렉산드로는 말문이 막혔다. 그랬다. 의식이 뒤죽박죽 섞이는 일이 줄어들었고, 컨디션 또한 아주 괜찮았다.

악령의 저주가 깨져서 그런 거라고 생각했는데…….

"칸나가 당신을 몰래 추적했겠지. 그리고 당신이 약을 먹고 의식을 잃은 틈을 타 내가 걸어 놓은 술법진을 없앤 모양이야."

"……."

"잠은? 잠은 안 왔어?"

"……여전히. 못 자고 있다."

"그래서 술법이 훼손된 줄 몰랐군. 보아하니 일주일 뒤쯤이면 술법이 완전히 깨져서 당신의 불면도 사라질 거야."

선희는 혀를 찼다.

"칸나가 일을 방해할 줄은 몰랐네. 내가 긴 세월 시간을 반복하며 연구한 걸 그 애는 고작 며칠 만에…….."

"다시 걸어라."

알렉산드로가 그녀의 말을 잘랐다. 그러나 선희는 고개를 저었다.

"같은 사람을 두 번 못 살리는 것처럼, 한 번 파괴된 연금술은 두 번 못 걸어."

"그럼 네가 해라. 네가 칸나를 살려!"

"난 죽기 싫어."

선희는 단칼에 거부했다.

"넌 성력이 많으니 오르시니를 한 번 살렸어도 회복했지만, 난 아니야. 단 한 번으로도 내 영혼은 조각나서 죽어."

선희는 칸나를 살리고 싶었다. 그렇기에 수많은 시간 동안 노력했다. 그러나 자신의 목숨을 버릴 생각은 추호도 없었다.

"이번에도 실패야. 시간을 되돌려야겠어."

선희는 짜증스럽게 중얼거렸다.

"걱정하지 마, 알렉산드로. 시간을 되돌릴 테니까. 지금 있었던 일은 모두 없던 일이 되는……."

그렇게 말하던 선희는 생각을 바꾸었는지, 고개를 저었다.

"아니, 아니다. 알렉산드로, 너는 아무것도 잊으면 안 되겠어."

"뭐?"

"칸나가 술법진을 훼손하는 걸 막아야 해."

선희는 알렉산드로를 빤히 쳐다보았다.

"시간을 돌이켜 봤자 칸나는 또 일을 방해할 거야. 당신은 종종 정신이 이상해지니까 그 틈에 찾아와 술법진을 없애겠지. 그 애는 이것이 저주라고 믿고 있으니까."

"……."

"그러니 그 일을 막을 제삼자가 필요해."

그러고는 알렉산드로를 가리켰다.

"당신이 그 일을 막으면 되겠어."

"……."

"나와 함께 과거로 돌아가자. 그리고 칸나가 정신이 혼미해진 당신에게 접근하지 못하게 막아."

"내가 두 명인 것처럼 말하는군."

"맞아. 당신이 다른 시간대의 알렉산드로를 지키는 거야."

"……그게 가능한가?"

"편법을 쓰면 가능해."

선희는 한때 크게 부풀었던 배를 어루만졌다.

"칸나가 내 몸에 빙의했을 때 기억나?"

그러고는 빙긋 웃었다.

"그때 내 배 속에는 칸나가 있었어."

그래. 분명히 그랬다. 그때 칸나는 '사실 이 배 속의 아이가 나다'라는 주장을 하며 지켜 달라고 요구하지 않았던가?

같은 시간대에 칸나가 두 명 존재했던 것이다.

"다른 사람의 몸에 빙의하면 돼. 그러면 한 시간대에 같은 사람이 둘 존재하는 게 가능해."

그녀가 손가락 하나를 세웠다.

"내가 알렉산드로, 당신의 인형을 만들겠어. 그러니 그 인형에 빙의해서 칸나를 막아."

말도 안 되는 계획이었다. 그러나 성공해야만 했다. 그래야만 칸나를 구할 수 있을 테니까.

"할 수 있겠어?"

선희가 물었다. 예전에 물었던 것처럼.

"당신은 내가 흙으로 빚은 한낱 인형이 되는 거야. 그래도 할 수 있어?"

알렉산드로는 시선을 내렸다. 칸나의 시체를 보자 심장이 찢어지는 것처럼 아팠다.

"나를 구해 줘, 알렉스."

구하지 못했다. 반드시 구해 주겠다고 약속했는데.

알렉산드로는 주먹을 움켜쥐었다. 이런 결말은 절대 용납할 수 없다. 이 비극을 막을 수만 있다면…….

"할 수 있다."

인형이 되어도 좋았다.

그리하여 알렉산드로는 선희와 함께 과거로 돌아갔다.

"이 시간대의 알렉산드로를 마주치지 않게 조심해."

인형이 된 그에게 선희가 말했다.

"둘은 결국엔 같은 사람이고 같은 영혼이야. 그러니 절대 마주치면 안 돼."

"왜지?"

"도플갱어라고 들어 봤지? 똑같은 사람이 한곳에서 마주치면, 한 사람은 반드시 사라질 거야."

"어느 쪽이 사라지지?"

"불완전한 쪽이 사라지겠지."

지금의 그라는 소리였다.

그렇게 인형은 철저히 숨어 살다가 마침내 기다리던 때에 튀어 나갔다. 몇 번 실패해서 시간을 되돌려야 했지만 결국엔 칸나를 막는 데 성공했다. 칸나가 이 시간대의 자신을 찾아가 술법진을 훼손하지 못하게 납치하여 기절시켰다. 깨어나면, 다른 급한 일들이 파도처럼 휘몰아쳐서 이 시간대의 자신을 찾으러 갈 겨를이 없을 것이다.

그렇게 휩쓸리다 보면 모든 것이 끝날 테지.

그 이후 모든 것은 계획대로 되었다. 세계의 틈이 벌어졌고, 칸나가 그 틈을 막았다. 그리고 이 시간대의 또 다른 자신은 칸나를 살렸다. 그러고는 해안 마을에 가서 영원한 잠에 빠져들었다.

'이제 내 역할은 끝났군.'

인형은 조금씩 갈라지는 자신의 팔을 바라보았다. 선희가 했던 말이 스쳐 지나갔다.

"인간의 혼을 감당할 수 있는 인형은 어디에도 없어. 그러니 당신의 몸은 점점 썩어 문드러질 거야."

이런 꼴을 칸나에게 보여 줄 수는 없다. 자신이 겪은 이야기를 칸나에게 말할 수도 없다. 그래서 그는 이 몸이 부식해 죽기 전까지는 먼 곳에서 칸나를 지키기로 결심했다.

그렇게 시간이 흘렀다. 칸나는 꽤 행복해진 것 같았다. 인형은 그것으로 만족했지만, 아주 가끔 지독한 외로움이 파도처럼 밀려왔다.

그런 날에는 속절없이 소망할 수밖에 없었다. 딱 한 번만, 칸나와 눈이 마주치는 날이 오기를. 한 번이라도 다시 닿을 수 있는 날이 오기를.

"알렉스?"

마지막 순간이 되어서야 소원은 이루어졌다.

그는 낙석에 깔려 부서진 손을 간신히 끄집어냈다. 칸나를 향해 내밀었다.

한 번만.

한 번만…….

그러나 그 손은 어디에도 닿지 못하고 그대로 추락했다.

❧

칸나는 눈을 떴다.

다리에 힘이 풀렸다. 바닥에 털썩 주저앉았다. 툭, 투둑. 눈물이 떨어진다.

그의 손을 보았다. 끝내 자신에게 닿지 못한 손. 반쯤은 버석한 모래로 부서진 손을 보는 순간 칸나의 몸이 발작하듯 경련했다.

내가 그랬다.

내가 그의 손을 잡지 않았다. 내가 그의 손을 모래로 부쉈다.

내가, 내가, 내가!

"아, 아아."

짐승처럼 울며 뒤늦게 그 손을 붙잡았다. 아니, 아니다. 잡을 수 없었다. 만지는 순간 모래로 부서진 것이다. 칸나는 그 모래 가루를 더듬으며 횡설수설 지껄였다.

"싫어, 이런 건 싫어. 알렉스. 제발. 제발."

제발 이러지 마. 왜 이렇게까지 한 거야? 차라리 내가 죽도록 내버려 두지. 내가 뭐라고, 나와 함께한 짧은 시간이 뭐라고, 그까짓 약속이 뭐라고 이렇게까지…….

"이 바보야!"

참지 못하고 소리쳤다. 가슴이 타들어 가는 것처럼 아파서, 알렉산드로의 삶이 가여워서 견딜 수가 없었다. 그리고 더 견딜 수 없는 것은, 그의 기억 속에서 본 또 다른 알렉산드로의 결말이었다.

지금 이 시간대의 알렉산드로. 그가 맞이한 결말을 알아 버리고 말았다. 그는 지금쯤 영원한 잠에 빠져 있을 것이다. 지난 몇 년, 그녀가 완벽할 만큼 행복한 시간을 보내는 동안 그는 그렇게 방치됐다. 쓰레기처럼 먼지 속에 버려졌다.

"아니야. 바보는 나야. 내가 바보고 내가 나쁜 년이야. 알렉스, 정말 미안해……."

미안해. 미안해. 그 단어만을 끊임없이 토해 내며 울부짖었다. 그렇게 얼마나 울었을까?

칸나는 울음을 돌연 뚝 그쳤다. 울어 봤자 소용없으니까.

이까짓 눈물 따위로는 아무것도 바꾸지 못한다. 인형은 죽었고, 알렉산드로는 영원한 잠에 빠졌다. 그것이 바로 그의 결말이었다.

"알렉산드로 아디스."

그의 이름을 오랜만에 불러 보았다. 잔뜩 쉰 목소리였다.

"나는 이런 결말 싫어."

절대 용납 못 해.

칸나는 다시 연금술 연구에 돌입했다. 1년간의 치열한 연구 끝에 그녀는 마침내 원하는 결론을 찾아내었다.

"다 됐어……."

칸나는 자신의 손가락을 칼로 베었다. 피가 뚝뚝 떨어진다. 그 피로 시간을 이동하는 술법진을 그렸다.

'알렉스를 구할 거야.'

그렇게 수십 번이나 시간을 되돌린 끝에 칸나는 마침내 원하는 시간대에 도착했다. 4년 전으로, 세계수와 검은 균열을 없앤 후. 죽었다가 되살아난 지 며칠 안 된 시기였다.

칸나는 즉시 해안 마을로 향했다. 억지로 잠긴 문을 열고 침실로 들어갔다. 그리고 예상했던 광경을 마주했다.

침대 위. 그곳에 알렉산드로가 잠들어 있었다.

"알렉스."

이번에도 눈물이 흐르고 말았다. 칸나는 울면서 미소 지었다.

"오랜만이야."

그는 그녀의 기억 속 모습 그대로였다. 젊고, 근사하고, 아름답고…….

"잘 자고 있어?"

그리고 살아 있었다.

죽지 않았다. 육신만 살아 있다. 그러나 그의 영혼은 틀림없이 산산이 부서졌을 테지.

차라리 몸 또한 죽음을 맞이하면, 영혼은 순리대로 흩어질 텐데. 죽지 않는 육체가 영혼을 유폐하듯 가두었다. 그의 영혼은 깨어나지도 흘러가지도 못하고, 영원한 어둠에 빠진 것이다.

이보다 끔찍한 형벌이 있을까?

"그동안 당신을 잊고 살아서 미안해."

나는 그동안 당신을 찾지도 않았다. 당신이 아닌 다른 사람들과도 몸과 마음을 주고받았다. 즐거운 시간을 보냈다.

진실을 몰랐더라면, 언젠가는 당신을 완벽하게 잊고 평생을 행복하게 살다 죽었을 테지. 본래라면 죽었어야 할 운명인데…….

운명을 거스른 대가를 당신이 대신 짊어졌다.

"다시는 당신을 홀로 내버려 두지 않을 거야."

칸나는 침실을 빠져나왔다. 침실 문을 단단히 닫은 후 거실의 창문을 활짝 열었다.

그러고는 창밖을 향해 외쳤다.

"알렉산드로 아디스!"

어딘가에서 듣고 있을 인형을 향해.

"지금 당장 나와! 나타나지 않으면, 시간을 되돌리겠어!"

그녀는 손을 들어 올렸다.

"장난 같아? 시간을 되돌릴 거야. 되돌려서 자살할 거야. 그러면 당신이 날 지키다가 죽을 일은 없으니까!"

이래도 안 나온다는 거지?

칸나는 피를 내어 술법진을 그리기 시작했다. 그래. 아기일 때로 돌아가 자결해 버리자. 그게 모두에게 낫다.

마침내 술법진이 완성되기 직전.

"그만."

우뚝, 칸나의 손이 멈추었다. 커다란 손이 그녀의 손목을 잡은 것이다.

"뭐 하는 짓이지?"

인형 알렉산드로였다. 눈이 마주치는 순간, 칸나는 그를 와락 끌어안았다.

"놔."

그러나 돌아오는 것은 단호한 거부였다. 인형은 그녀의 어깨를 잡고 뒤로 밀쳤다.

"착각하지 마. 난 알렉산드로가 아닌 그의 인형이다."

그러고는 증거를 제시하듯 소매를 걷어 부식해 가는 팔을 보여 주었다.

"그러니 괜한 기대 하지……."

"다 알고 있어."

칸나는 그의 말을 막았다.

"당신이 과거에서 온 또 다른 알렉산드로라는 것. 인간임을 포기하고 인형이 되었다는 것."

인형은 입을 다물었다. 무표정한 얼굴이지만, 칸나는 그가 당황했음을 눈치챘다.

"지금 몸이 썩어 가고 있지?"

그의 눈이 가느다랗게 좁아졌다.

"어떻게 알고 있는 거지?"

"미래에서 당신의 기억을 엿봤어."

"뭐?"

"당신이 날 살리려다가 죽었거든. 그래서 시간을 되돌려 당신을 구하러 온 거야."

그 말에 그의 얼굴이 딱딱하게 굳었다.

"괜한 짓을 했군. 네 말대로 난 인형이다. 어차피 몸이 썩어 죽을 운명이지."

"내가 인간의 몸을 되찾아 줄 수 있어."

칸나는 떨리는 손으로 침실 문을 가리켰다.

"당신이 지금 저 안에 있는 알렉산드로, 이 시간대의 알렉산드로와 하나가 되면 가능해."

그 말에 인형은 코웃음을 쳤다.

"헛소리."

"아니, 헛소리가 아니야."

"정신 차려라. 네가 이렇게 약한 여자였나?"

"난 지극히 제정신이야!"

칸나는 소리쳤다.

"내 말 들어. 당신과 저 침실 안의 알렉스, 두 사람은 본질적으로 같은 존재야. 그러니까."

"그래, 그렇기에 마주치는 순간 한쪽은 사라진다."

그녀의 기대를 자르듯, 인형은 단칼에 말했다. 그는 칸나가 희망을 품지 않길 바라는 듯했다. 그것이 그녀를 더 슬프게 만들 것임을 알기에.

"하나의 것이 두 개로 존재하는 건 불가능해. 그것이 세계의 법칙이다."

그러고는 자조적으로 덧붙였다.

"나는 이제 인간이 아닌 한낱 인형에 불과하다. 그러니 내가 사라지겠지."

그런 식으로 완전한 휴식을 얻는 것도 나쁘지 않다. 인형이 그렇게 생각하는 찰나, 칸나가 고개를 저었다.

"만약 내가 당신의 영혼을 붙잡는다면?"

"……."

"당신의 영혼을, 현재 알렉산드로의 몸에 넣는다면?"

실비엔이 여러 조각으로 흩어진 그녀의 영혼 조각을 찾아와 이 육신에 넣어 준 것처럼.

"내가 당신의 혼을 알렉산드로의 육신에 집어넣는다면, 어떻게 될까?"

알렉산드로의 미간이 좁아졌다. 기가 막힌 얼굴이었다. 당연히 개소리로 들리겠지.

"한 몸에 두 영혼이 들어가는 게 가능하다고 생각하나?"

칸나는 떨리는 입꼬리를 끌어 올렸다.

"아니. 다른 혼이 아니야. 당신은 알렉산드로야. 그러니 알렉산드로가 될 뿐이야."

한때 여러 조각으로 갈라졌던 칸나의 영혼이 실비엔의 도움으로 다시 온전한 하나가 된 것처럼, 알렉산드로도 결국 하나가 되는 것뿐이다.

"헛된 기대 하지 마라, 칸나. 이 시간대의 알렉산드로, 또 다른 나의 영혼은 완전히 부서졌다."

"알고 있어. 나도 그랬으니까."

"너와는 정도가 다르다. 너는 그저 여러 개의 조각으로 쪼개졌을 뿐이지만, 저 침실 안의 영혼은……."

그는 끝까지 말하지 않았다. 그러나 칸나도 알고 있었다.

"알아. 가루처럼 부서졌다는 것. 성력을 담을 기반조차 사라져 모두 다 잃었다는 것."

그럴 만했다. 이 시간대, 현재의 알렉산드로는 무려 다섯 명을 죽음에서 되살렸다. 영혼을 성력으로 회복할 틈도 없었으니 산산이 부서질 만했다.

"하지만."

칸나는 인형을 가리켰다. 그리고 말했다.

"당신의 영혼은 온전하지."

육신은 인형일지언정, 영혼만큼은 온전한 알렉산드로였다.

"지금 당신의 영혼은 온전한 상태고, 성력 또한 넘치도록 충만해. 그러니까."

칸나는 침을 삼켰다.

"그러니까 당신의 성력으로 현재 알렉산드로의 영혼을 치유할 수도 있을 거야."

충분히 가능한 일이었다. 이론상으로는.

그러나 이것은 누구도 확신할 수 없는 일이었다. 어쩌면 모든 것이 물거품처럼 무너질 수도 있었다.

"시도해 볼 가치는 있잖아?"

인형은 대답하지 않았다. 칸나는 그의 눈에서 짙은 번뇌를 읽었다.

"뭘 망설여?"

"……."

"알렉스?"

대체 무엇이 그를 갈등하게 만드는 걸까? 칸나는 견디지 못하고 채근했다.

"당신도 나와 함께 살아가고 싶은 거 아니야?"

"……."

"당신, 날 사랑하잖아. 그래서 이렇게까지 하는 거잖아. 응?"

"……."

"날 사랑하잖아, 알렉스!"

순간 인형의 눈이 흔들렸다. 기묘한 열기가 일렁인다. 한참 후에서야 그의 입술이 열렸다. 무언가 뱉으려는 듯 달싹였으나 차마 하지 못했다. 그러다가 간신히 단어를 긁어냈다.

"나는."

그러나 그것으로 끝이었다.

말할 수 없었다. 말하고 싶지 않았다.

세상에는 차마 밖으로 꺼낼 수 없는 진심이 있다. 뱉는 순간 혀를 베어 버릴 서슬 퍼런 감정이기에, 평생을 감추고 살아가는 비밀이 있다.

"미안해."

칸나는 그의 손을 잡았다.

"미안해. 내가 잘못했어. 말하기 싫으면 하지 마."

"⋯⋯."

"나를 사랑하기 싫으면 사랑하지 마. 머물고 싶으면 머물고 떠나고 싶으면 떠나. 이제는 당신 마음 편한 대로 살아."

굳이 자신의 곁이 아니어도 좋다. 얼굴을 보는 것이 괴롭다면 저 멀리 떠나도 좋다. 다른 곳에서 다른 이름으로 다른 삶을 살아도 좋다. 그녀가 원하는 것은 단 하나.

"당신이 살아갔으면 좋겠어."

그는 대답하지 않았다. 그 대신 그녀의 손을 마주 잡아 왔다.

"너무 기대하지는 마라. 네 바람대로 흘러가지 않을 수 있다."

"알아."

"실패하더라도 너무 슬퍼하지 말고 네 삶을 살아라."

"노력해 볼게."

그들은 침실을 향해 걸어갔다. 현재의 알렉산드로가 잠들어 있는 곳을 향해. 문을 열기 전, 서로를 마지막으로 바라보았다.

더 이상의 말은 필요 없었다.

칸나는 문고리를 잡았다. 힘차게 열었다. 그와 동시에 환한 빛이 터져 나왔다. 침대 위의 알렉산드로, 그리고 인형에게서 터져 나오는 빛이었다. 눈을 찌르는 격렬한 빛살 속에서 칸나는 한 손을 들어 올렸다. 그리고 술법진을 그렸다.

'제발.'

다른 손으로 붙잡았던 그의 체온이 빠르게 식어 간다. 모래로 부서지기 시작한다. 인형의 육신이 사라지기 시작한 것이다.

'제발.'

욕심인 것을 안다. 그 누구도 죽지 않고 모두가 살아남아 행복하게 살아간다는 일은 불가능하다는 것을 안다.

'제발, 제발.'

그래도 바라고 있다.

알렉산드로, 이 남자 이야기의 마지막 문장이 바뀌기를. 그가 자신의 결말을 바꾼 것처럼, 자신도 그의 결말을 바꿀 수 있기를.

'제발.'

간절하게 바라고 있다.

온갖 고통과 시련이 끝나고, 마침내 알렉산드로의 삶이 시작되었다. 그렇게 계속되는 이야기를.

그런 엔딩을.

chapter 30

다시 1년이 흘렀다.

열일곱의 라파엘이 열여덟이 되었다. 성인이 된 것이다. 그는 그날만을 기다린 듯, 성인이 되기 한 달 전부터 꼬박꼬박 날짜를 공지했다.

"한 달 남았습니다."
"3주 남았습니다."
"2주 남았습니다."

그리고 마지막 한 주만을 남겨 놓았을 때 그가 말했다.

"다음에 오실 때 저는 성인이 되어 있을 겁니다."

이미 이 시간대를 한 번 살아 본 칸나는 그가 바라는 것이 무엇인지 알고 있었다.

'하여간 이래서 어떻게 성직자 노릇을 하려고?'

예전엔 내숭이라도 제대로 떨었지. 지금도 나름대로 감추고는 있지만 연륜이 부족한 탓인지 예전처럼 완벽하진 않았다. 즉 눈에서 뚝뚝 떨어지는 열망을 감추지 못했던 것이다.

칸나는 어젯밤 그에게 말했다.

"이러지 말고 네 또래 여자애들과 어울리지 그래?"

잔뜩 안달 나서 반쯤 돌아 있기에 긴장을 풀어 주려고 한 말이었는데, 그의 대답이 가관이었다.

"당신보다 아름다운 여성은 없습니다."

칸나는 새하얀 베개 위로 흐트러진 그의 짧은 머리칼을 쓰다듬었다. 그 순간 라파엘이 눈을 번쩍 떴다. 다짜고짜 말했다.

"며칠 더 머물다 가시면 안 됩니까?"

칸나는 당황하지 않고 대답했다.

"응, 안 돼. 실비엔이 기다려."

"꼭 그를 만나야 합니까? 이제 며칠 동안은 성력이 필요 없으실 텐데요."

그렇긴 했다. 밤 내내 라파엘에게서 엄청난 양의 성력이 쏟아졌으니까.

"대사제를 전령으로 보내서 취소하면 됩니다. 이제 저는 성인이 되지 않았습니까? 성인식 선물로 당신의 시간을 주십시오."

칸나는 잠시 고민하다가 고개를 끄덕였다. 지난 시간대, 그러니까 알렉스를 살리기 위해 시간을 돌리기 전의 삶에서는 그를 달래고 돌아갔지만……

"좋아."

이번에는 라파엘이 바라는 바를 들어주고 싶었다.

'어차피 이 시기의 실비엔은 굉장히 바쁘니까 별 신경 안 쓸 거야.'

그런데 그날 저녁, 식사 중이던 그들에게 실비엔이 찾아왔다.

"실비엔? 전령 못 받았어요?"

"받았습니다. 약속을 뒤로 미루자고 하셨지요. 안 됩니다. 그러니까 일어나세요."

라파엘의 얼굴이 구겨졌다. 그가 실비엔을 노려보며 말했다.

"그럴 필요 없습니다. 칸나에게 당분간 성력은 필요 없을 테니까."

실비엔의 미소가 짙어졌다. 그는 라파엘이 무엇으로 도발하고 있는지 알고 있었다.

"성인이 된 것을 축하합니다. 이제 어른이 되었으니 충고 하나 하죠. 우리 사이에는 규칙이란 게 있습니다. 서로의 시간은 침범하지 않는 것."

실비엔이 아이 보듯 그를 보았다.

"그러니 어린애처럼 떼쓰지 마십시오."

"어린애? 지금 어린애라고 했습니까?"

"아아, 어디선가 젖비린내가 나는 것 같습니다만."

"그쪽이야말로 이혼당해 놓고 이제 와서 뭐 하는 짓인지 모르겠군."

"이것 봐라. 너 사실 다 기억하는 거지?"

"망상이 대단하십니다."

이 유치한 말싸움은 대체 뭐란 말인가? 칸나는 재빨리 그사이에 끼어들었다.

"그만 해요. 다 큰 남자들끼리 뭐 하는 짓이야?"

그러고는 라파엘의 어깨를 꾹 눌러 자리에 앉힌 후, 실비엔의 팔을 붙잡았다.

"라파엘, 다음에 봐. 가요, 실비엔."

"불쾌합니다, 칸나."

돌아가는 길, 마차 안에서 실비엔은 정신없이 서류를 처리하며 말했다.

"일방적으로 약속을 취소하다뇨. 어디에서 배운 예의범절입니까?"

진짜 화가 났다. 그리고 이번엔 자신이 잘못한 게 맞았다.

"미안해요, 실비엔. 별 신경 안 쓸 줄 알았어요."

"내가? 당신을?"

실비엔이 코웃음을 치며 서류를 펄럭 넘겼다.

"굉장한 판단력이군요."

냉기가 풀풀 날렸다. 단지 약속을 어겼다는 것만으로 화가 난 것 같진 않았다. 실비엔도 자각한 걸까. 그는 돌연 한 손으로 얼굴을 덮었다. 자괴감에 젖은 신음을 내뱉었다.

"아, 추하네요."

"……."

"지금 당신 몸에 성력이 굉장히 넘쳐 나서. 제가 좀 짜증이 난 모양입니다."

그러고는 얼굴에서 손을 내린 후 웃음을 흘렸다.

"하긴 막 성인이 되어 처음으로 성력을 주는 경험을 했을 테니 정도도 모르고 잔뜩 날뛰었겠죠."

"실비엔."

"저는 말입니다. 역사서에 기록된 후궁들의 암투극을 이해하지 못했는데 이제는 공감하고 있습니다."

그러고는 더없이 산뜻하게 웃어 보였다.

"하하. 라파엘, 벼락이나 맞았으면 좋겠네."

툭하면 벼락 타령이군. 그에겐 미안하지만 웃음이 나올 것 같았다.

'그러면 안 되지.'

칸나는 그의 옆자리로 가 앉았다.

"실비엔."

그러고는 그의 손에서 서류를 잡아당겼다. 생긋 웃으며 말했다.

"많이 바빠요?"

실비엔은 순순히 빼앗겨 주었다. 서류를 의자에 내려놓은 후, 칸나는 그의 허벅지 위로 올라앉았다. 실비엔은 그녀가 하는 짓을 멀뚱히 지켜보다가 퉁명스럽게 말했다.

"이러면 제 화가 풀릴 줄 아십니까?"

"으음."

칸나는 고민하는 척 미간을 좁히다가 웃었다.

"아마도?"

"맙소사. 이 여우."

실비엔은 결국 피식 웃음을 흘리고는 졌다는 듯 고개를 저었다.

"재밌습니까? 사람을 쥐락펴락하는 거."

그러고는 그녀의 목덜미를 끌어당겼다. 입 맞추며 속삭였다.

"당신은 꼬리가 아홉 개쯤은 달리신 모양입니다. 그렇죠?"

서류가 바닥으로 떨어져 내렸다.

라파엘에게 경쟁심이라도 느낀 걸까? 실비엔은 라파엘이 주입한 것 이상의 성력을 쏟아부었다. 그 덕에 칸나는 그 어느 때보다도 컨디션이 좋았다.

그리고 다음 날이 되어서야 아디스로 돌아갔다. 오르시니는 그녀를 보자마자 차갑게 웃었다.

"좋냐?"

"응."

"아, 그러냐. 그럼 난 필요 없겠지. 난 빠지겠다. 어디 한번 네 애첩들과 잘살아 보라고!"

그러고는 폭풍 같은 기세로 방을 빠져나갔다.

'화났네.'

칸나는 그를 쫓아가는 대신 침대에 벌러덩 드러누웠다.

예전에 실비엔이 한 예언은 옳았다. 길어 봤자 1년일 거라고. 게다가 그의 비유도 아주 적절했다. 후궁들. 방금 오르시니도 애첩 어쩌고를 운운하지 않았던가?

'틀린 말은 아니지. 실비엔이 그것 때문에 일처다부제도를 도입하고 있으니까.'

그래봤자 누구와도 결혼할 생각은 없지만. 칸나는 법적으로까지 복잡하게 얽히고 싶지 않았다. 이미 충분히, 엄청나게, 굉장히 복잡하니까.

'저번 시간대에는 나도 굉장히 허둥거렸지.'

그래도 같은 시간을 두 번 겪고 있어서인지 처음보다는 덤덤하게 받아들이고 있다.

그때였다.

"누님, 들어가도 될까요?"

"응."

칼렌이 들어왔다. 그의 품 안에는 오일 병이 담긴 바구니가 들려 있었다. 몸이 약해져 툭하면 근육통에 시달리는 그녀를 위해 전문적으로 마사지를 배운 것이다.

"형님과 싸우셨습니까?"

칼렌이 돌아누운 그녀의 등에 오일을 부었다. 부드럽게 안마하며 물었다.

"아니, 그냥 오르시니가 나에게 일방적으로 화가 난 거야."

"이유는 알 것 같습니다."

"너는 화 안 나니?"

"저는 그런 불타는 망아지와 다릅니다."

그의 별명은 어느새 공식이 되어 널리 퍼져 있었다.

"누님도 너무 마음 쓰지 마십시오. 저희야 고작 질투로 끝나는 일이지만, 누님에게는 생존이 걸린 일 아닙니까?"

그 말에 칸나의 가슴이 찡하니 울렸다. 우습게도 위로받는 기분이었다.

'이 요망한 녀석.'

하여간 약한 부분을 아주 잘 안다니까. 마사지라든가 이런 따뜻한 말들이 모두 다 전략이라는 걸 알지만, 그래도 위로가 되었다. 그래서인지 칸나는 어느새 칼렌과의 시간을 아주 즐기게 되었다.

이것이 칼렌의 전략이었겠지. 잔머리는 당해 낼 수가 없다.

칸나는 앞으로 돌아누웠다. 척추를 따라 지압하던 칼렌의 손이 갈 곳을 잃었다.

"칼렌."

대답이 없다. 꿀꺽, 침을 넘기는 소리와 함께 그의 목울대가 울렁였다.

"이리 와."

칼렌은 숨을 죽인 채 안겨 왔다. 이 녀석이 귀엽게 느껴지다니. 칸나는 그의 새하얀 머리카락을 쓰다듬었다.

"그렇게 말해 줘서 고마워."

❦

다음 날, 칸나는 정원을 산책하다가 잠시 나무 아래에 앉았다. 요 며칠 잠을 제대로 못 잤다. 성력 덕에 체력은 좋아졌지만, 졸음을 막을 수는 없었다.

"아디스 공작 영애 말이야."

그때 수풀 너머에서 목소리가 들려왔다. 남자들의 목소리였다.

"누구? 이자벨?"

"아니, 칸나."

"아아. 칸나?"

칸나. 그 이름에 그들이 악질적으로 키득거리기 시작한다.

"어젯밤은 누구였을까?"

"뻔하지. 칼렌 경 아니면 아디스 공작이겠지."

"얼마 전에는 황제 폐하와 함께 있지 않았나?"

"나는 신령이라고 들었는데? 대체 몇 명과 만나는 거야?"

오늘 다른 기사 가문의 자제들이 아디스에 수련을 온다고 들었다. 아무래도 그들인 듯싶었다. 칸나는 그들의 말을 자장가 삼아 꾸벅꾸벅 졸기 시작했다. 산전수전 다 겪은 그녀인지라 이제 저 정도 험담에는 귀가 간지럽지도 않았다.

"그 여자 말이야, 어린애의 피로 목욕한다던데? 그렇지 않고서야 그렇게 아름다울 리가 있겠어?"

"정말 굉장한 요부라니까. 그 여자 때문에 폐하께서 일처다부제를 도입한다는 소문도 있더라."

"쯧, 어디서 말도 안 되는 이상한 법을."

"그러다가 다른 여자들이 칸나 아디스 같은 요부로 변하면 어쩌려는지 모르겠⋯⋯."

그러나 다음 순간, 뚝. 목소리가 끊겼다.

"왜 멈췄지?"

곧이어 오르시니의 목소리가 들렸다. 무서울 만큼 고요한 음성이었다.

"계속해 봐. 요부가 뭐 어쨌다고?"

그러고는 들을 것도 없었다. 무언가가 아작 나는 소리, 끔찍한 비명이 울려 퍼졌다. 도저히 쉴 수 있는 환경이 아니다.

칸나는 눈을 감은 채로 중얼거렸다.

"오르시니, 적당히 해."

그 순간 폭행이 멈추었다. 뒤이어 남자들이 서둘러 도망가는 소리가 들렸다.

"넌 등신이냐?"

오르시니가 수풀을 헤치며 다가왔다. 손아귀며 옷이며, 온통 붉은 피가 튀어 있었다.

"저런 말을 듣고만 있어?"

"딱히 틀린 말도 아니잖아."

"아니긴 뭐가 아니야!"

오르시니는 머리끝까지 화가 났는지 손끝까지 부들부들 떨고 있었다.

"저까짓 것들이 뭘 안다고 떠들어. 네가 아니었으면 검은 안개에 감염돼서 죽었을 새끼들이……."

그의 말이 끊겼다. 칸나가 손수건을 꺼내어 내민 것이다.

그는 그것을 멍하니 바라보다가, 재빨리 받았다. 제 손에 묻은 피를 닦아 낸 후 품 안에 넣었다.

"안 돌려주니?"

"이제 내 거다."

오르시니는 헛기침하더니 그녀의 옆에 털썩 주저앉았다. 그러고는 은근슬쩍 몸을 기대 왔다.

"꺼져. 무거워."

"참아."

그는 거구였고, 그녀보다 훨씬 무거웠으므로 당연히 칸나의 몸은 옆으로 휘청였다.

"이것도 못 버티냐?"

오르시니는 그녀의 어깨를 잡아 자신에게 기대게 했다.

"그런 연약한 몸뚱이로 어떻게 살아가려는지 모르겠군."

"며칠 전에 이 연약한 몸뚱이에 멍을 만든 게 누구더라?"

오르시니는 얼굴을 붉혔다. 말없이 성력을 나눠 준다.

"안 줘도 돼."

"난 넘치고 넘치는 게 성력이다. 가져가."

"오르시니."

"어제 한 말은 진심이 아니었어. 했던 말 취소다. 미안."

"오르시니."

"어제는 내가 실수한 거다. 그러니까 헛소리할 거면 닥쳐."

어젯밤 그는 잠을 설쳤다. 질투심 때문에 개소리를 한 것이 마음에 걸렸던 것이다. 그것이 칸나의 생존에 필요한 일임을 아는데…….

칸나가 예전에 한 말이 옳았다. 욕심은 끝이 없어서, 이제는 독점하고 싶어 돌아 버릴 지경이 되었다.

그러나 칸나는 기어코 말했다.

"넌 그만두는 게 좋겠어."

오르시니의 턱에 힘이 들어갔다.

"말했잖아. 나랑 엮이면 평범하게 못 산다고. 나야 뭐 팔자가 이렇다지만 너는 언제든 제대로 살 수 있잖아?"

무엇보다, 이런 생각을 하는 자신이 어이가 없긴 하지만…….

'이 녀석이 힘들어하는 건 보기 싫어.'

그것이 진심이었다. 잠시 후 오르시니가 꺼지는 듯한 한숨을 내쉬었다.

"야."

칸나의 검은 머리채를 부드럽게 휘어잡았다. 살짝 힘을 주자 그녀의 고개가 올라갔다.

"예전에 말했을 텐데."

형형한 초록색 눈동자가 그녀를 찍어 누르듯 응시했다.

"누가 제대로 살고 싶대?"

그러고는 고개를 내려 키스했다. 뜨거운 체온이 뒤섞였다. 스며드는 그녀의 숨결과 달콤한 향기에 오르시니는 전율했다.

이것이 좋았다. 이것만이 환장하게 좋았다. 오로지 이것만이.

이 황홀 극치를 위해서라면 뭔들 못 할까. 이것이 그의 바람이고 꿈이다.

사실은 오래전부터 알고 있었다. 그녀가 주는 독을, 함정을, 사신의 키스를 열렬히 받아들인 순간부터.

타들어 죽더라도, 그녀의 안에서.

"알렉스, 나 딸기 먹고 싶어."

그러자 알렉스가 기가 막힌 얼굴로 노려보았다.

"지금 네 입에 든 건 딸기가 아니라 당근인가?"

"이 딸기는 맛없어."

통통한 딸기를 오물오물 먹으며 칸나는 투덜거렸다.

"이거 말고, 그때 그 딸기 먹고 싶어. 그 딸기가 뭐냐면……"

"닥쳐. 알고 싶지 않다."

"얼마 전에 우리 대신전에서 막 탈출했을 때, 그때 당신이 산딸기 구해다 줬잖아. 그거 먹고 싶어."

"미친 여자인 줄 알았더니 뻔뻔하기까지 하군."

"아니, 내가 원하는 게 아니라 배 속에 있는 또 다른 내가 그걸 먹고 싶다잖아."

"시끄러워. 입에 재갈 물리기 전에 조용히 해라."

"아, 산딸기, 그때 그 딸기 먹고 싶다고!"

알렉스는 그녀를 완전히 무시했다. 그리고 다음 날 내내 그가 보이지 않았다. 칸나는 저를 감시하는 호위 기사에게 물었다.

"알렉스는요?"

"잠시 자리를 비우셨습니다."

그는 밤이 되어서야 돌아왔는데, 손에는 산딸기가 한가득이었다. 그녀가 그렇게 노래를 부른 그 숲의 산딸기가.

"너무 맛있어!"

칸나가 행복한 얼굴로 먹자 알렉스가 짜증스럽게 중얼거렸다.

"내가 왜 너 같은 걸 데려와서 이런 고생을……."

그 순간 칸나는 눈을 떴다.

어두운 방, 익숙한 천장이 보였다. 조금 전까지 곁에서 말하던 알렉스는 어디에도 없었다.

이것은 수십 년 전의 기억. 아주 오랜만에 옛날 꿈을 꿨다.

칸나는 침대에서 몸을 일으켰다.

'알렉스를 보러 가야겠다.'

칸나는 자신의 삶에 그럭저럭 만족했다.

앞으로도 이렇게 살아가야 한다. 그들에게서 성력을 받으면서.

성력을 나눠 주는 네 명의 남자들은 그녀의 삶 일부가 되었다. 칸나는 그들 모두를 좋아했다. 자신을 위해서 평생을 수혈하겠다고 나서는 자들이다. 좋아하지 않을 수가 없었다.

실비엔의 말이 옳았다. 그녀는 평범한 여성처럼 살아갈 수는 없었다.

알렉스가 있든 없든, 이런 삶은 변하지 않을 것이다.

"안녕, 알렉스."

칸나는 알렉산드로를 내려다보았다.

"잘 자고 있어?"

그 해안 마을. 그 집. 그 침대. 1년 전에 만든 술법진이 여전히 허공에 떠 있다. 은은한 검은빛을 발하며, 알렉산드로의 몸과 연결되어 있다.

그리고 알렉산드로는 여전히 영원한 잠에 빠져 있었다.

1년 전. 딱 절반의 성공이었다.

알렉스의 상태를 살펴본 실비엔, 일전에 칸나의 영혼을 회수한 경험이 있는 그가 말했다.

과거의 알렉산드로와 현재의 알렉산드로, 그 두 영혼은 성공적으로 하나가 되었다. 그러니 언젠가 눈을 뜰지도 모른다. 치유될지도 모른다. 하지만 영원히 눈을 뜨지 못할 수도 있다. 치유되지 않을 수도 있다.

그러나 분명한 것은.

"살고 싶어 하십니다."

"......"

"굉장히, 살고 싶어 하십니다. 생존에 대한 의지가 강하십니다."

그 말에 칸나는 눈물을 흘리고 말았다.

"그는 지금 이 순간에도 살기 위해 노력하고 있습니다. 그러니 당신도 희망을 버리지 마십시오."

그래. 그 누가 죽고 싶을까? 삶이 아깝지 않을 리가 없다. 알렉산드로는 최후를 앞두고서도 요리를 배웠다. 그때는 도저히 이해하지 못했는데…….

이제는 알 것 같았다. 그는 살고 싶었던 것이다.

내일이 오기를 희망했기에 요리를 배운 것이다. 그녀를 위해 몇 번이나 목숨을 던졌지만, 목숨을 하찮게 여겨서가 아니었다.

다만 그녀 하나가 그의 전 생애보다 중요했을 뿐.

"알렉스."

칸나는 알렉산드로의 뺨을 쓰다듬었다. 속삭였다.

알렉스, 나 오랜만에 옛날 꿈을 꿨어.

내가 산딸기 먹고 싶다고 고집부렸었잖아. 당신은 결국 그걸 구해다 줬지. 지금 생각해 보면 우리 그때 굉장히 귀여웠던 것 같아. 그렇지?

있잖아, 알렉스.

나는 행복해. 잘 살고 있어. 당신이 내 결말을 바꿔 준 덕분이지. 당신이 너무 슬퍼하지 말고 잘 살아가라고 했잖아. 그럴 생각이야. 언젠가는 당신이 일어날 날을 기다리며 내 삶을 살아갈게. 그러니 걱정하지 말고…….

칸나는 그의 이마 위로 입술을 맞추었다.

"잘 자."

부디 좋은 꿈 꾸길.

당신의 악몽은 내가 다 가져갈 테니까.

"아가씨? 벌써 가십니까?"

클로드가 국자를 들고 부엌에서 빠져나왔다.

"저녁 식사하고 가세요."

"잠깐 바다 산책하고 올게요."

"같이 갈까요?"

"괜찮아요. 바로 앞이잖아요. 혼자 갈래요."

클로드는 이 집에 살며 영원히 잠든 알렉산드로를 지키고 있었다. 자발적으로 본인이 하겠다고 나선 것이다.

"클로드 경, 이곳에서 심심하지 않아요?"

"은퇴한 기분이긴 합니다만."

클로드는 씩 웃었다.

"뭐, 그래도 봉급은 꼬박꼬박 나오니까 솔직히 좋죠. 마을에서 새 친구들도 사귀었고. 요새는 뜨개질을 배우고 있습니다."

"뜨개질이요?"

"예. 아, 잠시만요."

클로드는 제 방에 들어가더니 붉은색 누더기 같은 것을 가지고 나왔다.

"이거 목도리입니다. 아가씨가 보고 싶을 때마다 만들었더니 벌써 완성했네요."

"고마워요."

"100골드 되겠습니다."

"……."

'예쁘다……'

밖에 나와 보니 노을이 지고 있었다.

칸나는 붉게 물들어 가는 하늘을 구경하며 해변을 걸었다. 그러다가 문득 웃음이 흘렀다.

그러고 보니 일전에 알렉스와 함께 바다를 구경하러 가자는 약속을 했는데, 다음 날 비가 내려서 가지 못했다. 그 이후에는 그의 기억이 돌아와서 가지 못했지.

'나중에. 언젠가는 가능할 거야.'

하지만…… 그 언젠가는, 대체 언제인데?

1년 후? 10년 후? 아니면, 백 년 후?

오싹함이 밀려온다. 터무니없는 가정 같지만 알렉산드로에게는 충분히 가능한 일이었다. 그의 육신은 죽지 않을 테니까.

백 년 후, 어쩌면 천 년 후. 그녀가 흙으로 돌아가 이 세상 어디에도 존재하지 않게 될 때. 그때서야 알렉산드로가 눈을 뜰 수도 있다.

그렇게 생각하자 해변을 걷던 발이 멈추었다.

'정말 그러면 어떡하지?'

아랫입술이 덜덜 떨리기 시작했다. 실체화한 공포가 목을 조르는 것만 같았다. 자신은 괜찮다. 괜찮을 것이다. 함께 살아갈 사람들이 있으니까. 좋아하는 사람들과 행복하게 살아갈 수 있으니까.

하지만 알렉스는?

알렉스가 눈을 떴을 때 옆에 아무도 없으면 어떡하지?

알렉산드로는 평생을 고립되어 외딴섬처럼 살아왔다. 아무에게도 말 못 할 계획을 품고, 아무에게도 도움받지 못할 일을 하고. 결국 최후의 순간까지도 그의 곁에는 아무도 없었다.

그의 마지막을 지킨 것은 수십 년 전 한 여자가 남긴 낡은 편지 한 장뿐.

그렇게 생각하자 이제 더는 견딜 수가 없었다. 다리에 힘이 풀려서 그녀는 모래 위에 주저앉았다.

'어쩌지?'

도무지 알렉스가 행복해지는 결말이 그려지지 않는다. 그가 미소 짓는 장면이 떠오르지 않는다.

'어떻게 해야 하지?'

칸나는 무력하게 눈물을 뚝뚝 흘렸다.

'알렉스, 난 어떻게 해야 하지?'

이까짓 눈물로는 아무것도 바꿀 수가 없는데 내가 여기서 뭘 더 할 수 있는지 모르겠어. 당신은 날 구해 줬는데 나는 당신을 도무지 구할 수가 없어.

'아주 오랜 시간 후에 당신이 눈을 뜨면, 아니, 영원히 눈을 뜨지 못하면 어떡해?'

칸나는 떨리는 손으로 모래를 움켜쥐었다. 손등에 뼈가 도드라졌다. 아니. 사실은 정답을 알고 있다.

'내가 태어나지 않았더라면.'

일전에 한 번 스치듯 품었던 생각이 점점 구체화됐다. 1년 전, 알렉스가 깨어나지 않은 순간부터 지금까지 생각하고 또 생각했다.

만약에 내가 태어나지 않았다면?

애초부터 이 세상에 존재하지 않았더라면 모든 비극은 일어나지 않았을 것이다. 이것이 단 하나의 확실한 답이었다.

칸나는 뿌옇게 흐려진 눈으로 바다를 바라보았다.

알렉산드로가 깨어나도 자신의 삶은 변하지 않는다. 지금처럼 살아가게 될 것이다.

하지만 그가 깨어나지 않으면 그녀의 삶은 영원히 귀퉁이가 부서진 상자로 남을 것이다. 아무리 행복해도, 아무리 즐거워도, 아무리 사랑받고 사랑해도, 결국엔 부서진 틈새로 모든 것이 빠져나가겠지.

그 사람을 구하지 못했다는 죄책감에 평생을 시달리면서.

'당신을 구할 확실한 방법은 오직 이것뿐이야.'

본래 죽었어야 할 운명이다. 그러나 알렉스 덕분에 살았고 그 덕분에 행복을 느꼈다. 그러니 이것으로 충분하다.

"당신이 나를 구해 줬으니까."

칸나는 가슴에 품고 있던 작은 단도를 꺼냈다.

"이번엔 내가 당신을 구해 줄게."

손가락을 그었다. 천천히 술법진을 그렸다. 흐르는 피가 허공에 맺히기 시작한다.

"그러니까, 이제 당신이 살아."

시간을 거슬러 갈 것이다. 아주 오래전으로 돌아가서 칸나 아디스를 죽일 것이다. 알렉산드로가 자신을 위해 온 생을 다 바치지 않도록.

술법진의 선을 하나하나 그을수록 눈물이 흘렀다. 마침내 진이 완성되는 순간, 칸나는 웃었다. 그들에게는 미안했다. 이제는 진심으로 소중해진 그 사람들. 그들 덕분에 행복했는데…….

하지만 도저히 그 사람 혼자만 불행해진 이 결말을 받아들일 수가 없다. 그러니까.

'안녕.'

그렇게 눈을 감으려는 순간이었다.

무언가가 강렬한 기세로 술법진에 돌진했다. 콰쾅, 충돌했다. 새하얀 빛이 번쩍이며 눈앞에서 폭발했다. 칸나는 비명조차 지르지 못하고 뒤로 나동그라졌다.

"아……."

칸나는 어지러운 머리를 붙잡았다. 흐릿한 시야로 술법진이 완전히 파괴된 것이 보였다.

뭐지? 실패한 건가?

아냐, 방금 누군가 성력을 날렸는데, 대체 누가? 이곳, 이 작은 시골 마을에 그만한 성력을 가진 사람은 오로지 단 한명…….

그 사람뿐일 텐데.

칸나는 홀린 듯이 고개를 들어 올렸다. 그리고 보았다.

온통 붉게 물든 세상을, 노을 진 하늘이 추락한 듯 새빨갛게 물든 바다를. 칸나는 그 강렬한 색채에 정신을 차릴 수가 없었다.

그래서 헛것을 보는 걸까? 아니면 꿈을 꾸는 걸까?

저 멀리 모래사장 너머 흰 불꽃이 타오른다. 눈이 멀어 버릴 듯한 순백색 성력에 휩싸인…….

붉은 남자.

그 찰나에 온 세계가 정지했다.

파도 소리도, 바다의 냄새도, 서늘한 바람도, 모두 이 순간에 영원히 멈추었다. 시간의 종말인 듯했다. 흐르는 것은 오로지 단 하나−

"거짓말을 했군."

그 사람뿐.

"기다린다더니."

구원이 오고 있다.

"칸나."

완전히 압도되어, 칸나는 호흡 한 번 내쉴 수 없었다. 내뱉는 순간 다 끝나 버릴까 봐. 날아가 버릴까 봐. 사라져 버릴까 봐…….

그러나 다음 순간 커다란 손이 그녀의 어깨를 붙잡고 일으켜 세운다. 그 손이 닿는 찰나에.

쏴아아, 파도 소리가 들려온다. 바람이 머리칼을 흔들고, 바다의 향기가 코끝을 적셔 왔다. 다시금 율동하는 시간과 함께 거대한 전율이 밀려왔다.

끝나지 않았다. 사라지지 않았다.

그런데도 도저히 믿지 못하고 떨리는 손을 들어 올렸다. 지금껏 줄곧 잠들어 있던 그 얼굴. 서늘하고 매끈한 감각이 와 닿자 팔꿈치까지 쩌릿했다.

"아."

깨달음이 왈칵 덮쳐 왔다. 눈물과 함께 쏟아졌다.

"알렉스?"

대답하듯, 그가 그녀를 바라보았다.

오랫동안 보지 못했던 그의 눈동자. 깊숙이 마주치자 완전하게 실감했다.

이건 진짜야.

이건 현실이야.

"자……."

그러니까 어서. 얼른, 빨리 말해야지.

언젠가 그가 일어나면 제일 먼저 하고 싶었던 그 말을.

"잘 잤어?"

그러자 그가, 알렉산드로 아디스가 부드럽게 미소를 지었다.

그 순간에 더는 견디지 못하고 칸나는 울음을 터뜨렸다.

'신이시여, 감사합니다.'

죽어도 인정할 수 없었다. 죽더라도 납득할 수 없었다. 그래서 죽어서라도 바꾸고자 노력한 이야기가 있다.

그리고 지금 이 순간, 마침내 그 결말이 바뀌었다.

기적 같은 현실에 칸나는 밀려오는 기쁨을, 벅차오르는 감격을 감당할 수 없어서 울면서 또 웃어 버리고 말았다.

그때 알렉산드로가 그녀의 목에 붉은 목도리를 둘러 주었다. 칸나는 울면서, 웃으면서, 완전히 엉망이 되어 양처럼 떨리는 목소리로 말했다.

"이거 100골드짜리던데."

"알아. 샀다."

"호구."

"……."

칸나는 그를 끌어안았다.

이것이 그녀가 그토록 욕심내던 이야기였다. 간절하게 바라고 또 바라던 결말이었다.

"구해줘서 고맙다."

알렉산드로 아디스, 그 이야기의 마지막 장이 바뀌었다.

"꿈은 안 꿨어?"

"꿨지."

그 누구도 죽지 않고 모두가 살아남아 함께 살아가는 이야기로.

"어떤 꿈이었어?"

알렉산드로가 옅게 미소 지었다.

"좋은 꿈이었다."

온갖 고통과 시련이 끝나고 마침내 새로운 삶이 시작되었다는.

그런 엔딩으로.

〈누군가 내 몸에 빙의했다〉 완결

외전 1. 기다리며, 미래에서

"알렉산드로 경. 여기 계셨군요."

알렉산드로는 입에 궐련을 문 채로 위를 흘끗 올려다보았다.

"테오."

금발의 남자가 그를 내려다보고 있었다. 테오도르 아젤. 아디스의 기사이자 그의 오래된 친우였다.

"마침 잘 왔다. 슬슬 지겨워지는 참이었는데."

궐련 연기가 뿌연 도박장. 내내 이기기만 했는지, 알렉산드로의 옆에는 칩이 한가득 쌓여 있었다.

"가려고요?"

줄곧 알렉산드로를 눈독 들인 창부가 그에게 달라붙었다. 목덜미에 입술을 쪽 맞추었다.

"가지 말고 재미있는 거 하고 놀아요."

거의 벗은 거나 다름없는 여자가 풍만한 가슴을 팔에 문질렀다. 지켜보는 테오도르의 낯이 뜨거워질 정도로 외설적이었지만, 알렉산드로는 심드렁한 얼굴로 여자의 어깨를 잡아 밀어냈다.

"비켜. 피곤해."

"피곤?"

그런 거부는 생전 처음 들어 봤는지 여자가 헛웃음을 내뱉었다.

"남자라면 그럴 리가 있나. 아아, 당신 남자 좋아하는가 보네. 여기 금발 오빠가 애인인가?"

"이."

"……."

여자는 잠시 할 말을 잃었다가 뒤늦게 반응했다.

"어머, 그런 거였구나. 내가 실례했네요."

순식간에 알렉산드로의 애인이 된 테오도르의 얼굴이 확 붉어졌다. 그러나 테오도르가 항변하기도 전, 알렉산드로가 몸을 일으켰다.

"가자, 테오."

이 망할 인간 같으니라고. 테오도르는 원망의 눈으로 알렉산드로를 흘겨보며 물었다.

"저 돈은 어떻게 할 겁니까?"

"아. 저거."

알렉산드로는 제 자리에 쌓인 칩을 바라보다가 턱짓했다.

"아무나 가져가."

그 순간, 도박장 안에 침묵이 내려왔다. 알렉산드로가 등을 돌리는 순간 사람들이 개떼처럼 달려들었다.

"비켜, 비켜!"

"내 거야! 내 돈이라고!"

테오도르는 지옥처럼 변한 도박장을 뒤로하고 서둘러 밖으로 빠져나갔다.

"알렉산드로 경."

"왜?"

왜라니? 테오도르는 참담한 심정으로 알렉산드로를 위아래로 훑어보았다.

'가관이네.'

아무렇게나 헝클어뜨린 머리칼에 단추 두세 개 풀어 헤친 셔츠, 게다가 목덜미에는 붉은 립스틱 자국까지. 주머니에서 궐련을 꺼내 물고 성냥불을 붙이는 모습이 정말이지…….

"지금 누가 봐도 술과 여자와 도박에 찌든 한량이신 거 아십니까?"

그러자 알렉산드로가 씩 웃었다.

"한량 맞는데."

"인정하지 말라고요!"

"시끄럽게 굴지 마. 간만에 기분 전환 좀 한 거 가지고."

그 말에 테오도르는 입을 꾹 다물었다. 하기야 지난 반년, 검은 안개를 처리하느라 정신이 없었지. 그때 구름 떼처럼 쏟아지던 마물을 단 한 명의 사상자도 내지 않고 토벌한 알렉산드로 아디스의 영웅담은 대륙 전역에 퍼졌다.

그리고…….

'지금 그 영웅께서는 양옆으로 여자를 끼고 도박을 즐기셨지.'

이 괴리감을 테오도르는 참기 힘들었다. 그는 오랫동안 알렉산드로를 지켜봐 왔기에 알고 있었다. 알렉산드로는 자신의 평판이 지나치게 좋아지는 것을 경계했다. 어느 정도는 일부러 망치고 있는 게 맞았다. 바로 지금처럼.

테오도르는 그렇게 믿으려 애쓰며 말했다.

"어쨌든 여기서 이러실 때가 아닙니다. 어서 저택으로 돌아가셔야 합니다."

"왜?"

"얄덴의 왕녀 전하께서 오셨다고요."

툭. 알렉산드로의 입에서 궐련이 떨어졌다. 잠시 후 사납게 말했다.

"내가 그 약혼 안 한다고 했을 텐데."

"저에게 말씀하셔 봤자 소용없습니다. 일단 어서 돌아가세요. 목에 그 립스틱 자국 좀 지우시고요."

"아니. 이대로 간다."

"예? 하지만……."

"이 꼴을 보고 그 여자가 떨어져 준다면 더 좋겠지."

"그 꼴은 뭡니까, 경?"

얄덴의 왕녀, 예카테리나가 차갑게 쏘아붙였다.

"가관이군요. 지금 그런 꼴로 약혼녀를 만나러 온 겁니까?"

"약혼녀?"

알렉산드로는 삐뚜름하게 웃었다.

"몇 번이나 말씀드렸지만, 저는 이 약혼에 동의하지 않습니다."

그러나 예카테리나는 고양이의 앙탈이라도 보는 듯 코웃음 쳤다.

"어린애처럼 굴지 말아요. 이 약혼은 아디스 공작께서 승낙하신 일입니다."

몇 개월 전.

얄덴의 북부 산맥, 그곳에서 마물에 둘러싸인 왕녀를 구했다. 그 일에 감명을 받았는지 왕녀는 그의 뒤를 졸졸 쫓아다니다가 청혼했다.

"저와 혼인을 전제로 만나 보지 않겠어요?"

"생각 없습니다."

그러나 왕녀는 끈질겼다. 왕녀는 아디스 공작, 즉 그의 부친에게 약혼을 제안했고, 부친은 긍정적으로 받아들였다.

"결혼해라, 알렉산드로."

"싫습니다."

"이건 가주의 명령이다."

"왜 갑자기 결혼입니까?"

"결혼하면 너도 달라지겠지. 너에게는 네 목에 고삐를 걸어 줄 여자가 필요하다."

고삐라니. 자신이 미친 말도 아닌데 웬 고삐란 말인가?

"알렉산드로 경, 목에 그건……?"

마침 예카테리나의 표정이 날카로워졌다. 드디어 붉은 입술 자국을 발견한 모양이다.

"설마 애인이 있는 건가요?"

순간 알렉산드로는 갈등했다. 차라리 애인이 남자라고 해 버릴까?

'그러면 이 거머리 같은 여자도 알아서 떨어져 나갈 텐데.'

만만한 테오도르의 얼굴이 스쳐 갔으나 관뒀다. 그 녀석은 사별하긴 했지만 유부남이다. 클로드라는 이름의 어린 아들도 있지 않은가? 이런 일로 또 이용하기엔 좀 미안했다.

망설이는 사이, 예카테리나가 먼저 말했다.

"누구든 상관없어요. 정부로 들이세요. 그것까지는 용납할 수 있어요."

예카테리나는 와인을 한 모금 마시며 미소 지었다.

"하지만 다른 여인에게서 아이를 보는 건 안 됩니다."

"……."

"알렉산드로 경의 아이라면 틀림없이 우수한 인재일 테죠. 그 아이는 반드시 제 후계자가 되어야 하고요."

"지금 저를 종마 취급하시는 겁니까?"

예카테리나는 굳이 부정하지 않았다.

"저는 얄덴의 왕위 계승자입니다. 후계 생산은 왕에게 가장 큰 의무죠. 그러니 우수한 반려를 원하는 건 당연한 것 아닌가요?"

"우수?"

알렉산드로는 그 단어를 조용히 되짚었다.

"전하는 제가 어떤 사람인지 모르십니다."

"경의 성정을 말하는 거라면, 알고 있어요."

예카테리나는 자신만만하게 웃었다.

"소년 시절에는 황족을, 지금은 황제 폐하가 되신 분을 폭행하신 적도 있다면서요?"

"……."

"지금이야 조금 나아졌다지만 어릴 적에는 주먹부터 나갔다죠? 뭐, 그래도 평민들의 도박판에서 노는 취미는 여전한 것 같고. 여전히 황명조차도 쉽게 무시하고. 법도니 규율이니, 신경도 안 쓰고."

"제 뒷조사를 하신 겁니까?"

"뒷조사라고 하기엔 뭣하네요. 경에게 관심이 있으면 금방 알 수 있는 정보니까."

예카테리나의 눈이 불길처럼 이글거렸다. 그것은 연정이라기보다는 소유욕이었다.

"그래요. 경은 훌륭한 인간은 아니죠. 우수하고 출중하지만, 그만큼 오만하고 무례하니까."

"⋯⋯."

"당신 같은 남자를 감당할 수 있는 여자가 저 외에 또 있을 것 같나요?"

알렉산드로는 말없이 턱을 괴었다.

예카테리나 왕녀. 그녀는 수십 갈래로 분열된 얄덴을 봉합해 가는 인재 중의 인재였다. 이대로라면 분명 역사서에 길이 남을 정복왕이 되겠지.

'그러니까 이 여자는 나도 정복하고 싶은 거군.'

그렇게 생각하니 웃음이 나왔다.

"전하도 감당 못 하십니다."

"과소평가하지 말아요. 제 그릇은 경의 생각보다 큽니다."

"그렇습니까."

알렉산드로는 손을 뻗었다. 탁상 위의 와인병을 들어 올렸다. 그대로 왕녀의 머리 위로 가져갔다.

"알렉산드로 경, 지금 뭘⋯⋯."

다음 순간, 주르륵. 붉은 와인이 그녀의 머리로 쏟아져 내렸다.

"⋯⋯."

경악한 시선과 마주쳤다. 그러는 중에도 와인은 계속해서 그녀의 뺨을 미끄러져 내려가 옷을 적시고 있었다. 알렉산드로는 그녀의 떨리는 눈을 심드렁하게 내려다보며 와인을 콸콸콸 쏟아부었다. 마지막 한 방울까지 떨어지고 나서야, 예카테리나의 입술이 경련하며 열렸다.

"지금 이게 무슨 짓이죠?"

"제가 이런 취향입니다."

"뭐라고요?"

"모욕하는 걸 즐긴다고 말씀드리는 겁니다."

알렉산드로는 달아오른 왕녀의 얼굴을 감상하듯 빤히 바라보았다.

"그런데 고작 이 정도로 당황해서야……."

그러고는 아주 불손하게 웃었다.

"어떻게 나를 감당하려고."

다음 순간, 예카테리나가 자리에서 벌떡 일어났다. 알렉산드로의 뺨을 힘껏 후려쳤다. 쫙! 그의 얼굴이 돌아갔다.

"이, 이 무뢰배 같으니!"

왕녀는 다시 한번 손을 휘둘렀다. 그러나 이번에 알렉산드로는 그녀의 손목을 잡아챘다.

"……!"

순간 예카테리나가 숨을 멈추는 것이 보였다. 그녀의 얼굴은 물론 목덜미까지 새빨갛게 달아올랐다.

"그런 무뢰배를 원한 건 전하이십니다."

알렉산드로는 무미건조하게 지껄였다.

"제 아이를 갖고 싶다고 하셨습니까? 좋습니다. 그토록 원하시는데 안 될 것 없습니다."

"너!"

"단, 제 방식대로 합니다."

뒷말은 듣지 않았다. 그녀를 번쩍 들어 올렸다. 저벅저벅 걸어가 소파 위에 내던졌다.

"이게 무슨 짓이야!"

"말했다시피 이게 제 취향입니다."

알렉산드로는 셔츠의 단추를 툭툭 풀면서 심드렁하게 말했다.

"그토록 원하시는 아이를 만들어 드리죠. 하지만 거기까지입니다. 전하는 제 취향이 아닌지라 결혼은 불가합니다."

완전히 얼어붙은 왕녀를 내려다보며 알렉산드로는 성가시다는 듯 턱을 까닥였다.

"뭐 하십니까? 안 벗으시고."

다음 순간, 또다시 따귀가 날아왔다. 의도한 일이었으므로 이번에는 얌전히 맞아 주었다.

"이 무례한 녀석!"

당연히 아버지에게도 뺨을 얻어맞았다.

"어쩌자고 일국의 왕녀를 그리 대해? 네놈이 제정신이냐!"

일레이오 아디스, 현 아디스 공작은 분노로 주먹을 떨었다.

"왕녀 전하가 이 일을 공식 항의하지 않은 것에 감사해라. 그리고 정식으로 사과해! 알겠느냐?"

"싫습니다."

"뭐?"

"왕녀 전하야말로 저에게 감사해야 할 겁니다. 그간 미친 오리 새끼처럼 제 뒤꽁무니를 쫓아다니는 걸 숨겨 주지 않았습니까."

왕녀와의 모든 일이 비밀리에 진행된 것은 그녀의 자존심 때문이다.

"왕녀의 구애를 공개적으로 거절해서 망신을 줄 수도 있었습니다. 하지만 왕녀의 명예를 생각하여 그간 참아 주었습니다."

알렉산드로가 내리뜬 눈을 천천히 들어 올려 부친을 바라보았다.

"제가 참아 줄 수 있는 건 거기까지입니다. 왕녀 전하는 선을 넘었습니다."

공작은 목뒤를 잡았다. 슬슬 혈압이 오르는 것이다.

"아무리 그래도 어찌 그토록 무례하게 굴 수 있느냐? 어찌 그런 짐승 같은 짓을 해!"

"그러게 왜 짐승 같은 놈에게 아무 여자나 들이대셨습니까?"

"알렉산드로 아디스으으으!"

결국 아디스 공작은 폭발했다.

"이 망나니 자식아!"

그는 손가락을 세워 미친 말 같은 아들의 어깨를 콱 찔렀다.

"이 일은 그냥 못 넘어간다. 왕녀 전하께서는 그냥 모든 것을 묻자고 하셨지만, 내가 네놈을 용서 못 해! 대신전으로 들어가 자숙해라. 당분간 수도에 얼씬도 하지 마!"

알렉산드로는 인상을 찡그렸다. 그는 왕녀를 심하게 모욕했다. 그 나름대로는 가문에서 쫓겨날 각오를 하고 벌인 일이었던 것이다. 불쾌한 여자와 결혼하느니 호적에서 파이는 게 나으니까.

그런데 고작 수도에서 쫓아내는 것 정도라니?

"폐하께서 대신전에 사람을 보내 검은 사도들을 심문하라 하셨다. 네가 그 역할을 맡아 줘야겠다."

"······."

"대신전에서 네 행동거지를 돌이켜보고 반성하거라. 알겠느냐?"

아디스 공작도 알고 있었다. 황가와 대신전의 알력 싸움에 끼워 넣는 것. 이것은 시시한 형벌이라는 것을. 그리고 이런 무른 대응이 아들의 거침없는 성정을 부추긴다는 것을.

그러나 어쩔 수가 없다. 알렉산드로는 아디스 가문이 만들어 낸 최상의 보석이었다. 도저히 버릴 수도 함부로 취급할 수도 없었던 것이다.

"나는 곧 은퇴할 생각이다, 알렉산드로."

아디스 공작은 지친 얼굴로 중얼거렸다.

"모든 권한은 라르고스에게 일임했다. 난 이대로 영지로 내려가 여생을 보낼 것이다."

"그러십니까."

"그래. 네놈의 악행이 영지까지 내려오지 않도록 주의해라. 알겠느냐?"

"알겠습니다."

"약속해라."

"그건 어렵겠습니다."

"야 이 빌어먹을 녀석아! 주의하겠다며! 조심하겠다며! 그런데 왜 약속은 못 해!"

"못 합니다."

"해! 빈말이라도 약속하란 말이다!"

"죄송합니다."

공작은 욕설을 꽉 참아 냈다. 저 망나니 같은 아들놈에게는 의외로 고지식한 면이 있었다. 무엇 하나 쉽게 약속하는 일이 없었던 것이다.

'망나니면 망나니답게 책임지지 못할 약속이나 남발하고 다니란 말이다!'

공작의 속이 타들어 갔다.

'저놈도 저와 똑같은 자식 놈 낳아서 똑같이 당해 봐야 해!'

"유배 간다며?"

그날 저녁, 소식을 들은 라르고스가 찾아왔다.

"가서 잘 즐기고 와. 이럴 때가 아니면 언제 여자 사제들과 놀아 보겠어?"

알렉산드로는 한숨을 참았다. 요새 들어 여기저기서 다들 여자 타령이군.

"아니면 내 눈을 피해서 딴짓하려는 건 아니지?"

라르고스의 얼굴은 장난기 많은 소년 같았다. 그러나 그 눈빛만큼은 경고였다.

"아닙니다."

"그렇다면 다행이지만."

라르고스는 실실 웃으며 말을 이었다.

"아버지의 가신 중 말이지, 어떤 노인네가 나보다 네가 더 가주에 적합하다고 뒷말을 흘리고 다니기에 말이야."

"노망이 났나 보군요."

"글쎄. 최근 들어 네 활약이 크긴 했잖아?"

그렇게 묻는 형제의 눈은 질투라기보단 경계였다. 알렉산드로는 그

경계가 짜증 나기도 하고 귀찮기도 했다.

"이미 여러 번 말씀드렸지만, 가주 직에는 관심 없습니다."

"흐응……."

곧 라르고스는 의심을 거두고는 고개를 끄덕였다.

"우리는 관심사가 달라서 다행이야. 그렇지?"

알렉산드로는 무시하려 했지만 라르고스의 장난은 이제 막 시작이었다.

"어쨌든 대신전에서 여자나 조심해. 너처럼 순진한 남자는 여자 하나 잘못 만나는 순간 인생 끝장나거든."

이쯤 되니 슬슬 정말로 불쾌해졌다.

"쓸데없는 염려 마시죠. 설마하니 제가 여자도 모르는 얼뜨기 같습니까?"

"너 동정이잖아."

"……."

"어라? 설마 이제는 아니야?"

"……."

"언제? 어디서? 어떻게? 누구랑? 어땠어?"

"……."

기가 막혀서 반박하려다가 도로 입을 다물었다. 관두자. 일일이 상대했다가는 정말 밑도 끝도 없이 휘말릴 게 뻔했다.

"좋을 대로 생각하십시오."

"넌 정말 무서운 게 없구나, 알렉산드로. 난 가끔 나쁜 여자한테 빠질까 봐 무섭던데."

"그깟 게 왜 무섭습니까?"

"너와 나는 둘 다 상극처럼 다르지만 몇 가지 공통점이 있지. 외골수라는 것. 그리고."

라르고스가 가느다랗게 눈을 접어 웃으며 손가락을 흔들었다.

"여자를 아주, 아주, 아주 좋아한다는 것."

뭘 개소리야……?

멸시의 시선을 보냈으나 라르고스는 꿋꿋하게 말을 이었다.

"다만 너는 심하게 까탈스러워서 네 취향인 여자를 못 만났을 뿐이지."

"……."

"너 같은 녀석이 여자한테 제대로 빠지면 미쳐서 눈이 회까닥 뒤집힐걸."

더 지껄이면 한 대 쳐야겠군. 처음으로 형제 싸움이 시작되기 직전, 라르고스는 언제나처럼 눈치 빠르게 물러났다. 선을 넘을 듯 말 듯 넘지 않는 것은 그의 특기 중 하나였다.

"그러니까 나쁜 여자에게 빠지지 않도록 주의하라는 말이야. 알겠지?"

"쓸데없는 걱정 마시죠."

"왜 걱정이 안 돼? 여자한테 빠지는 건 사고 같은 거야. 앗 하는 순간 당해 버리는 거지."

역시 한 대 쳐야겠다고 생각하는 순간, 라르고스가 재빨리 문밖으로 나섰다.

"그럼 조심히 다녀와, 아우님."

대신전에서의 자숙은 지루했다.

말이 자숙이지, 그저 일의 연장선이었다. 대신전의 검은 사도들을 신문하고, 고문하고, 때리고, 짓밟고…….

'재미없군.'

매일같이 하던 일을 이번에는 장소만 바꿔서 할 뿐이었다.

밤의 정원. 알렉산드로는 풀밭에 드러누워 하품했다. 정말이지 지루해서 죽을 지경이다. 그러나 딱히 울적하진 않았다. 그의 삶 대부분이 권태로 구성되어 있었으니까.

어려운 것도 없고. 험난한 것도 없고. 온통 순탄한 시간의 연속.

알렉산드로는 고난을 몰랐다. 위기를, 위험을, 위태로움을 몰랐다.

검은 안개에 감염된 기사들에게 포위되었을 때도. 수십의 마물에게 홀로 둘러싸였을 때도. 심지어 지금은 황제가 된 소년의 코뼈를 으스러뜨렸을 때도.

아무것도 두렵지 않았다. 두려움을 품을 수가 없는 힘이었다.

"축복인 건가……?"

알렉산드로는 제 손을 바라보며 멍하니 중얼거렸다. 손에서 하얗게 빛나는 성력. 역대 아디스 중 최고라는 힘. 고대의 성기사에 가깝다는 이 힘이 그의 공포를 거세했다.

'하지만 이것도 일종의 결핍 아닌가?'

그러니까 한가하게 이런 사춘기 소년 같은 권태에 젖어 있는 거겠지. 그가 도박에 흥미를 느끼는 이유도 어느 정도는 이 권태감에서 기인했다. 도박판에서는 그가 얼마나 강한지, 어느 정도의 성력을 가졌는지는 조금도 중요하지 않으니까.

알렉산드로는 처음으로 도박판에 껴서 무참하게 졌을 때의 그 순간을 기억했다. 말도 안 되는 상대에게 졌다는 패배감. 이기고 싶다는 호승심. 그리고 마침내 이겼을 때의 그 짜릿함.

재미있었다. 처음에는 그러했다.

'도박도 슬슬 지루하지만.'

하다 보니 금방 실력이 늘어서 이제는 매번 이기기만 했다. 또다시 권태였다.

알렉산드로는 밤하늘을 올려다보았다. 그리고 예감했다.

앞으로도 이러한 시간이 이어질 것이다. 뜨겁지도 차갑지도 않은 미온의 삶, 그는 이 미적지근함이 지긋지긋했다.

살다 보면 언젠가는 놀라운 일이 일어나기는 할까? 도전할 만한 역경을 만나기는 할까? 언제까지나 이 무감동한 풍경만 펼쳐질 거라 생각하면 그저 모든 것이 귀찮아졌다.

'이러다가 지루해서 죽겠군.'

어쩌면 자신을 죽일 수 있는 유일한 것은 이 권태일지도 모른다. 그렇게 생각했다.

"야, 당근! 나는 네 당근의 비밀을 알고 있어!"

"방금 나는 당신에게 독을 주입했어."

"나를 이곳에서 데리고 나가 줘. 그럼 해독제를 만들어 주겠어."

어떤 여자가 나타났다.

그 여자는 그를 속였고, 농락했고, 짓눌렀다. 그것은 알렉산드로가 경험한 생애 첫 굴복이었다.

'죽여 버리겠다.'

그만큼 강한 분노가 일어났다. 예카테리나의 머리에 와인을 부었던 순간과는 비교조차 되지 않았다.

'해독제를 받으면 죽여 버리겠다.'

진심으로 죽이려고 했다. 그 여자를.

만약 그 여자가 검은 사도에게서 자신을 지키지 않았더라면, 자신을 대신하여 화살을 맞지 않았더라면, 그런 일들이 없었더라면 정말 죽였을지도 모른다.

'아니, 어차피 죽일 수 없었을 것이다.'

숲을 통째로 얼리는 여자였으니까. 그는 그 순간을 똑똑히 기억했다. 그 강력함을, 전지전능해 보이기까지 한 힘을.

모든 것이 달빛으로 얼어붙었다. 그 환상적인 광경은 여자의 손에서 산산이 깨졌고, 부서졌고, 눈보라처럼 휘날리는 빛의 잔재에서 그 여자는 태연하게 뒤를 돌아보고, 마치…… 마치, 신처럼.

독에 취해 제정신이 아니어서일까. 알렉산드로는 처음으로 타인에게 완전히 압도되었다. 경이로움에 경악했다. 그 순간, 그 여자는 눈을 불로 지지는 것처럼 인상 깊었다.

밤 내내 그의 입안으로 해독제를 흘려보내는 감촉, 제발 죽지 말라고 소곤거리는 그 절박한 기도도. 모든 순간이 지나치게 뜨거웠다. 그녀는 그를 불살라 버릴 듯한 고열의 열기였다.

그래서일까? 그녀가 그의 삶에 나타난 이후로는 일분일초가 한 땀한 땀 피부에 새겨진 것처럼 세밀했다.

'위험한 여자다.'

그 여자는 그를 독살하는 데 성공할 뻔했다. 게다가 숲을 단번에 얼리고 먼지처럼 부숴 버리지 않았던가? 알렉산드로는 그녀를 경계했다. 연금술을 쓰지 못하도록 장갑을 끼웠다. 매 순간 감시했다.

그렇기에 저택으로 데려온 후에도 같은 방에서 잠들었다. 함께 잠드는 순간조차 긴장을 늦출 수는 없었다. 그리고 그 긴장감은 묘한 성적인 자극을 동반했다. 밤에는, 그러할 수밖에 없었다.

"알렉스, 자?"

어느 날의 깊은 밤, 그 여자가 속삭였다.

"요새 밤마다 당신 등을 봐서인지."

알렉산드로는 눈을 뜨지 않았다. 뒤에서 속삭이는 소리가 이어졌다.

"당신 뒷모습이……."

그러나 이어지지 않았다. 마치 제정신을 차리기라도 한 듯, 성급히 입을 다물었다.

내 뒷모습이, 뭐.

뭐가 어쨌다고?

알렉산드로는 순간 치미는 충동을 참지 못했다. 몸을 일으켰다. 여자의 침대로 다가갔다.

"알렉스?"

그는 대답하지 않았다. 그 여자의 손목을 붙잡고, 손에 낀 장갑을 이로 물어 벗겨 냈다.

"계속 말해 봐."

그러고는 드러난 맨손을 겹쳐 잡았다. 시트 위로 짓누르며 여자의 몸 위로 올라탔다.

"아니, 말하지 마."

그러나 눈을 떴을 때, 그는 자신의 침대에 누워 있었다.

'……꿈?'

미친. 그는 욕설을 삼켰다.

'무슨 개 같은 꿈을…….'

잠시 자괴감이 밀려왔으나 그는 애써 납득했다. 괜찮다. 이럴 때도 있는 거지. 이건 신체 건강한 남자에게 지극히 자연스러운 현상이니까.

알렉산드로는 뒤를 돌았다. 곤히 잠들어 있는 여자를 복잡한 시선으로 노려보았다.

지금껏 그의 삶에는 없었던.

지나치게 강렬한. 예측할 수 없는.

위험한, 아름다운, 신비한, 이상한, 알 수 없는 여자.

이러한 날것의 재료들이 스무 살, 그 청춘의 한복판에 와르르 쏟아졌으니 이끌리는 것은 당연한 수순이었다.

"날 구해 줘, 알렉스. 그러면 당신을 사랑할 수도 있을 것 같아."

그 여자가 오로지 자신 하나만이 살길이란 듯 절박하게 매달릴 때 어쩌면, 사실은, 그것이 기꺼웠는지도 모른다. 만약 그가 거절한다면 아마 발렌티노 공작에게 가거나 라르고스 형님에게 가겠지. 매달리고, 졸라 대고, 부탁했겠지. 이렇게, 지금 내게 하듯이.

순간 맹렬한 질투가 가슴을 할퀴었다.

'미쳤군.'

테오도르가 준비한 독을 먹음으로써 그 여자는 또다시 그를 지켰다. 혼절한 여자의 손을 몰래 잡는 순간, 모든 것이 부서졌다. 존재하는 줄도 몰랐던 욕망이 끓어올라 당혹스러울 지경이었다.

만지고 싶다. 더, 더, 더, 더.

그 열망에 어디선가 무언가가 부서지는 소리가 들렸다.

"여자한테 빠지는 건 사고 같은 거야. 앗 하는 순간 당해 버리는 거지."

어느 날 갑자기 벼랑에서 떨어진 낙석처럼 그 여자는 그를 박살 냈다.
사고였다.

"너는 내가 지킨다."
"정말?"
"그래."
"약속할 수 있어?"
"약속하지."
그 이후부터 여자는 마치 다른 사람처럼 돌변했다.
'그런데 정말 다른 사람이었다니.'
믿을 수 없었으나 믿을 수밖에 없었다. '진짜 선희'가 데려가 준 먼
미래에서 그 여자가 죽는 것을 보았으니.
그 여자, 칸나의 죽음.
"알렉산드로, 너는 그 아이를 구하기 위해 어디까지 할 수 있어?"
"뭐든 할 수 있다."
"마지막 순간에 너는 죽을 거야. 그런데도 할 수 있어?"
"할 수 있다."
그 장담에 '진짜 선희'가 말했다.

"너는 왜 그렇게까지 하는 거야? 결국 넌 내 딸을 구하고 죽을 텐데, 그런 결말이 두렵지 않아?"

알렉산드로는 굳이 설명하지 않았다.

그는 기사였다. 검사였다. 아무리 좋은 말로 포장해도 결국엔 살인자였다. 남의 생명을 빼앗는 자는 언제든 남의 손에 생명을 빼앗길 수 있다. 그날을 대비하고 받아들이며 살아가는 것. 그것은 살생자들에게는 숙명과도 같았다.

그렇기에 죽음은 두렵지 않다. 그는 죽음이 두려워 제 업을 피하는 겁쟁이가 아니었다.

그리고 무엇보다, 그는 칸나를 만나기 전을 기억한다.

무엇 하나 권태롭지 않은 것이 없던 안온했던 삶을. 평생을 밤하늘의 별처럼 저 자리를 지키며 살아갈 거라고 생각했던 그 지루했던 밤을.

만약 몰랐더라면 그렇게 살아갈 수도 있었겠지.

그러나 그는 이제 알고 있다. 타오르는 열정을. 델 듯한 뜨거움을. 욕망을. 초조함을, 짜릿함을, 황홀함을.

그는 그쪽을 선택했다.

"여기, 이 술법진을 기억해. 그리고 마음이 바뀌면 언제든 나를 소환해."

선희가 그에게 당부했다.

"힘든 여정이 될 거야. 어쩌면 도중에 마음을 바꿀 수도 있지. 그때 칸나의 피를 이용해서 날 불러. 네 삶을 살아갈 수 있게 해 줄게."

"그런 일 없다."

"아니, 네 생각보다 더 힘들 거야."

선희가 희미하게 웃었다. 마치 치기 어린 아이를 보는 듯한 표정이었다.

그리고 그로부터 모든 것이 망가지기 시작했다.

첫 붕괴는 라르고스였다.

"방해하지 마, 알렉산드로. 형제끼리 싸우지 말자고."

그의 형제는 점점 미쳐 갔다. 선희의 무엇이 라르고스를 마비시킨 것일까?

도저히 알 수 없었지만 동시에 알 것 같기도 했다. 피는 속일 수 없는지 선희는 칸나와 비슷한 면이 있었다. 그러니까, 둘 다 몹시도 위험했다. 자칫 방심하는 순간 독에 당할 것 같다고 해야 할까.

'그런 위험한 여자들에게 빠진 형님이나 나나, 둘 다 미쳤군.'

상극처럼 다르다고 생각했는데 어쩌면 본질은 같은 걸지도 몰랐다. 도저히 멈추지 못하는 점 또한 같았다. 라르고스는 제 손아귀를 빠져 나가려는 선희를 참아 내지 못했다. 어떻게든 가지려 했다.

심지어, 죽여서라도.

그러나 결국 죽은 것은 라르고스 쪽이었다. 독살당한 것이다.

"정당방위라고 들어 봤어?"

선희는 붉은 손자국이 남은 제 목을 가리켰다.

"내가 안 죽였으면 지금쯤 시체가 되어 있는 건 나겠지. 라르고스가 아니라."

라르고스를 죽인 후 선희는 사라졌다. 본래의 세계로 돌아간 것이다.

'어쩔 수 없는 일이다.'

알고 있다. 이해한다. 하지만.

'아니, 하지만은 없다. 결국 이렇게 되었을 일이야.'

며칠 후, 부친이 죽었다.

부친은 라르고스의 사망 소식에 충격을 받고 급속도로 쇠약해졌다. 그는 호위 기사를 물린 후 홀로 산책하던 중 검은 사도들이 보낸 암살자와 마주쳤고, 싸웠고…… 심약해진 몸과 노령을 이기지 못하고 패배했다.

"제가 뭐라고 했습니까, 알렉산드로 경?"

테오도르의 원한이 영혼의 조각으로 남아 그의 곁에 맴돌았다. 그러고는 비웃었다.

"이게 다 그 여자를 구해서입니다. 제가 뭐라고 했습니까? 그 여자, 불길하다고 했잖습니까?"

그 말에 알렉산드로가 중얼거렸다.

"아버지를 모욕하지 마라. 검사에게 싸움터는 언제나 무덤이 될 수 있음을 가르쳐 주신 분이 아버지다."

"아니! 당신 때문입니다! 너 때문이다, 알렉산드로 아디스!"

부정할 수 없었다. 이것은 자신의 선택으로 인해 파생된 결과였다.

그는 부친의 관에 손을 뻗었다. 그러나 차마 닿지 못하고 멈추어 섰다. 자신에게는 아버지의 관을 만질 자격도, 넋을 위로할 자격도 없음을 알고 있었으니.

"……죄송합니다."

참담한 밤이었다.

그는 잠들지 못했다. 위스키 한잔을 기울이며 연달아 궐련을 피웠다. 그러다가 충동적으로 그 아이를 찾아갔다. 아이는 곤히 잠들어 있었다. 알렉산드로는 아기를 물끄러미 내려다보았다.

"네가 정말 그 여자냐?"

인기척을 느낀 것인지, 아이가 눈을 뜬다. 말똥한 시선이었다.

"꺄륵! 꺄르륵!"

왜 좋아하는 거지? 알렉산드로가 별생각 없이 손을 뻗는 순간, 아이가 인상을 확 찡그렸다. 그러고는 조약돌 같은 손으로 그의 손을 후려쳤다.

"아우우!"

아. 궐련 냄새 때문에 그렇군. 아이의 격렬한 거부에 알렉산드로는 머쓱해져서 손을 거뒀다.

"우우! 아우! 우!"

뭐라고 하는지 알 수 없으나 불만의 표현임은 확실했다.

"지금 네 신세를 알고 있냐?"

"아우아우!"

"네 모친이 내 형을 죽이고 널 이곳에 버리고 떠났다. 그리고 검은 사도들은 너를 노리고 있지."

"우우우!"

"미래의 너는 지금의 너를 지켜 달라고 내게 애걸복걸했다. 그런데 고작 궐련 냄새 난다고 내 손을 때려?"

"우아! 아!"

"뻔뻔한 건 지금이나 그때나 똑같군."

그는 배은망덕한 아기를 노려보았으나 더는 손을 뻗지 않았다.

그날 이후, 그는 궐련을 끊었다.

"그 아이를."

클로이가 창백해진 얼굴로 떨었다.

"그 아이를, 딸로 들이겠다고요?"

"예."

"선희의 딸을? 라르고스를 죽인 여자의 딸을?"

"그렇습니다."

"당신 미쳤어요?"

"제가 미치든 말든 영애와는 관계없습니다. 영애는 형님의 약혼녀였고, 형님은 죽었죠. 약혼은 무산됐습니다."

"아뇨. 저는 아디스 가문과 약혼한 거예요. 라르고스가 아니라."

"……."

"난 이 약혼 안 깰 거예요."

상대가 누구든 상관없다. 사람들이 수군거려도 상관없다. 클로이는 아디스 공작 부인이 되어야만 했으니.

"당신 뜻대로 해요. 대신 조건이 있어요."

"그게 뭡니까?"

"제 이름으로 클레틴의 청금석 광산을 양도해 줘요."

클로이는 기다렸다는 듯 요구했다.

"그리고 제 동생을 황실 기사단의 단장으로 만들어 주고. 알베스 항구의 상권을 내가 독점할 수 있게 해 줘요."

"……."

"아디스와는 연관 없이 오로지 제 개인 재산이 되는 거예요."

클로이는 차라리 잘됐다고 생각했다.

어차피 그녀가 원하는 건 아디스였다. 때마침 상대방에게 흠결이 있으니, 이를 받아 주는 척하며 이득을 취하면 되는 것 아닌가?

"그리고 마지막으로, 가문은 반드시 제 아이에게 물려줄 겁니다."

클로이가 단호하게 말했다.

"사내아이는 무조건 둘 낳겠어요. 라르고스처럼 후계자가 단명하는 일이 일어날 수 있으니까."

"……."

"당신이 내 요구를 들어준다면 칸나를 친딸처럼 키우죠."

알렉산드로는 가라앉은 눈으로 그녀를 바라보았다. 욕망으로 가득 찬 클로이를 보고 있자니 문득 예카테리나 왕녀가 떠올랐다. 클로이처럼 혼인과 아이를 요구한 여자.

당시 알렉산드로는 가문에서 쫓겨날 각오를 하고 그녀의 머리에 와인을 쏟아부었다. 그러나 지금은. 지금은…….

알렉산드로는 주먹을 콰득 말아 쥐었다.

'이미 선택한 일이다.'

이것은 그 선택에 뒤따르는 역경일 뿐.

그리고 그는 역경에 져 본 역사가 없었다.

"약속할 수 있습니까?"

"약속할게요. 내 명예를 걸고."

"좋습니다."

이후 모든 것은 계획대로 진행되었다.

그리고 알렉산드로는 처음으로 고난이 무엇인지 알게 되었다. 특히나 클로이와의 혼인 이후 거대한 난관 앞에서 갈등했다. 처음으로 그만두고 싶다는 생각이 들었다.

한참을 고민하던 그는 연금술사이자 테오도르의 여동생, 셀리아를 찾아갔다.

"환각제를 만들 수 있나?"

"예?"

셀리아는 놀라는 눈치였다.

"하지만 환각제는 중독될 위험성이 높아요."

"괜찮아."

셀리아는 망설였지만, 곧 환각제를 만들어 내밀었다. 그는 곧장 침실로 돌아가 환각제를 먹었다. 그러자 그 여자가 나타났다.

칸나. 선희와 함께 간 미래에서 본 검은 머리의 여자. 선희의 몸에 빙의하여 자신을 만나러 왔던 그 여자였다.

"미래에서 잠깐 본 걸 선명하게 기억하고 있는 걸 보니, 네가 인상 깊긴 했나 보군."

그는 자조적으로 중얼거렸다.

"하필이면 생긴 것도 내 취향이야. 넌 날 망치려고 작정했나?"

그러자 칸나가 미소 지었다. 부드러운 눈웃음에 오른쪽 눈 아래 눈물점이 도드라졌다. 그것이 몹시도 매력적이라 시선을 빼앗겼다. 그렇게 한동안 아무런 말도 할 수 없었다. 어째서인지 가슴 한구석이 먹먹해졌다. 그것은 거의 패배감에 가까웠다.

"칸나."

환각은 대답하지 않는다. 상관없다.

"너는 아름답군."

그녀를 보고 있자니, 혼란과 자괴로 범벅됐던 마음이 조금씩 조금씩 가라앉았다.

"나는 미래에서 너의 죽음을 보았다. 이토록 아름다운 네가 죽는 장면을."

그리고 너는 죽고 싶지 않아서 나를 찾아왔다. 나라면 널 구할 수 있을 거라고 여겼을 테지. 약속을 지킬 거라고 생각한 거지.

너는 나를 그렇게나 믿었다. 다른 사람도 아닌, 나를.

"그래. 날 믿어."

그 말을 끝으로 알렉산드로는 몸을 일으켰다.

"*미친놈.*"

악령이 혀를 찼다.

"*진짜 미쳐 가는군, 알렉산드로 아디스.*"

견딜 수 없는 정신적 고통. 그는 그러한 통증을 태어나 처음으로 느꼈다. 돌아 버릴 것 같았다. 차라리 돌아 버리고 싶었다. 그런 밤이었다.

"너뿐만이 아니라 아디스 전체를, 네 자식을 제물로 바쳐야 해."

선희의 경고에 알렉산드로는 호언장담했다. 뭐든 할 수 있다고 쉽게 말했다. 할 수 있을 것 같았으니까.

막 첫사랑의 아름다움을 깨닫고, 갑작스러운 상실에 몸서리쳤던 그 순간에. 그 순간에는 정말이지 무엇이든 할 수 있었다. 그녀를 구하기 위해서는 뭐든, 무엇이든.

그랬는데.

분명히 그랬는데…….

그런데 이런 밤에는 죽을 것 같았다. 모든 것이 불순하여 자신이 불순물이 되어 버린 것 같았다.

"아무래도 후회하는 것 같은데?"

"그냥 지금이라도 포기하지 그래?"

"이래서야 정말 옛날 별명대로 종마가 되어 버렸잖아?"

"아하하하하!"

그는 악령의 비웃음을 들으며 머리를 부여잡았다. 생전 처음 느껴 보는 정신적인 괴로움 속에 헐떡였다. 그래서 그는 눈을 감았다. 그 여자를 떠올렸다. 필사적이었다.

함께 공유한 밤, 방 안에 가득 풍기던 여자의 달짝지근한 체향과, 몰래 잡았던 손의 체온, 그리고…….

\<다시 만나요.\>

웃기는 소리.

순간 열불이 치밀어 그는 침대 시트를 콱 말아 쥐었다. 다시 만나자고? 만나서 무엇을 어쩌겠다고? 네게 어떤 말을 하라고?

"너를 지키기 위해 나는 제물이 될 아이들을 만들었다. 하지만 오해하지 마라. 내가 이런 짓을 하는 이유는 너를 위해서다."

이렇게 말하라고? 이런 개소리를 지껄이라고?

알렉산드로는 헛웃음을 터뜨리며 중얼거렸다.

"그건 미친놈이지……."

혹은 개자식이거나. 아니, 둘 다인 것 같군. 그는 피식피식 웃음을 흘렸다. 향할 곳 없는 분노가 속을 새카맣게 태웠다.

'내가 왜.'

주먹 위로 험악한 핏줄이 불끈 솟구쳤다. 불거진 뼈마디가 도드라졌다. 그러나 삼켰다. 간신히.

'괜찮다.'

상상 이상으로 힘들다고 이제 와서 발을 뺄 생각인가? 했던 말을 안 한 척 삼킬 생각인가? 그녀는 내 약속을 믿었는데?

이제 와서? 천하의 겁쟁이처럼?

'그래, 이겨 낼 수 있다. 이기지 못할 고난은 없다.'

그렇게 시간이 지날수록 그의 현실감은 점점 짙어졌다. 미친 짓. 제정신이 아닌 짓. 차분하게 행할수록 머리가 이상해지는 것만 같았다.

눈에 보이는 악령의 개수 역시도 나날이 늘어 갔다. 이제는 세상이 고요했던 시절이 기억나지 않았다. 더불어 영생의 부작용으로 불면이 찾아왔다.

피로는 차곡차곡 쌓여 갔다. 게다가 칸나를 빼앗긴 신령, 검은 사도들의 공격이 나날이 과감해졌다. 전투의 횟수가 잦아졌다.

"공작의 딸이 검은 사도의 핏줄이라는 소문이 있더군."

건수를 잡은 황제 역시 이 기회를 놓치지 않았다.

"대신전의 신령에게 공작의 딸을 보여라. 검은 사도의 핏줄이 아님을 증명하란 말이다."

"아뇨. 제 딸을 대신전에 보내는 일은 없을 겁니다."

"이렇게까지 감싸는 걸 보니 정말 수상하군."

"……."

"솔직히 말해, 공작. 정말 검은 사도의 딸이 아니야?"

"아닙니다."

"그렇다면 증명을 해 봐. 그 아이를 데려오란 말이야."

"제가 왜 증명을 해야 합니까?"

"맙소사, 공작도 여자한테 빠지면 별수가 없군. 더러운 검은 사도에게 홀려서 이렇게 이지를 잃다니 말이야."

정치적인 공격까지 들어오기 시작했다.

"저어……."

황제와의 면담 후 돌아가는 길, 백금발의 여자가 접근했다.

"아디스 공작님."

테레사 귀비였다. 멈춰 서자, 그녀가 머뭇거리다가 그의 팔에 손을 얹었다.

"저는 공작님을 믿어요. 혹시 제가 도울 일이 있다면 말씀해 주세요."

"……."

그는 제 팔 위에 올라온 하얀 손을 바라보다가 고개를 기울였다. 내가 이 여자와 친분이 있었던가?

"저는 어릴 적부터 공작님을 존경해 왔어요. 대륙의 수호자이신 분께서 이런 냉대를 받으시는 것이 마음이 아파서……."

가까이 접근한 테레사에게서 아주 매혹적인 향이 느껴졌다. 달콤하고, 아늑한 향.

"제가 공작님께 도움이 될 수 있다면, 그것이 뭐든 하고 싶어요."

그의 팔을 휘감은 손아귀에 슬쩍 힘이 들어간다. 자그마한 엄지손가락이 그의 손목을 쓸었다. 명백한 유혹이었다.

"이야, 이제는 황제의 애인과도 붙어먹을 작정이야?"

"굉장한걸, 알렉산드로. 몸이 두 개여도 남아나질 않겠어!"

악령의 조롱을 흘려들으며 알렉산드로는 천천히 말했다.

"손 치워 주십시오."

"네?"

두 번 말하는 대신 정중하게 뿌리쳤다. 그렇게 돌아서서 가다가 우뚝, 잠시 멈춰 섰다. 고개를 들어 올렸다.

"……."

눈이 마주쳤다. 창문으로 이 광경을 내려다보고 있는 황제와. 알렉산드로는 그 눈에서 살기를 읽었다.

'귀찮게 됐군.'

실제로 귀찮게 됐다. 황제는 입에 거품을 물고 그를 암살하려 들었다. 아디스가 검은 사도와 결탁했다는 거짓 증거까지 만들어 낼 정도였으니.

"칸나 때문이잖아요!"

보다 못한 클로이가 나섰다.

"이대로 가다가는 아디스의 명예가 곤두박질칠 거예요. 지금 공작
위 박탈까지 논의되고 있는 거 알아요?"

검은 사도와 결탁한 성기사. 당연히 작위 박탈, 재산 몰수를 해야
하지 않겠는가? 그런 이야기가 나오는 중이었다.

"알렉산드로 아디스, 대체 언제까지 손 놓고 있을 거죠? 어떻게 좀
해 봐요!"

클로이는 하루가 다르게 초조해졌다. 그녀 인생 최대의 위기였다.
그러나 정작 알렉산드로에게는 아무런 위기감이 없었다. 그가 그인
이상, 그 누구도 그를 쓰러뜨릴 수가 없다. 누군가 들으면 놀랄 만큼
오만한 생각을 하고 있었다.

그러나 실제로도 그러했다.

"거, 검은 안개다!"

수도의 중심에서 검은 안개가 폭발적으로 퍼져 나갔다.

"괴, 괴물이야!"

"아아, 맙소사, 신이시여……."

그리고 그 안에서 마물이 등장했다. 언제나 기상천외한 괴물들이
등장했지만 이번만큼은 유독 지독했다. 마수는 거대했다. 성채를 뒤
덮을 정도로 웅대한 몸, 활짝 펼친 날개의 그림자가 거리를 삼켰다.

"용이다!"

고대 남대륙이 어떻게 멸망했던가? 검은 안개가 남대륙을 서서히
뒤덮었다고 했다. 그 안에서 검은 용이 튀어나와 사람들을 짓밟고, 짓
씹고, 무너뜨리고…….

그런 전설 속의 마수가 지금 이 순간, 현실에 튀어나왔다.

"뭣 하는가! 궁부대는 어서 화살을 쏴!"

마수를 향해 수백 수천 발의 화살을 날려 댔지만, 단단한 비늘에 막혀 그대로 튕길 뿐이었다.

"피해!"

"도, 도망가!"

수도는 속수무책으로 무너졌다. 검은 용이 내뿜는 불이 대지를 불태우고, 용의 꼬릿짓 한 번에 성이 붕괴되었다. 그 아비규환 속에서 모든 이들이 생각했다. 멸망이다. 멸망의 날이 도래했다. 고대 남대륙이 멸망했던 것처럼, 이번엔 서대륙의 차례다.

한편 알렉산드로는 차분하게 첨탑 위로 걸어 올라갔다.

'발렌티노 공작은 현재 수도를 비웠던가?'

그렇다면 이곳에는 혼자로군. 함께라면 편하겠지만, 딱히 혼자여서 불리한 건 없다.

알렉산드로는 검은 용이 제 아래를 스칠 찰나를 놓치지 않았다. 그대로 첨탑 위에서 뛰어내려 용의 등에 가볍게 착지한 후, 비늘을 잡고 버텨 섰다.

쿠오오오! 이물감을 느낀 검은 용이 몸을 비튼다. 그러나 알렉산드로는 무리 없이 균형을 잡으며 오른손을 위로 들어 올렸다.

그때 알렉산드로는 빈손이었다. 그러나 곧 새하얗게 타오르는 성력이 빛의 창처럼 손아귀에 맺혔다. 그 창살이 충분히 거대해졌다고 판단되는 순간, 그대로 아래로 내리찍었다.

콰쾅! 고막이 터질 듯한 굉음과 함께 폭발이 일어났다. 거대한 성력에 관통당한 검은 용은 한동안 미친 듯이 몸을 비틀고 괴성을 지르다가, 그대로 검은 안개로 흩어지며 소멸했다.

그리고 그 기적 같은 광경을 목격한 사람들은 말했다.

알렉산드로 아디스가 벼락을 내리쳤다고.

이 사건 이후 알렉산드로가 검은 사도와 결탁했다는 의심은 완전하게 사라졌다. 더불어 그의 위명은 높아졌다. 고대 성기사의 환생이라는 이야기까지 떠돌았다. 심지어 이제는 황제조차 그의 눈을 오랫동안 쳐다보지 못했다.

솔직히 별 관심 없었다. 아니, 그렇다기보단 관심을 기울일 여력이 없었다. 아기 칸나가 납치된 것이다. 검은 사도들의 짓이었다. 아마도 신령이 직접 나선 듯했다.

'마수는 미끼였군.'

검은 용으로 수도가 어지러운 틈을 이용하여 아기를 납치했다. 알렉산드로는 그 흔적을 쫓아갔다. 그리고 아주 더럽게도 많이 싸웠다. 대체 언제부터 준비했던 걸까? 검은 사도는, 신령은 작정하고 덫을 쳐놓은 것이다.

그러나 알렉산드로는 기어코 모든 함정을 격파하고 아기를 되찾았다. 그 과정에서 배를 관통당했다.

"빌어먹을 계집애."

"으, 응애."

"내가 왜 너 때문에……."

"……."

기분 탓일까? 아기는 그의 말을 알아들은 듯한 얼굴이었다. 당연히 기분 탓이겠지. 칸나는 아직 치아도 나지 않은 아기니까.

'부상이 심해서인가? 제정신이 아닌 것 같군.'

피곤하다. 지친다. 알렉산드로는 한숨을 내쉬며 아기를 들어 올렸다. 그리고 중얼거렸다.

"돌아가자."

아디스로.

싸우고. 견디고.

싸우고. 견디고.

그런 나날의 연속이었다. 그러던 어느 순간 불면이 찾아왔다. 육체의 시간이 멈춘 부작용인 듯했다.

불면은 그의 삶을 빠르게 파괴했다. 머리가 물에 젖은 솜처럼 언제나 무겁게 느껴지기 시작했다. 시간의 흐름 또한 무디게 느껴졌다.

"아, 안냐하세여."

"……."

언제 이렇게 컸지?

알렉산드로는 부상에서 회복하자마자 저택으로 돌아왔다. 반년 만의 귀환이었다. 그리고 그때, 그 아이는 말을 하고 있었다.

'언제 말을 시작했지?'

마지막으로 기억하는 아이는 '아부, 아브부부' 정도의 옹알이만 했는데.

"너 몇 살이냐?"

"세, 세 쌀……."

벌써 세 살이 되었나? 순간 기분이 아주 이상해졌다.

"너……."

그가 무언가 얘기하려고 할 때.

"죽여. 지금이라도 죽여."

"어서 죽여. 지금 안 죽이면 나중에 후회할 거야."

대체 이건 언제쯤 익숙해질까?

알렉산드로는 입을 꾹 다물었다. 쉴 새 없이 떠들어 대는 저주와 말 덕분에 정신이 산만했다. 그 탓에 그는 타인과 대화하는 데 어려움을 겪기 시작했다.

'이러다가 벙어리가 되겠군.'

알렉산드로는 결국 어린 소녀에게 아무 말도 하지 못하고 돌아섰다. 머리가 깨질 것처럼 아팠다. 그리고 빌어먹게도 이 통증은 이미 일상이었다.

"환각제를."

"하지만 알렉산드로 님……."

"괜찮다."

이제 그는 환각제에 완전히 중독되어 의존하고 있었다. 어쩔 수가 없다. 오로지 이것만이 그를 견디게 하는 유일한 버팀목이었으니.

"알렉스, 오늘은 어땠어?"

환각제에 중독되어서일까? 환상 속의 칸나는 이제 말을 할 수 있었다.

"개 같았어."

그는 기꺼이 약에 찌들었다.

"손가락 하나가 잘렸다. 다시 자라나는 데 일주일이 걸렸지."

"괴물이네."

칸나의 말에 알렉산드로는 픽 웃었다.

"네가 할 말은 아니다. 너 때문에 이렇게 됐으니까."

"고마워, 알렉스. 다시 널 사랑할 수도 있을 것 같아."

"개소리하지 마."

"네가 듣고 싶어 하는 말을 한 것뿐이야. 알잖아, 나는 허상인걸."

"……."

"나는 지금 이 시간에 없어."

"알아."

칸나가 다가와 그의 옆에 섰다. 알렉산드로는 그녀를 물끄러미 올려다보다가 실소했다.

"지금 너는 어느 시간에 있지?"

손을 뻗어 칸나의 머리칼을 쥐었다. 그러나 잡히는 것은 그저 투명한 백색의 온기뿐이다. 그는 멍하니 그녀의 머리카락을 바라보았다. 단 한 번도 닿아 본 적 없는 저 검은 머리칼을.

문득 궁금해졌다. 나는 왜 이렇게까지 하는 것일까?

그녀를 잊지 못해서 약속을 지키려고 노력하는 걸까? 아니면, 약속을 지키기 위해 그녀를 잊지 않으려고 노력하는 걸까?

이제는 어느 쪽이 먼저인지 알 수가 없었다. 그러나 분명한 것은, 이렇게라도 하지 않으면…….

"더는 못 할 것 같으면 언제든 나를 불러."

알렉산드로는 눈을 꽉 감았다.

'아니. 아니다.'

방금 스쳐 지나간 그 욕망을 힘껏 어둠 속으로 밀어 넣었다. 그때 그는 선희에게 호언장담했다. 그럴 일 없을 거라고.

"고마워, 알렉스."

하지만 거짓된 달콤함에 위로받는 것쯤은 괜찮다. 괜찮을 거다.

"날 구해 줘, 알렉스."

알렉산드로의 속눈썹이 파르르 경련했다. 환각이 귓가에 속삭였다.

"다시 만나요."

시간이 흘렀다. 조금씩 모든 것이 무너지고 또 무너졌다. 엉망진창으로 망가진 삶에 조금씩 적응해 갔다. 만약 칸나의 환각을 보지 않았더라면 이 정도로 버틸 수는 없었을 것이다.

그는 거의 매일 밤 환각제를 찾았다. 칸나를 불렀다.

"그게 다 내가 네 취향이라서 그런 거야."

칸나는 뻔뻔하게 웃었다.

"내가 네 취향대로 생기지 않았더라면 지금처럼 버티지는 못했을걸."

"그럴지도."

"내가 예뻐서 그래."

"그래."

"솔직히 넌 좀 까다롭잖아. 편식이 심할 때부터 알아봤지."

"그런가."

"재미없네. 아무리 내가 환상이라지만 너무 대충 대화하는 거 아니야?"

칸나가 불만스럽게 인상을 찡그렸다. 미간 사이에 잡히는 주름조차 예뻤다. 환상의 말대로 그녀는 머리부터 발끝까지 그의 취향이었다. 알렉산드로는 그 사실이 때때로 비참했다.

"넌 정말 바보야."

환각은 그의 내면을 깊숙하게 긁어냈다.

"단 한순간 함께한 여자에게 사로잡혀 평생을 바치는 건 얼간이들이나 하는 짓이야."

"그래."

알렉산드로는 자조적으로 웃었다.

"내가 병신이지."

환각이 점점 흐릿해진다. 효능이 점점 떨어지는 것이다. 사라져 가는 환각을 보며, 알렉산드로는 눈을 감았다.

"알렉스. 날 포기하지 말아 줘. 오직 너만이 날 구할 수 있어."

마지막으로 환각이 속삭였다.

"다시 만나요."

달콤했다.

괴로웠다.

알렉산드로는 매일같이 칸나의 환각을 불러냈다.

이따금 피로에 정신이 혼미할 때에는 그녀가 환각이라는 것을 잊었다. 그녀와 같은 자리에, 같은 시간에 함께하는 것만 같았다.

그렇게 시간이 흘러갔다.

"저어."

알렉산드로는 몸을 돌렸다.

"저기……."

검은 머리칼을 추레하게 늘어뜨린 여자아이. 그 아이였다.

"저, 저기, 여쭤볼 것이……."

더듬더듬 말하는 아이를 빤히 내려다보며 알렉산드로는 생각했다.

'올해 여섯 살이었던가?'

그쯤 된 것 같다.

그때 아이가 고개를 획 들었다. 앞머리가 옆으로 스르륵 넘어가고, 눈매가 드러났다. 까맣고 커다란 눈동자와 마주치는 순간, 알렉산드로의 호흡이 멈추었다.

"저어, 그게요."

아이의 눈물점이 햇살 아래 유독 도드라졌다. 그가 너무나도 좋아하는 그 여자의 점이……

"제 어머니는 어떤 사람이에요?"

……저 아이의 얼굴에.

알렉산드로의 눈시울이 붉어졌다. 천천히 붉거진 감정이 부글부글 끓어올랐다. 수치와 자괴감이 그를 가시밭에 처박았다.

아. 빌어먹을.

"……칸나 아디스."

신이시여, 왜, 대체 왜 이런 벌을 내리시는 겁니까?

"다시는, 내 앞에서."

그러자 신의 대답이 들린 것만 같았다.

아이야, 왜 네 발로 지옥에 걸어 들어갔느냐.

"그 여자 이야기를 꺼내지 마라."

그 말을 끝으로 돌아섰다. 그와 동시에 속이 붕괴하는 통증에 표정이 무너져 내렸다. 아이의 얼굴은 칸나를 닮아 있었다. 당연한 일이다. 둘은 같은 사람이니까.

그 당연한 사실을 왜 이제야 실감한 걸까?

'그래. 둘은 같은 사람이다.'

알고 있었다. 알고도 행한 일이었다. 보답을 바라고 하는 일이 아니었으니 괜찮다고 생각했다.

그런데 아니었다. 괜찮지 않았다.

몇 년 전, 원치 않는 자식을 만들었을 때 느꼈던 자괴감. 자학에 가까운 감정이 그를 일그러뜨렸다.

더럽다. 역겹다. 썩어 빠진 걸레도 자신보다 깨끗할 것이다. 어찌나 구역질 나는지 그만 자신을 죽여 버리고 싶을 정도였다.

문득 선희의 목소리가 들려왔다.

"알렉산드로, 정말 뭐든 다 할 수 있겠어?"

'못 해.'

알렉산드로는 뒤늦게 시인했다.

'나는 못 한다.'

이번엔 칸나의 목소리가 묻는다.

"알렉스, 약속할 수 있어?"

'아니, 나는 약속 못 지켜.'
지킬 수 있을 것 같았다.

스무 살 때는 그러했다. 패배를 몰랐던, 온통 승리의 영광으로만 가득해서 지루하기까지 했던 시절에는 그렇게 생각했다. 고통을, 절망을, 괴로움을 몰라서, 이토록 끔찍한 것일 줄은 몰라서.

그 오만방자한 스무 살의 봄이 이후의 삶을 온통 황폐한 겨울로 만들었다.

'그래, 나는 도저히 못 견디겠다.'

불면도 악령도 단명도 모두 다 감내할 수 있지만 이것만큼은 못 하겠어. 내가 인간이 아닌 금수가 되어 버린 것 같은 이 참담함만큼은, 도저히. 도저히 못 견디겠다. 그는 자리에 우뚝 멈춰 섰다.

'더는 못 해.'

칸나. 너를 지키겠다고 약속했지. 네 눈을 보고, 네 손을 잡고 맹세했다. 내가 널 살릴 테니 안심하라고. 믿으라고. 약속하겠다고.

그런데 미안하다. 약속 못 지키겠다. 날 원망해라.

아니, 원망하지 마라. 나는 할 만큼 했으니.

'칸나에게 가자.'

약간의 피를 받아 와서, 선희가 알려 준 술법진을 그리자. 그러면 선희가 올 것이다. 그 여자에게 더는 못 해 먹겠다고, 네 딸은 네가 알아서 살리라고 말한 뒤 이 고통에서 벗어나자.

결심했다. 그러니 실행할 일만 남았다. 그가 한 걸음을 떼는 순간.

"다시 만나요."

순간 목에서 신음이 흘러나왔다. 또다시 멈춰 섰다. 환각제가 없음에도 불구하고 울리는 목소리에 알렉산드로는 차라리 고함을 지르고 싶었다.

"다시 만나요."

왜.

대체 왜 너는 그런 잔인한 말을 남겨서 나를 도망치지도 못하게 해. 너는 너 하나 살자고 나를 이렇게까지 망가뜨려야 하는가?

그것뿐만이 아니다. 너는 그보다 더한 저주를 지껄였다. 우리가 같은 과거를 추억할 수 있는 미래에서 만나자고 했던가?

너는 영악하다. 이기적이다. 그러니 내가 겪을 고통 따위는 상상조차 안 했겠지. 그러니 감히 그런 달콤한 말을 저주처럼 남겼겠지. 차라리 아무것도 남기지 않았더라면, 어쩌면 도망칠 수도 있었을 텐데…….

"저어."

그때, 등 뒤에서 그 아이의 목소리가 들렸다. 환청도, 환각도 아닌, 진짜 칸나의 목소리가.

"괜찮으세요?"

호흡을 멈추었다. 도저히 숨을 쉴 수가 없었다. 순간 살해당하는 듯하여.

'칸나.'

네가, 그 존재가, 나를.

"저기, 저……."

무시했다. 도망치듯 걸어갔다. 칸나에게서, 그의 긍지와 명예와 영혼과 인격까지 말살하려는 그 파괴자에게서.

그렇게 한참을 겁쟁이처럼 도주하고 나서야 멈추어 섰다.

알렉산드로는 눈을 감았다. 참으려 했으나 참지 못했다. 괴로움이 용암처럼 끓어올랐다. 혈액처럼 흘러내려 뺨을 가로질렀다. 그 자리가 화상을 입은 듯 욱신거리며 아파 왔다.

그때 알렉산드로는 깨달았다.

이 고통, 이 죄악감은 영원히 지워지지 않으리라는 것을.

그날 밤, 그는 마지막으로 환각제를 찾았다.

알렉산드로는 말없이 턱을 괸 채 환각을 바라보았다. 맞은편 소파, 칸나 역시 그의 시선을 마주 보고 있었다.

문득 의아해졌다. 스무 살. 그때의 그는 분명히 이 여자를 사랑했다. 지금도 사랑한다고 생각한다. 생각하고 있지만…….

정말 그럴까? 정말 사랑일까? 아니면 그가 장담한 약속에 대한 집착일까?

어쩌면 물거품처럼 사라진 첫사랑에 대한 미련이 아집처럼 남아 있는 걸지도 모른다. 태어나는 순간부터 이미 모든 것을 가진 그가 가지지 못한 단 하나였으니.

혹시 모르지. 이후 다른 여자에게 눈을 돌렸더라면 지금과는 다른 삶을 살았을지도. 이것이 사랑인지, 집착인지, 아니면 저주처럼 남은 약속 때문인지 모른다.

분명한 것은 지금 이 순간, 여전히 그녀만이 유일하다는 것.

칸나는 그의 유일한 열정이었고 유일한 미련이었으며 유일한 애틋함이었다. 그렇기에 지난 몇 년 동안 칸나의 환상을 만들어 그녀와 함께했다.

연인으로. 휴식처로.

애틋하게. 달콤하게. 은밀하게.

미친 짓이었다. 알렉산드로는 지금껏 자신이 짐승만도 못한 시간을 보냈음을 깨달았다.

그 여자는 아디스의 장녀로 현실에서 살고 있는데.

"약속은 지키겠다."

알렉산드로는 그녀를 바라보며 중얼거렸다.

"하지만 너와는 이걸로 끝이다."

그날, 알렉산드로는 그의 첫사랑을 죽였다. 깊숙한 곳에 묻어 무덤을 만들었다. 그리고 다시는 꺼내 보지 않았다.

이후 더는 환각제를 찾지 않았다. 그러나 악령과 불면 속에서 어떠한 휴식도 없이 버티는 것은 힘든 일이었다.

"정신을 잃게 만드는 약을 만들어라."

"알렉산드로 님, 그건 환각제보다도 더 위험합니다."

"상관없어."

그렇게 시간이 흘렀다. 이제 더는 약속을 내팽개치고 싶다는 충동조차 들지 않았다.

'이미 늦었다.'

제대로 된 삶을 살기엔 이미 너무 많은 길을 건너왔다.

알렉산드로는 더는 후회하지도, 번민하지도 않았다. 그저 앞으로 묵묵하게 걸어갈 뿐. 그러다 보니 어느 순간 칸나를 살리는 것이 자신의 사명처럼 느껴졌다. 실은 그렇게 생각하지 않고서는 버틸 수가 없었다.

차라리 칸나를 살리기 위해 태어났다고 생각하자. 칸나는 미래에 세계수를 없애고 검은 틈을 막을 것이다. 그러니까 자신은 세계를 구할 여자를 지키기 위해 태어난 걸지도 모른다.

그런 운명이라면 나쁘지 않다. 그러니까 더는 사랑 때문이 아니다. 사랑 때문이어서는 안 된다. 세상이 용납하지 않을 테고, 무엇보다 스스로가 용납할 수 없었다. 용서할 수도 없었다.

알렉산드로는 현실의 칸나와 마주치는 것을 최대한 피했다. 칸나와 시선을 맞출 때마다 자신이 역겨운 괴물처럼 느껴져 견딜 수가 없던 것이다.

하지만 언젠가는 눈을 마주해야 하는 날이 오겠지. 과거의 칸나와 다시 만나는 그날이. 그날을 상상하면 가슴 한구석이 싸늘하게 얼어붙는 것만 같았다. 깊은 곳에서 펄펄 끓는 열을 억누르려는 것처럼, 차갑게.

문득 궁금해졌다. 이 열기의 정체는 무엇일까? 두려움일까, 기대감일까? 아니면 원망일까? 그것도 아니면 아직도…….

알렉산드로는 쓰게 웃었다. 글쎄, 모르겠다. 실은 알고 싶지 않았다. 어차피 다시 만나면 알게 될 테니까. 그때에는 모든 것이 명확해질 것이다. 혹독하게 견뎌 내는 이 시간을 후회하며 원망하게 될지, 혹은 이 고통조차도 감사하게 여길지도 알게 되겠지.

그것이 무엇이든 이것 하나는 분명했다.

"나를 기다려 줘요."

알렉산드로는 기다리고 있었다.

"우리가 같은 과거를 추억할 수 있는 미래에서."
"다시 만나요."

그날을.
그 미래를.

외전 2. 거짓 혹은 진실

"살려 줘요!"

추워. 차가워. 얼어 버릴 것 같아.

"살려 주세요!"

발에는 아무것도 닿지 않는다. 그것이 두려워 발버둥 치며 허우적댔다. 하지만 소용없다. 이대로라면 곧 가라앉겠지. 아래로, 이 얼음 호수의 밑바닥으로……

그것이 두려워 비명을 지를 때마다 물이 왈칵왈칵 밀려온다. 그는 손을 뻗었다. 그 여자, 자신을 물끄러미 구경하고 있는 그녀에게.

"살려 줘요!"

'와.'

눈을 뜨는 즉시 웃음이 튀어나왔다. 실비엔은 킥킥 웃었다.

이게 얼마 만에 꾸는 악몽이란 말인가?

그러나 열일곱 살의 실비엔은 이마에 맺힌 땀을 닦아 내는 것으로 악몽의 흔적을 지웠다. 곧장 침대맡의 줄을 잡아당겼다.

잠시 후, 그의 보좌관이 들어왔다.

"부르셨습니까, 각하?"

"그 여자는 어떻게 됐습니까?"

"명하신 대로 지하실에⋯⋯."

"수고하셨습니다. 지금 바로 갈 테니 준비해 놓으십시오."

"예, 각하."

실비엔은 부드럽게 웃었다. 선물이 기다리고 있다. 그래서일까? 기분 좋은 날이 될 것 같다.

❦

실비엔은 유모를 사랑했다. 아니, 사랑했었다. 유모는 어머니를 대신하여 그를 아껴 주고 사랑해 주었으니.

그런 유모가 사라진 지 6년째. 마침내 그녀를 찾아냈다.

"제발, 제발 살려 주세요."

6년 만에 재회한 유모가 울먹이며 실비엔의 발에 매달렸다.

"도련님, 저 엠마, 엠마예요. 도련님의 유모요. 도련님이 걸음마를 하기 전부터 곁에서 돌봤던 엠마라고요."

"그래요, 유모. 당연히 기억하죠."

실비엔은 유모의 희끗희끗해진 머리칼을 쓰다듬었다.

"그런데 왜 이렇게 우는 겁니까? 제가 죽이기라도 할까 봐요?"

말해 놓고도 우스웠다.

"물론 저는 유모를 죽일 겁니다."

유모의 표정에 공포가 덮쳤다. 실비엔은 별 감흥 없이 말했다.

"억울해하지 말아요. 유모도 저를 죽이려 하지 않았습니까?"

"도련님, 그때는, 제가 그때는……."

"누구의 사주를 받아 저지른 짓인지 알고 있습니다. 알스바인 후작 이죠?"

그 말에 마침내 유모의 얼굴에서 핏기가 가셨다.

"후작이 지금껏 잘 숨겨 줬더군요. 엠마를 찾는 데 6년이 걸렸으니."

"도련님……."

"후작이 얼마 전 마차 전복 사고로 죽었다는 소식은 들었지요?"

실비엔이 입꼬리를 올렸다.

"실은 제가 죽였습니다."

결국 유모는 엉엉 울음을 터뜨렸다.

"용서해 주세요, 도련님! 제발, 저도 그날 일을 얼마나 후회했는지 모릅니다!"

문득 실비엔의 얼굴에 옅은 지루함이 서렸다. 생각과는 달랐다. 이 건 그토록 고대했던 순간인데…….

'재미없군.'

알스바인 후작을 비롯하여 지금껏 자신을 죽이려 했던 세력을 처 리했다. 여기까지 걸린 시간은 6년. 유모 엠마는 일부러 마지막까지 남겨 두었다. 뭐랄까, 그냥 일종의 기념 같은 거였다. 배신이 무엇인지 처음으로 알려 준 여자였으니까. 그래서 그녀를 마지막으로 장식하면 기분이 좋을 것 같았는데…….

"제발, 흑, 도련님, 자비를."

재미도 없고. 감동도 없고. 통쾌하긴커녕 조금도 즐겁지 않았다.

"자비라. 하기야, 자비는 귀족의 미덕이긴 하죠."

실비엔은 숙였던 몸을 일으켰다. 마지막으로 그녀를 바라본 후 웃었다.

"고려해 보도록 하겠습니다."

"가, 감사합니다! 감사합니다, 도련님!"

그렇게 감옥을 빠져나간 후, 비서에게 명령했다.

"죽이세요."

"예."

"아, 그리고 감옥은 깨끗하게 치워 두십시오. 오늘 저녁쯤에 새로운 손님이 들어오실 것 같으니."

"새로운 손님이라면……?"

"대신전에서 오실 귀빈이십니다. 준비해 놓으세요."

"알겠습니다."

잠시 후, 뒤에서 유모의 비명이 울려 퍼졌다. 마치 아름다운 음악이라도 감상하듯 콧노래가 흘러나왔다.

기분이 좋다. 그럴 수밖에 없었다. 오늘은 유년기의 그를 배신한 모든 사람을 제거하는 데 성공한 기념비적인 날이었으니.

'이제 새 시작을 해야겠군.'

신령의 후계, 이름이 라파엘이라고 했던가? 새 시작으로 손색이 없는 상대였다.

<이름 라파엘. 나이 17세.

신령 아르제니안의 아들로 알려졌지만 이는 불확실함.

세계수 내부의 은밀한 공간에서 키워졌대. 그래서 사회화와 문명화가 덜 됐다는 소문이 있어.

잘생겼어. 그런데 좀 묘한 구석이 있더라. 남자 주제에 색기가 있다고 해야 할까?

미안. 이게 전부야. 그래도 후원금은 줄이면 안 된다. 우린 동업자잖아, 그렇지? 사랑해. 내 맘 알지? 쪽쪽쪽!>

……이게 뭐야?

빈민가로 가는 마차 안. 실비엔은 서류를 훑으며 인상을 찡그렸다. 이건 그가 후원하는 정보 조직의 수장, 아르곤 황자가 직접 작성한 보고서였는데…… 지금까지 그에게 구매한 정보 중 가장 형편없었다.

'하긴. 대신전은 워낙 폐쇄적인 곳이었으니까.'

게다가 세계수 내부에서 컸다고 하니, 정보가 없을 만도 하지. 실비엔은 서류를 톡톡 두드렸다.

'문명화가 덜 된 소년이라.'

어쩐지 짐승 같은 면이 있을 것 같은데…….

실비엔의 예감은 적중했다.

붉은색으로 범벅된 골목길 안. 그곳엔 사냥을 마친 짐승 같은 소년이 있었다. 뚝, 뚝. 늘어뜨린 소년의 손끝에서 핏방울이 떨어져 내린다. 천천히 호흡하는 숨결에서조차 혈향이 풍기는 듯했다.

실비엔은 숨을 죽였다. 저 녀석이 신령의 후계, 라파엘이다.

그렇다면 가장 신에 가까운 인간일 텐데, 지옥에서 올라온 악마라

고 해도 믿을 것 같았다. 지금 이 골목에 흩어진 집행관의 신체들은
분명 저 손끝에서 갈기갈기 찢겼을 테니.

"넌 누구지?"

소년이 입술을 열었다. 껍질 같은 음성이었다.

"너도 날 대신전으로 데려가려고 온 건가?"

만약 여기서 '그렇다'라고 말하면…….

'나도 찢으려 들겠군.'

실비엔은 확신했다.

"저는 당신을 보호하러 왔습니다."

"……보호?"

낯선 단어를 들은 듯, 소년이 고개를 기울인다.

"네가 왜?"

"실례합니다. 인사가 늦었군요. 저는 발렌티노 가문의 가주, 실비엔
발렌티노입니다."

그러고는 정중하게 허리를 숙여 보인 후 말했다.

"발렌티노 가문은 고대 성기사의 후손입니다. 대신전의 부조리함을
박차고 나오신 사제님을 어찌 방관하겠습니까?"

실비엔은 그저 나오는 대로 아무렇게나 내뱉었다.

"제 저택으로 가시죠. 발렌티노가 당신을 대신전에게서 보호하겠습
니다."

그렇게 말을 마치며 세상에서 가장 신실한 신자처럼 웃어 보였다.
그리고 생각했다.

'분명히 안 따라오겠지.'

하지만 상관없다. 강제로라도 데려갈 테니까. 일단 제압해서 발목

부터 부러뜨린 후에, 힘줄을 끊고, 마차에 구겨 넣은 다음에는……

'저택의 지하 감옥에 가둬야지.'

상상하니 즐거워진다. 악취미라는 것을 알지만, 실비엔은 콧대 높은 누군가를 굴복시키는 것을 아주 좋아했다. 강한 상대를 꺾는 것역시 매우 좋아했다.

'그래, 재미있겠어.'

집행관들을 종이처럼 찢은, 아주 아름다운 또래의 소년이라니. 이런 상대는 지금껏 없었다. 점차 부푸는 기대감과 호승심에 등골이 오싹할 정도였다. 짓밟는 재미가 상당할 것이 분명……

"그래."

라파엘이 고개를 끄덕였다.

"좋아."

"……예?"

"가지."

실비엔은 멍하니 그를 바라보았다. 완벽하게 할 말을 잃었다.

간다고? 정말?

"그러시겠습니까?"

"그래. 어디로 가면 되지?"

실비엔은 뒤의 마차를 가리켰다. 고분고분 타는 소년을 보자 순진한 어린애를 납치하는 유괴범이 된 기분이 들었다.

'왜 순순히 타는 거지?'

재미없게…… 가 아니라, 수상하게.

라파엘은 정말 저택까지 얌전하게 따라왔다.

"이곳에서 지내시면 됩니다. 필요한 게 있으면 뭐든 말씀해 주세요."

"기다려."

실비엔은 천천히 몸을 돌렸다. 라파엘이 그를 날카롭게 주시하고 있었다.

"너, 왜 나를 돕는 거지?"

그 물음에 실비엔은 도리어 안도했다. 그래, 당연히 이렇게 나와야지. 순순히 진행되는 건 이상하지 않은가?

"말했잖습니까? 성기사의 후손 된 의무로 사제님을 돕는 거라고."

그는 거짓말을 지껄였다.

"게다가 당신은 제 또래 아닙니까? 친구나 마찬가지인데, 당연히 도와야지요."

"……친구?"

"예. 친구요."

실비엔은 웃음을 참았다. 자신이 생각해도 웃긴 변명이다. 바보가 아닌 이상 믿을 리…….

"넌 정말 좋은 녀석이군."

……바본가?

"이 은혜는 반드시 갚겠다."

실비엔은 그저 태연하게 웃으며 방을 빠져나왔다. 탁. 방문을 닫는 순간 그의 눈매가 싸늘해졌다.

'고단수다.'

저렇게까지 순진한 척 구는 이유가 뭘까? 뻔하다. 자신을 방심시키려는 걸 테지.

'아무래도 뭔가 비열한 음모를 품고 있는 모양이야.'

그것이 무엇이든 상대를 잘못 골랐다.

"고용인들에게 정중히, 그리고 조심히 대하라고 전달하십시오."

실비엔은 보좌관에게 명령했다.

"대단히 위험한 사람입니다."

Ꞌꙮꝰ

다음 날, 이른 오전부터 보고가 들어왔다.

"각하, 그분에 대해서 드릴 말씀이 있습니다."

"말씀하십시오."

"실은 어젯밤에 그분께서……."

설마 그 맹수가 벌써 살인을 저지른 건가? 아니면 고문? 어느 쪽이든 그럴듯한지라, 놀라지 않을 자신이 있었다.

"비누를 드셨어요."

"……."

실비엔은 하녀를 말없이 응시했다. 지금 무슨 소리를 하는 거지?

"비, 비누를 드셨습니다."

"비누를 손으로 들어 올렸다는 소리입니까?"

"아뇨. 입으로 씹어서……."

비누를 먹었다고…… 씹어 먹었다고…….

'왜?'

마음에 안 드는 점이 있어서 시위하는 건가? 아니면 경고? 발렌티노 가문 따위는 한입에 먹어 버릴 수 있다는 협박인가?

의도가 뭐든, 제정신이 아닌 건 분명했다.

"오늘 저녁 식사 자리에 모셔 오십시오. 제가 직접 이유를 묻겠습니다."

라파엘은 순순히 대답해 주었다.

"맛있는 냄새가 났다. 먹으면 안 되는 건 줄 몰랐어."

"몰랐다고요?"

"그래."

"그렇군요."

말도 안 되는 소리를 변명이라고 내뱉다니. 그러나 거짓말을 하는 것 같지는 않다. 만약 협박할 거라면 굳이 숨길 필요는 없을 터. 정말 다른 의도는 없어 보였다. 그렇다는 건……

'미친놈이군.'

딱히 놀랍지는 않았다. 대신전에서는 근친혼만 해 대지 않는가? 라파엘도 그 광기의 산물일 테니, 정신이 돌아 있을 만…… 그런데 지금 뭘 하는 거지?

라파엘은 바나나를 들어 올리더니, 빤히 쳐다보고 있었다.

"이건 먹어도 되는 거겠지?"

"물론입니……."

다음 순간, 아그작. 껍질째로 씹어 먹었다.

"과연. 맛있군."

"……."

"확실히 비누보다 맛있어."

실비엔은 손깍지를 낀 채 그 광경을 물끄러미 응시했다. 라파엘은 정말로 마지막의 마지막까지, 바나나를 껍질째로 씹어 먹었다.

'역시 협박인가?'

발렌티노 따위는 이렇게 씹어 먹어 버리겠다는 협박…… 아니, 협박을 저렇게 하는 사람이 어디 있어!

마침내 실비엔은 하나의 결론에 도달했다. 라파엘은 음식을 모른다. 음식을 구분하는 법도, 먹는 법도. 아무것도.

"라파엘, 잠시."

실비엔은 자리에서 일어났다. 라파엘의 뒤에 서서 그의 어깨에 손을 얹었다.

"실례하겠습니다."

그 순간, 라파엘의 어깨 근육이 조여드는 것이 느껴졌다.

'긴장했나 보군.'

실비엔은 웃음을 참았다. 이 녀석, 생각보다 귀여운 반응을…….

"조심해."

그때 라파엘이 딱딱하게 말했다.

"예?"

"조심하라고, 너."

조심해? 뭘? 멀뚱히 바라보자 라파엘이 고개를 들어 올린다.

"날 함부로 만지지 마."

"……."

실비엔은 머쓱했다. 마치 순결한 소년을 희롱한 치한이 된 심정…….

"내가 실수로 널 먹을 수도 있어."

"……."

"넌 아주 맛있어 보이니까."

아니다. 그 반대였다.

'남색가였나?'

게다가 대놓고 경고하는 당당한 남색가라니…….

"실례했습니다."

그러나 실비엔은 태연하게 웃으며 그의 손에 새 바나나를 쥐여 주었다.

"저는 단지 당신을 돕고 싶었을 뿐입니다. 바나나는 그렇게 먹는 게 아니거든요. 이건 말이죠……."

아. 하필이면 바나나네.

"이렇게…… 여기를 잡고…… 아래로 내려서……."

왠지 조마조마한 마음이 되어 바나나 껍질 까는 법을 알려 주었다.

"음."

마침내 제대로 바나나를 먹은 라파엘은 만족스러운 눈치였다.

"벗겨 먹으니 더 맛있네."

"……."

실비엔은 그저 말없이 웃었다. 이제는 자신이 긴장하게 된 것이다.

'주의해야겠어.'

라파엘은 아주 귀한 황금알이다. 줄곧 곁에 둘 생각인데, 만약 그런 쪽으로 접근해 오면 상당히 곤란해진다.

"이게 뭐지?"

"이건 접시이지 않습니까."

"이건 뭐지?"

"이건 포크와 나이프입니다. 혹시 어떻게 쓰는지 모르십니까?"

"몰라. 이건 뭐지?"

"이건 유리잔……."

"난 이런 거 처음 본다."

세계수 내부에는 이런 기본적인 도구조차도 없었던 걸까? 라파엘은 아는 게 없었다. 포크와 나이프의 사용법은 물론, 유리잔의 용도까지도.

'문명화가 덜 되어 있다는 건 알고 있었지만, 이 정도일 줄이야.'

그러던 어느 날, 라파엘이 이런 것을 물었다.

"궁금한 게 있다."

"뭡니까?"

"남색가가 뭐지?"

실비엔은 읽던 서류를 내려놓았다.

'올 것이 왔군.'

그는 당황하지 않았다. 라파엘이 접근해 올 경우를 대비해 효과적인 대응법을 세워 놓지 않았던가?

라파엘과 좋은 관계를 유지하면서 거절하는 방법, 그건.

"저는 위만 선호합니다."

이렇게 말하는 거다. 성향이 겹치면 포기하겠지. 저 녀석, 아무리 봐도 아래에 깔릴 타입 같지는 않으니까.

"하인들이 수군거리던데."

"뭐라고 하던가요?"

"네가 남색가라고. 나와 붙어먹는다고 했다."

"……."

"그건 무슨 뜻이지?"

보아하니 정말 그 단어의 뜻을 몰라서 묻는 눈치였다. 실비엔은 내심 안도했다. 다행히 성적인 접근은 아닌 모양이다.

"신경 쓰지 마십시오. 없는 일을 지어내 떠드는 자들은 어디에나 있습니다."

"그게 왜 없는 일이지?"

"예?"

"있는 일일 텐데."

순간 풀어졌던 마음이 다시금 조여들었다. 이 녀석, 역시 유혹이었나?

"우리 붙어먹었잖아."

"……."

"기억 안 나?"

실비엔의 입술 끝자락이 떨렸다.

"제가 언제 당신과……?"

"설마 잊은 거냐?"

"잊었다뇨?"

"그 밤을 기억 못 해?"

실비엔의 호흡이 뚝 끊겼다. 그리고 다급하게 돌이켜보았다.

그 밤이라니? 어느 밤이지?

'잠깐.'

그러고 보니 얼마 전, 모종의 일 때문에 술을 좀 무리해서 마시긴 했지.

'설마 그날 내가 취해서 실수를?'

아니, 그럴 리 없다. 실비엔은 아주 단호하게 고개를 저었다.

"말도 안 되는 소리 마십시오."

"그럼 내가 거짓말을 한다는 건가? 난 똑똑히 기억한다."

그 순간, 라파엘의 얼굴은 진실 그 자체였다. 신 앞에서도 당당할 기세였다.

그 기백에 불안이 덜컥 내려앉았다.

혹시 자신이 취한 걸 잊었을 정도로 취했던 건가?

"자세히 설명해 보시겠습니까? 제가 뭘 어떻게 했죠?"

"네가 나에게 다가왔다."

"그래서요?"

"그러고는 내 등 뒤에 붙었지. 그리고 내 손을 잡고……."

실비엔의 얼굴이 새하얗게 질렸다. 그리고 아주 오랜만에 극도의 위기감을 느꼈다.

그럴 리가 없다. 내가 그런 실수를 했을 리가…….

"바나나를 쥐어 줬다."

"……예?"

"그리고 벗기는 법을 알려 줬지. 기억 안 나나?"

"……."

"정말 아무것도 기억 안 나는 것 같군. 우리가 함께 붙어 바나나를 먹었던 일을 잊다니."

"……."

"그렇군. 넌 보기보다 멍청…… 아니, 아무것도 아니다."

라파엘의 동정 어린 눈과 마주친 순간, 깨달음에 전율했다.

이건 진짜다. 연기일 수가 없다.

그러니까 이 녀석은, 정말이지…….

'백치…… 아니, 백지.'

새하얀 도화지도 아니고 어쩜 이렇게 아는 게 아무것도 없단 말인가?

'연기가 아니야. 이 녀석은 진짜 아무것도 모른다.'

지금까지 이런 녀석과, '붙어먹었다'의 이중적인 뜻조차 모르는 녀석과 대화를 주고받았다는 건가? 실비엔은 자괴감에 휩싸여 물었다.

"라파엘."

"응?"

"일전에 했던 말, 제가 맛있어 보인다는 말의 뜻은 뭡니까?"

"네 성력은 아주 깨끗하고 맑아. 그래서 맛있어 보인다는 뜻이다."

태연하게 말한 라파엘이 돌연 심각하게 맹세했다.

"하지만 걱정하지 마. 내가 널 먹는 일은 없어."

"……."

"약속하지."

이 녀석. 설마 음식을 모르는 이유가, 성력만 먹고 살아서인가?

'맙소사.'

목덜미가 뜨끈해졌다. 지금껏 아주 망측한 오해를 해 버렸다.

'아니, 이건 내 탓이 아니다. 라파엘이랑 소통이 안 된 탓이야.'

이대로는 안 된다. 적어도 서로 뭘 얘기하는지 정도는 알아야 하지 않겠는가?

"라파엘, 오늘부터 제가 당신을 교육하겠습니…… 잠깐! 그건 먹으면 안 됩니다!"

실비엔은 서둘러 그의 손등을 후려쳤다. 그가 탁상 위 향초를 먹으려 했던 것이다.

"맛있는 냄새가 나는데."

맙소사, 이거야 원 한순간도 방심할 수가 없군. 실비엔은 한숨을 내쉬었다.

◈◈◈

그로부터 며칠 후, 실비엔은 빈민가에서 아르곤과 비밀리에 접촉했다.

"그 신령의 후계는 어때, 공작?"

"생각보다 괜찮습니다. 뭐든 무조건 입으로 집어넣고 보는 습관만 버린다면 말이죠."

"입으로? 어머. 야해."

순간 실비엔은 멈칫했다. 야해? 어느 부분이?

"그렇잖아. 해석의 여지가 다분한 문장 아니야?"

"……."

정확히 3초 후 이해한 실비엔은 그에게 멸시의 시선을 보냈다.

"황자 전하는 정말 대단하시군요. 상상력이 남다르십니다."

"칭찬으로 들을게."

"칭찬 아닙니다. 다시는 그런 역겨운 말 하지 마십시오. 다시는."

"알겠어. 미안. 너무 화내지 마."

과민 반응했군. 실비엔은 입을 다물었다. 그동안 혼자 한 오해 때문에 그쪽으로는 몹시 예민해진 것이다.

"기분 풀어. 오늘은 공작이 요구한 정보를 가져왔으니까."

아르곤은 히죽 웃으며 부채를 쫙 펼쳤다. 살랑살랑 흔들자 그의 금빛 머리칼이 부드럽게 나부꼈다.

"자, 여기."

그는 서류 뭉치를 건넸다.

"칸나 아디스에 대한 보고서야."

라파엘을 데려오기 전, 빈민가에서 칸나를 본 적이 있다.

그뿐인가? 직접 마차에 태워 아디스 저택까지 데려다주기까지 했다. 그때 실비엔은 칸나의 얼굴을 보았고, 눈을 마주 보았고, 대화를 나누었고…….

처음으로 사람의 기에 눌리는 느낌을 받았다.

'게다가 대단히 아름다운 소녀였지.'

평소에 왜 얼굴을 가리고 다니는지 이해가 되지 않을 정도로.

그때 생각했다. 칸나 아디스에겐 무언가가 있다고. 흔히 알려진 아디스 가문의 사생아, 오물 취급당하는 미운 오리 새끼, 그런 거 말고, 숨겨진 무언가가.

그리고 지금, 그는 이제야 숨겨진 퍼즐 조각을 발견했다.

실비엔은 보고서를 넘기며 말했다.

"마석을 다루는 연금술사라고요? 칸나 아디스가?"

"응. 대단한 실력자야. 죽은 꽃도 살릴 수 있을 정도지."

"……그게 사실이라면 굉장하군요."

정말 놀라웠다. 그러나 동시에, 전혀 놀랍지 않았다. 오히려 예상이 적중한 듯한 쾌감마저 들었다.

'아아, 이거였나?'

어쩐지 뭔가 이상하다고 했다. 칸나의 그 눈, 자신만만한 얼굴. 뿌리도 없이 나올 만한 기백이 아니었으니까.

'그런데 왜 숨기면서 사는 거지?'

실비엔은 잠시 이 정보의 무게를 가늠해 보았다. 여기서 더 알아볼 필요가 있을까? 아니면, 이 정도로도 충분할까?

'글쎄, 잘 모르겠군.'

일단 한 번 더 만나 보면 좋을 것 같은데…….

⚜

저택으로 돌아가는 길, 실비엔의 소망은 뜻밖에도 곧바로 이루어졌다.

"잠깐. 마차 세워 주십시오."

실비엔은 마차에서 내려 은밀하게 접근했다.

'칸나 아디스?'

설마 했는데 정말 칸나였다. 만나길 바라긴 했는데, 이렇게 바로 볼 줄이야.

"정말로 날 알베스 항구로 데려다줄 거지?"

"물론이죠, 아가씨. 곧 마차가 올 테니 기다리십쇼."

실비엔은 혀를 찼다. 듣자 하니 가출을 하려는 모양이다.

'큰일 날 짓을 하는군.'

실비엔은 칸나와 대화 중인 남자를 알고 있었다. 악명 높은 인신 매

매업자로 음지에서는 꽤 유명한 범죄자였다. 이대로 두면 분명히 노예 경매로 팔려 갈 텐데…….

실비엔은 결국 시커먼 로브를 눌러쓴 채 나타났다.

"뭐야 넌?"

그의 등장에 칸나와 남자가 뒤를 돌아본다.

"어이, 너 뭐냐고!"

실비엔은 말없이 뚜벅뚜벅 다가갔다. 그러자 남자가 기가 찬 듯 헛웃음을 내뱉었다.

"이 미친놈이 어디서…….

실비엔은 손을 뻗어 남자의 머리를 잡았다. 벽으로 내리찍었다. 쾅! 벽이 부서지는 굉음이 울린다. 남자의 몸이 스르륵 쓰러졌다.

"……!"

다음 순간, 실비엔은 즉시 몸을 틀었다. 그가 서 있던 자리가 부글부글 녹아내렸다.

"너, 너 뭐야!"

칸나가 무언가를 쏟아부은 것이다.

"너 뭐냐고! 다, 다가오지 마!"

실비엔은 바닥을 내려다보았다. 칸나가 부은 액체는 이제 땅까지 녹이고 있었다.

'큰일 날 뻔했군.'

피하지 못했더라면 지금쯤 자신의 몸이 녹고 있겠지.

"그게 뭡니까?"

실비엔은 목소리를 변조해서 내뱉었다.

"너, 너 같은 건 단번에 녹여 버릴 수 있는 무기야! 다가오지 마!"

"아니, 그건 나도 봐서 알겠는데."

어째서인지, 웃음이 나왔다. 실비엔은 삼류 악당이 된 심정으로 그녀에게 다가갔다.

"그런 건 처음 봐서 말이죠. 설마 당신이 만든 겁니까?"

"당신이 알 게 뭐야!"

"하긴. 그러게 말입니다. 내가 알 게 뭐라고 지금 이러고 있는지."

"다, 다가오지, 꺅!"

실비엔은 칸나의 손목을 잡아챘다. 그녀가 힘없이 끌려와 그의 가슴에 부닥쳤다.

"아아."

그러고는 풀썩 혼절하는 것이 아닌가?

"……이봐요?"

설마 기절한 건가? 가슴에 좀 부딪혔다고 기절해?

실비엔은 서둘러 칸나를 바닥에 눕혔다. 그녀의 눈꺼풀을 들어 올려 상태를 확인하려 할 때…….

'이런.'

당했군. 깨닫는 즉시, 격렬한 통증이 머리를 후려쳤다. 칸나가 벽돌로 그의 머리를 냅다 찍은 것이다.

"……."

신음은…… 참았다. 그냥, 들려주고 싶지 않아서.

"미, 미친. 괴물. 왜 안 쓰러져?"

칸나는 뒤로 주춤주춤 물러났다. 정말 괴물을 보는 표정이었다.

"아프네요."

"아, 아프라고 한 거야. 비켜."

"싫은데요."

"나를 어쩔 생각이야?"

"납치해서…… 글쎄, 그다음엔 뭘 할까?"

"다가오지 마! 또, 약물 부을 거야! 당신 몸뚱이 정도는 다 녹여 버릴 거라고! 오, 오지 마!"

어쩌지…… 실비엔은 속으로 중얼거렸다.

이런 건 예상하지 못했는데.

지금, 내가, 좀, 이 상황을 즐기는 것 같은데.

"시, 싫어! 저리 가!"

욱신거리는 머리의 통증 때문일까? 아니면 아주 오랜만에 맡은 자신의 혈향 때문일까? 기묘한 고양감이 끓어올라 머리를 지배했다. 그러니까 도저히 이해할 수 없지만, 이 상황에 흥분한 것이었다.

"싫어! 놔! 놔, 이 개자식아아!"

다음 순간, 발버둥 치던 칸나의 팔꿈치가 그의 머리를 후려쳤다. 퍽 소리와 함께 고개가 돌아갔다.

'맙소사.'

실비엔은 입술을 질끈 깨물었다. 방금 아주 커다랗게 웃음을 터뜨릴 뻔했다. 이 순간이 재미있다면 나는 변태인 게 확실한데…….

"야."

그때, 칸나의 발버둥이 거짓말처럼 뚝 멈췄다.

"너, 날 봐."

갑작스레 확 가라앉은 음성이었다.

"로브 벗어."

칸나가 귀신불 같은 눈으로 그를 노려본다. 이를 갈며 내뱉었다.

"벗으라고. 너 누구야?"

"……."

"너는 지금 네가 뭘 방해하는지 몰라. 그러니까 이 순간을 기억해. 날 기억해! 널 찾아낼 거야! 널 죽여 버릴 사람이 바로 나니까!"

어찌나 살벌한 저주였는지. 심장이 철렁 내려앉았다. 두근거렸다. 손끝마저 저릿했다. 정말이지 지옥 끝까지 쫓아와 도륙 낼 듯한 기세인지라…….

벗고 싶어졌다. 이 로브를. 얼굴을 보여 주고, 자신이 누구인지 알려 주고 싶었다.

아마 평생 잊지 못할 얼굴이 되겠지.

'안 돼…….'

실비엔은 그 미친 욕망을 외면했다.

"알아들어? 내가 널 죽여 버릴 거야! 죽여 버릴 거라고!"

너무 발악해 대서 결국엔 기절시켰다. 실비엔은 정신을 잃은 칸나의 얼굴을 빤히 바라보았다. 붉게 상기한 뺨이 눈물로 범벅되어 있었다. 도톰한 입술 역시도.

그 순간 강렬한 충동이 일어났다.

'발렌티노로 데려갈까?'

아니. 아니지. 그러면 안 되지.

실비엔은 마른 입술을 핥았다. 충동을 다스렸다.

'내가 왜 그런 생각을…….'

칸나는 유능한 연금술사니까. 아마 인재 수집증이 도진 모양이다.

'아니야. 알렉산드로 아디스와 척을 질 만큼 가치 있진 않아.'

결국 아디스 저택에 그녀를 데려다준 후 사라졌다. 사건은 그렇게 끝났지만…….

"너, 죽여 버릴 거야!"

"날 기억해!"

"널 찾아낼 거야. 널 죽여 버릴 사람이 바로 나니까!"

한동안 그녀가 잔상처럼 떠올랐다.

그만큼 강렬한 순간이었다. 그러나 잠깐의 흥미에 사로잡히기엔 그
는 너무 바빴다. 예를 들면 라파엘이라거나, 라파엘이라거나, 라파엘
이라거나…….

라파엘의 일들로.

"공작 각하! 그분께서!"

깊은 밤, 하인의 전언을 듣고 실비엔은 라파엘의 침실로 향했다. 라
파엘은 침대에 엎드려 거친 호흡을 몰아쉬고 있었다.

"라파엘, 괜찮으십니까?"

순간 실비엔은 멈칫했다. 그의 주위로 거친 성력이 요동친다. 그런
데 그 성력이…….

'괴물 같군.'

등골이 서늘해졌다. 지금껏 저토록 잔인하고 공격적인 색채의 성력
은 본 일이 없었다.

"제가 가까이 가겠습니다. 아시겠습니까? 공격하지 마십시오."

실비엔은 조심스럽게 다가갔다. 마침내 다가가 그의 등에 손을 얹었다. 성력을 주입하자, 라파엘의 호흡이 가라앉았다.

"……미안."

그렇게 얼마나 지났을까? 라파엘이 엎드린 채로 중얼거렸다.

"추태를 보였어."

"그럴 리가요. 악몽을 꾸신 겁니까?"

"응."

라파엘은 고개를 끄덕였다.

"대신전에 있을 때의 꿈을 꿨어."

"그러십니까?"

"그곳에서 나는 많은 사제들을 먹어 치웠다."

실비엔은 깜짝 놀랐지만 태연한 표정으로 그의 말에 귀를 기울였다. 라파엘이 자신의 이야기를 꺼내는 건 처음이었다.

"비누를 먹은 것처럼요?"

"아니."

라파엘이 퀭한 눈으로 실비엔을 올려다보았다. 그러다 예고도 없이 그의 손목을 덥석 잡았다.

"이렇게 잡고."

그리고 꿈꾸는 것처럼 중얼거렸다.

"그대로 빨아들이면…… 생명력과 성력을……."

그 순간, 실비엔은 벼락처럼 깨달았다.

방심했다. 방심해서 죽은 수많은 패배자처럼.

"그러십니까."

그러나 실비엔은 차분하게 웃으며 대응했다.

"저도 먹고 싶은 겁니까?"

그 말에 라파엘의 눈이 짐승의 것처럼 번들거렸다.

"그래."

꽈악. 라파엘의 손아귀에 힘이 들어갔다. 그가 중얼거렸다.

"분명히 아주 맛있겠지."

실비엔의 눈이 싸늘해졌다. 언젠가는 쓸모가 있을 것 같아 곁에 두려 했지만, 목숨을 위협받으면서까지는 아닌데······.

"하지만 됐어."

다음 순간, 그의 체온이 거짓말처럼 떨어져 나갔다.

"그건 죽어 마땅한 짓이지."

라파엘은 손으로 얼굴을 덮었다.

"가라, 실비엔."

"······."

"나는 지금 너무 배가 고파. 그러나 더는 그런 걸 먹으면서 살기는 싫다. 참을 거다."

"······."

"하지만 넌 너무 맛있어 보여. 그러니 먹어 버리기 전에 나가."

이 녀석이 이렇게 길게 말하는 건 처음 들어 본다.

'정말 어지간히 참고 있나 보군.'

실비엔은 그 독특한 식욕이 신기하기도 하고 우습기도 했다.

"라파엘, 당신 뭔가 착각하는 모양인데."

실비엔은 얼굴을 가린 라파엘의 손가락을 잡았다. 위로 들어 올렸다. 그러자 허기로 얼룩진 보라색 눈동자가 드러났다. 천 년은 굶은 용 같은 얼굴이었다.

"저는 말이죠."

실비엔은 싱긋 미소 지었다.

"당신이 원할 때 언제든 먹을 수 있는 음식이 아닙니다."

그러고는 라파엘의 목을 움켜잡았다. 성력을 폭발시켰다.

"……!"

라파엘의 눈이 커다랗게 열렸다. 본능적으로, 그가 급하게 힘을 끌어 올려 대항한다. 하지만 한발 늦었다. 타격이 상당하겠지. 실비엔은 그 광경을 감흥 없이 내려다보며 힘을 쏟아부었다.

딱히 죽일 생각은 없지만.

'아닌가. 어쩌면 죽으려나.'

실비엔은 심드렁하게 웃었다.

그렇다면, 죽으라지 뭐. 이렇게 쉽게 죽을 녀석이라면 지금 죽어도 상관없어.

그렇게 얼마나 지났을까. 실비엔은 펼친 날개를 접듯 천천히 힘을 회수했다. 방 안을 채운 빛이 사그라들었다. 그리고 라파엘은…….

"살아 있군요."

멍하니 실비엔을 올려다보던 라파엘이 중얼거렸다.

"방금 죽는 줄 알았어."

"그러십니까?"

"내가 널 먹으려면 목숨을 걸어야겠군."

"그래야겠죠?"

"그렇다면 나 좀 어떻게 해 봐."

어라. 이 반응은 뭐지?

"네 성력을 탐내 봤자 소용없다는 걸 알려 줘."

라파엘이 천천히 허리를 일으킨다.

"뒤에서 입맛 다시는 것도 지겹다."

한 꺼풀, 한 꺼풀, 저를 감춰 놓았던 인두겁을 풀어 헤치듯, 그의 얼굴에 폭력적인 야만성이 드러났다.

"그럴까요?"

언젠가 한 번은 겪어야 할 일이라면, 지금 해치우는 게 낫겠지.

"따라와요. 이곳엔 사람이 많습니다. 저택 뒤편의 사냥터로 가죠. 그리고……."

실비엔은 웃으면서 손가락을 들어 올렸다.

"나중에 삐지지 말아요."

다음 날 저녁때 즈음, 발렌티노 소유 사냥터의 대부분이 훼손되었다. 실비엔도 마지막에는 거의 지쳐 쓰러졌다. 다행히 상대 역시 마찬가지였다.

"그렇군."

라파엘은 피범벅이 된 얼굴을 손바닥으로 쓸며 인정했다.

"포기했다. 넌 못 먹어. 먹을 수 있는 게 아니야."

"잘 생각하셨, 습니다."

으, 아파라. 실비엔은 인상을 찡그렸다. 입안이 터진 것이다.

"대신전은 생각보다 쓰레기군요. 지금까지 사제들을 먹이로 던져 주었다니 말이죠."

"먹은 나도 똑같아."

"당신이야 뭐, 몰라서 넙죽넙죽 받아먹었겠죠. 안 봐도 뻔합니다."

"결과는 같다. 난 죽어 마땅해."

"이래서 식습관이 중요한 겁니다. 이제부터 제대로 된 걸 먹으면 돼요."

끄응, 실비엔은 신음을 흘리며 몸을 일으켰다.

"이제 가죠. 돌아가면 숙면에 좋은 차를 내오겠습니다. 한 잔 마시고 푹 주무세요."

"또 악몽을 꾸면 어떡하지."

"제가 있지 않습니까? 깨우러 갈 테니 염려 마십시오."

아무 생각 없이 던진 말이었다. 그런데 그 말에 라파엘이 입을 다물었다. 실비엔을 물끄러미 올려다봤다. 그 얼굴이 꼭 순한 양 같았다.

"넌 정말 좋은 녀석이야."

"……."

실비엔은 하하 웃었다. 설마 이 녀석 달콤한 말에 약한 타입인가? 하여간 의외로 순진하다니까.

그때 라파엘이 물었다.

"너도 악몽 꾼 적 있어?"

갑자기? 아주 뜬금없는 물음이었다. 그러나 실비엔은 충실하게 답해 주었다.

"예. 아주 가끔."

"어떤 꿈이지?"

"가라앉는 꿈이요."

"가라앉아? 어디로?"

"호수 아래로."

"그게 왜 악몽이지? 설마 수영 못 해?"

뭐야, 이 녀석. 갑자기 왜 이렇게 자신에게 관심을 보인단 말인가?

슬슬 귀찮아졌으므로 실비엔은 거짓으로 대답했다.

"예. 못 합니다."

❦

그로부터 얼마 후, 실비엔은 한 정보를 손에 넣었다. 지금껏 줄곧

쫓고 있던 동대륙에 관한 정보였다.

"목적지는 크레티아섬입니다. 동대륙 관련 정보가 들어왔다 하여

갈 생각인데, 같이 가시겠습니까?"

"좋아."

순순히 고개를 끄덕이는 라파엘의 모습이 흡족했다. 그날, 그의 잘

못된 식습관을 고쳐 준 이후 라파엘은 마음을 연 것 같았다. 실비엔

의 말이라면 뭐든 순순히 수긍했다.

'야생 동물을 길들이면 이런 느낌이려나?'

실비엔은 아주 오랜만에 배에 올랐다. 갑판 위에서 바다를 보고 있

는데 라파엘이 다가왔다.

"안색이 안 좋아 보이는데."

"제가요?"

"그래. 어디 안 좋은 거 아닌가?"

"착각이겠죠."

"그렇다면 됐다."

라파엘이 돌아서자 실비엔은 낮은 호흡을 내뱉었다.

'어떻게 알았지?'

하여간 상식은 부족하면서 관찰력은 상당하다. 라파엘의 감각은 거의 동물적인 수준이어서, 타인은 결코 모르는 것을 알아차리고는 했다. 바로 지금처럼.

배에 오른 지 사흘째. 실비엔은 내내 악몽을 꾸고 있었다.

차가운 얼음 호수 아래로 가라앉는 꿈을.

"폭풍이다!"

그리고 나흘째 되던 날.

"뭐 하는 거야! 어서 닻을 내려!"

"뱃머리를 우현으로 돌려라!"

예상치 못한 폭풍이 배를 덮쳤다. 선장과 선원들은 배를 통제하기 위하여 최선을 다했지만…….

"오, 신이시여…….""

거대하게 밀려오는 해일 앞에서는 어찌할 수가 없었다.

"다들 꽉 붙잡아!"

성벽처럼 높은 파도가 배를 왈칵 집어삼켰다. 그리고 모든 것이 산산이 부서졌다.

'아아, 죽을 뻔했네.'

실비엔은 거친 숨을 몰아쉬었다. 간신히 살아남았다. 아주 자그마한 무인도에 닿은 것이다. 그곳엔 라파엘이 있었다.

"다행이군."

그는 흠뻑 젖은 옷을 벗어 물기를 짜고 있었다.

"너라면 살아남을 줄 알았어, 실비엔."

"당신도 용케 살아남았군요."

"운이 좋았지."

"그래요."

실비엔은 옷가지를 벗었다. 그러고는 라파엘처럼 물기를 짠 후 나뭇
가지에 걸어 놓았다.

"일단 모닥불이라도 피워 볼까요?"

"내가 할게."

라파엘이 딱 잘라 말했다.

"넌 쉬어. 안색이 좋지 않다."

"……"

그러지 뭐.

실비엔은 나무에 등을 기대어 앉았다. 그러고는 굵직한 나뭇가지를
뚝뚝 꺾는 라파엘을 구경했다. 빼곡하게 꽉 짜인 등 근육이 역동적으
로 꿈틀거린다.

'몸이 흉기 같군…….'

그 광경을 바라보다가 실비엔은 천천히 눈을 감았다. 피로가 밀려
온다. 육체적 피로가 아닌, 정신적인 피로였다.

'아니, 나는 괜찮은데.'

지금껏 죽을 뻔한 것이 한두 번도 아닌데 고작 이 정도로…….

'아, 그래. 역시 그런 거지.'

거대한 졸음의 마수에 젖어 가며 실비엔은 인정했다.

'난 역시 물이 싫어.'

물만 보면 악몽을 꾼다니까. 아래로, 아주 깊숙한 아래로 가라앉는……
그래, 바로 지금처럼.

이 빌어먹을 악몽을 꾸니까.

"살려 줘요!"

똑똑히 기억한다.

그 얼음 호수. 아무것도 닿지 않았던 발끝. 숨을 쉴 때마다 밀려오
는 차가운 물. 머리까지 쨍하게 아파 오던 그 고통.

"살려 주세요!"

그리고 빙판 위에서 자신을 지켜보던 그녀. 그 여자. 나의…….

"어머니!"

어머니. 아, 어머니.

"어머니, 살려 주세요!"

살려 줄 리가 없지. 살릴 생각이라면 애초부터 자신을 호수 안으로 밀어 넣지 않았을 것이다. 얼어붙은 수면 위로 올라가려고 할 때마다, 어머니는 기다란 검 끝으로 그의 어깨를 쿡쿡 찔러 대며 밀어냈다.

별안간 장면이 바뀐다. 이번엔 어머니가 자신을 호수에 빠뜨리기 전이다.

"실비엔. 내 아들. 내 아름다운 아들."

언제나 술에 취해 있었던 어머니.

"너는 정말이지 네 아버지를 닮았구나."

그리고 언제나 울고 있는 어머니.

"너도 네 아버지처럼 다른 여자를 사랑할 거니?"

남편을 향한 분노를 그에게 쏟아 낸 어머니. 그녀의 정신은 이미 시커멓게 병들어 있었다.

"너도 나중에는 네 아내를 두고 다른 여자와 놀아날 거냐? 네 아버지처럼?"

부친은 어머니에게 친절했다. 그러나 사랑은 하지 않았다. 더욱이 실비엔을 낳은 후에는 합방을 하지 않았다.

"네 아버지는 조세핀. 그 맹랑한 계집애를 마음에 들어 하더구나."

정략결혼이 판치는 귀족 사회에서는 흔한 일이었다. 그럴듯한 상대와 결혼하고, 후계를 생산하고, 사랑은 정부와 하고. 그러나 안타깝게도 어머니는 아버지를 사랑했다. 불행의 시작이었다.

"왜? 대체 왜? 그 한미한 가문의 여식 따위와? 대체 왜?"

어머니는 나날이 조금씩 미쳐 갔고, 분노와 질투에 찌들었으며.

"네가 없어지면 다시 나를 찾겠지?"

기어코 기괴한 결론에 도달했다.

"후계자가 사라지면 다시 만들어야 하니까, 네가 없어지면 다시 나를 찾겠지?"

그 흉흉한 눈이라니. 도저히 잊히지 않는다.

"죽어, 실비엔. 제발 죽어 줘!"

그리고 그녀는 그를 직접 호수로 빠뜨림으로써 정말 그 계획을 실행하였다. 그때 살아남은 건 정말이지 기적이었다.

……실비엔은 눈치챘다. 이것은 꿈이다. 악몽이다. 그리고.

누군가가 이것을 보고 있다.

꽃무늬 장식

실비엔이 번쩍 눈을 떴다.

보라색 눈동자와 마주쳤다. 라파엘이었다.

"……."

눈이 마주치는 순간 알았다. 너무나도 명백하게 알았다.

이 녀석이다. 이 녀석이 모두 다 보았다.

"너……."

그 꿈을. 그 기억을. 그의 약점을, 그의 수치를, 그의 치욕을.

깨달을 찰나도 없었다. 정신을 차려 보니 녀석의 뺨을 후려친 후였다.

"너."

소름 끼칠 만큼 낮게 중얼거리며 녀석의 몸 위로 올라탔다. 다시 한 번 뺨을 갈겼다. 피가 튄다. 머리가 아찔했다. 마비된 이성이 말했다.

'죽여.'

아니, 이건 이성이 아니다. 오로지 감정이다. 오로지 분노였다.

'죽여야 한다.'

봐 버렸다. 봐 버리고 말았다.

라파엘이 쿨럭 피를 뱉어 낸다. 입안이 찢어진 것이다. 괘념치 않고 그의 목을 틀어쥐었다. 그대로 꽉 조르자 라파엘의 호흡이 헐떡였다. 피가 쏠려 얼굴이 붉게 상기한다.

그래. 죽어. 이대로. 조금만 더 조르면…….

그런데…….

그런데 왜 저항하지 않지?

두 손은 자유로울 텐데, 심지어 그를 밀쳐 내지도 않았다. 상대방의 비정상적인 순응이 그에게 이성을 되찾아 주었다.

"……."

손아귀에서 천천히 힘이 풀렸다. 실비엔은 눈을 깜빡였다. 그럴 때마다 횃불처럼 타오르던 열기가 눈에 띄게 식어 갔다.

"그러게 왜……."

실비엔은 몸을 일으켰다. 라파엘의 어깨를 잡아 세워 주며 부드럽게 미소 지었다.

"왜 남의 꿈을 관음하고 그래?"

조금 전 야차처럼 난폭했던 사람이라고는 믿을 수 없을 만큼 상냥한 목소리였다.

"이런, 입술이 터졌네. 괜찮아?"

라파엘은 몇 번 기침을 쿨럭대다가, 호흡을 고른 후 말했다.

"보면 안 돼?"

"……."

"몰랐다. 미안."

순간 기운이 쭉 빠졌다. 보면 안 되냐고? 당연하지. 게다가 방금 내 손에 죽을 뻔한 녀석이, 뭐? 미안해?

"네가 요새 계속 악몽을 꾸는 것 같기에."

라파엘은 입술의 피를 닦아 내며 중얼거렸다.

"혹시 내가 도울 것이 있으면 돕고 싶었다."

"그래? 하지만 허락 없이 타인을, 심지어 타인의 꿈을 보는 건 최악의 인간이나 하는 짓이야."

"그런가?"

"그래."

"역시 내가 잘못한 거군. 앞으로 그러지 않겠다."

실비엔은 눈을 가느다랗게 떴다. 신기하게도 더는 화가 나질 않았다. 화를 내 봤자 뭘 하겠는가? 뭐가 옳고 그른지 제대로 판단조차 못하는 녀석인데.

"너에게 뭔가 특별한 능력이 있을 줄은 알았는데 이렇게 불쾌할 줄은 몰랐네."

"미안."

"아니, 이제 됐어."

실비엔은 나무 기둥에 등을 툭 기댔다. 피로가 밀려와서일까? 다 귀찮아졌다. 문득 이 상황이 어이가 없어서 웃음이 나왔다. 무인도에서 시커먼 남자 둘이 뭘 하는 것인지…….

"귀족 사회에서는 흔히 일어나는 일이야. 그러니까 동정하지 마. 동정하면 정말 죽일지도 몰라."

"알겠다."

"아니…… 아무래도 불쾌한걸. 그냥 죽여 버릴까?"

"미안. 난 죽으면 안 돼."

실비엔은 킥 웃으며 눈을 감았다. 방금 건 농담인데. 하기야 저 녀석에게 농담이 통할 리가 없지.

'모르겠다. 될 대로 되라지.'

어쩌면 훗날 위험이 될지 모르지만, 실비엔은 그냥 방치하기로 했다. 아니, 아니다. 이것은 방치가 아니었다. 이것은…….

"이 일은 아무에게도 말하지 않겠다. 약속하지."

알아. 넌 과묵한 녀석이니까.

그러나 실비엔은 굳이 대답하지 않았다. 상대의 본성을 신뢰하는
자신이 아주 어색했던 것이다.

그렇게 라파엘과 무인도에 고립되었다.

꿈으로 과거를 엿본 것이 미안해서일까? 라파엘은 실비엔의 요구라
면 뭐든 들어주었다. 실비엔은 기꺼이 그 정성을 즐겼다. 이미 고약한
성미를 들켜 버린 마당에 거리낄 것이 뭐 있겠는가?

그래서 선량한 척하는 것도 관두었다.

"라파엘. 어깨 좀 주물러 봐."

"그래."

"라파엘. 배가 고프지 않아?"

"조금 기다려. 사냥해 오지."

"라파엘, 춥네."

"모닥불을 피우겠다."

그렇게 마음껏 지독한 성깔을 드러내다가, 나중에는 덜컥 걱정되기
시작했다.

'이 녀석, 한번 마음 준 상대한테는 지나치게 관대한데?'

나중에 나쁜 사람에게 걸리면 큰일 날 녀석이다. 조심해야겠어……
까지 생각하다가 옅게 실소했다.

'조심은 무슨. 한참 늦었지.'

이미 자신에게 걸렸으니까. 가엾게도.

구조선이 나타난 것은 그로부터 일주일 후였다.

"발렌티노 공작님! 이곳에 계셨군요! 무사하셔서 다행입니다!"

기뻐해야 하는 순간이었다. 그러나 그 찰나, 실비엔이 느낀 것은 아쉬움이었다.

'여기서 편안했는데.'

이 외딴섬은 그에게 자유를 알려 주었다. 어떤 의무도 책임도 없는 장소, 아무것도 계산할 필요 없는 야생의 땅이었던 것이다. 그야말로 생존에만 충실했던 날것의 시간, 그 순간 동안 실비엔은 처음으로 발렌티노라는 이름을 잊었다.

아마 이런 순간은 자신의 삶에 다시는 없겠지.

"빠르게 찾아 주셔서 감사합니다."

그러나 실비엔은 망설임 없이 배에 올라탔다.

"바로 크레티아섬으로 가죠."

현실이 그를 기다리고 있었다. 그리고 그는 자신의 현실을 사랑했다.

"그동안 돌봐 줘서 고마웠다."

라파엘이 이별을 선언한 것은 크레티아섬에서의 용건을 모두 다 마쳤을 때였다.

"이 섬에서 헤어지지."

실비엔은 그 말을 곧바로 이해할 수 없었다. 그만큼이나 괴상한 말이었으니까.

"네 가르침 덕에 그럭저럭 잘 살아갈 수 있을 것 같다."

라파엘은 후식으로 나온 바나나의 껍질을 벗기며 말을 이었다.

"그동안 네가 준 동대륙 서적을 읽으면서 결심했다. 그래서 이곳에서 동대륙 관련 정보를 모았고."

이건 절대 즉흥적인 대답이 아니다. 지금껏 홀로 생각하고 계획해서 나온 답이었다.

"신항로를 개척하고 독점 무역을 체결하면 상당한 부를 쌓을 수 있을 테지. 내가 그걸 할 거다."

하. 실비엔은 결국 참지 못하고 실소하고 말았다.

'내가 어리석었군.'

라파엘을 얕봤다. 감히 그러했다. 상대는 부와 명예와 권력의 황금탑인 대신전을 박차고 뛰쳐나온 신령의 후계자인데.

"라파엘. 그곳이 존재하는지 아닌지도 확신할 수 없어."

"존재해. 난 볼 수 있다."

"볼 수 있다고?"

"그래. 나는 그곳에 갈 수 있다, 실비엔."

"그것도 네 능력 중 하나인가?"

"그래."

실비엔은 두 손을 깍지 낀 채 탁상 위에 올렸다. 그리고 고민했다.

자신이 동대륙과 관련한 정보를 모으는 건 라파엘과 같은 생각을 하고 있어서다. 첫 개척자가 되고 싶어서. 정말이지 어마어마한 부를 쌓을 수 있을 테니까.

그런데 라파엘이 그 특유의 '보는' 능력으로 그곳에 갈 수 있다면…….

"내가 지원하지."

계산은 빨랐다.

"장거리 항해가 될 텐데 준비가 필요하지 않겠어?"

"……."

"배부터 시작해서 선원, 그리고 식량 및 자원까지 내가 다 지원하겠어."

"왜 그렇게까지 날 돕는 거지?"

그야 네가 성공했을 경우 투자한 것을 빌미 삼아 수익 일부를 요구할 생각이거든.

"말했잖아. 또래 친구끼리 돕고 살아야지."

"그런가? 역시 넌 좋은 녀석이다."

라파엘은 이번에도 믿었다.

"친구란 좋은 거군."

실비엔은 대답하는 대신 그저 입꼬리를 올려 웃었다.

'이 녀석, 설마 정말로 날 친구라고 생각하는 건가?'

친구라니, 웃기지도 않은 소리. 그러나 그렇게 믿는 게 나을 것 같아서 내버려 두었다.

"그래. 친구끼리는 돕고 사는 거야, 라파엘."

……그런데 언제부터 라파엘에게 말을 놓았더라?

그들은 섬에서 이별했다.

"그럼 잘 지내라, 실비엔."

"너도 몸 건강히 잘 다녀와."

라파엘은 실비엔과 악수했다. 그러고는 배에 올라탔다. 멀어지는 배를 바라보고 있자니 기분이 이상해졌다.

라파엘이 떠났다. 아마 몇 년간은 만나지 못하겠지.

아니, 어쩌면 영원히 다시 만나지 못할지도 모른다. 신대륙 탐사는 아주 위험한 여정이니까.

그렇게 생각하니 미세한 아쉬움이 피어올랐다. 그것이 어처구니가 없어서 실비엔은 픽 웃었다.

'아쉽다니. 말도 안 되지.'

아무래도 친구 놀이에 너무 몰입한 모양이다. 하기야 저 녀석은 황금 알이 아닌가? 이렇게 잃기에는 아까우니 무사 귀환을 바랄 수밖에.

실비엔은 눈꺼풀을 내렸다. 거친 바닷바람이 은빛 머리칼을 흐트러트리고 지나갔다. 실비엔은 그 거대한 숨결에서 난생처음으로 신을 찾아보았다.

어차피 자신이야 구제할 길 없는 인간이니 당신의 자비를 바란 적도 없고 바라지도 않지만, 그래도.

그래도 라파엘은 당신과 가장 가까운 인간이지 않은가.

'그러니 부디 라파엘이 무사히 돌아올 수 있도록 지켜 주시길.'

친구 같은 건 아니지만, 그래도 이 정도 기도쯤은……

외전 3. 그런 일은 일어나지 않았다 (1)

"실비엔, 이리 와 보렴."

일곱 살의 여름, 아버지가 한 여자아이를 데려왔다. 생전 처음 보는 검은 머리칼을 가진 아이였다.

"앞으로 네 여동생이 될 아이란다."

아버지가 실비엔의 어깨를 단단히 잡고 말했다.

"실비엔 발렌티노. 무슨 일이 있어도 이 아이를 지켜야 한다. 알겠니?"

"아버지?"

"특히 대신전으로부터 지켜야 한다."

아버지는 마치 세상 뒷면의 위험한 비밀을 알게 된 듯한 얼굴이었다.

"신령으로부터 이 아이를 지켜라. 그것이 발렌티노의 의무다. 알겠느냐?"

실비엔은 의아했지만, 고개를 끄덕였다. 그리고 아이에게 다가갔다.

"안녕?"

낯을 가리는 걸까? 꼬마 소녀는 어쩔 줄 몰라 하며 우물거렸다. 실비엔은 소녀에게 웃어 주었다.

"나는 네 오빠가 된 실비엔이야. 너처럼 귀여운 동생이 생겨서 기뻐. 넌 이름이 뭐니?"

그러자 아이가 얼굴을 붉혔다. 자그마한 목소리로 대답했다.

"칸나. 칸나예요."

그것이 칸나와의 첫 만남이었다.

그는 머지않아 새 여동생을 사랑하게 되었다.

당연한 일이었다. 칸나는 상냥했고, 그를 맹목적으로 따랐으니까. 게다가 칸나는 유일한 동지였다. 어머니가 발작할 때, 울부짖을 때, 그 순간을 함께 견디는 존재였으니.

"오, 오빠. 어머니가 또."

"괜찮아. 이리 와, 칸나."

언제나처럼 술에 취한 어머니가 울부짖는다. 꽃병을 깨고, 고성을 내지르고, 가구를 부수고 있다. 그 요란한 소음은 어린 소년 소녀에게 폭력이나 마찬가지였다.

"오빠. 무서워. 어머니가 너무 무서워."

"조금만 참아, 칸나. 금방 끝날 거야."

그들은 어머니가 찾지 못하도록 옷장 깊숙한 곳에 몸을 숨겼다.

"눈 감고 양을 세 봐."

"양을?"

"그래. 백 마리가 될 때까지 세 보는 거야."

"하지만, 난 숫자 백까지 못 세는걸."

"내가 가르쳐 줄게."

실비엔은 칸나를 끌어안으며 토닥였다.

"한 마리, 두 마리, 세 마리, 네 마리……."

그렇게 함께 숫자를 세다 보면 칸나는 어느새 곯아떨어지고는 했다.

"칸나, 자니?"

"……."

"잘 자, 내 동생."

실비엔은 새근새근 잠든 동생의 눈가를 닦아 주었다. 맺힌 물기가 안쓰러웠다. 그때 실비엔은 결심했다.

'내가 칸나를 꼭 지켜 줘야지.'

칸나에게는 나밖에 없으니까.

나에게도 칸나밖에 없으니까.

시간이 흐를수록 그들은 더 가까워졌고, 우애는 깊어졌다.

"오빠, 이 꽃 이름은 뭐야?"

"아스틸베."

"너무 예쁘다."

"칸나 네가 더 예뻐."

"뭐야!"

여섯 살의 칸나가 웃음을 터뜨리며 실비엔의 어깨를 쳤다.

"예쁜 걸로 따지면 오빠가 최고지. 오빠는 정말……."

칸나는 실비엔의 얼굴을 훑듯이 바라보다가 얼굴을 붉혔다.

"오빠는 요정 같아."

"칸나는 내 얼굴이 좋아?"

"안 좋아하면 인간이야? 부럽다. 나도 오빠 같은 은발이었으면 좋았을 텐데……."

그 아이는 종종 자신의 검은 머리칼과 검은 눈동자를 저주했다.

"칸나, 다른 사람들이 하는 말은 듣지 마."

"하지만, 사람들은 내 머리카락이랑 눈동자를 싫어하는걸."

"그게 중요해? 내가 좋아하는데."

실비엔은 칸나의 검은 머리칼을 어루만지며 말했다.

"난 네 모든 게 좋아."

그러자 칸나의 뺨이 붉어졌다.

"오빠, 있잖아."

"응?"

"우리 나중에 결혼할래?"

"뭐?"

"결혼은 사랑하는 사람끼리 하는 거잖아. 난 오빠를 세상에서 제일로 사랑한단 말이야."

실비엔은 웃음을 터뜨렸다. 칸나의 애정이 기뻤다.

"나도 사랑해, 칸나."

"그럼 나랑 결혼하는 거야?"

"그래, 그러자."

그들은 남매고, 결혼이 불가하다는 진실은 알려 주지 않았다. 아직은 어린 여동생의 귀여운 환상을 지켜 주고 싶었다.

"어머니, 그만두세요!"

"비켜, 실비엔!"

어머니는 광기로 번들거리는 눈으로 외쳤다.

"이 계집애 때문이야! 이 계집애만 없으면!"

칸나가 얼음 호수 한가운데 빠져 허우적거린다. 오빠, 살려 줘, 왈칵왈칵 물을 마셔 가며 발버둥 쳤다. 칸나가 올라오지 못하도록 어머니가 긴 검으로 칸나의 어깨를 찔렀다.

"그만두세요!"

실비엔은 어머니를 밀쳤다. 악! 단말마의 비명과 함께 어머니가 호수 안으로 곤두박질쳤다. 물보라가 요란하게 튀었다. 그 틈을 타 실비엔은 칸나의 손을 잡고 끌어 올렸다.

"칸나, 정신 차려!"

얼음장처럼 식은 몸이 시체 같다. 두려움이 왈칵 밀려왔다.

"칸나, 정신 차려. 칸나!"

칸나의 식은 몸을 끌어안고 저택으로 뛰어갔다. 등 뒤, 얼음 호수에 잠겨 가는 어머니에 대해서는…….

완벽하게 잊어버리고 말았다.

다행히 칸나는 살아났다. 그러나 어머니는…….

"실비엔, 얼음 호수에서 있었던 일은 아무에게도 말하지 마라. 알겠나?"

아버지는 실비엔의 어깨를 잡고 신신당부했다. 그리고 그녀는 실족

사한 것으로 공표되었다.

'내가 죽인 거야.'

그러나 일말의 후회도 없었다. 솔직히, 그런 어머니 따위, 없어도 상관없지 않은가?

매일 술에 취해 폭언만 해 대고 물건을 던지고 발광하고 울부짖던 어머니보다, 언제나 저에게 상냥한 칸나가 더 소중했다.

"칸나."

실비엔은 칸나의 조막만 한 손을 잡았다. 손등에 입 맞췄다.

"네가 죽지 않아서 다행이야."

❖❖❖

몇 달 후 아버지가 재혼했다. 상대는 그의 정부였던 조세핀이었다.

"잘 부탁한다, 실비엔. 그리고 칸나. 좋은 엄마가 되도록 노력하마."

조세핀은 실비엔에게 아주 사근사근하게 굴었다. 그러나 발렌티노와는 피 한 방울 안 섞인 칸나에게는 아니었다.

"오빠, 나 저 아줌마 무서워. 오빠가 없을 때 내 손을 꼬집었어."

실비엔은 칸나를 꼭 끌어안았다.

"걱정하지 마. 내가 지켜 줄게."

그러나 아버지는 조세핀을 대단히 아꼈다.

"칸나를 지켜야 한다고 했잖아요. 그런데 새어머니께서는 칸나를 악의적으로 괴롭히고 있습니다."

"그래, 우리는 칸나를 지켜야 한다. 하지만 그 대상은 신령과 검은 사도야. 조세핀처럼 연약한 여자가 아니라."

"하지만⋯⋯."

"조세핀은 나의 유일한 안식처다. 난 칸나를 지키기 위해 많은 것을 잃었지만, 기대어 쉴 수 있는 여자만큼은 잃고 싶지 않구나."

그리고 조세핀은 아버지의 사랑을 아주 잘 알고 있었다. 그래서 저렇게 기세등등하게 칸나를 학대할 수 있는 거겠지.

칸나는 나날이 어두워졌다.

"내가 검은 머리를 가져서 더럽대. 나 같은 건 발렌티노의 오점이래, 오빠."

실비엔은 칸나의 등과 배, 허벅지에 든 시퍼런 멍을 보았다. 순간 돌아 버릴 것 같았다. 너무나도 화가 나서.

'조세핀, 그 여자.'

어떻게 이렇게 작은 여자아이를 그렇게 괴롭힐 수 있지?

실비엔은 훌쩍훌쩍 우는 칸나를 품에 안았다. 그리고 결심했다.

없애야겠다. 이 아이를 괴롭히는 모든 것들을.

조세핀을. 그리고 조세핀의 학대를 눈감아 주는 아버지를.

열두 살이 되던 해 아버지의 친우인 알스바인 후작과 손을 잡았다. 그와 함께 아버지를 함정에 몰아넣어 살해했다. 물론 조세핀도 함께였다.

"이리 와, 칸나."

가주가 된 날, 실비엔은 가주의 침대 위에 칸나와 함께 누웠다.

"같이 자도 돼?"

"그럼. 이제 네가 하고 싶은 거 마음껏 해도 돼."

"너무 좋다. 역시 오빠가 최고야."

칸나가 아주 오랜만에 밝게 웃었다.

"사랑해, 오빠."

"나도 사랑해."

실비엔은 칸나의 이마에 입술을 맞추었다. 그리고 서로의 체온에 기대어 잠들었다. 따뜻한 밤이었다.

⁂

어린 시절은 빠르게 지나갔다. 칸나는 열네 살, 실비엔이 열일곱 살이 되었다.

"오빠, 있지, 부탁이 있는데."

"뭔데?"

"먼저 내 말 들어준다고 약속해."

"물론이지. 내가 네 말을 듣지 않은 적이 있었니?"

잠시 후 그녀는 한 남자를 데려왔다.

"이름은 라파엘이야. 길에서 노숙하고 있더라고. 내가 데려왔는데……."

기가 막혔다. 고양이도, 강아지도 아닌 남자를 주워 오다니? 심지어 그 라파엘이란 녀석은 칸나가 아니면 눈도 맞추지 않았고 입도 열지 않았다.

'수상한데, 저 녀석.'

대신전 출신이라는 건 한눈에 알아봤다. 성력이 느껴지니까.

'신령의 후계가 탈출했다더니, 이 녀석인가 보군.'

게다가 칸나를 바라보는 눈빛이 아주 불쾌했다. 뭐랄까, 개 같았다. 오로지 주인 하나만 바라보는 충직한 개.

"오빠, 부탁이야. 응?"

"칸나, 대신전의 사람은……."

"오빠."

그러나 칸나가 그의 목에 매달린다. 뺨에 입술을 쪽 맞추며 속삭였다.

"내 부탁 들어줄 거지?"

실비엔은 칸나를 물끄러미 내려다보았다.

칸나는 자신만만하게 웃고 있었다. 자신의 사랑스러움을 너무나도 잘 알고 있는, 그 사랑스러움에 상대가 굴복할 거라 믿어 의심치 않는 미소였다.

칸나가 언제부터 이렇게 약아졌을까?

"좋아."

하지만 그래도, 역시 사랑스럽다. 그녀의 앙큼한 속이 다 보였지만 실비엔은 그냥 져 주기로 했다. 그녀에게 지는 것이 즐거웠다.

다행히 라파엘과 부딪치는 일은 없었다. 녀석은 아주 조용했고, 언제나 과묵했다.

'게다가 의외로 순진하기도 하고.'

비누를 먹을 때는 좀 재밌기도 했다. 아무거나 넙죽넙죽 받아먹는 것이 웃겨서 종이를 줘 봤는데, 종이도 냠냠 씹어먹는 것이 아닌가?

"어때? 맛있어, 라파엘?"

"예. 맛있습니다."

"잘 먹네. 앞으로 그렇게만 해. 편식은 안 좋은 거야."

"그렇게 하겠습니다."

"말도 잘 듣고, 착하네?"

"감사합니다."

순진하긴. 놀리는 건데, 놀리는 건 줄도 모르고.

실비엔은 웃음을 참았다. 라파엘은 신기할 정도로 고분고분하게 굴었다. 칸나, 그리고 칸나의 오라비인 실비엔의 말이라면 뭐든 따랐던 것이다. 마치 양을 기르는 기분이었다.

"오빠! 라파엘에게 뭘 준 거야?"

그러다가 칸나에게 걸려서 혼이 나고 말았다.

"종이야, 종이. 먹어도 탈 안나."

"으휴, 장난치지 마! 오빠답지 않게 왜 그래?"

그 말에 실비엔은 자각했다.

'그러게?'

정말로 자신답지 않은 짓을 했다. 누군가에게 이런 짓궂은 장난을 치는 건 처음이었다.

'순진한 게 귀엽잖아. 놀리는 재미가 있어.'

그러나 곧 라파엘에 대한 평가가 변하기 시작했다. 양인 줄로만 알았던 녀석이 점점 육식동물처럼 느껴졌으니.

'왜 날 저렇게 보는 거지?'

라파엘 본인은 감추려고 애쓰는 듯했지만, 실비엔은 그의 시선을 느끼고 말았다. 그 욕망 어린 눈빛을. 게다가 자신을 몰래 훔쳐보며 혀로 입술을 핥기까지 했다. 지금 당장 달려들어 잡아먹고 싶다는 듯,

입맛을 다셨던 것이다.

'설마 남색가는 아니겠지?'

설마, 아닐 거다. 그럴 리가 없다. 자신을 노리고 있을 리가⋯⋯.

"부디 저를 조심해 주십시오."

그러나 결국 라파엘의 고백을 받아 버렸다.

"제가 실수로 당신을 먹어 버릴 수도 있습니다."

살면서 이렇게 무서운 고백은 처음 받아 본다.

'설마설마했는데⋯⋯.'

역시나 라파엘은 남색가였다. 게다가 먹고 싶다니? 이건 사랑 고백
도 아닌 욕구 고백이지 않은가?

'순진한 줄 알았는데 내숭이었나 보군.'

어쨌든 저런 놈일수록 강하게 나가야 한다. 실비엔은 태연하게 물
었다.

"너는 내가 왜 먹고 싶지?"

"당신은 맛있어 보이니까요."

"겉모습에 속지 마. 난 보기와는 달리 아주 거칠고 너저분하거든."

"아니요. 당신은 굉장히 맑고 깨끗합니다. 제가 본 무엇보다 청아
하죠."

"⋯⋯."

이 녀석 강적이군. 실비엔은 픽 웃었다.

"그거 알아? 난 무조건 위야."

"뭐가 말입니까?"

"네가 날 먹으려면 아래로 가야 한단 소리야."

"장소나 위치는 중요하지 않습니다."

"……."

"그러니 부디 제가 통제를 잃지 않도록 조심해 주십시오."

"……."

"제게 가까이 다가오지 마시고, 저를 만지지도 마십시오. 정말로 먹어 버릴지도 모릅니다."

아하, 결국 음담패설로 가자는 건가? 그 분야에서는 실비엔도 상당한 권위자였다. 곧장 입을 열어 자웅을 겨뤄보려고 할 때.

"아니면 조금이라도 좋으니 맛보게 해 주십시오. 죽지 않도록 조심히 먹을 테니."

순간 오싹해졌다. 그렇게 중얼거리는 라파엘의 눈이 어찌나 이글거리는지…… 마치 천년은 굶은 용 같았다.

'더는 못 하겠군. 내가 졌다.'

결국 실비엔은 "내가 앞으로 조심하도록 하지."라고 말하며 물러섰다. 이후 실비엔은 라파엘을 멀리했고, 라파엘 역시 실비엔을 피했다.

그래서 안심했는지도 모른다. 라파엘은 남색가니까 칸나를 건드릴 일은 없을 거라고.

그렇게 믿었다.

그 믿음이 깨진 것은 3년이 흐른 어느 날이었다.

"지금 뭐 해?"

미로 정원의 으슥한 곳. 실비엔은 풀밭 위로 흩어진 검은 머리칼을 보며 성큼성큼 다가갔다.

"지금 뭐 하냐고, 칸나."

"오, 오빠."

칸나가 서둘러 몸을 일으킨다. 그러고는 제 몸 위에 올라타 있는 라파엘을 밀쳤다.

"그, 그러니까 이건······."

"괜찮아. 설명 안 해도 돼."

실비엔은 라파엘의 멱살을 잡아 그대로 후려쳤다.

"오빠! 안 돼!"

"돼, 칸나."

실비엔은 부드럽게 웃으며 쓰러진 라파엘의 턱을 걷어찼다. 그것은 얼음처럼 냉정한 분노였다. 이 음침한 새끼가 감히 내 동생을 건드려?

"오빠! 그만해, 제발!"

칸나는 눈물을 글썽이며 피범벅이 된 라파엘을 끌어안았다.

"라파엘은 불쌍한 사람이란 말이야. 왜 그렇게까지 하는 거야!"

"불쌍?"

실비엔은 헛웃음을 내뱉었다. 불쌍? 저 녀석이 불쌍하다고?

아, 그래. 그렇게 보이긴 한다. 하지만 실비엔은 알고 있다. 저 녀석이 품고 있는 거대한 성력을, 타고난 강골의 육체를.

'여우가 따로 없군.'

지금도 힘 하나 없는 척 내숭을 떠는 꼴이 우스웠다. 하기야 저놈은 순진한 척은 다 해 놓고 온갖 더러운 말을 지껄인 변태 새끼였으니까.

"칸나 발렌티노. 내 말 잘 들어. 넌 열일곱 살이고, 내 동생이야."

실비엔은 피에 젖은 흰 장갑을 벗은 후, 정원 바닥에 던지며 말했다.

"열일곱 살 여동생이 남자와 정원에서 뒹구는 걸 목격한 오라비라면, 누구나 다 이렇게 했을 거야."

그러고는 매끈한 손으로 칸나의 눈물을 닦아 주었다.

"그러니까 라파엘은 벌이 필요한 것 같네."

"오빠!"

잡아 오는 손길을 뿌리치며 일어났다.

"당분간 지하 감옥에 가둬야겠어."

라파엘을 가둔 지 일주일이 되었다.

"오빠, 제발."

"안 돼."

"제발 라파엘을 풀어 줘."

"안 돼."

"내 잘못이란 말이야. 차라리 날 가둬!"

"안 돼."

"오빠 따위 정말 싫어!"

칸나는 몇 번이나 거듭 졸랐고, 설득했고, 협박했지만.

"안 돼."

실비엔은 단칼에 거절했다.

"이번엔 안 돼, 칸나 발렌티노."

귀엽고 사랑스러운 내 동생. 실비엔은 칸나가 억지를 부리는 것을 아주 좋아했고, 칸나에게 지는 것도 좋아했지만…….

남자 버릇까지 봐주는 건 아니지.

"오빠, 제발. 응?"

한 달이 넘어가는 날, 칸나는 거의 울면서 그에게 매달렸다. 실비엔은 들은 척도 안 하고 서류를 살피는 중이었다.

"오빠……."

잠시 후 칸나가 울음을 뚝 그친다. 그에게 다가와 만년필을 빼앗고는 무릎 위에 털썩 앉았다. 실비엔은 웃었다. 이런 애교는 귀엽지만, 이런 식으로 넘어가 줄 생각은…….

다음 순간, 칸나가 입술을 맞춰 왔다.

"……."

실비엔은 눈을 크게 떴다. 길고 풍성한 검은 속눈썹이 그의 시야를 가득 채웠다. 실비엔은 시간이 멈춘 듯한 감각에 사로잡혀 그 광경을 멍하니 바라보았다.

칸나의 속눈썹 끝에 매달린 이슬 같은 눈물방울이 어찌나 애처로운지…….

눈물이 뺨을 타고 흐르는 순간, 실비엔은 칸나의 허리를 와락 끌어안았다. 숨결과 살결이 뒤섞였다. 실비엔은 그녀를 마시고, 핥고, 삼키고, 머금었다.

그럴수록 머리가 새하얘진다. 목이 타들어 가는 듯한 갈증에 온몸의 솜털이 곤두섰다.

내가 지금 뭘 하는 거지?

칸나의 머리채를 휘어잡았다. 더 가까이 끌어당겼다. 실비엔은 아득해진 정신으로 생각했다. 내가 지금 대체 뭘……?

그러나 곧 스스로를 비웃었다.

뭘 하긴. 하고 싶은 걸 하고 있지.

그때, 칸나가 그의 어깨를 밀쳤다.

"사랑해, 오빠."

실비엔은 붉게 부풀어 오른 칸나의 입술을 뚫어지게 바라보았다. 그녀의 입꼬리가 곡선을 그리며 올라갔다.

"오빠도 나를 사랑하지?"

물론 사랑한다. 예나 지금이나 그가 사랑하는 존재는 오직 칸나뿐이었다. 이 세상에 칸나 외에 사랑할 만한 것을 찾지 못했다. 찾을 생각도 없었다.

"난 어릴 때부터 오빠만 사랑했어. 오빠도 알고 있잖아."

"……."

"라파엘은, 너무 안타까웠어. 그래서 안아 주지 않고서는 견딜 수가 없었어."

"……."

"라파엘을 풀어 줘. 응?"

"……."

실비엔의 마음이 어느덧 고요해졌다. 그는 완벽한 정적에 잠겨 음미했다. 지금 이 찰나를. 그의 사랑이 이용당하는 이 순간을.

웃음이 터져 나왔다.

"아하하!"

우스웠다. 그리고 머리끝까지 열불이 치솟았다.

칸나 발렌티노. 네가 나를, 내 애정을 권력 삼아 나를 휘두르려고 해? 이 빌어먹을 계집애. 이 배은망덕한 계집애. 이 요망한, 이 끔찍한, 끔찍하게도 사랑스러운…….

나의 칸나.

"물론이지. 오빠가 네 말 안 들은 적 있니?"

실비엔은 미소 지으며 그녀의 뺨을 쓰다듬었다. 그러고는 다시 그녀의 목덜미를 끌어당겼다.

그날 밤.

'라파엘을 어떻게 해야 할까?'

실비엔은 침대맡에 앉아 잠든 칸나를 내려다보았다. 그녀의 뺨에 걸린 검은 머리칼을 걷어 주며, 결심했다.

'치워야겠군.'

며칠 후, 그는 아디스 공작을 찾아갔다.

"신령의 아들이 공작 옆에 있는 건 알고 있었어. 나에게 넘겨준다면야, 좋지."

라르고스는 숱이 풍성한 부채를 펼쳐 흔들었다. 그의 붉은 머리칼이 부드럽게 나부꼈다.

"테레사에게 선물해 줘야겠다."

"귀비 전하를 말씀하시는 겁니까?"

"응. 내 귀여운 테레사가 아주 신실한…… 신의 사도거든."

라르고스가 윙크했다.

"아, 황제에겐 비밀이야. 알지?"

"관심 없습니다."

"하여간, 미인은 까탈스럽다니까."

이때의 실비엔은 알지 못했다. 테레사가 검은 사도였을 줄은. 테레사의 꼬드김에 넘어간 라르고스 아디스, 현 아디스 공작이 검은 사도가 되었을 줄은.

꿈에서도 알지 못했다.

⚜

라파엘의 이송을 위해 아디스의 기사들을 저택 안에 들였다.

"알스바인 후작님? 갑자기 무슨 일이십니까?"

"각하, 잠시 드릴 말씀이 있습니다. 아주 중요한 이야기입니다."

"지금 바쁩니다. 후에 약속을 잡고……."

"정말 급한 일입니다, 공작 각하."

대체 뭐길래 저런단 말인가? 그때 라르고스가 말했다.

"일 보고 와, 공작. 난 여기서 기다리지."

실비엔은 라르고스 아디스를 믿었다. 아니, 아디스를 믿었다. 성기사의 후손이라는 그 명예를, 고대부터 이어진 그 찬란한 역사를.

"알겠습니다. 잠시 다녀오죠."

그래서 잠시 자리를 비웠다. 정말 잠시였다.

정말, 정말이지, 정말로. 정말로 잠시였는데.

잠시였을 뿐이었는데…….

❦

"칸나?"

돌아왔을 때, 발렌티노 저택은 쑥대밭이 되어 있었다.

온통 피바다였고 온통 시체 밭이었다. 아디스, 발렌티노, 모든 기사와 모든 고용인, 숨 쉬고 있던 모든 생명이 죽어 있었다. 그리고 칸나는…….

"눈을 떠 보십시오, 칸나."

라파엘의 품에 안겨 있었다. 그녀의 목만, 덩그러니.

실비엔은 멍하니 생각했다.

'칸나의 몸이 없네.'

어디 있을까?

눈을 도르륵 굴려 주변을 살폈다. 그리고 발견했다. 저 문 앞, 라르고스의 시체. 그 시체가 붙잡고 있는 한 여자의 가녀린 몸…….

'잠깐만, 뭐라고?'

칸나가 죽었다고?

그게 무슨 말도 안 되는 소리야?

어지러웠다. 생각이 이리저리 튄다. 조각났다가 이어졌다가 끊어졌다. 웃음이 나왔다가 싸늘하게 식었다가, 정신없이 흔들렸다.

실비엔은 이 모든 것을 믿을 수가 없었다.

"틀렸네."

그때, 한 여자가 다가왔다.

"역시 발렌티노와 라파엘만으로는 칸나를 못 지켜."

여인이 칸나의 목을 바라보며 슬픈 얼굴로 말했다.

"아디스가 합류하지 않는 이상, 역시 안 돼. 하지만 이 빌어먹을 아디스는 언제나 검은 사도가 되어 버리니……."

"당신은?"

실비엔은 입술을 달싹였다. 지금 일어나고 있는 이 모든 일이 꿈같았다. 현실감이 없었다. 그래서 도리어 침착했다.

"나?"

여자가 쓰게 웃었다.

"칸나 엄마."

"……."

"칸나가 또 죽었네. 뭐, 당연한 일이지만."

"……."

"걱정하지 마. 시간을 되돌리면 돼."

"……."

"그러면 이번 일은 없는 일이 될 테니까."

아득, 여자가 제 손을 깨문다.

"일어나지 않은, 아예 없는 일이 되는 거야."

그러고는 뚝뚝 피가 떨어지는 손가락을 들어 올렸다. 나지막이 중얼거렸다.

"다른 방법을 찾아봐야겠어. 칸나를 살릴 방법을……."

허공에 무언가를 그리자, 그 궤적을 따라 핏방울이 맺히기 시작한다. 실비엔은 태연하게 그 광경을 바라보았다. 그리고 결론을 내렸다.

'이건 꿈이다.'

그래. 당연하지. 이게 현실일 리가, 진짜일 리가 있나. 역시 이상했어. 역시 이건 꿈이다.

칸나가, 라르고스 아디스에게 살해당할 리 없지 않은가?

칸나, 내 동생이, 내 칸나가.

'이건 꿈이야……'

실비엔은 웃음을 흘렸다. 이 빌어먹을 꿈. 이 빌어먹을 악몽, 눈을 뜨면 없는 일이 될 테니까.

빨리 깨어나길. 빨리.

빨리…….

빨리!

"허억!"

실비엔은 눈을 번쩍 떴다. 그는 용수철처럼 몸을 튕겨 일으켰다.

"허억, 허억……."

그는 빠르게 주위를 살폈다.

'여긴……'

집무실. 테이블에 늘어진 위스키. 풀어 헤친 셔츠.

그래, 나는 술을 마시다가 잠들었다. 그러니까.

"역시."

실비엔은 헛웃음을 터뜨리며 두 손으로 얼굴을 감쌌다. 손가락 끝이 경련하듯 떨리고 있었다.

그래, 꿈이었어. 그럴 리가 없잖아. 칸나가. 칸나가…….

"……"

잠시 후, 실비엔은 천천히 손을 내렸다.

'지금 무슨 생각을 하고 있었지?'

폭풍우를 맞은 듯 일그러졌던 얼굴이, 어느덧 바람 한 점 없는 바다처럼 고요해졌다. 그는 제 손바닥을 바라보며 생각했다.

'내가 무슨 꿈을 꿨더라?'

텅 비었다.

바람에 날아가 버린 모래알처럼, 아무것도 남지 않았다. 작은 기억의 편린조차도.

실비엔은 이마에 맺힌 식은땀을 닦았다. 분명 아주 끔찍한, 정말이지 끔찍한 악몽을 꾼 것 같긴 한데…….

기억나는 것은 아무것도 없다. 아무것도.

"하하."

문득 웃음이 나왔다. 잠들기 전 실비엔은 아주 오랜만에 술을 마셨다. 칸나 아디스, 얼마 전 이혼한 전처가 스스로 목숨을 끊어서. 그것이 속상해서 술을 찾았다.

칸나가 자결한 것이 그렇게 충격이었던 걸까? 그래, 아무래도 그런 모양이다.

그러니까 아직도 심장이 아플 정도의 악몽을 꾸었겠지.

'한심하군.'

실비엔은 흐트러진 크라바트를 잡아당겼다. 다시금 반듯하게 묶으며 생각했다.

'청승을 떠는 것도 이걸로 끝이다.'

칸나는 죽었다. 그리고 라파엘은 사라졌다. 칸나의 죽음과 동시에 아무 말도 없이 자취를 감춘 것이다. 그가 흥미를 느꼈던 여자는 죽었고, 마음을 열었던 남자는 사라져 버렸다.

그러나 자신은 아직 이곳에 있다. 그가 가장 사랑하는 자신의 삶은 여전히 완전무결했다. 그러니 그것으로 되었다.

"공작 각하, 들어가도 되겠습니까?"

보좌관의 목소리가 들려온다. 아마도 보고가 밀려 있으리라. 실비엔은 머리칼을 정돈하며 몸을 일으켰다.

"들어오십시오."

이제 일을 해야 할 때였다. 자신은 실비엔 발렌티노― 발렌티노의 가주였으니.

❧

그로부터 얼마 후 라파엘이 그의 앞에 나타났다. 대신전을 피로 숙청한 신령이 되어서.

"간만이네, 라파엘. 잘 지냈어?"

실비엔은 반갑게 그를 맞아 주었다.

"미안."

"뭐가?"

"말없이 사라져서."

"사과하지 마. 난 네가 무사한 것만으로도 기쁘거든."

"그런가."

"응. 네가 동대륙 탐사를 떠나서 무사히 돌아왔을 때만큼 기쁘네."

어느 정도는 진심이기도 했다. 이후 신령 라파엘은 오로지 실비엔 발렌티노와만 상의하고 소통했다. 사제들을 다 찢어 죽인 미친 신령을 통제할 수 있는 자는 발렌티노 공작뿐이다, 모두가 그리 말했다.

'역시, 황금알일 줄 알았지.'

그렇게 라파엘은 산 채로 발렌티노의 권력이 되었다.

발렌티노 가문은 그 어느 때보다도 찬란한 만월처럼 빛을 발하였다. 실비엔이 두른 광휘였다.

이따금 자결한 전처가 떠올랐고 이따금 가슴이 답답했으나 그뿐이었다. 그렇게 시간이 흐르고 또 흘렀다.

어느 날, 실비엔은 죽은 전처가 얄덴 왕세자의 정부 노릇 중인 것을 알게 됐다.

'어이가 없군.'

그렇게 칸나와 재회했으며, 황제를 죽였고, 세계의 틈새로 흘러든 칸나의 영혼 조각을 찾아 긴 여행을 시작했다.

길고 긴, 아주 기나긴 여행이었다.

"무슨 생각 해요?"

실비엔은 맞은편에 앉은 칸나를 가만히 바라보았다.

"실비엔?"

그 시선을 견디다 못한 칸나가 인상을 찡그렸다.

"아까부터 왜 그렇게 봐요?"

"아. 실례했습니다."

실비엔은 웃으면서 찻잔을 들어 올렸다. 설탕을 퐁당퐁당 넣으며 물었다.

"몸은 어떻습니까, 칸나?"

"아주 좋아요. 당신 덕분에…… 그런데 설탕 그렇게 많이 먹어도 괜찮은 거예요?"

"괜찮지 않을 이유가 없죠."

"볼 때마다 신기하네요. 설탕 중독자 같아."

"맞습니다, 중독자."

긴 여행을 겪으며 실비엔은 입맛이 바뀌었다. 바뀔 수밖에 없는 여정이었다. 그는 수많은 세계를 넘나들며 매번 다른 이름으로 다른 인생을 살아가는 칸나의 조각들을 만나 왔다.

그들에게는 단 하나의 공통점이 있었다.

'단명했지.'

찢어진 영혼 조각이어서일까? 영혼 조각의 수명은 몹시도 짧았다.

실비엔은 매번 조각의 죽음을 지켜본 후, 그 영혼을 회수했다. 그렇기에 그는 그녀의 수많은 죽음을 기억했다.

그런데 왜…….

어떤 죽음을 잊어버린 것 같은 기분이 드는 걸까?

"실비엔, 오늘 이상하네요. 왜 그렇게 멍하니 있는 거예요?"

"글쎄요."

실비엔은 스스로도 알 수 없는 기분이 되어 중얼거렸다.

"오래전에 뭔가를 분명히 봤는데, 잊은 기분이라……."

"기억나지 않는 걸 보니 중요하지 않은 일인가 보죠."

칸나의 말에 실비엔은 웃었다.

"그런가 봅니다."

"일어나지 않은, 아예 없는 일이 되는 거야."

그 말대로 되었다.

없는 순간이 되어 버린 찰나, 그 꿈이 떠오르는 일은 없었으니.

실비엔이 그때를 기억해 내는 일은 두 번 다시 일어나지 않았다. 다시는 떠오르지 않고 어두운 심해 아래에서 표류했다.

영원히, 영원토록.

외전 4. 끓는 점

최근 오르시니 아디스는 사냥에 빠져 있었다.

열한 살 소년의 사냥이라면 토끼나 사슴, 기껏해야 멧돼지를 떠올리겠지만…….

'흑표범을 잡아 오시다니.'

목에 화살이 박힌 흑표범의 사체를 보며 아디스가의 집사는 감탄했다. 그러나 놀라지는 않았다. 상대는 아디스였으니까.

현 아디스 공작, 알렉산드로 아디스는 열두 살에 곰을 잡지 않았던가? 그러니 그의 열한 살짜리 아들이 흑표범을 잡아 와도 감탄 정도로 끝날 수밖에.

"훌륭하십니다, 도련님. 표범의 가죽 상태가 아주 좋군요. 마님께 선물로 드리는 건 어떻습니까?"

그 말에 붉은 머리 소년이 인상을 찡그렸다.

"선물? 이걸?"

"예. 흑표범의 가죽은 아주 귀합니다. 선물해 주시면 틀림없이 기뻐하실 겁니다."

집사의 추천에 소년은 골똘히 생각에 잠겼다. 그러다가 이내 고개를 저었다.

"싫어. 어머니 안 줄 거야."

"그러면 가죽 손질은……."

"내가 할 테니 내버려 둬."

"직접 하시겠다고요?"

"신경 꺼, 집사."

집사는 입을 다물었다. 보아하니 누군가에게 줄 작정인 듯싶은데, 상대를 추측할 수가 없었다.

'오르시니 도련님이 선물을 할 만한 사람이 누가 있지?'

마님이 아니라면, 공작님인가? 아니면 여동생 이자벨?

'아니, 그건 아닌 것 같은데.'

대체 누구지?

상대는 금방 밝혀졌다.

"꺄아아악!"

저택의 지하실. 한 소녀의 비명이 울려 퍼졌다. 아디스 가문의 사생아, 칸나의 비명이었다.

"지, 집사님! 사, 사체가, 동물 사체가 연구실 문 앞에!"

그것은 집사조차 흠칫 놀랄 광경이었다.

'이럴 수가.'

흑표범의 대가리부터 꼬리까지, 껍데기만 고스란히 뜯어놓은 가죽이 살벌하게 펼쳐져 있었던 것이다.

'도련님이 또 이런 짓을!'

이 비싼 가죽을 제 누이를 괴롭히는 데 쓰다니. 집사의 머리가 지끈거렸다.

"저, 집사님. 혹시 이거 누가 그런 줄 알아요?"

"예."

집사는 솔직하게 대답했다.

"오르시니 도련님께서 어제 흑표범을 사냥해 오셨습니다."

"……오르시니?"

"그렇습니다."

"그렇군요. 오르시니가."

칸나가 자그마한 목소리로 중얼거렸다.

"오르시니가 또 이런 짓을."

집사는 그 음성에서 짙은 원망을 읽었다.

'평생 사이좋은 남매가 되긴 글렀군.'

두 사람은 정말이지 사이가 끔찍하게도 나빴다. 오르시니는 칸나를 혐오했고 칸나는 오르시니를 증오했으니.

어찌 보면 죽이 참 잘 맞는 남매였다.

"도련님. 여기 흑표범 가죽입니다."

가죽을 도로 가져가자 오르시니가 눈썹을 찌푸렸다.

"그걸 왜 집사가 가져와?"

"공작 영애께서는 충분히 괴로워하셨습니다. 눈물을 흘리기까지 하셨죠."

그게 도련님의 목적이지 않습니까? 목적을 이루셨습니다. 이 말을 적당히 돌려 전해 주었다. 그러나 오르시니는 의아한 기색이었다.

"괴로워했다고? 왜?"

"그야 사냥이 익숙하지 않은 사람에게는 무섭게 느껴질 수 있으니까요."

"뭐?"

그 말에 드러누워 있던 오르시니가 벌떡 몸을 일으켰다. 당황한 기색이었다.

"그러면 왜 엄마에게 선물하라고 한 거야?"

"선물하실 생각이라면 망토라든가 담요, 융단 같은 것으로 지어 올리셔야지요."

"……."

순간 소년의 얼굴이 얼어붙었다. 마치 사기꾼에게 속은 듯한 표정이었으나, 곧 히죽 웃었다.

"그래? 상관없어. 어쨌든 그 멍청한 계집애가 울었다니 잘됐네. 볼 만했겠어."

하여간 성격 하고는. 집사가 속으로 혀를 차고 있을 때, 오르시니가 흑표범 가죽을 거칠게 잡아챘다. 그러고는 벽난로 안으로 처넣는 것이 아닌가.

"도련님? 저 귀한 것을 왜……."

"이제 됐어. 그 오물을 놀려 줬으니까 충분해."

오르시니는 불쏘시개로 가죽을 푹푹 쑤시며 중얼거렸다.

"필요 없어, 이따위 거."

오르시니는 아주 화가 나 있었다.

'열 받아.'

사실 그는 곰을 잡고 싶었다. 그의 아버지는 열두 살 때 곰을 잡았다고 들었다. 그러니까, 만약 자신이 지금 곰을 잡으면 아버지를 능가하는 거다.

'닮았다는 이야기도 지긋지긋해.'

오르시니에게 아버지는 산꼭대기에 걸린 태양 같았다. 닿을 수 없는 것은 물론 똑바로 쳐다보는 것조차도 버거운 사람이었다. 그런 존재를 가지기엔 소년의 자존심이 너무나도 셌다.

'뭐 얼마나 잘났다고 그래? 나도 어른이 되면 그 정도는 한다고.'

오르시니는 호승심에 가득 차 곰을 잡으려 했다. 그러면 그 대단하신 아버지를 넘어설 것 같아서. 그러나 계획은 무너졌다. 사냥터에서 검은 짐승과 마주친 것이다.

햇살 아래 반짝이던 검은 털을 본 순간, 오르시니는 완전히 현혹되었다. 그래서 홀린 듯 쫓아가 잡고 말았다. 그뿐인가? 가죽을 벗겨 몰래 누이의 연구실 앞에 두고 와 버렸다.

그냥, 그러고 싶었다. 그 윤기 나는 검은색이 꼭 그 애 같아서. 누군가에게 줘야 한다면 그건 칸나여야 할 것 같아서. 그 웃기지도 않은 충동을 이기지 못하고 가죽을 두고 돌아오는 길, 발걸음이 어찌나 가볍던지.

어째서인지 그날 밤에는 히죽 웃으며 잠든 것 같기도 했다. 그런데…….

"공작 영애께서는 충분히 괴로워하셨습니다."

'잘됐네. 나야 좋지.'

오르시니는 불쏘시개로 타들어 가는 가죽을 쑤셨다. 그리고 생각했다. 아무래도 자신은 칸나를 골려 주고 싶었던 모양이라고.

'하기야 걔는 괴롭히는 재미가 있는 애니까.'

고작 표범 가죽을 보고 비명을 질러? 하여간 한심한 계집애다. 그 추태를 직접 눈으로 봤어야 하는데…….

'꼴 좋다. 멍청이.'

부지깽이를 휘젓는 손길이 점점 거칠어졌다. 그러다가 결국 끓어오르는 열을 견디지 못하고 쨍그랑 내던졌다.

"짜증 나게, 진짜!"

씨익 씨익, 거친 숨을 몰아쉬었다.

화가 난다. 사실 그는 얼마 전부터 계속 화가 나 있었다.

칸나가 정신 나간 여자처럼 제멋대로 굴었을 때부터 그러했다. 제멋대로 그를 와락 끌어안고 제멋대로 쨍하게 웃었다가 또 제멋대로 달아나 버렸을 때부터.

'지가 뭔데! 지가 뭔데!'

그는 쾅쾅 발을 구르며 거친 숨을 몰아쉬었다.

'지가 뭔데 나한테 그래!'

그렇게 굴어놓고, 이후부터는 갑자기 싹 무시한다. 피한다. 없는 일인 것처럼 군다. 그 순간을 기억하는 건 오직 저뿐인 것 같아서, 견딜수 없이 화가 났다.

"야. 너 그거 뭐야?"

그러던 어느 날, 오르시니는 후원에서 칸나를 발견했다. 칸나는 홀로 공을 튕기며 놀고 있었는데……

"그거 내 공이잖아?"

얼마 전까지만 해도 그가 항상 가지고 놀았던 공. 그 공을 칸나가 쥐고 있었던 것이다.

"네가 그걸 왜 가지고 있냐?"

당황한 걸까. 칸나는 잠시 우물거리다가 대답했다.

"……주웠어."

"주웠다고? 어디서?"

"여기 풀숲에서."

그러고는 설득하는 듯한 어조로 말했다.

"어차피 넌 가지고 놀지도 않잖아. 그러니까 이제 내가 가질래."

"……."

그래, 그랬었지. 사냥에 빠진 이후로 공놀이 따위는 거들떠보지도 않았으니. 그래서 지금껏 공을 잃어버린 줄도 모르고 있었지만……

"누구 마음대로?"

어째서인지 지금 이 순간, 오르시니는 저 공을 가지고 싶어 죽을 지경이 되었다. 오르시니는 사납게 되물었다.

"누구 마음대로 가져?"

"넌 이제 안 가지고 놀잖아. 그러니까……"

"웃기지 마. 그건 내 거야. 이리 내놔."

바로 돌려줄 거라고 생각했다. 칸나는 그와 부딪치는 것을 최대한 피하고는 했으니까.

"싫어."

그러나 어쩐 일인지 칸나가 고집을 부렸다.

"그냥 나 줘. 어차피 너 갖고 놀지도 않으면서……."

"내놓으라고!"

오르시니는 손을 뻗어 공을 잡아당겼다. 칸나는 제법 버텼지만, 그가 한번 밀치는 순간 대치는 끝났다.

"공 가지고 놀고 싶으면 나한테 와서 허락 맡고 가져가. 알겠냐?"

의기양양하게 말하며 돌아섰다.

'날 찾아오겠지?'

상상하자 기묘한 쾌감이 밀려왔다. 칸나가 먼저 자신을 찾아온다니…… 기분이 들떴다.

'좋아. 그때마다 괴롭혀 줘야지.'

왜냐하면, 난 저 애가 정말 싫으니까.

그러나 칸나가 그를 찾아오는 일은 없었다. 며칠이 지나도 코빼기 하나 비추지 않았다. 결국 기다리다가 지친 오르시니는 특단의 조치를 취했다.

"비단 공을 구해 와."

"예?"

"예쁜 걸로."

"예?"

"그런 거 있잖아. 여자애들이 좋아할 만한 거. 반짝반짝한 거."

"……."

집사는 얼떨떨한 눈치였으나 순순히 명령을 따랐다. 장미가 수놓아진 아주 예쁜 비단 공을 구해 온 것이다.

'이걸 보면 또 가지고 싶어서 안달 나겠지?'

볼 만하겠군. 비실비실 웃음이 나왔다. 오르시니는 일부러 공을 가지고 후원을 거닐었다.

그렇게 얼마나 지났을까. 마침내 칸나가 나타났다.

'온다.'

오르시니는 모른 척 공을 굴리며 놀았다. 나무에 튕기고, 땅에 튕기고, 던졌다가 다시 잡고…….

아, 본다.

등 뒤에서 칸나의 시선이 느껴졌다. 피부에 닿은 것처럼 아주 예민하게 느낄 수 있었다. 지금, 칸나가 지켜보고 있다. 공놀이하는 그의 모습을.

'날 보고 있어.'

순간 갑작스레 긴장되었다. 손끝까지 뻣뻣해지는 기분이었다.

"나도 같이 놀면 안 돼?"

어쩌면 이렇게 말을 걸어올 수도 있겠다. 그러면 싫다고 해 줘야지. 너 따위와는 놀고 싶지 않다고 소리칠 것이다.

"그러지 말고, 나랑 같이 공놀이하자. 응?"

그렇게 나온다면야, 한 번쯤은 같이 놀아줄까.

오르시니의 입꼬리가 씰룩였다. 그래. 어차피 보는 사람도 없으니까. 걔가 그렇게 바란다면 한 번쯤은…….

그러나 다음 순간, 칸나가 바람처럼 돌아섰다.

"……."

자박자박, 발걸음 소리가 멀어진다. 그러다가 완전히 사라졌다. 갔다. 가 버렸다.

'뭐야……'

오르시니의 온몸에 힘이 쭉 풀렸다. 툭. 손아귀에서 떨어진 공이 힘없이 데굴데굴 굴러간다.

'왜.'

오르시니는 이를 악물었다. 얼굴이 화끈거리며 달아올랐다. 그것은 분노 같기도 했고 서러움 같기도 했다.

'역시 난 쟤가 싫어.'

짜증 나는 계집애. 세상에서 제일 싫다.

오르시니는 비단 공을 후원에 버려 두고 돌아섰다.

'걔가 가져가겠지.'

칸나는 어지간해서는 저를 쳐다보지도 않는다. 시선 한 번 먼저 준 적이 없었다. 그러나 이 공을 가지고 놀 때는 자신을 쳐다봤다. 그것도 꽤나 오랫동안.

'그러니까 이곳에다가 두면 가져갈 거야.'

그러면 왜 또 공을 훔쳐 갔냐고 화를 내면서 빼앗아 와야지. 그럴 듯한 계획이었다.

오르시니는 매일 같이 찾아가 비단 공을 살폈으나…….

'왜 안 가져가지?'

비단 공이 사라지는 일은 없었다. 그 자리에, 그대로, 건드린 흔적조차 없는 것이었다.

그렇게 며칠이, 몇 주가 흐르고 나서야 깨달았다.

칸나는 이 공을 가져가지 않을 것이다. 앞으로도 다시는 그의 것을 건드리지 않겠지.

"재수 없는 년."

오르시니는 분을 못 이겨 혼자 씩씩거리다가, 결국 공을 꽉꽉 짓밟았다. 너절하게 망가진 공이 꼭 자신 같았다.

그 이후 칸나는 쥐새끼처럼 굴었다. 어딘가에 꽉 처박혀서 나오지를 않았고, 우연히 마주치면 재빨리 도망갔다. 더는 후원에도 나오지 않았다.

후원은 칸나가 유일하게 자주 드나드는 곳이었는데…….

'대체 어딜 돌아다니는 거야?'

연구실에서 사는 것 같긴 한데 그 외의 시간에는 어디에 있는지 모르겠다. 그러는 와중 시간은 착실하게 흘렀고 오르시니의 분노는 차곡차곡 쌓여 갔다.

그렇게 열두 살이 되었다.

"네 누나 예쁘던데?"

오르시니는 고개를 돌렸다. 정원의 아름드리나무 아래 칼렌이 그의 친우와 이야기를 나누고 있었다.

"진짜야. 엄청 예뻤다니까, 칼렌."

저 녀석 이름이 뭐였더라?

"조용히 해, 콜린."

맞아. 콜린 데비스였다. 그런데 저 새끼가 방금 뭐라고 했지?

"진짜 엄청 예뻤다니까? 내가 앞머리 걷은 것 봤어."

"잘못 봤겠지."

"아니라니까. 진짜 진짜 엄청 엄청 예뻤어! 진짜야!"

"조용히 해. 시끄러워."

"그러지 말고 네 누나 불러 봐. 한 번만 가까이에서 보자."

"싫어."

"야, 딱 한 번만……."

오르시니가 몸을 일으킨 건 그때였다. 성큼성큼 다가가자 콜린이 그를 올려다보았다. 활짝 웃으며 말했다.

"오르시니 형님? 갑자기 왜, 아악!"

그대로 콜린의 얼굴을 후려쳤다. 순간 우두둑, 무언가 아작나는 소리가 들렸다. 아마도 코뼈가 부서진 모양이다.

"형님! 그만두십시오!"

칼렌이 끼어들고 나서야 오르시니는 주먹질을 멈추었다. 그러고도 화를 이기지 못하고 지껄였다.

"너, 한 번만 더 내 귀에 그 더러운 오물 얘기 들리게 해 봐. 죽여 버릴 거야."

다음 날, 데비스 후작이 아디스 저택을 방문했다.

"콜린은 데비스 가문의 후계자입니다. 그러니 이 일은 데비스 가문을 위협한 것과 다름없습니다!"

그리고 하필이면 그날 아버지가 아주 오랜만에 돌아왔다. 거의 반년만의 귀환이었다. 즉, 아버지는 일을 끝내고 집에 오자마자 후작의 항의에 시달려야 했던 것이다.

"오르시니 아디스."

그날 밤 예상대로 아버지가 찾아왔다. 오르시니는 바짝 긴장했다. 알렉산드로 아디스가 지친 음성으로 말했다.

"연무장으로 나와. 대련하지."

망했다.

"쿨럭, 쿨럭."

오르시니는 땅에 엎어져서 버르적거렸다. 마른기침이 연신 터져 나왔다.

'빌어먹을. 분해.'

흙을 콱 움켜쥐었다.

그의 나이 고작 열두 살이지만, 이미 어지간한 기사들은 그의 상대조차 되질 않았다. 그보다 강한 기사들도 간혹 있었지만 그뿐이었다. 얼마 가지 않아 곧 따라잡고 넘어서리라는 확신이 들었다. 모두가 그런 사람들뿐이었다. 그런데……

"쿨럭!"

그런데 이런 느낌은 처음이다.

"오르시니 아디스. 정신 똑바로 차려라."

알렉산드로는 목검을 툭 내던졌다. 그러고는 돌아섰다.

오르시니는 멀어지는 아버지의 뒷모습을 노려보았다. 천년 뒤에도 홀로 영원할 태산 같은 등을.

나름의 훈육이라는 건가.

'웃기시네. 나한테 관심도 없으면서.'

바글바글 화가 끓는다.

신기에 가까운 검술로 저를 개미행렬 주무르듯 가지고 논 아버지는 내내 아주 재미없어 보이는 얼굴이었다. 아니, 귀찮아 보였다. 피곤해서 죽을 것처럼 보였다.

이 경험은 오르시니에게 짙은 모멸감을 남겼다.

'두고 봐.'

언제까지 그렇게 내려다볼 수 있을 것 같아?

'두고 보라고.'

언젠가는 꼭 당신을 꺾고 당신을 넘어설 테니까. 오르시니는 이를 갈았다.

다음 날, 오르시니는 칸나를 오랜만에 보았다. 간만에 아버지가 참석한 가족 식사 자리에 나온 것이다.

'웃기는 계집애네.'

심지어 어쩐 일로 예쁘게 차려입기까지 했다. 평소에는 부엌데기 하녀 꼴로 다니는 주제에.

'꼴에 가주에게는 잘 보이고 싶은가 보지.'

오르시니는 코웃음을 쳤다.

"저택의 정원을 다시 꾸며 보려고 해요."

클로이가 알렉산드로에게 말했다.

"그래서 공사를 시작할까 하는데, 어때요?"

"뜻대로 해."

며칠 후 아버지는 또다시 떠났고 칸나 역시도 자취를 감추었다.

칸나를 다시 만난 것은 그로부터 일주일 후였다.

"뭐 하냐 너?"

공사 중인 후원의 아주 깊숙한 곳, 푹 꺼진 구덩이에 칸나가 빠져 있었다.

"너 왜 그러고 있냐?"

칸나의 꼴은 가관이었다. 머리는 엉망으로 헝클어져 있고 팔다리는 온갖 생채기로 가득했다. 보아하니 구덩이를 못 보고 걷다가 고꾸라 진 모양인데…….

"야, 오물. 거기가 네 집이냐?"

"……"

"내 말 안 들려?"

"……"

"내가 묻잖아."

칸나는 대답하지 않았다. 당연히 그를 쳐다보는 일도 없었다. 이번 에도 일상 같은 무시였다. 슬슬 익숙해질 만도 하건만, 언제나 부아가 치밀어 오른다.

'이게.'

오르시니는 나뭇가지를 집어 던졌다. 툭, 칸나의 어깨에 떨어졌다. 그래도 안 보네. 이번엔 조약돌을 던졌다. 머리에 명중했다.

"그만해!"

그제야 칸나의 시선이 그에게 올라왔다. 늘어진 앞머리 아래 어렴풋이 드러난 눈동자와 마주친 순간 등골에 전율이 올랐다.

나를 봤다. 드디어 나를 봤다.

이렇게 눈이 마주친 것은 그날, 칸나가 저를 멋대로 와락 끌어안은 이후 처음이었다.

"너 거기 계속 있을 거냐?"

어째서인지 목이 타는 듯했다. 오르시니는 들뜬 목소리로 지껄였다.

"뭐, 너랑 잘 어울리긴 하네."

도와 달라고 해 봐.

"그냥 거기서 계속 사는 건 어때? 응?"

빨리, 도와 달라고 해 봐.

"네 음침한 지하 연구실보다 좋아 보이는데."

속이 끓는다. 어느새 입안이 바짝 말라간다. 오르시니는 칸나를 뚫어지게 바라보며 입술을 핥았다. 자, 어서, 빨리…….

"오르시니, 너."

마침내 칸나가 입을 열었다. 오르시니의 심장이 기대감으로 빠르게 맥동했다. 그래, 어서 말해. 도와 달라고…….

"저리 가."

"……."

순간, 머리를 얻어맞은 듯했다. 오르시니의 입꼬리가 파르르 경련했다.

"뭐라고 했냐?"

"신경 쓰지 말고 저리 가란 말이야."

울컥 화가 났다.

"네가 뭔데 나한테 명령질이야!"

오르시니는 나뭇잎, 흙, 솔방울 같은 것들을 무작위로 집어 던졌다. 후드득, 후드득, 칸나의 몸 위로 비처럼 쏟아졌다.

"하지 마! 그만해, 오르시니!"

이상했다. 엉망이 되어가는 건 칸나인데 왜 자신이 더러워지는 기분인 걸까. 지금 이 순간, 구덩이에 빠진 건 칸나가 아닌 자신 같았다.

"야."

그렇게 한참을 괴롭히고 난 후에야 몸을 일으켰다. 그러고는 인심 쓰듯 말했다.

"내가 거기서 꺼내줄까?"

칸나는 울고 있었다. 눈물을 뚝뚝 흘리며 말했다.

"필요 없어. 너에게 도움받느니 죽는 게 나아."

"그래?"

오르시니는 태연하게 웃어 주었다.

"그럼 죽든가."

그로부터 잠시 후, 아디스의 기사가 칸나를 발견했다.

"공작 영애! 괜찮으십니까?"

오르시니는 그 광경을 나무 기둥 뒤에 숨어서 지켜보다가 몸을 돌렸다.

'아쉽네. 그냥 거기서 죽어 버렸으면 좋았을 텐데.'

터벅터벅, 힘없이 걸어갔다. 그러다가 문득 화가 나서 돌멩이를 힘껏 걷어찼다.

'이제는 나도 걔를 무시할 거야.'

저만 무시할 줄 아나 보지? 이제는 나도 그 애를 쳐다보지 않을 거다. 말도 안 걸 거다. 쫓아가지도 않을 것이다.

'짜증 나.'

마치 그 순간 같았다. 너절해진 비단 공을 보며 자신 같다고 생각했던 그 순간. 꼭 그때처럼 비참했다.

❦

몇 년 후 칸나가 결혼했다.

그녀가 떠난 날 오르시니는 난생처음으로 열병을 앓았다. 머리는 깨질 것 같고 가슴은 타는 것 같았다. 산 채로 심장이 녹아내리는 듯 아팠다. 이런 고통은 처음이었다.

오르시니는 끙끙 앓다가 베개에 얼굴을 처박았다.

'빌어먹을. 너무 아파.'

결국엔 눈물이 왈칵 터져 나왔다. 끊임없이 흐르는 눈물 줄기에 베갯잇이 축축하게 젖어 들었다. 이런 자신이 추하다는 생각조차 할 수 없었다. 그저 한밤의 폭풍처럼 소란한 이 격통, 이 끔찍한 순간을 꾸역꾸역 견뎌낼 뿐.

그날 밤, 오르시니는 아주 오랫동안 울었다.

외전 5. 그의 선망

<알렉스에게.>

칸나는 만년필을 든 채 망설였다.
무슨 말을 해야 할까? 하고 싶은 말은 정말 많은데…….

<잘 지내고 있지?>

결국 뻔한 안부 인사를 쓰게 되는구나. 칸나는 픽 웃었다.
"당연히 잘 지내고 있겠지."
지금으로부터 몇 개월 전, 알렉산드로는 긴 잠에서 깨어났다. 그러나 그뿐이었다.
알렉산드로는 돌아오지 않았다. 돌아오지 않는 것을 선택했다.
그 작은 해안 마을, 그곳에 남은 것이다.

"난 휴식이 필요하다."

그래, 당연히 그렇겠지. 이 세상에 그 사람보다 휴식이 절실한 사람은 없을 것이다. 그래서 떠나 주었다. 자신의 존재 자체가 그에게 아주 큰 번뇌일 테니까.

'나는 함께 있고 싶지만…….'

칸나는 쓰게 웃으며 편지를 바라보았다.

알렉산드로 아디스, 그 남자에게는 아주 오래된 비밀이 있다. 아마 평생을 감출 생각이었겠지. 모든 일이 끝났을 때 제 삶도 끝나리라 믿었을 테니.

그러나 삶은 계속되었고, 그의 비밀은 적나라하게 전시되었다. 그러니 그는 이제 결정을 내려야만 했다.

그 비밀을 인정할 것인지, 혹은 영원히 묻을 것인지.

어떤 결정을 내릴지 모르겠다. 하지만 휴식이 끝난 후에는 결단을 내리겠지. 그것이 무엇이든 순순히 순응할 생각이었다.

그런 이유로 지금은 떨어져 있는 중이다.

해안 마을에서 헤어진 이후 단 한 번도 만나지 못했다. 계속 편지만을 주고받을 뿐. 언제쯤 그를 다시 만날 수 있을까?

그때였다. 똑똑. 노크 소리가 들렸다.

"들어가도 되냐?"

오르시니다. 그는 대답을 듣기도 전에 문을 벌컥 열고 들어왔다.

"그럴 거면 노크는 왜 해?"

칸나는 편지를 접으며 핀잔을 던졌다.

"우리 사이에 웬 노크."

"뭐래. 우리 사이에 뭐가 있다고."

"뜨겁고 격렬한 게 있지."

"……."

저 새끼가 미쳤나? 칸나는 경멸의 시선으로 그를 노려보았다.

"그런 거 없거든."

"있을걸."

"없다고."

"잘 기억해 봐, 칸나. 뭔가 있을 거다."

"닥쳐. 이 저질 변태야."

"내가 저질 변태인 걸 잘 아는 걸 보니 뭔가 있긴 한가 봐?"

오르시니가 킬킬거리며 웃었다.

'쟤 봐. 좋아 죽네.'

답지 않게 농담을 던지는 걸 보니 오늘 기분이 최상인가 보다.

"야, 옆으로 좀 가봐. 좀 앉게."

오르시니가 칸나의 어깨를 툭툭 치며 옆자리를 비집고 들어왔다.

"왜 이래? 저기 가서 앉아."

"난 여기가 좋은데."

"좁아서 몸이 붙잖아!"

"그러니까 좋다고."

"좁다니까! 야!"

그의 어깨를 때렸으나 손바닥만 아팠다.

그래, 네 맘대로 해라. 한숨을 내쉬며 포기하자 오르시니는 더 기분이 좋아진 듯했다.

"무슨 일로 찾아왔어? 지금 일할 시간 아니야?"

"용건이 있다."

"뭔데?"

"그게 말이지."

오르시니는 헛기침하며 칸나의 얼굴을 흘끔 살폈다.

"그러니까 그게 뭐냐면."

"응."

칸나는 그를 빤히 응시했다. 눈을 똑바로 맞추며 바라보자 오르시니는 약간 당황한 것 같았다.

"그게 말이지."

"응."

"그러니까."

"……."

"그것이…… 뭐였냐면."

왜 저래? 버벅거리는 꼴을 보아하니 할 말을 까먹은 기색이었다.

'진짜 이상한 놈이라니까.'

오르시니는 자주 이랬다. 지금처럼 가까이에서 눈을 뚫어지게 응시하면 고장 난 기계처럼 굴고는 했던 것이다.

"혹시 그 얘기 하려고 온 거 아니야?"

기다리다 못한 그녀가 먼저 이야기를 꺼냈다.

"네 후계자 이야기."

"어. 맞아. 그래."

그제야 떠오른 듯 오르시니가 고개를 끄덕였다.

"알고 있었군."

"그야 나도 귀가 있으니까."

최근 오르시니는 가신들의 은근한 압박을 받고 있었다. 가주의 의무. 즉 결혼과 후계 생산을 서두르라는 압박이었다.

"그러게 예전에 릴리엔느랑 결혼했을 때 하나 만들어 놓지 그랬어?"

가볍게 놀려 대자 그가 인상을 확 찡그렸다.

"개소리하지 마라."

"그래서 어떻게 할 건데? 재혼이라도 할 거야?"

"굳이 그럴 필요 없지. 어차피 작위를 이을 애 하나만 있으면 되는 문제니까."

"……."

"그러니까 말인데, 칸나."

슬슬 불길한 예감이 밀려왔다. 예전에 오르시니가 '나랑 결혼할래?'라는 말도 안 되는 청혼을 했을 때와 같은 예감.

"나랑 만들래?"

"……."

이럴 줄 알았지.

칸나는 한심하다는 얼굴로 그를 노려보았다. 이 녀석은 정말이지 발전이란 걸 모른다. 예전에도 나랑 갈래? 나랑 결혼할래? 이따위로 말하더니 이번엔 나랑 만들래, 라고?

"야, 생각해 봐라. 아디스가 가진 것이 얼마나 많냐? 그런데 네 자식이 아디스를 가진다고 생각해 봐라. 어? 좋을 것 같지?"

오르시니는 약간 초조해졌는지 빠르게 말했다.

"딸이든 아들이든 상관없다. 그냥 딱 한 명만. 어?"

"……."

"아니, 네가 원하면 두 명도 좋고. 셋도 좋다. 사실 넷도……."

"뭐라는 거야, 이 바보가!"

칸나는 결국 참지 못하고 웃음을 터뜨렸다.

"말도 안 되는 소리 하지 마, 오르시니. 너 정신 나갔니?"

"……."

"아이를? 내가? 너랑? 그게 될 것 같아? 어디서 그런 웃긴 소리를 하고 있어?"

한참 깔깔거리며 웃어 댔다. 그렇게 얼마나 비웃었을까.

"웃기냐?"

뚝. 칸나의 웃음이 끊겼다. 오르시니의 얼굴은 어느덧 싸늘하게 얼어붙어 있었다.

'화났나?'

그러나 솔직하게 대답해 주었다.

"응. 엄청."

"안 웃는 게 좋을 거다. 난 진지하게 말하는 거니까."

"나도 진지하게 대답한 건데?"

"지랄하네. 거짓말할 거면 그냥 닥쳐라, 너."

칸나는 어깨를 으쓱였다.

"맞아. 거짓말이야. 솔직히 이건 진지하게 고민할 필요도 없어. 싫어. 정말 싫어."

이쯤 되면 슬슬 폭발할 때가 됐는데…… 그러나 놀랍게도, 오르시니는 참을성을 가지고 말을 이었다.

"야, 칸나. 진지하게 생각해 봐. 지금 상황에선 그 방법이 최선이야. 그게 아니면……."

그가 말끝을 흐렸다. 그러다가 빠르게 덧붙였다.

"그게 아니면 나는 다른 여자와 아이를 낳아야 하는데, 지금 나보고 그 짓을 하라는 소리냐?"

칸나는 입을 다물었다. 상상이 저절로 펼쳐졌다. 오르시니와 오르시니 곁에 선 어떤 여자. 그들 사이의 아이.

'별로. 상관없어.'

그런데 왜 짜증이 나지?

'……설마 나 질투하나?'

아니, 아니다. 그럴 리가 있나. 질투는 이전에 해 봐서 알고 있다.

알렉스와 요리 선생이 있는 것을 보았을 때 속이 왈칵 뒤집히지 않았던가?

그때는 그 요리 선생이 무작정 미웠다. 그녀가 어떤 여자인지도 모르는데 세상에서 제일 싫어졌다.

그러나 상상 속 오르시니 곁에 있는 여자는 밉지 않았다. 그 대신, 오르시니가 아주 재수 없게 느껴졌다.

그때 겪은 질투와는 결이 다른 순도 높은 짜증, 배알이 뒤틀리는 불쾌감 그 자체였다.

"그러든가."

"뭐?"

"너 알아서 하란 소리야. 네가 딴 여자랑 뭘 하든 내가 알 게 뭐니? 관심 없어."

"……."

"재혼하든가, 정부를 들이든가, 아니면 밖에서 낳아 오든가 해."

말해놓고 나서 즉시 후회했다. 방금 그 말은 하지 말걸. 이건 좀 심했을지도…….

'화났나?'

칸나는 그를 슬쩍 쳐다보았다. 오르시니는 이를 악물고 무언가를 참는 기색이었다. 그러니까, 고통 같은 것을. 그 광경을 보자 한숨이 저절로 나왔다. 역시 말이 좀 심했다.

"오르시니, 그러지 말고 다른 방법을 찾아보자."

"다른 방법? 정부라도 들일까? 네가 예전에 알렉세이 그 개자식 정부 노릇 했던 것처럼?"

역시나 화가 난 모양이다. 칸나는 잠시 고민하다가 결정했다.

'풀어 줘야겠다.'

어쨌든 자신이 악마처럼 말을 한 건 맞으니까.

"난 그렇게 말하지 않았어."

"누굴 등신으로 아나. 그게 그거잖아. 말 같지도 않은……."

격하게 지껄이던 오르시니의 목소리가 서서히 가라앉았다. 이윽고 끝맺지 못하고 흩어졌다.

"……."

그가 시선을 내렸다. 손. 칸나의 손이 그의 무릎 위로 올라와 있었다.

"진정하고 잘 생각해 봐. 분명히 다른 방법이 있을 거야."

"……다른 방법이라면."

"생각해 보면 나오겠지."

"그런 게…… 있을 리가."

오르시니는 냉정하게 대꾸하려고 노력했지만, 온 신경이 닿은 부위로 쏠려 있는 것이 보였다.

"제대로 고민해 보기도 전에 그런 결론은 이르지 않아?"

칸나가 그의 무릎을 한번 강하게 쥐었다. 그 순간, 오르시니의 호흡이 뚝 끊겼다. 그의 허벅지 근육이 바짝 조여든 것이 느껴졌다.

"그렇지?"

"그런…… 그런가."

"응. 이르지."

천천히 위로 올라갔다. 오르시니가 팔걸이를 콰득 말아 쥐었다. 그의 입에서 욕설과 신음이 뭉개져서 흩어졌다.

"넌 진짜 미친년이야. 네가 이런다고 내가……."

그러나 거기까지였다. 뒷말은 이어지지 않았다.

숨결이 더워졌다.

◦ᴥᵉ᷽ᵇ᷽ᵉᴥ◦

다음 날 오전, 오르시니는 신문을 펄럭 펼쳤다.

'어디 보자.'

그가 찾는 코너는 단 하나였다.

<마담 S의 비밀 상담>
<마담 S의 조언만 따르면 호구인 당신도 내일은 연애 고수!>

바로 이것. 남성 구독자의 사연을 받아 연애 상담을 해 주는 코너였는데, 이게 은근히 재미있는 것이 아닌가.

<마담 S: 오늘의 사연은 '어린 양'님께서 보내주셨습니다.>
<함께 읽어보시죠.>

오늘은 어떤 호구의 사연이려나. 오르시니는 심드렁하게 시선을 내렸다.

<어린 양: 어릴 적부터 알던 여자를 좋아하게 됐습니다. 그런데 문제가 있다면 제가 그 애를 아주 오랫동안 괴롭혀 왔다는 거예요.

제 마음을 알게 된 그 여자는, 마치 복수라도 하듯 저를 가지고 놀기 시작했습니다.

옆을 허락해 주다가도 걷어차 내쫓고, 달콤하게 굴다가도 나쁜 말로 상처를 주고는 합니다.>

……이건 어디서 많이 본 상황인데? 오르시니는 신문에 얼굴을 처박듯 바짝 가져다 댔다.

<심지어 그 여자는 저만 만나는 게 아닙니다. 주위에 다른 남자가 아주 많아요.

그런데도 저는 그 여자를 포기할 수가 없습니다.

죽고 싶을 만큼 괴로웠다가도, 그 여자가 한번 웃어 주면 모든 게 끝납니다.

그 여자가 웃어 주는 동안에는 누가 제 손을 베어가도 저는 눈치채지 못할 겁니다.

저는 어떻게 해야 이 수렁을 벗어날 수 있을까요?>

오르시니의 심장이 쿵쾅거렸다. 이렇게나 똑같을 수 있다니. 혹시 누가 자신을 사찰해서 보낸 게 아닐까?

<마담 S: 여기까지 '어린 양'님의 사연이었습니다.

정말이지 오늘도 굉장한 호구 님께서 사연을 보내주셨네요.
제가 이 가여운 '어린 양' 님께 조언을 하나 하겠습니다.>

그래, 마담 S. 어서 해답을 내놔라. 나는, 아니, 저 호구 자식은 어떻게 해야 하지?

<인정하세요.>

뭐?

<손바닥도 마주쳐야 소리가 난다고 했죠?
보아하니 '어린 양'님은 그런 걸 내심 즐기는 분이 틀림없습니다.>

오르시니의 입술이 벌어졌다.
이봐. 마담 S. 대체 무슨 말을 지껄이는 거야?

<가슴에 손을 얹고 생각해 보세요.
사실 '어린 양'님은 그 여자분의 나쁜 면까지 좋아하는 것 아닙니까?>

"뭐 씨발?"

<아마 그 여자분께서 마냥 순하고 착했더라면 '어린 양'님께서는 그 정도로 빠지지 않았을걸요?>

"이 미친 새끼가 개소리를……."

<'어린 양'님은 그 여자분께서 주는 온갖 감정적 자극에 중독된 게
틀림없습니다.

이런 성향의 인간들이 약물이나 도박에 쉽게 빠지고는 하지요.>

……아니, 한때 그러긴 했지만. 그거랑 여자가 뭔 상관이란 말인가!

<그러니까 솔직하게 인정하세요.

사실 '어린 양'은 그런 걸 좋아하는 겁니다.

추측건대 '어린 양'님은 상당한 권력을 가지신 분일 겁니다.

원래 높은 지위에 있는 권력자일수록 내면에는 지배받고 모욕받고
싶어 하는 은밀한 욕망이…….>

딱 거기까지만 읽었다. 그는 치를 떨며 신문을 마구잡이로 구겼다.

"어디서 이런 개소리를 지껄여!"

내가 칼렌 아디스 같은 변태도 아니고 그런 걸 좋아할 리가 있나!
그는 신문을 찢어발겨 휴지통에 집어 던졌다.

"마담 S, 이 미친 새끼가. 네가 뭘 알아!"

한동안 분노로 씩씩거렸으나, 곧 기운이 쭉 빠지고 말았다.

'내가 지금 뭐 하는 짓이지?'

오르시니는 자괴감에 휩싸여서 머리를 쥐어뜯었다. 만약 누군가 자
신이 이런 병신 짓을 한 걸 알게 되면 반드시 죽여 버릴 테다. 아니면
자신이 죽어 버리든가…….

그는 자기혐오에 빠져 위스키를 마셨다. 그러다가 견디지 못하고 자리에서 일어났다. 칸나를 보러 갈 생각이었다. 그녀를 보면 기분이 나아질 것 같아서.

"칸나…… 없냐?"

그러나 칸나의 방은 텅 비어 있었다. 올 때까지 기다릴 생각으로 소파에 앉았다. 그러다가 벌떡 일어나 책상 쪽으로 다가갔다.

'이건 뭐지?'

책상 위에 가지런히 올라가 있는 종이. 아마도 편지겠지. 오르시니는 미심쩍게 바라보다가 손을 뻗었다. 보면 안 된다는 걸 알지만…….

알고는 있지만…….

<친애하는 칸나.>

아. 보지 말걸.

알렉스에게 편지를 부치고 오는 길이었다.

"누님, 어서 방으로 가 보세요."

"응? 왜?"

칼렌이 음울한 표정을 지어 보이며 한숨을 내쉬었다.

"형님이 미친 것 같습니다."

"오르시니가 왜?"

"오늘이 그날인 것 같습니다."

그 말에 칸나의 얼굴이 흐려졌다. 그날. 그날이 어떤 날인지, 칸나는 아주 잘 알고 있었다.

"그런데 칼렌, 넌 굉장히 신나 보인다?"

"착각이십니다."

그렇게 말하는 칼렌의 눈은 형제의 파멸을 아주 기뻐하고 있었다.

"어서 가 보십시오. 형님이 미친 말처럼 날뛰고 있으니까요."

벌컥, 문을 열고 들어갔다.

"오르시니?"

오르시니는 멀거니 서 있었다. 돌아보지도 않는다. 그저 서 있기만 했다. 벽난로 앞에 미동 없이, 활활 타오르는 불을 보며.

"오르시니? 너 지금……."

곁에 다가가고 나서야 깨달았다. 벽난로 안에 타들어 가고 있는 저 양피지들. 저 편지들. 지금까지 알렉스에게 받은 편지였다.

"너…… 뭐 하는 짓이야?"

분노는 서서히 밀려 왔다. 편지가 불타고 있다. 그와 주고받은 편지가…….

"편지."

오르시니가 벽난로를 멍하니 바라보며 툭 대답했다.

"태우고 있다."

칸나는 기가 막혔다. 지금 그걸 누가 몰라서 묻는단 말인가?

"왜 남의 편지를 멋대로 건드려?"

"그러게."

"뭐?"

"내가 봐도 병신 같네."

오르시니의 입술을 비집고 웃음이 흘러나왔다. 그가 중얼거렸다.

"멋대로 보고, 멋대로 태우고. 아주 개자식이 따로 없어."

오르시니 자신이 생각하기에도 그랬다. 남의 편지를 훔쳐보고 또 멋대로 해치우다니. 정말이지 구역질 난다.

"그래. 그럼 이제 네가 무슨 말을 해야 할지 알고 있겠지?"

칸나는 화를 꽉 눌러 참았다. 솔직한 마음으로는 뺨이라도 한 대 갈기고 싶었으나.

'참자. 참자. 참자.'

그래, 일단은 참는 거다.

"당장 사과해, 오르시니 아디스. 그리고 다시는 이런 짓 안 하겠다고 약속해."

"못 해."

"……뭐?"

"약속 못 하겠다고."

"무슨 뜻이야?"

"또 할 수도 있을 것 같아서."

"너 지금 나랑 장난해?"

칸나는 더는 참지 못하고 소리쳤다.

"그래서 어쩌겠다는 거야? 앞으로 내 편지를 몰래 훔쳐보고 불태우겠다는 거야?"

"어쩌면 그럴 수도."

"누가 그걸 용납할 것 같아?"

"용납 안 하면 어쩔 건데, 네가."

오르시니가 메마른 눈으로 그녀를 내려다보았다.

"네가 어쩔 거냐고."

칸나의 등골이 오싹해졌다. 오르시니 이 녀석, 완전히 눈이 돌았다. 질투로 아예 맛이 가 버린 것이다.

"너, 당장 나가."

칸나는 지끈거리는 머리를 부여잡으며 말했다.

"그리고 생각이 바뀌기 전까지는 나를 볼 생각 하지도 마."

"……."

"내 말 안 들려? 꺼지라고 했잖아!"

오르시니는 칸나를 가만히 응시했다.

<그 여자분께서 주는 온갖 감정적 자극에 중독된 게 틀림없습니다.>

마담 S의 말이 오르시니의 머리를 스쳐 갔다.

'그런가.'

어쩌면 정말 이 아픔에 중독된 걸지도 모른다.

오르시니는 시선을 돌렸다. 이제는 시커먼 재로 변한 편지를 멍하니 바라보았다.

그렇다면, 이제 그만 즐길까. 그만둬 버릴까.

그날 밤, 오르시니는 위스키를 진탕 마셨다. 그리고 거의 기절하듯 잠들었다.

"야!"

꿈속에서 그는 쫓고 있었다.

"너 거기 안 서?"

저 앞에서 멀어지고 있는 검은 머리카락이 보였다. 칸나다. 어린 시절의 칸나.

"거기 서라고 했잖아, 이 오물아!"

화가 난다. 언제나 그러했다. 칸나를 볼 때마다 심장이 뜨겁게 가열된다. 그 열기를 견딜 수가 없었다.

"거기 서!"

오르시니는 제 앞에서 물결치는 검은 머리칼을 향해 손을 뻗었다. 그 순간, 닿았다. 손끝을 스치는 몇 가닥의 머리칼. 불에 덴 듯 뜨겁고 선명하여 화들짝 놀라고 말았다.

뒤이어 기묘한 충동이 일렁였다. 저 검은 머리카락을 당장 휘어잡고 싶다. 한 올도 놓치지 않고 모조리 이 손안에 한가득, 그러모아 쥐고, 그리고…….

그리고, 그다음에는?

대체 무엇을 하고 싶은 걸까, 나는.

"악!"

오르시니는 칸나를 잡아 밀쳤다. 날카로운 비명과 함께 소녀가 쓰러진다.

"시, 싫어. 오지 마."

주춤주춤, 잔디밭에 엎어진 그녀가 정신없이 기어서 도망간다. 오르시니는 찬탈자가 된 감각에 사로잡혀 그녀에게 다가갔다. 그녀에게서 무언가를 강렬하게 가져가고 싶은데, 빼앗고 싶은데, 그것이 무엇인지 알 수가 없었다.

"야, 오물. 너 내가 눈에 띄지 말라고 했잖아."

그러자 칸나가 하얗게 질린 채로 반박했다.

"네가 날 쫓아오지 않으면 되잖아. 너는 왜 매번……."

"내 눈에 띄지 말라고 했잖아!"

버럭 소리를 지르는 순간 오르시니는 잠에서 깨어났다.

"……."

오르시니는 천장을 올려다보았다. 그리고 모든 것을 납득했다.

당연한 거다. 당연히 자신이 끔찍하겠지.

그토록 지독하게 굴었는데 끔찍한 게 당연하지. 하물며 아버지를 이길 수 있을 리가 있나. 그가 칸나를 위해 견딘 일들을 대충은 듣지 않았던가. 자신이 생각해도 경외감이 들 정도였는데, 악질적으로 괴롭혔던 자신이 상대될 리가…….

"빌어먹을. 너희끼리 지지고 볶고 잘 살아라."

오르시니는 욕설을 지껄이며 베개에 얼굴을 묻었다.

그래, 잘 살아라. 아버지랑 칸나. 그리고 칼렌과 실비엔, 라파엘. 네 놈들끼리 잘살아 보라고. 나는 여기까지다.

"잘 생각하셨습니다."

짝짝짝. 실비엔이 박수를 쳤다.

"지금까지 당신이 내린 결정 중 가장 현명한 결정입니다."

"……."

"축하 파티라도 열까요?"

죽여 버릴까? 오르시니는 불쾌한 얼굴로 그를 노려보았다. 그리고는 궐련을 입에 물어 불을 붙였다.

"저는 궐련 연기 아주 싫어합니다만."

"알아."

"게다가 잊으신 것 같은데 제가 이 나라 왕입니다."

"그럼 황족모독으로 참수하시죠, 황제 폐하."

훅, 실비엔의 잘생긴 얼굴로 연기를 뿜어 주며 불량하게 비웃었다. 솔직히 말하자면, 시비를 거는 중이었다. 그는 싸우고 싶어 죽을 지경이었으니까.

그러나 실비엔은 그저 인자하게 웃어 주었다.

"됐습니다. 당신 망나니짓은 어린 시절부터 봐 와서 이제는 귀여운 재롱 같네요."

"아, 그러십니까. 그것참 자비로우십니다."

"어쨌든 원하는 게 있으면 말해 보십시오. 위로의 선물을 드리죠."

"필요 없어."

"그래요, 당연히 필요 없겠죠. 어차피 곧 무너질 결심 아닙니까?"

실비엔은 두 손을 깍지끼며 무릎에 얹었다.

"이번에는 얼마나 갈 것 같습니까?"

이름하여 '오르시니 지랄 발광의 날'.

실비엔과 라파엘, 그리고 칼렌은 그렇게 불렀고, 칸나는 '그날' 정도로만 알고 있었다.

"최장기간이 얼마였더라. 제 기억으로는 3일이었던 것 같은데……."

"야."

오르시니는 궐련을 이로 꽉 씹었다.

"너는 질투 안 나?"

"그럴 리가요."

"그런데 왜 미쳐 날뛰는 건 나 혼자지?"

"그야 저는 질투에 휩쓸리지 않기로 결정했으니까요."

"그게 결정한다고 되냐?"

"저는 됩니다. 당신은 안 되는 모양이지만."

실비엔은 대수롭지 않은 일인 양 어깨를 으쓱였다. 오히려 그는 매번 발작하는 오르시니가 신기했다. 어쩜 저렇게 감정 통제를 못 할 수 있을까? 인간보다는 몸에 불붙은 짐승에 가까워 보였다.

"칸나는 꾸준한 성력 공유 없이는 생존할 수 없습니다. 그건 우리 중 한 사람만으로는 할 수 없는 일이에요."

"제기랄, 그건 나도 알아."

"그래요. 당신은 아주 잘 알고 있습니다. 게다가 어느 정도 받아들이고도 있었죠. 그러니까……."

실비엔은 말끝을 흐렸다.

"당신이 참지 못하는 건 단 하나입니다."

"그게 뭔데."

"알렉산드로 아디스."

"……."

"그 사람을 견디기 힘든 것 아닙니까?"

오르시니는 대꾸 없이 궐련을 빨아들였다. 정곡이다. 완전히 정곡을 찔러 버렸다.

"기분 나쁜 녀석. 넌 예전부터 재수 없는 새끼였어."

"당신도 소년 시절부터 싹수가 노랬습니다."

덕담처럼 한마디씩 주고받았다. 오르시니는 이만 몸을 일으켰다.

"난 간다."

"기다려요."

실비엔은 그에게 지도를 내밀었다.

"이곳, 지도에 표기한 마을에 한번 가 보시겠습니까?"

"뭔데."

"최근 남대륙의 유물들이 발견되고 있다는 이야기는 들어봤겠죠?"

오르시니는 고개를 끄덕였다.

검은 안개에 삼켜져 멸망한 남대륙, 그 시절의 유물들이 최근 하나둘씩 나타나고 있었다. 어디서, 어떻게, 누가 발견해서 세상에 꺼낸 것인지는 몰랐다. 그저 음지를 통해 암암리에 거래되고 있을 뿐.

문제는 그 유물이 아주 위험하다는 것이었다. 무려 마도 시대라 불렸던 고대의 힘이 깃든 물건이었으니.

"이 마을에 그 유물 상인이 있다는 제보가 있습니다. 가서 확인해 주세요."

"발견하면? 잡아 올까?"

"아뇨, 그럴 필요 없습니다. 이미 유물 상인들의 정체나 규모는 어느 정도 확보한 상태니까."

그러고는 정보가 담긴 서류를 건네 주었다.

"뿌리까지 캐낼 때까지는 당분간 활개 치게 내버려 둘 생각이에요. 그러니 남대륙의 유물만 모두 구매해서 와 주시면 됩니다."

그냥 정찰인가. 재미없는 임무였다.

"그러지."

그러나 오르시니는 순순히 지도를 품에 넣었다. 마침 잘됐다. 그렇잖아도 집에 들어가고 싶지 않았으니까.

물론 칸나는 자신이 집에 있든 말든 신경도 안 쓰겠지만.

⋄⋆⋇⋆⋄

도착하고 나서야 깨달았다.

'여긴 거기잖아.'

그 빌어먹을 해안 마을. 알렉산드로 아디스가 은퇴 생활을 즐기고 있는 그곳!

"실비엔 발렌티노, 이 개자식이 날 속이다니."

남대륙 유물이 어쩌고저쩌고했던 건 다 거짓 정보였겠지. 그놈의 목적은 오르시니와 알렉산드로, 두 부자가 만나는 거였다.

"감자 사세요! 맛있는 감자입니다!"

"토마토 사세요, 토마토!"

"오늘 오전에 막 잡아 온 싱싱한 생선입니다!"

오르시니는 마을의 장터를 지나치며 인상을 찡그렸다. 생각했던 것 이상의 촌구석이다. 설마 알렉산드로 아디스도 이런 곳에서 식재료를 사들이는 걸까?

'설마. 그럴 리가.'

그 남자가 이런 시장바닥에서 사 먹을 리가……

"당근은 필요 없습니다. 빼 주십시오."

……잠깐. 이 목소리는.

"스튜 해 먹는다고 하지 않았어? 그럼 당근은 필수야, 필수!"

"그건 제가 정합니다."

"그렇게 편식하면 안 돼! 음식 가려 먹으면 키 안 큰다?"

"저는 이미 다 컸습니다."

"무슨 소리! 내 아들은 스물여섯 살까지 키가 컸다고! 총각도 당근을 먹으면 거기서도 더 클 거야!"

"안 커도 되니까 당근 빼 주십시오."

"에잉, 떼끼! 어른 말 들을 줄도 알아야지! 단골이니까 반값으로 줄게, 반값! 한번 먹어 봐!"

"싫다고 했습니다. 당근 빼 주십시오."

오르시니는 침을 꿀꺽 삼키며 천천히 몸을 돌렸다. 설마, 그럴 리가. 저런 멍청한 실랑이를 나누고 있는 것이 그 사람일 리가…….

'미친.'

그 사람이었다.

"그럼 이만."

"또 와, 총각…… 아니 잠깐! 당근 가져가라니까!"

남자는 못 들은 척 빠르게 걸어갔다. 그러나 몇 걸음 가지 못하고 멈추어 섰다. 오르시니의 바로 앞에서.

"……."

두 사람은 서로를 말없이 마주 보았다. 그렇게 몇 초가 지났을까.

"아이고, 총각은 발걸음이 왜 이렇게 빨라! 간신히 따라잡았네!"

뛰어온 상인이 재빨리 바구니에 당근을 집어넣었다. 그러고는 오르시니를 보고 깜짝 놀라 말했다.

"응? 총각 쌍둥이였어?"

"아뇨."

알렉산드로는 담담히 대꾸했다.

"제 아들입니다."

"농담은! 누가 봐도 형제구먼. 어디 보자, 이쪽이 총각의 형인가 봐?"

상인은 껄껄 웃음을 터뜨리더니 돌아갔다.

'저 새끼가 누가 형이라고······.'

형은 무슨. 동생이라면 모를까, 어딜 봐서 자신이 형이란 말인가? 오르시니는 상인의 엉덩이를 걷어차고 싶은 것을 참으며 물었다.

"지금 대체 뭘 하시는 겁니까?"

알렉산드로는 침착하게 대답했다.

"요리 재료를 샀지."

"그걸 왜······."

"취미다."

"취미? 요리가?"

"그래. 마침 잘됐군. 식사라도 같이하지."

알렉산드로가 그를 지나쳤다. 아니, 딱히. 당신과 식사하고 싶지 않은데······.

"안 오고 뭐 하는 거지?"

알렉산드로가 날카로운 눈으로 그를 쏘아보았다.

"설마 내 요리를 꺼리는 거냐? 내가 만든 음식은 어차피 끔찍한 쓰레기일 게 뻔하다고 속단하는 거냐?"

게다가 어째서인지 그는 요리에 상당한 피해의식이 있어 보였다. 오르시니는 잠시 망설이다가 그를 따라갔다.

'실비엔 발렌티노, 넌 뒈졌어.'

❦

탁. 식탁 위로 접시가 올라왔다.

"먹어라."

"……이걸요?"

"무례하군. 먹어."

"……."

"먹으라고."

안 먹으면 죽일 기세다. 그런데 먹어도 죽을 것 같았다.

'대체 뭐로 만든 거야?'

스튜의 색은 진흙을 퍼부은 양 끔찍했고, 아주 수상쩍은 거품이 부글부글 올라오고 있었다.

'아니야, 보통 이럴 때는 반전이 있던데.'

오르시니는 큰마음 먹고 스푼을 들어 올렸다. 어쩌면 굉장히 맛있다는 반전이 있을 수도…….

"……."

꿀꺽. 전력을 다해 삼켰다. 차분하게 냅킨으로 입을 닦은 후, 스푼을 내려놓았다.

"실은 제가."

잠시 헛구역질이 올라왔으나 간신히 참아 냈다.

"제가 이미 식사를 한 지라."

"……."

"여기까지만 먹겠습니다."

"……."

기분 탓인지 알렉산드로는 약간 시무룩해 보였다. 혹시나 또 음식을 권할까 봐 오르시니는 서둘러 화제를 돌렸다.

"클로드 경과 함께 지내는 걸로 알고 있는데요. 어디에 있습니까?"

"옆집에 산다. 아마 지금쯤 장터에 물건을 팔러 갔겠지."

"물건을 팔러……?"

"요새 뜨개질을 해서 목도리나 장갑 같은 것을 만들어 팔더군. 나도 하나 샀다."

그는 벽에 걸린 넝마 조각을 가리키며 말했다.

"200골드에 샀지."

"……."

"50골드 할인받은 거다."

"……."

저건 아무리 봐도 걸렌데…….

'이 사람 왜 이렇게 허술해?'

어처구니가 없었다. 당근 강매를 당하질 않나, 요리는 끔찍하게 못하질 않나, 심지어 부하에게 사기까지 당하다니!

'머리를 다쳐서 정신이 이상해지기라도 한 건가?'

알렉산드로 아디스는 이런 남자가 아니었다. 같은 지상이 아닌 더 높은 곳, 까마득히 높은 곳에서 아래를 굽어보는 사람이었다. 그래서 언제나 올려다보았다. 그래야만 볼 수 있는 부친이었다.

그런데 지금은 뭐랄까, 나사가 수십 개 풀린 것 같다고 해야 할까.

'그렇군.'

아주 자연스럽게 깨달았다.

'이 사람은 지금 쉬고 있다.'

"그 사람은 그동안 힘들었으니까. 휴식이 필요해."

언젠가 칸나가 했던 말대로였다. 지금 알렉산드로 아디스는 한걸음 물러나서 쉬는 중이었다. 그의 삶, 그의 사람, 그의 사랑, 그의 모든 것으로부터.

"은퇴 생활은 어떠십니까."

"보다시피 평화롭지."

"평화."

오르시니는 그 단어를 읊조렸다. 평화. 평화라고······.

"그 평화라는 것, 칸나 옆에서는 못 취하나 봅니다."

저절로 빈정거리는 말이 튀어나왔다.

"왜요. 걔가 옆에 있으면 마음이 좀 복잡해지고 그러십니까?"

"······."

"아니면 발정 난 개처럼 몸이 달아서 주체가 안 되기라도 하십니까?"

괜한 시비라는 것을 알고 있다.

그러나 도저히 아버지의 교만을 참을 수 없었다. 언제든 원하는 때라면 모든 것을 취할 수 있으면서, 그런데도 유유자적하게 뒷짐 지고 물러나 있다니. 어떻게 그럴 수가 있단 말인가?

'나라면, 만약에 내가 당신이라면······.'

절대로 그러지 않을 텐데.

휴식이 필요하다고? 그까짓 것이 뭐가 중요하단 말인가. 몸과 마음이 너절해진 게 뭐가 대수라고.

아니면, 세간의 시선 때문에? 알 게 뭔가. 돌을 던지든 욕을 하든 비난을 하든 상관없다. 두 아들의 감정이나 다른 자식들이 받을 충격 또한 안중에도 없을 거다.

그딴 것, 그까짓 것, 그따위 것. 모조리 칸나의 애정 앞에서는 먼지만도 못한 것들인데. 그런데 감히 그녀를 뒤로하고 이따위 촌구석에 처박혀서 편지 따위나 주고받아?

"그거 아십니까? 제가 당신의 편지를 봤습니다. 그리고 다 태웠죠."

오르시니는 알렉산드로를 똑바로 쏘아보며 지껄였다.

"별 내용도 없는 편지더군요."

친애하는 칸나. 잘 지내는지. 건강은 괜찮은지. 부디 불편한 곳 없이 잘 지내기를. 네 삶이 편안하기를.

온통 그런 담백한 문장뿐이었다. 그 시시하기 짝이 없는 편지에 오르시니는 머리를 가르는 듯한 충격을 받았다.

어떻게 고작 이까짓 안부 인사만 주고받을 수 있단 말인가? 그는 칸나에게 무슨 말이든 할 수 있을 텐데, 그럴 자격이 있을 텐데.

그런데 하지 않는다. 아무것도.

그 초연함이, 그 여유로움이, 그 자신감이, 어찌나 거슬리는지……

그냥 죽여 버리고 싶다.

칸나의 전부를 가질 수 있음에도 끝내 가지지 않는 저 남자를.

"오르시니 아디스."

그때, 알렉산드로가 입을 열었다.

"만약 내가 너였다면……."

그는 오르시니가 쥔 포크를 흘끗 쳐다보며 말했다.

"한참 전에 그 포크로 내 목을 찍었을 거다."

……뭐?

"지금쯤이면 확실하게 동맥을 끊어 놨겠지."

순간 머리가 얼얼해졌다. 자신의 속내를 모조리 읽은 듯한, 아니, 아는 듯한 말이었기에.

"마침 바다가 앞에 있으니 시신 처리는 쉽겠군. 분명 아무에게도 들키지 않고 해치웠을 거다."

"당신…… 지금 무슨 소리를 하는 겁니까?"

"원하는 것을 갖기 위해 해야 할 일들을 말하는 거야."

"제정신입니까?"

"제정신인지 아닌지는 중요하지 않지."

알렉산드로가 조용히 말을 이었다.

"그래야만 마음의 평화가 온다면, 당연히 그리할 거다."

오르시니의 목덜미가 지끈거리며 저려 왔다. 그러니까, 지금, 아버지가 자신을 죽이겠다고 선언한 건가?

"하지만 난 네가 아니야."

알렉산드로의 눈은 오르시니를 응시하고 있었다. 그러나 동시에 다른 사람을 보는 듯했다. 마치…….

"나는 네가 아니다."

마치, 젊은 날의 자신을.

오르시니는 뼈근해진 주먹을 쥐었다. 한참 후에 물었다.

"그래서…… 하고 싶은 말이 뭡니까?"

"네가 왜 아직도 나를 참고 있는지 궁금한 것뿐이다."

"……."

"분명 날 죽이고 싶을 텐데."

알렉산드로는 의자에 등을 편히 기대며 고개를 기울였다.

"설마 자신 없나?"

그 말에 오르시니의 눈이 가라앉았다.

"그럴 리가요."

물론 확신할 수는 없다. 그러나 자신이 없는 건 아니다. 어린 시절에는 그저 절대자 같던 아버지였지만……

글쎄. 과연 지금도 그럴까?

호승심이 뜨겁게 달아오른다. 오르시니는 포크를 말아 쥐었다. 입안이 서서히 말라간다. 내내 그를 닮았다는 소리를 들으며 자라 왔다. 알렉산드로 아디스, 그의 젊은 시절 성정과 외모와 재능까지도 완전히 빼닮았다고.

그러니까, 혹시 모르지 않는가. 이제는 그를 능가했을지도.

'정말 없애 버릴까.'

열패감이 무엇인지 똑똑히 알려준 아버지. 그를 꺾어 버리면 이 굴욕감에도 끝이 오겠지. 더는 이런 엿 같은 기분에 빠질 일도 없을 것이다.

그때였다. 알렉산드로가 몸을 일으켰다.

"마실 것을 가져오지."

그러고는 아무렇지도 않게 등을 보인다.

오르시니는 그의 뒷모습을 가만히 바라보았다. 완벽한 무방비. 마치 덫 같았다. 노골적으로 그를 유인하는 것 같아서……

오르시니는 기꺼이 그 덫에 걸려들었다. 자리를 박차고 일어났다. 식탁을 걷어차자 식기구들이 요란하게 떨어져 내린다. 그 소란한 틈을 타 달려들었다. 알렉산드로 아디스, 그의 부친을 향하여.

포크를 말아쥔 손을 번쩍 치켜들었다. 그리고 내리찍었다.

"커헉!"

한 번.

"허억!"

두 번.

이후로는 세지 않았다. 뒷덜미에, 그리고 어깻죽지에. 수 번, 수십 번, 그 공격은 눈으로 좇을 수 없을 만큼 빨라 그저 섬광이 번뜩이는 것처럼 보였다.

"허억, 허억……."

오르시니는 거친 숨을 몰아쉬었다. 그러고는 뒤로 물러났다.

"……."

알렉산드로 아디스는 목덜미를 움켜잡고 있었다. 손가락 틈새로 붉은 액체가 흘러나왔다. 믿을 수 없다는 표정이다. 그것이 우스웠다.

분명 방심한 거겠지. 설마하니 정말로 달려들 줄 몰랐겠지. 오르시니는 그를 향해 입꼬리를 올려 보였다.

"그러니까 자신 있다고 했잖습니까."

다음 순간, 알렉산드로 아디스의 몸이 무너져 내렸다.

"오르시니."

허억, 오르시니는 숨을 급하게 들이켰다. 고개를 획 치들었다.

"내 말 안 들려?"

알렉산드로가 불쾌한 눈으로 그를 바라보고 있었다.

"뭘 마실 거냐고 물었다."

"……저는."

오르시니는 입술을 열었다. 목소리가 잔뜩 잠겨 갈라져 튀어나왔다.

"저는, 물이면 됩니다."

"이상한 녀석. 그게 한참 고민할 일이냐?"

알렉산드로가 다시 몸을 돌렸다. 잠시 멈추었던 발걸음을 옮겨 부엌으로 들어간다. 그 뒷모습을 바라보며 오르시니는 거친 호흡을 내뱉었다.

'미쳤군.'

그에게 덤벼드는 상상을 하다니. 마실 것을 주지, 그렇게 말하며 자신에게 등을 보인 그 사람을 보고 있자니 살의가 치민 것이다.

'빌어먹을, 그러게 왜 도발을 해?'

죽이고 싶지 않냐면서 도발한 건 저 사람이다. 그래 놓고는 저렇게 무방비하게 등을 보이다니. 설마 자신과 싸우길 바란 걸까?

모르겠다. 도저히 알 수 없다.

그저 끝내 버리고 싶었다. 이 갈등을, 이 괴로움을. 저 남자가 사라진다면 좀 나아지겠지. 그에게 이런 나락을 줄 수 있는 것은 오로지 단 한 사람…….

칸나뿐일 테니까.

'칸나.'

생각이 그녀에 이르는 즉시 손아귀에 절로 힘이 풀렸다.

쨍그랑! 오르시니는 포크를 바닥에 집어 던졌다. 그러고는 의자를 박차고 일어났다. 문을 향해 성큼성큼 걸어갔다.

떠나야 한다. 지금 당장. 자신이 허튼짓을 저지르기 전에. 칸나의 귀에 들어가면 끝장나는 짓을 저지르기 전에.

"어, 오르시니 경…… 아니, 아디스 공작님?"

문을 벌컥 여는 순간, 클로드와 마주쳤다. 그가 환하게 웃으며 말했다.

"마침 잘 만났습니다. 제가 공작님을 생각하며 만든 스웨터가 있는데 말입니다, 단돈 500골드에 구매할 기회를……."

그대로 지나치려 할 때, 알렉산드로가 따라 나왔다.

"클로드. 왔군."

"예. 오르시니 님도 설마 같이 가시는 건가요?"

같이 간다고? 어딜? 그리고 보니 클로드는 낚싯대를 어깨에 둘러멘 상태였다.

"우린 낚시하러 갈 거다."

알렉산드로도 그새 낚싯대를 들고 있었다.

"너도 갈 거냐?"

가지가지 하는군. 오르시니는 기가 막혀서 코웃음을 쳤다.

"누가 그딴 걸."

"그럼 뒷정리를 부탁하지."

"뭐라고요?"

"설거지하고 주방 청소해 놔."

"……."

"맛있는 음식을 먹었으면 그 정도는 하는 게 예의야."

맛있는 음식이라니, 저 양심도 없는…….

알렉산드로는 오르시니의 어깨를 툭툭 두드렸다.

"대어를 잡아 올 테니 깨끗하게 치워 놔라."

"이런 제기랄."

이 미친 주방은 대체 뭐야!

아까는 워낙 정신없어서 몰랐는데 주방은 그야말로 폭격을 당한 수준이었다. 오르시니는 걸레짝을 손에 쥐고 허둥거리다가 결국엔 내던졌다.

"안 해! 내가 이딴 걸 왜 해!"

애초부터 이런 바보 같은 마을에 오는 게 아니었다. 그렇게 몸을 돌리는 찰나.

'……잠깐.'

무언가를 발견했다.

조미료가 담긴 유리병, 그 뒤편에 숨겨 놓은 듯한 작은 유리병을 본 것이다. 뚜껑을 열어 냄새를 맡는 순간 확신했다.

'이건 환각제잖아.'

한때 그가 중독되어 있던 약물이었다.

'그 사람이 이걸 왜 가지고 있지?'

오르시니는 잠시 고민하다가 주머니에 넣었다. 칸나는 이런 걸 하는 사람을 끔찍하게 싫어한다. 만약 그 사람이 이런 약을 하는 걸 알게 되면 정나미가 떨어질 수도…….

"아, 빌어먹을."

욕이 저절로 나온다. 이렇게나 추악하고 이렇게나 비열하다니. 정나미가 떨어지는 건 바로 자신이었다.

"어제 막 낚아 온 오징어입니다! 오징어 사세요!"

집을 나와 걷는 내내 머리가 복잡했다.

"오늘 저녁 식사 재료로 이 조개는 어떠십니까! 조개 사세요, 싱싱한 조개입니다!"

그 사람과 환각제라니? 도저히 매치가 되질 않는다.

자신이야 뭐, 칸나 앞에서는 병신이나 다름없는 나약한 새끼라 너무 괴로워서 이런 약을 찾았다지만.

"건강에 좋은 아스파라거스입니다! 아스파라거스 먹고 건강해집시다!"

하지만 알렉산드로 아디스는 강하지 않은가?

그런 사람이 이런 약을 찾을 만큼 궁지에 몰리는 건 상상도 할 수 없다. 그런데 이런 걸 왜……?

"토마토! 토마토 반값에 드립니다!"

대체 왜……?

"거기, 당근 총각 형제! 당근 좀 사 가! 동생 편식이 심각하다고! 편식 버릇 좀 고쳐야지!"

……시끄러워서 생각을 못 하겠네!

그는 신경질적으로 장터를 가로질렀다. 이런 촌 동네 따위 정말이지 지긋지긋하다. 그 사람은 대체 왜 이런 곳에 터를 잡은 걸까? 도저히 그 시커먼 속내를 알 수가…….

"……."

다음 순간 오르시니의 발걸음이 우뚝 멈춰 섰다. 그러고는 천천히 고개를 돌렸다.

그의 시선 끝에는 한 상인이 있었다. 갈색 머리칼, 평범한 인상의 젊은이인지라 눈에 띄는 점은 단 하나도 없었지만…….

'저놈, 그놈인데?'

실비엔이 건네준 남대륙 유물 상인 보고서, 그 인상착의와 정확하게 일치하는 상인이었다. 가까이 다가가자 상인이 빙긋 웃었다.

"안녕하십니까, 손님. 물건을 사러 오셨습니까?"

그 순간 깨달았다. 실비엔의 정보가 진짜였다.

"……이건 뭐지?"

오르시니가 상판에 진열된 물건을 가리키자 상인이 은밀하게 웃었다.

"이건 힐링 포션이라는 겁니다. 마시면 바닥났던 체력이 솟구치고, 상처에 부으면 째진 살도 단숨에 아물죠."

보기에는 그저 구정물이었다.

"그리고 이건 공격용 스크롤입니다. 이 종이를 찢으면 불화살이 나가지요. 저택 한 채를 부술 수 있을 만한 위력입니다."

그저 곰팡이 핀 양피지처럼 보였다. 아무것도 모르는 사람의 눈에는 줘도 안 가질 만한 쓰레기로 보일 것이다. 설명을 들으면 사기꾼이라 욕하며 지나치겠지. 그러나 오르시니는 이것이 남대륙의 유물임을 의심하지 않았다.

"다 사지. 그리고 이건 뭐지?"

저 하얀 돌 때문에.

진열대 구석에 놓인 새하얀 돌, 저 돌에서 성력이 흘러나오고 있던 것이다.

"아, 이건 성석입니다. 성력이 깃들어 있는 돌이죠."

오르시니의 입술이 벌어졌다. 성석이라니, 세상에 이런 것이 존재한다고?

'돌에 성력이 깃들어 있다면…….'

그 순간 마음속에서 강렬한 욕망이 피어올랐다. 이건 칸나의 것이다. 칸나에게 필요한 물건이다.

칸나의 삶은 성력에 절대적으로 의존하고 있지 않은가? 그러니 저것을 안겨 준다면 아주 좋아하겠지. 어쩌면 그가 편지를 태우고 지랄발광을 한 것을 넘어가 줄지도 모른다.

그뿐인가? 더 나아가서 아주 기뻐할지도. 활짝 웃으면서 이렇게 말해 줄지도…….

"고마워, 오르시니."

순간 하반신이 뻐근해졌다. 상상만으로도 그렇게 되었다.

딱 한 번 칸나가 환하게 웃어 준 적이 있다. 그가 아주 어렸던 소년 시절에. 그때가 처음이자 마지막이었다.

만약 한 번만, 딱 한 번만 칸나가 자신에게 그렇게 웃어 주는 걸 볼 수 있다면…….

"죄송합니다만 이건 안 팝니다."

그 순간, 달콤한 상상이 부서졌다. 오르시니는 인상을 찡그렸다.

"뭐?"

"워낙 귀한 것이라 말이지요. 이건 판매용이 아니니 양해 부탁드립니다."

아니. 그건 안 되지. 저 성석은 자신이 가져야 한다. 무조건. 무슨 일이 있더라도.

설령 저 상인을 해치우는 한이 있더라도…….

"일단은 활개 치도록 내버려 두십시오."

빌어먹을. 오르시니는 욕설을 삼켰다. 분명 실비엔은 뭔가 계획하고 있겠지. 대업을 방해하고 싶지 않다.

"정말 팔 생각 없나?"

"예, 없습니다."

"원하는 건 뭐든 줄 테니 팔아."

"싫다니까요."

"다시 한번 생각해 봐라."

열불이 끓었다. 태어나 이렇게 구질구질하게 부탁해 본 일이 있던가? 그러나 오르시니는 자존심을 꽉 억누르고 거듭 요청했다.

"원하는 것은 뭐든 주겠다."

"위험한 말씀을 하시는군요. 제가 뭘 원할 줄 알고요?"

"뭐든 상관없어."

"뭐, 그러시다면……."

상인의 눈이 번들거렸다.

"신체 일부를 잘라 주시지요."

그러고는 오르시니의 전신을 빠르게 훑었다.

"어느 부위든 좋습니다. 신체를 잘라 주신다면, 성석을 넘겨드리죠. 그 외의 것으로는 절대……."

말을 끝맺기도 전, 오르시니가 단검을 꺼내 내리쳤다. 콰득, 왼쪽 새끼손가락에 순간 벼락같은 통증이 번쩍였으나 이를 악물며 참았다.

"자, 가져가라."

"……맙소사."

"가져가라고."

"다, 당신 미쳤습니까? 어떻게 진짜로 이런 짓을."

"입 닫치고 성석이나 내놔."

"아, 안 됩니다. 이 성석은 다른 사람에게 팔 생각이……."

"이제 와 말을 바꾸겠다고?"

오르시니가 이를 드러내며 웃었다. 그러고는 피가 철철 흘러내리는 손을 들어 보였다.

"난 이미 잘랐는데?"

상인의 얼굴이 창백해졌다. 오르시니는 그를 흉흉한 눈으로 노려보았다.

"그렇다면 나는 네놈 손가락으로 보상받겠다."

탁. 진열대 위로 단검을 내려놓았다.

"잘라."

조용히, 나직하게 말했다.

"아니면, 대신 잘라 줘?"

"……."

대답은 들려오지 않았다. 상인은 완전히 넋이 나가 있었다. 기가 꺾이다 못해 형체도 없이 짓밟힌 것이다.

"거래는 성립된 것 같군."

오르시니는 손수건으로 자른 부위를 꽉 묶어 지혈했다. 그러고는 성석을 집어 올렸다.

"이제 이건 내 거야."

❧❧❧

"오르시니 이 자식이 진짜⋯⋯."

칸나는 마을을 걸었다. 대체 오르시니는 어디에 처박혀 있단 말인가?

"불타는 망아지가 타 죽기 전에 한번 가 보세요."

실비엔이 그렇게 말하며 이 장소를 알려 줬다. 무려 알렉산드로가 사는 곳!

'알렉스와 마주치면 어떡하려고!'

칸나는 조마조마한 마음이었다. 알렉스가 먼저 바라기 전까진 만나지 않을 생각이었는데⋯⋯ 마주치면 곤란해진다.

'그래, 그 사람을 더는 괴롭히고 싶지 않아.'

칸나는 입술을 꽉 깨물었다. 대체 오르시니를 어떻게 해야 할까?

예전 같았더라면 쉬웠을 거다. 그의 마음을 산산이 부쉈겠지. 옆에 있게 해 주는 걸 감사히 여기렴, 그렇게 말하며 그를 짓밟았을 것이다.

그런데 이제는 그러고 싶지가 않았다.

이것은 동정심일까, 아니면 애증일까? 분명한 것은 오르시니에게 예전처럼 상처 주고 싶지 않다는 것이다.

이러니저러니 해도 오르시니는 자신의 것이 되었으니까. 제 것이 온전하길 바라는 건 당연한 거 아닌가.

"아, 그 청년 말하는 거지? 바닷가 앞 저택에 사는 호구 청년의 형제?"

마을 사람들에게 오르시니의 행방을 묻던 중 상인이 단서를 던져 주었다. 그런데 호구 청년이라니?

"그 잘생긴 빨간 머리 청년 말하는 거 아닌가? 당근 싫어하는 청년

말이야."

……설마 그 호구 청년이 알렉스인 걸까?

"그 청년 형제가 놀러 왔던데 말이야. 마을에 소문 쫙 퍼졌어."

"혹시 그 사람, 어디 갔는지 알아요?"

그러자 상인이 손가락을 들어 올렸다.

"저기. 여관방에 들어가는 걸 봤어. 그런데 어디 다친 것 같더라?"

"예?"

"손에 붕대를 하고 있더라고."

"……."

다쳤다고? 오르시니가? 이 마을의 누가 그 녀석에게 상처를 입힐 수 있단 말인가?

'알렉스가 그랬을 리는 없고.'

그래, 그러니 잘못 본 거겠지. 그 녀석이 다칠 리가 없다.

……스스로 다치는 것을 선택했다면 모를까.

칸나. 칸나다.

"하."

웃음이 나온다. 눈앞의 그녀가 너무나도 선명해서.

"미친."

오르시니는 킬킬 웃었다.

역시나, 아버지의 부엌에서 발견한 이 약은 강력한 환각제였다. 분명 아버지도 이 환각제를 써 봤겠지. 그렇게 고고한 척하더니, 결국 자신과 똑같은 약쟁이였다는 것이 웃겼다.

"닮았다더니 정말이네. 어떻게 이런 것까지 닮았냐?"

오르시니는 연신 웃음을 흘리며 의자에 털썩 앉았다. 뒤늦게 자른 부위가 아파지기도 했고, 마음도 착잡해져서, 견디지 못하고 환각제를 복용한 것이다.

'진짜 그만두려고 했는데.'

칸나의 뒤꽁무니 쫓아다니는 짓. 그러다가 간혹 눈이 돌아서 한심하게 구는 짓. 정말이지 지긋지긋해서, 그런 자신이 너무 싫어서, 이제는 그만두려고 했다.

그러나 정신을 차리고 보니 이러고 있다.

게다가 뒤늦게 아주 무서운 생각이 들기 시작했다.

"이따위 돌 필요 없어. 도움이 돼 봤자 얼마나 된다고 그래?"

만약 칸나가 기뻐하지 않으면?

"뭐야, 손가락 하나가 없네? 괴물 같아. 징그러워."

망가진 신체를 못마땅해하면?

"넌 남의 편지를 태우고, 남의 사랑이 망하길 바라는 쓰레기야. 양심도 없고 자존심도 없는데 이제는 새끼손가락도 없네. 너 같은 거 질색이야."

상상 속 칸나의 독설을 이기지 못하고 결국 오르시니는 환각제에 손을 댔다.

"……."

멍하니 그녀를 바라보고 있자니 가슴속의 공허가 조금씩 채워지기 시작한다.

언제부터인가 뻥 뚫린 구멍이었다. 칸나가 곁에 있을 때만 한가득 채워졌다가 떨어지는 순간 또다시 뚫리고 만다.

알고 있다. 이것이 이기적인 욕심이라는 걸.

한때는 곁에 있는 것만으로도 만족하지 않았던가? 그러나 욕심은 욕망을 게걸스럽게 먹어 치웠다. 괴물처럼 자라났다.

그만큼 그는 비참해졌고, 차라리 그만두고 싶어졌다.

"칸나."

오르시니는 칸나의 환각을 바라보며 중얼거렸다.

"너에게 궁금한 게 하나 있다."

눈을 꽉 감았다. 멀쩡한 손으로 얼굴을 가렸다. 사실 숨고 싶었다.

"넌 나를…… 조금이라도……."

차마 말을 잇지 못했다.

혀가 잘려 나갈 것 같아서. 아니, 차라리 자르고 싶어서. 지독하게 비굴해서, 그것이 치욕스러워서, 그런데도 대답이 듣고 싶어서, 얼굴에 화끈한 열기가 몰렸다. 귀까지 타오르는 듯했다.

"아니면 여전히 내가 끔찍하냐?"

"어."

"……."

어? 어, 라고?

오르시니는 천천히 눈을 떴다. 얼굴을 가린 손을 내렸다. 목소리가 들린 쪽으로 몸을 돌렸다. 그리고 보았다.

"정말 싫어."

싸늘한 눈빛의 칸나를.

오르시니는 얼빠진 얼굴로 그녀를 바라보았다. 환각인가?

"이거 환각제니?"

그때 칸나가 탁상 위의 약병을 들어 올렸다.

"이거, 환각제야?"

그 순간 정신이 번쩍 돌아왔다. 약 기운이 확 달아났다. 칸나가 어떻게 여기에?

"내가 예전에 말했지."

쨍그랑! 칸나가 약병을 집어 던졌다.

"이런 거 한 번만 더 하면, 네 얼굴 다시는 안 보겠다고 했지!"

"야, 잠깐."

"입 닥쳐, 변명하지 마!"

칸나는 그야말로 귀신처럼 화가 나 있었다. 그것이 얼떨떨했다. 믿기지 않았다.

칸나가?

칸나가, 이렇게 화를 낸다고?

"난 분명히 말했어. 이런 거 한 번만 더 하면, 다시는 널 보지 않겠다고."

분노로 떨리는 목소리였다.

"그런데 또 한 걸 보니 이제는 정말 다시 날 볼 생각이……."

다음 순간, 칸나의 말이 뚝 끊겼다.

"……."

그녀의 시선이 오르시니의 왼손에서 멈추었다. 붉은 핏자국이 얼룩진 붕대로.

"……그 붕대 뭐야?"

착각일까? 그녀의 목소리가 조금 떨린 것 같았다.

"너 진짜 다쳤어?"

칸나는 그의 손목을 휙 들어 올렸다. 그리고 바로 알아차렸다. 그의 새끼손가락이 반 마디 이상 사라진 것을.

"왜 이래? 어떻게 된 일이야?"

"별일 아니다. 그보다, 이거."

오르시니는 재빨리 주머니를 뒤적였다. 칸나가 화내는 것을 까먹은 지금 이 순간이 기회였다.

"이거 가져."

성석을 내밀었다.

"이 돌 안에 성력이 깃들어 있다."

"……."

"비상용으로 가지고 다녀라. 나중에 성력 부족할 때 회복제 먹듯 취하면 좋지 않겠냐?"

오르시니는 그녀의 표정을 살피는 데 온 신경을 집중했다.

좋아하려나? 아니면 역시 시시해하려나?

"……."

그러나 칸나는 아무 말도 하지 않았다. 오히려 그사이 감정을 가라앉혔는지 차분하게 통제된 얼굴이었다.

"오르시니, 너 설마 이거 구하려다가 손가락 잘린 거니?"

아니, 잘린 게 아니라 내가 직접 자른 건데……. 그러나 사실대로 말했다가는 정말 큰일이 날 것 같아서 오르시니는 시치미를 뚝 뗐다.

"아니. 이건 사고다."

"사고라고?"

"그래. 사고."

칸나는 결국 한숨을 내쉬었다. 오르시니 본인은 모르는 모양이지만,

그는 거짓말에 재능이 없었다. 아주 심각하게.

'바보.'

오르시니를 이렇게까지 손상시킬 수 있는 건 오르시니 자신뿐이다.

예전에도, 그리고 지금도. 언제나 그러했듯 이번에도 그랬겠지.

'멍청이.'

어쩌면 저렇게 한심할까? 너무너무 한심해서…….

안아 주고 싶었다. 딱 한 번만, 아주 가볍게. 그러나 칸나는 그 충동을 꽉 내리눌렀다.

"일단 치료부터 제대로 하자. 상처 덧날 수 있어."

그렇게 몸을 돌리려다가, 문득 생각난 듯 멈추었다.

"아. 그리고."

칸나는 그가 건네준 성석을 들어 올렸다.

"이거, 성석이라고 했니?"

오르시니는 침을 삼켰다. 그러고는 다음 이어질 말을 기다렸다.

어쩌면 이따위 돌 쓸모없다고 말할 수도 있다. 근본적인 해결이 될 수 없으니까, 그다지 큰 도움은 안 될 테니까, 오히려 성가셔 할 수도…….

"잘 쓸게. 나에게 정말 필요한 거야. 이런 걸 어디서 구해 왔니?"

칸나는 미소 지었다.

"고마워, 오르시니."

"……."

오르시니는 말없이 그 광경을 바라보았다. 칸나가 그를 향해 웃음을 짓는 그 장면을. 그리고 자연스럽게 예감했다. 자신은 이 순간을 아주 오랫동안 잊지 못할 것이다.

눈앞의 현실은 상상보다 훨씬 더…….

"야."

"응?"

오르시니는 칸나의 어깨를 잡아 끌어당겼다.

"한 번만 하자."

그렇게 중얼거리며 입술을 내리는 순간, 칸나가 화들짝 놀라 그의 어깨를 밀쳤다.

"잠깐, 오르시니!"

"한 번만."

"미쳤니? 너 지금 다쳤잖아!"

칸나는 기가 막힌 듯했으나 오르시니의 귀에는 아무것도 들리지 않았다.

"아니. 안 다쳤어."

"안 다치긴, 너 제정신……!"

그러나 결국 그녀의 입술에 제 것을 겹치는 데 성공했다. 순간 머리가 마비되는 듯했다. 언제나처럼 독 같은 숨결이었다.

"괜찮다. 조금만, 금방……."

그 황홀한 것을 연신 빨아당기며 중얼거렸다. 그러나 스스로 뭐라고 하는지도 몰랐다. 불로 지지는 것처럼 머리가, 몸이 뜨거워서, 지금 당장 뭐든, 어떻게든 해야만 했다. 도저히 견딜 수가…….

"낚았다!"

클로드가 낚싯대를 확 잡아당기자 커다란 물고기가 매달려 왔다.

"음흠흠, 음흠흠흠."

그는 콧노래를 부르며 자신의 통에 물고기를 담았다. 이미 열 마리가 훌쩍 넘은 데다가, 하나같이 살이 실하게 오른 대어였다.

반면 알렉산드로의 통은…….

"어떻게 한 마리도 못 잡으십니까?"

클로드는 딱하다는 듯 혀를 찼다.

"입질도 아예 안 옵니까?"

"조용히 해. 다 도망가잖아."

클로드는 웃음이 참았다. 정말이지 요리에도 낚시에도 소질이 없으시다니까.

'어쩌다가 이렇게 됐을까?'

한때는 용도 때려잡았다는데 지금은 송사리 한 마리도 못 잡고 있다니.

그동안 워낙 싸움만 하고 산 탓인지, 알렉산드로는 세상 물정에 둔감했다. 특히나 평민들의 생활에는 거의 무지하다시피 해서 마을 상인들 사이에서는 강매하기 좋은 순진한 청년으로 소문이 자자했다.

'누가 봐도 좀 어설픈 시골 청년 같은데.'

그가 알던 알렉산드로와는 너무나도 달라서 가끔은 신기할 정도였다. 클로드는 아주 어린 시절부터 알렉산드로의 곁을 쫓아다니며 지켜봐 왔다. 그의 싸움을, 그의 전쟁을, 그가 헤쳐 온 그 새빨간 수라장을. 시체로 쌓은 산꼭대기, 그 위에 홀로 공허하게 서 있던 남자였는데…….

마침내 그의 싸움이 끝났다.

'그런데 정말 쉬는 거 맞나?'

가끔은 그런 의문이 들었다.

이것이 진정 휴식일까? 어쩌면 그냥, 스스로를 내버린 게 아닐까? 제 쓸모를 다한 물건이 버려진 것처럼, 가끔은 그가 자신을 폐기한 것 같다는 생각이 드는 것이었다.

'재혼은 안 하시려나? 아니면 연애라도 하면 좋을 텐데.'

클로드는 조심스럽게 물었다.

"얼마 전부터 연서가 오는 것 같던데요. 이곳 영주의 딸이라죠?"

"몰라."

"모르긴요. 일부러 알렉산드로 님 보려고 이 근방에 행차하시지 않습니까? 굉장한 미인이시던데."

"클로드 아젤."

그 말에 알렉산드로는 조용히 대꾸했다.

"관망해라. 너는 내 결정에 관여할 권리가 없다."

클로드는 웃으면서 입을 닥쳤다. 방금 넌지시 떠본 말로 속내를 모조리 간파당하고 만 것이다. 그의 염려까지도.

'하여간 무섭다니까.'

클로드는 말을 돌렸다.

"그런데 말이죠. 오르시니 님이 정말 청소를 하실까요?"

"그럴 리가. 더 엎어 놓고 가지 않으면 다행이겠지."

"그러게 왜 그런 걸 시켜서 괴롭히십니까? 정말 짓궂으시다니까."

"내가 짓궂다고?"

"쓸모없는 지시를 내리는 건 알렉산드로 님 답지 않았죠. 일부러 골려 주려고 그런 것 아닙니까?"

"……그럴지도."

"왜 그러셨습니까?"

알렉산드로는 바다를 멍하니 바라보았다.

"글쎄."

바다 위로 햇살이 금가루처럼 부서져 반짝였다. 그 눈부심이 아름다웠다. 그리고 오르시니를 닮아 있었다.

훼손되지 않은 자아.

찬란한 오만함.

단 한 번도 꺾여 본 적 없어 진정한 굴복을 모르는 인생의 전성기이자 절정기…….

그런 오르시니를 보고 있노라면 그때가 떠올랐다.

무엇이든 할 수 있을 것 같았던 순간, 그래서 무엇이든 하겠노라 약속했던 그 순간이.

스러진 벚꽃처럼 너무 빨리 지나가 버린 내 푸른 봄날.

"……부러웠는지도 모르겠군."

알렉산드로는 중얼거렸다.

외전 6. 그런 일은 일어나지 않았다 (2)

폭우가 쏟아지던 어느 날, 칼렌은 아디스의 후계자로 확정되었다.

"정말 괜찮으시겠습니까?"

"어."

형님은 아예 관심조차 없었다.

"너 가져라. 난 필요 없어."

"그러시다면야."

사실 가신들도 오르시니보다는 칼렌을 더 지지했다. 칼렌이 일찍이 가신들을 구워삶은 이유도 있지만 오르시니가 지나친 비행을 일삼는 탓도 컸다.

'형님은 대체 왜 저렇게 된 건지.'

오르시니는 이제 짐승을 넘어서 흉기에 가까워 보였다.

얼마 전에는 도박장에서 상대의 손목을 자르지 않았던가? 감히 제 앞에서 사기를 쳤다나 어쨌다나. 문제는 그 상대가 백작가의 자제, 심지어 아디스의 봉신 가문 아들이었다는 것이다.

'나야 잘됐지.'

만약 형님이 경쟁 상대였다면 어떻게든 제거했을 거다. 수단과 방법을 가리지 않았겠지. 그러나 그럴 필요가 없다.

그들의 관심사는 너무나도 달랐으니까.

정말 다행이었다.

칼렌은 우산을 들고 아디스의 정원을 거닐었다. 그리고 묘한 감상에 젖었다.

이 저택, 이 정원. 이 모든 것이 곧 그의 것이 된다.

'그래. 모두 내 것이다.'

짙은 희열이 밀려온다. 그렇게 후원의 모퉁이를 돌 때였다.

"아!"

한 여자가 그의 가슴팍에 냅다 부딪쳤다. 칼렌은 반사적으로 여자의 팔을 잡아 주었다.

"이, 이것 놔."

그러자 여자는 소스라치게 놀라며 그의 팔을 뿌리쳤다.

"……누님이시군요."

칸나 아디스. 그의 누이이자 아디스 가문의 사생아였다. 어쩐 일인지 그녀는 우산조차 쓰지 않고 쏟아지는 비를 고스란히 얻어맞고 있었다.

"오랜만입니다. 그동안 잘 지내셨습니까?"

이렇게까지 가까이에서 보는 건 몇 년 만에 처음인 것 같다.

칸나는 대답하는 대신 바닥에 무릎을 꿇었다. 떨어진 물건을 주워 담기 시작했다. 마석 몇 개, 그리고 연구물로 보이는 서류들이었다.

'여전히 연금술에 빠져 사나 보군.'

아무리 연구물이 중요해도 그렇지, 들개처럼 바닥에 엎드리다니…….

'품위 없긴.'

칼렌은 못마땅한 표정으로 고개를 내렸다. 그리고 그 순간 얼어붙었다.

알몸인 줄로만 알았다.

짧은 찰나, 그렇게 착각하고 말았다.

흠뻑 젖은 원피스 아래로 우윳빛 몸이 적나라하게 드러난 것이다. 새하얀 살결과 둥그런 어깨, 잘록하게 옴폭 들어간 허리의 선, 그리고 무릎으로 엉금엉금 기어갈 때마다 흔들리는…….

'이런.'

칼렌의 얼굴이 굳었다. 반사적이라고 해야 할까, 피가 급격하게 쏠리기 시작했다.

"칼렌?"

그러는 사이 칸나는 어느새 그의 발치 아래까지 기어 왔다.

"발 좀 치워 줄래? 네 발이 서류를 밟고 있어."

그렇게 말하며 고개를 들어 올린다.

"칼렌? 너 바지 오른쪽 주머니가 터질 것…….”

뚝. 말이 끊겼다. 그리고 다음 순간, 그녀의 얼굴이 시뻘겋게 달아올랐다.

"너, 칼렌, 너, 너."

칸나는 떨리는 목소리로 말을 더듬다가, 벌떡 몸을 일으킨다. 그러고는 재빨리 달아났다.

칼렌은 무표정한 얼굴로 그 뒷모습을 지켜보았다.

'저렇게 전력으로 도망갈 것까지야…….'

누가 보면 잡아먹으려는 줄 알겠군. 칼렌은 허리를 굽혀 칸나의 연구물 하나를 주워 올렸다. 그리고 중얼거렸다.

"누님이 몇 살이더라."

현재 칸나는 스물네 살이었다.

'벌써 그렇게 됐나?'

마지막으로 제대로 보았을 때는 삐쩍 마른 소녀에 불과했던 누님은 어느덧 여자가 되었다.

'옷이 맞지 않는 것 같던데.'

날씬한 체구에 맞는 작은 옷을 입다 보니 유독 풍만한 부위가 지나치게 도드라졌다. 그것이 꽤 불편해 보였다.

'기성복이 아닌 맞춤 의상을 입으면 해결될 일을.'

하긴 어머니가 누님에게 그런 친절을 베풀 리가 없지. 그래도 누님은 아디스 공작가의, 이 칼렌 아디스의 누이인데. 아디스가 평민들이나 입는 기성복을 입는 건 말이 안 된다.

'조만간 의상실에 데려가야겠어.'

칼렌의 입꼬리가 올라갔다. 생각해 보면 이참에 누님과의 관계를 개선하는 것도 나쁘지 않을 것 같았다.

아디스의 후계 자리에 오르는 대업을 달성한 날, 칼렌은 다음 목표를 세웠다.

가족 관계 개선이었다.

그러나 칸나를 다시 만나는 일은 아주 어려웠다. 그날 이후 칼렌을 작정하고 피했던 것이다.

'하기야, 놀라긴 했겠지.'

반면 칼렌은 대수롭지 않게 생각했다. 그런 장면을 봤으니 반응이 오는 건 당연하지 않은가? 물론 그 대상이 문제긴 하지만.

'워낙 오랜만에 봐서 몸이 인식하지 못했나 보지.'

그렇게 느긋하게 생각했다. 무례를 사과하고, 의상실에 데려가 칸나의 몸 치수에 맞는 예쁜 옷을 선물해 주자. 그러면 누님의 기분도 풀릴 것이다.

⊶❦⊷

"필요 없어."

마침내 마주친 날, 칸나는 차갑게 거절했다.

"신경 쓰지 마. 난 이대로도 상관없으니까."

이것 봐라? 칼렌은 눈썹을 슬쩍 들어 올렸다.

"필요 없다고 하셨습니까?"

"그래. 네가 주는 옷도, 네가 주는 도움도 필요 없어."

설마 이렇게까지 냉랭하게 거절할 줄이야. 어릴 때는 소심했던 것 같은데 그사이 성격이 제법 까칠해진 모양이다.

"그러니까 나한테 관심 꺼, 칼렌 아디스."

아, 이제 보니 거의 적대적이기까지 하군.

왜일까? 설마 그때 그 부풀어 오른 바지 때문에? 아니면, 어린 시절 괴롭힌 기억이 남아서?

그것이 무엇이든 괘씸했다.

'사생아 주제에.'

천한 피를 이어받은 여자 주제에, 감히. 손 내밀면 감사히 받을 줄 알아야지.

"하기야 그렇게 사는 게 누님에게 잘 어울리긴 하지요."

칼렌은 고개를 숙여 그녀의 귓가에 속삭였다.

"지하에서 구더기처럼 사는 거 말입니다."

낮은 웃음을 흘려 준 후 허리를 세웠다.

"그럼, 계속 그렇게 사십시오."

그러고는 그녀를 지나쳤다.

'내가 괜한 짓을 할 뻔했군.'

저깟 사생아 따위에게 손을 내밀려 하다니, 역시나 자신이 어리석었다.

계속 그렇게 살아도 상관없다면 그렇게 살라지. 언제까지나 혼담 하나 들어오는 일 없이, 결혼도 못 하고, 지하 연구실에서 홀로 썩어 죽으라지.

그러니 이제 신경 쓰지 말자. 칼렌은 그렇게 결심했다.

그렇게 끝났어야 할 일이었다.

"야, 칼렌 아디스."

클럽 하우스에서 귀족가 자제들과 카드놀이를 하던 때였다. 오늘따라 멍해 보이는 그의 친우, 콜린이 말했다.

"내가 얼마 전에 네 누나를 우연히 마주쳤거든."

"누나라니. 설마 칸나 아디스를 말하는 건가?"

"어, 그래. 그런데 말이야, 혹시 내가 어릴 때 했던 말 기억나냐? 네 누나 진짜 예뻤다고."

"글쎄. 네가 형님께 얻어맞아 코뼈가 부러졌던 건 기억나는데."

"야, 오르시니 형님 얘긴 꺼내지도 마. 이름만 들어도 무서워."

"그래서? 하고 싶은 말이 뭐야?"

"아니, 네 누나를 내가……."

콜린이 침을 삼켰다.

"내가 한번 만나 봐도 되겠냐?"

"그러든가."

별 시답잖은 농담이었군. 칼렌은 한 귀로 흘리며 말했다.

"하지만 그 전에 네가 이번 판에 걸었던 금광부터 내놔야겠는데."

"뭐? 그게 무슨……?"

칼렌은 카드를 펼쳤다. 입꼬리를 올려 웃었다.

"네가 졌거든."

로열 스트레이트 플래시.

승리였다. 계획한 대로.

그들은 곧장 금광 소유권 이전 계약서를 작성했다.

"칼렌 아디스, 이 나쁜 새끼야! 아아, 내 금광, 흑, 있는 새끼들이 더하다더니……."

칼렌은 시가를 입에 물며 씩 웃었다.

"원래 있는 놈들이 더해."

"이 재수 없는 자식아!"

"원래 있는 놈들이 더 재수 없지."

"한마디도 안 지네, 이 비열한 놈아. 내가 아름다운 칸나 양 봐서 참는다."

아름다운 칸나 양이라니, 그 사생아에게는 지나친 찬사였다.

'대체 누님의 뭘 보고 그런 헛소리를 하는 거지?'

그러나 칼렌은 곧장 납득했다. 하긴, 몸매가 끝내주긴 했지.

그는 선명하게 기억하고 있었다. 빗물에 흠뻑 젖어 드러났던 몸의 실루엣, 피부, 상상력을 자극했던 자세까지도. 마치 사춘기 소년의 성적 환상을 모조리 현실로 이루어 놓은 듯한 자태긴 했다. 그러니 순간적으로 자신조차 그렇게 반응했던 거겠지.

"……제길."

"응? 왜?"

"아니, 아무것도."

괜히 떠올렸군. 칼렌은 위스키를 털어 마셨다. 배가 뜨거웠다.

금광을 얻고, 기분 좋게 술 한잔 걸쳤으니 이제 집으로 돌아가 자면 될 터였다. 그러나 어째서인지 발걸음이 다른 곳으로 향했다.

칸나의 방이었다.

'내가 여기 왜 왔지?'

취했군. 칼렌은 붉게 상기한 얼굴을 문질렀다. 다시 돌아갈까 했으나, 기왕 여기까지 온 거 목적은 달성해야겠다 싶었다.

'……목적이 뭔데?'

기억나지 않는 걸 보니 역시 취한 모양이다.

"누님, 계십니까?"

대답이 없다. 그래서 그냥, 벌컥 열었다. 확실히 귀족답지 못한 행동이지만 뭐 어떤가 싶었다. 상대는 천한 누님인데.

"누님? 안 계십니까?"

그러나 칸나의 침실은 텅 비어 있었다. 자리를 비운 모양이다. 그러니 돌아가야 했다. 그것이 옳았다. 그것이 예의였으나…….

칼렌은 방 안으로 들어갔다.

그러다가 그 옷을 발견했다. 비 오는 날, 흠뻑 젖었던 그 새하얀 원피스.

"……."

멍하니 그 옷을 바라보다가 홀린 듯 손을 뻗었다. 손끝에 닿는 옷감이 부드럽다. 그래서일까, 저도 모르게 들어 올렸다. 그러자 좋은 향기가 은은하게 풍겨 왔다. 그는 잠시 머뭇거리다가 코끝으로 옷을 가져다 댔다. 그 순간 여인 특유의 달콤한 체향이 얼굴을 적셨다.

"하……."

깊게 숨을 들이마신 후, 내쉬었다. 옷자락에 더 깊숙이 코를 파묻었다. 향이 지나치게 달달했다.

아, 어찌나 황홀한지.

머리가 어지러웠다. 마비되는 것 같았다. 입안에 침이 그득하게 고였다. 등골에 전율이 오르고 발끝까지 저릿해서…….

"누님……."

읊조리는 순간, 눈을 번쩍 떴다. 정수리에 물을 끼얹은 듯 정신이 확 들었다.

'내가 지금 뭘 하는 거지?'

아무래도 정말 취한 모양이다. 칼렌은 서둘러 칸나의 방을 빠져나갔다. 그렇게 제 침실로 돌아오고 나서야 깨달았다.

"……이런."

누님의 원피스를 들고 와 버렸다.

'이를 어쩐다?'

옷을 훔쳐 오다니.

이건 아무리 봐도 좀…… 음흉한 변태나 할 짓 같은데.

'아니, 괜찮다. 어차피 다 내 거야.'

그는 아디스의 후계자고, 가주인 아버지는 현재 이곳에 없다. 그렇다면 지금 이 저택은 그의 것이나 다름없지 않은가? 당연히 이 저택 안의 것도 모조리 다 그의 것이지.

'그래. 내가 원한다면 뭐든 가질 수 있어. 그것이 뭐든.'

그러니 마음대로 해도 된다.

모두 다 내 것이니까.

이후부터 칼렌에게는 묘한 취미가 생겼다. 칸나의 옷을 몰래 훔쳐 오는 것이었다. 언제까지 이 일을 할 작정이냐면, 누님이 입을 옷이 없어서 곤란해질 때까지. 이런 일을 하는 그 이유는, 괘씸해서.

누님은 모두에게 천대받는 삶을 살고 있다. 만약 자신을 꼭 붙잡는다면 햇빛 찬란한 지상 위로 끌어올려 줄 텐데…….

그런데도 거절했다는 것이 우습고, 화가 나고, 자존심이 상했다. 그래서 그녀의 옷이 모조리 사라질 때까지 가져올 작정이었다.

가져온 옷은 버리지 않고 그대로 차곡차곡 모아놓았다. 버리기엔 아까웠다. 옷에 남은 체향을 맡으면 기분이 좋아지고는 했으니까.

자신의 행동이 이상하다는 생각이 들었지만 그뿐이었다. 이 저택에서 그가 갖지 못할 것은, 하지 못할 짓은 없었으니.

❦

"누님, 오늘도 같은 옷을 입으셨군요."

며칠 후, 마침내 그녀에게 원피스 단 하나만이 남았다.

"원하신다면 제가 의상실로 모시도록 하겠습니다."

그때, 칸나가 우뚝 멈춰 섰다.

"너지?"

"예?"

"네가 그런 거지?"

"뭘 말씀이십니까?"

칼렌은 시치미를 뚝 뗐다.

"무슨 이야기를 하시는지 모르겠습니다, 누님."

칸나는 입술을 꽉 깨물었다. 그러다가 갑자기 웃었다.

"좋아."

"예?"

"데려가 줘, 그 의상실이란 곳."

그 말에 칼렌의 입꼬리가 올라갔다. 역시나, 이렇게 몰아붙이면 제 손을 잡을 줄 알았다.

"물론입니다. 지금 당장 모시도록 하죠."

❦

칼렌은 엘 앙드와의 부티크로 향했다. 엘 앙드와는 전직 오페라 배우 출신의 아름다운 여인으로, 최근 귀족 영애들에게 가장 많은 사랑을 받는 디자이너였다.

"누님, 기왕 옷을 맞추시는 김에 머리도 좀 어떻게 해 보시죠."

칼렌은 해초처럼 축 늘어진 칸나의 머리칼이 못마땅했다. 어릴 때는 검은 눈동자를 가리기 위해서 길렀다는 건 알고 있지만 이제는 거의 습관이 된 것 같았다.

"좋아."

의외로 칸나는 순순히 따랐다.

"그러잖아도 자를 생각이었어."

"예?"

"사실 나, 조만간 파티에 갈 생각이야."

"……."

"내가 이런 꼴로 간다면 에스코트하기 부끄러울 거 아니야?"

칼렌은 대답하지 않았다. 누님을 에스코트하다니, 아직 거기까지는 생각해 본 적이 없는데.

"그건 나중에 천천히 이야기하죠. 일단 드레스부터 고르시겠습니까?"

"음, 나는……."

칸나가 옷을 고르는 와중 엘 앙드와가 다가왔다.

"칼렌 님, 마실 것을 가져다드릴까요?"

그렇게 말하고는 그의 조끼 주머니에 쪽지를 은근슬쩍 넣는 것이 아닌가?

"샴페인으로."

"예."

엘 앙드와가 눈웃음치며 물러났다.

'누님과 목소리가 비슷하군.'

그렇게 생각하며 쪽지를 꺼내 읽었다. 그곳엔 짤막한 주소가 적혀 있었다. 아마도 그녀의 집이겠지. 이런 식의 유혹은 수두룩하게 받아 왔으므로 딱히 놀랍지는 않았다.

'고객을 상대로 수작질이라니. 전문가답지 못하군.'

그는 쪽지를 구겼다. 그러고는 보란 듯 소파 위에 올려놓았다. 명백 한 거절이었다.

딱히 순결을 중요시하는 건 아니다. 이미 동정 딱지는 오래전에 떼 기도 했다. 그래도 칼렌은 욕구를 거의 절제하며 살고 있었다. 함부로 몸 굴리고 다니다가 사생아라도 덜컥 생기면 곤란해지니까. 계획에 없 는 일은 질색이었다.

"칼렌, 다 골랐어. 어때?"

"모두 아름답습니다. 누님과 잘 어울리는군요."

그러자 칸나가 웃었다.

"네 덕이야. 좋은 곳에 데려와 줘서 고마워."

칼렌은 그녀의 순순한 태도가 만족스러웠다. 진작에 이럴 것이지.

왜 성가시게 직접 기를 꺾게 만든단 말인가?

"아닙니다. 필요한 게 있으면 언제든 요청하십시오."

그렇게 말했다가 즉시 후회했다.

'방금 이 말은 괜히 했군.'

누님이 정말 에스코트라도 요청하면 곤란해지는데…….

✿

이 문제로 며칠 동안 고민하던 칼렌은 곧 마음을 바꿔 먹었다.

'그냥 내가 에스코트하자.'

칼렌은 방 안에 비상식량처럼 모아둔 칸나의 옷을 만지작거렸다. 누님의 옷에 엷게 밴 잔향을 맡으면 마음이 한없이 너그러워지고는 했다. 바로 지금처럼.

자신이 아니면 누가 누님의 에스코트를 맡는단 말인가? 아디스의 영애가 처량하게 사교계를 겉도는 건 그가 용납할 수 없었다.

'그래, 누님에게는 나뿐인데.'

그렇기에 그날 파티는 칼렌에게 아주 큰 충격이었다.

"콜린 데비스 후작 영식과 칸나 아디스 공작 영애 드십니다!"

칼렌은 기가 막혀서 고개를 틀었다.

'잘못 들은 건가?'

쨍그랑! 칼렌의 손에서 와인 잔이 미끄러졌다.

'누님?'

누님이라고? 저 여자가?

"칼렌."

사람들의 시선을 받으며, 남녀가 가까이 다가왔다. 콜린이 잔뜩 들뜬 얼굴로 말했다.

"야, 놀랐지? 너 놀라는 꼴 보려고 말 안 했다."

그러자 검은 머리칼의 여자가 키득키득 웃었다.

"콜린, 우리 계획 성공했어. 칼렌이 정말 놀랐네."

"그렇지? 내가 말했잖아, 칸나. 칼렌 녀석, 턱이 빠지도록 입을 벌릴 거라고."

뭐?

칼렌은 콜린과 여자를 뚫어지게 응시했다. 머리가 후끈거렸다.

뭔데. 이 대화. 저 호칭. 뭔데.

"칼렌, 그렇게 놀란 거야?"

여자가 까르륵 웃으며 그의 팔을 살짝 쳤다. 그 접촉에 칼렌은 소스라치게 놀라 어깨를 떨었다.

"설마 나 못 알아보고 있는 거 아니지?"

여자가 눈을 가느다랗게 휘며 웃었다. 칼렌은 숨이 막히는 것 같았다. 아니다. 실제로 그의 호흡은 멎어 있었다. 눈앞의 여자는 정말이지 질식할 만큼 아름다웠으므로.

"누님?"

목소리가 잔뜩 잠겨서 튀어나온다. 칼렌은 짜내듯 말했다.

"누님이 왜 이곳에……?"

"말했잖아. 파티 갈 거라고. 콜린과 함께 왔어."

그렇게 말한 칸나가 빙그레 웃었다.

"이 드레스, 예쁘지?"

짙은 보라색의, 우아한 어깨가 훤히 드러나는 드레스. 처음 보는 것이었다.

"내가 선물한 거야. 정확히 말하자면 칸나가 만들어 준 보약과 교환한 거지만."

하지만 누님의 옷은 내가…….

"맞아. 콜린이 직접 골라 줬어. 안목이 정말 좋더라고."

누님이 웃었다.

"너무너무 마음에 들어."

웃음을 터뜨린다.

아, 이렇게 웃는 건 처음 들어 보는데. 웃음소리에서 꽃향기가 느껴지는 것 같다. 그러고는 그의 뺨을 후려치는 것 같았다. 사정없이, 사납게, 온 힘을 다해서, 짝, 짝.

그때 칼렌은 깨달았다.

'내가 착각했군.'

관계 개선에 성공했다고? 아니, 그럴 리가. 도리어 전보다 더 악화됐다. 누님은 자신을 미워하고 있다. 날카롭게 웃는 그녀의 눈이 이렇게 말하는 것 같았다.

"그동안 혼자 착각한 기분이 어때?"

칼렌의 입매가 비틀어졌다. 마른 웃음이 흘러나왔다.

목적은 달성하지 못했다. 그는 실패했다.

"그러십니까."

……이건 곤란한데.

"마음에 드신다니 다행이군요, 누님."

이건, 진짜, 곤란한데.

"아름다우십니다."

화가 나는데. 열이 끓는데.

어쩌지.

⚜

파티 내내 누님은 죽도록 아름다웠고 칼렌은 죽도록 분노를 참아내야만 했다. 생애 처음 타인에게 농락당해서일까? 우습게도 그는 연인에게 배신당한 사내가 된 기분이었다. 그만큼이나 화가 났다.

"기분이 안 좋아 보이네, 칼렌."

열을 가라앉히기 위해 향한 테라스에 칸나가 찾아왔다.

"괜찮은 거니?"

"물론입니다."

"괜찮긴. 네 성격에 괜찮을 리가 없지."

"무슨 말씀이십니까?"

"너는 사람을 체스 말처럼 취급하잖아?"

칸나가 어깨를 으쓱였다.

"고작 졸 따위인 내가, 네 뜻대로 안 움직여서 잔뜩 열 받았을 텐데……."

그녀는 깔깔 웃음을 터뜨렸다. 그러고는 뚝 정색했다.

"얼마 전에 칼렌 네가 사 준 옷, 다 네 방으로 옮겨 놨어. 아무래도 기분 나빠서 말이지."

칸나의 검은 눈동자가 짙은 경멸로 번뜩였다.

"기쁘지 않니? 웃어야지. 너는 내 옷 모으는 거 좋아하잖아?"

"……."

"너 같은 거 정말 질색이야, 칼렌. 역겨워."

그러고는 돌아섰다. 칼렌은 차분하게 그 뒷모습을 바라보았다.

그녀는 떠났지만 흔적은 고스란히 남았다. 특유의 달콤한 체향, 그리고 가시 돋친 독설까지도.

칼렌, 칼렌, 너 같은 거 정말 질색이야, 칼렌. 역겨워……

'아, 누님.'

아주 오랫동안 맴돌았다. 귀 끝을 적셨다.

❦

그리고 마침내 파티가 끝난 밤, 칼렌은 엘 앙드와의 집으로 찾아갔다.

"들어가도 되겠습니까?"

엘 앙드와는 놀란 기색이었다. 그날의 거절을 기억했던 것이다.

"물론이에요. 들어오세요."

문이 활짝 열렸다. 다시 닫힘과 동시에 칼렌은 엘 앙드와의 허리를 끌어당겼다. 그녀는 기다렸다는 듯 두 팔을 벌려 그를 맞이하였다.

"칼렌 님, 불을."

칼렌은 말없이 손바닥을 펼쳐 촛불을 덮었다. 다음 순간, 짙은 어둠이 그들을 집어삼켰다.

"칼렌 님……"

"이름."

칼렌이 그녀의 말을 끊었다.

"이름만 불러."

검게 잠겨 든 밤. 그 암흑에서 내내 목소리만 들려왔다.

칼렌,

칼렌,

칼렌…….

새벽녘, 칼렌은 셔츠의 단추를 잠그며 생각했다.

'정말 혈육이 맞을까?'

밑도 끝도 없이 그런 의문이 들었다.

'아니. 그런 것 같지 않아.'

물론 근거는 없다.

그냥, 왠지 아닐 것 같다. 생각해 보면 예전부터 그런 예감을 받았던 것 같다. 비 오는 날 흠뻑 젖은 칸나를 보았을 때부터.

그리고 그녀의 옷에 얼굴을 파묻으며 황홀경에 이르렀을 때도.

어제도 마찬가지였다. 파티장에서, 콜린의 옆에서, 그 자식과 함께 춤을 추던 칸나를 보고 있자니…… 저 여자가 도무지 자신의 혈육일 리가 없다는 생각이 든 것이다.

'검사를 해 봐야겠군.'

다행히 혈연을 판별할 수 있는 연금술사가 존재했다. 필요한 것은 그녀의 피 한 방울. 칼렌은 하녀에게 칸나의 단장을 도우며 실수한 척 상처를 내고 피를 닦아 오라 명령했다. 그러고는 검사를 맡겼다.

결과는 일주일 후에 나온다.

"내 일방적인 짝사랑이야."

며칠 후 만난 콜린이 한숨을 푹 내쉬었다.

"지금은 그냥 친구 관계. 슬프지만 그 이상도 이하도 아니야."

"그래?"

"그러니까 네가 좀 도와줘라."

칼렌은 말없이 웃었다. 시가를 꺼내자 콜린이 잽싸게 잡아챘다.

"제가 하겠습니다, 칼렌 형님."

콜린이 나이프로 시가의 끄트머리를 자른 후 그의 입술에 물려 주었다.

"이제 이런 건 저 시키십시오, 위대하신 칼렌 형님."

"그런다고 뭐 없다."

"야, 좀 도와줘! 너는 칸나 동생이잖아!"

그런데 이 개자식이…… 칼렌은 시가를 꽉 물어 욕을 참았다.

"칸나라니, 지나치게 허물없이 구는군. 이름을 편히 부르는 건 삼가지 그래?"

"왜? 칸나도 내 이름 편하게 부르는데. 우리가 그 정도 사이는 돼."

우리?

칼렌은 콜린을 빤히 바라보며 시가를 빨아들였다. 불씨가 새빨갛게 타들어 갔다. 우리라고?

"그건 그렇고, 칼렌 너 엘 앙드와 양이랑 무슨 사이야? 네 정부라는 소문이 돌던데."

"뭐, 그냥 몇 번."

연기를 뱉으며 시큰둥하게 대꾸하자 콜린의 눈이 커졌다.

"진짜였어? 네가? 왜? 너는 어지간해서는…… 안 하잖아?"

"천박하게 말하지 마."

"아니, 심지어 엘 앙드와라니, 넌 신분 차이 나는 여자는 피하지 않았어? 어쩐 일로?"

"글쎄."

칼렌은 시가의 재를 털며 픽 웃었다.

"목소리가 마음에 들더라고."

"목소리가 어떤데 그래? 듣고 있으면 뭔가 불끈불끈 치솟기라도 해?"

"계속 저렴하게 말할 거면 차라리 입 다물지, 콜린 데비스."

"죄송합니다, 칼렌 형님. 시정하겠습니다."

"필요 없어."

"그러지 말고 제발 네 누님과의 관계에 도움 좀 주십쇼. 은혜는 꼭 갚겠습니다."

"네가 알아서 해. 내 알 바 아니야."

칼렌은 몸을 일으켰다.

"난 간다. 당분간 찾지 마라."

불쾌했다. 죽여 버리고 싶을 만큼.

저택의 복도를 지나는 길, 칸나와 마주쳤다.

"……."

칸나는 그를 흘끔 쳐다볼 뿐, 그대로 지나쳤다. 칼렌은 즉시 자리에 멈춰 섰다. 머리가 얼얼했다.

'무시해?'

나를? 나를 무시한다고?

"누님."

불렀으나 이번에도 무시당했다. 칼렌은 그녀의 뒤를 따라갔다.

"누님, 기다리십시오."

"뭐야?"

지하 연구실까지 쫓아가자 칸나가 몸을 획 돌렸다.

"귀찮게 왜 이래?"

"……."

순간 머리가 새하얗게 질렸다.

가까이서 마주한 그녀는 정말 아름다웠다. 아니, 단순히 아름답다
는 말로는 그녀를 표현할 수가 없었다. 보이지 않는 독기 같은 것이 그
녀의 곁에 어른거리는 것 같다. 접근하는 상대를 단숨에 확 잡아채고,
끌어당기고, 빨아 당기는 듯한…….

"뭔데 그래?"

칸나는 신경질적으로 재촉했다. 칼렌은 바로 말을 잇지 못했다. 그
리고 그런 자신이 짜증스러웠다.

'대체 뭐야.'

마치 생전 처음 미녀를 목격한 시골 촌뜨기처럼 굴고 있지 않은가?

칼렌의 주위에 자갈처럼 널린 것이 미남미녀였다. 물론 누님이 그
중에서도 단연 도드라지긴 하지만, 자신은 사람의 껍데기에 흔들리는
유형의 인간이 아니다.

그러니까, 그는 그저 복잡한 것뿐이다. 왜냐하면…….

"저는 누님과 잘 지내고 싶습니다."

칼렌은 시퍼렇게 들끓는 감정을 삼키며 말했다.

그래, 그것이 목적이다.

누님과 잘 지내고 싶은데, 그러기로 했는데, 어릴 적 과오를 바로잡고 싶었는데. 그렇게 하겠다고 목표를 세웠는데.

그녀가 벗어나니까, 무너뜨리니까, 조롱하니까, 그런데 하필이면 그 조소가 지독하게 아름다우니까.

그러니 이토록 정신이 아득해지는 건 당연하지 않은가?

마음이 소란해진다.

"제가 어떻게 하면 기분을 푸실 겁니까?"

"뭐라는 거야?"

칸나는 기가 찬 듯 하, 웃었다.

"난 그럴 생각 전혀 없으니 귀찮게 굴지 마."

"이유가 뭡니까? 어릴 적 일 때문입니까? 그거라면 사과드리겠습니다. 제가 철이 없었습니다."

"그것뿐이겠어?"

칸나는 삐뚤게 웃었다.

"너 내 옷 훔쳤잖아."

"……."

"그뿐이니? 그때 비 오는 날, 대체 뭐야? 그리고 네 방에 숨겨 놓은 내 옷 다 봤어. 너, 내 옷을 그 지경으로……."

그러고는 생각하기도 싫은지 입을 꽉 다물었다. 구역질을 참는 기색이었다.

"역겨워. 칼렌 너, 정말 역겨워."

칸나는 숨을 가다듬은 후 다시 쏘아붙였다.

"칼렌 아디스, 난 네가 어떤 사람인지 다 알아. 네 속은 썩어 가는 악취로 가득해."

그녀가 칼렌의 어깨를 쿡 찔렀다. 장미의 가시에 찔린 듯 따끔했다.

"차라리 오르시니가 나아 보일 지경이라니까. 그 녀석은 적어도 너처럼 음흉하진 않거든."

"……"

"넌 겉모습만 그럴듯한 귀족이지, 실상은 더럽고 비열한 변태에 불과해. 그런 너와 잘 지내고 싶겠어? 그러느니 차라리 예전에 네가 한 말대로…… 이 지하 연구실에서 구더기처럼 사는 게 낫지."

그러고는 빈정거리듯 덧붙였다.

"아니면 콜린의 청혼을 받아들이든가."

그것이 결정타였던 것 같다.

"청혼?"

그 말을 듣고서야 칼렌은 자신이 벼랑 끝에 서 있었다는 것을 알았다. 그리고 방금, 아래로 추락하기 시작했다는 것 또한.

"누구 마음대로?"

어찌나 낮은 음성이었던지 목소리에 그림자가 진 듯했다.

순간 칸나조차 흠칫 놀라 어깨를 굳혔다. 그러나 곧 강한 어조로 대답했다.

"그거야 내 마음이지. 설마 아직도 날 네 뜻대로 통제할 수 있을 거라고 믿어?"

"물론. 누님은 아디스니까."

칼렌은 시커멓게 잠긴 눈으로 그녀를 응시했다.

"아디스는 다 제 겁니다. 누님 또한 제 것이죠."

"너 미쳤구나."

칸나는 진심으로 두려움을 느낀 듯했다.

"넌 제정신이 아니야, 칼렌 아디스. 완전히 미쳤다고."

그녀의 눈에 스친 공포가 차라리 기꺼웠다. 그리고 그 순간 칼렌은 결정했다.

그래. 이게 낫지. 무작정 무시당하는 것보다, 미움받는 것보다 이게 낫다. 차라리 두려움의 대상이 되어 버리자.

"어쨌든 더는 너랑 할 말 없으니까 돌아가. 이제 날 아는 척도 하지 말고."

그 말을 끝으로 칸나가 연구실 안으로 들어간다. 칼렌은 고요한 눈으로 연구실의 문을 바라보았다. 그러다 문득 그때 생각이 났다.

그가 아주 어렸을 때, 철없었을 때, 칸나를 이 연구실에 가두고 문을 잠근 후 새까맣게 잊은 적이 있다.

누님은 그대로 며칠을 갇혀 지내야만 했다.

그럴 만했다. 이 지하실은 아무도 찾지 않으니까. 누님의 울음과 애원은 누구에게도 닿지 않았겠지. 제발 살려 달라고, 꺼내 달라고, 몇 날 며칠을 울었을 텐데…….

가엾게도.

칼렌은 비스듬히 열린 문을 쳐다보다가, 그녀를 따라 안으로 들어갔다. 탁. 문을 닫았다.

"……칼렌?"

한 걸음, 한 걸음, 내디딜 때마다 아래로 추락하는 감각이 선연했다. 어둡고 시커먼 구덩이로, 다시는 떠오를 수 없는 지하로.

칼렌은 자신의 바닥을 보았다.

<마석을 이용하여 판별한 결과, 칸나 아디스는 칼렌 아디스와 혈연 관계가 아닐 확률이 99.9%에 달함.>

칼렌은 웃었다. 역시나 이럴 줄 알았지.

'그나마 다행이라고 해야 할까?'

일말의 죄책감이 완전하게 날아갔다.

그래, 역시나 남이었다. 그 여자와 혈육이 아닐 거라고 느끼고 있었다. 그렇다면……

'이제 아무런 문제가 없는 것 아닌가?'

칼렌은 그녀에게 이성적으로 끌리는 자신을 순순히 받아들였다. 아마 그의 본능은 일찍이 감지하고 있었던 게 분명했다. 그러니까 자신이 그렇게 굴고, 그렇게 된 거겠지.

이제 칸나는 그를 두려워한다.

'그래, 그게 훨씬 좋아.'

칼렌은 만족스러운 웃음을 흘리며 다음 봉투를 열었다. 콜린이 보낸 편지였다.

<칸나와 며칠째 연락이 닿지 않는데, 혹시 나쁜 일 있는 게 아닌지 걱정된다.

어떻게 된 일인지 알고 있어?>

알지. 아주 잘 알지.

<그것과는 별개로 너와 할 이야기가 있는데 요새 왜 내 방문을 피
하는지 모르겠네.
나, 얼마 전 엘 앙드와 양을 우연히 만났어.
네가 그녀의 목소리에 끌렸다는 이야기가 기억나서 호기심에 대화
몇 마디 주고받았지.
그런데 그녀의 목소리가…….>

칼렌은 심드렁하게 편지를 읽어 내렸다.

<……칸나의 목소리와 똑같던데.>

후, 웃음이 나왔다.

<소름 끼칠 만큼 비슷한 음성이었어. 눈을 감고 들으면 누가 누군지
구분할 수도 없겠더라.
그런데 그 목소리를 들은 이후로 내가 미쳐가는 것 같아. 자꾸만 말
도 안 되는 생각이 들어.
혹시 네가 그 여자를 칸나의 대용품으로 만난 게 아닐까, 하는 쓰레
기 같은 생각이 들어서…….
그럴 리가 없잖아. 그렇지?
칸나와 같은 목소리라서 마음에 들었던 건 아니지? 그것 때문에 엘
앙드와를 정부로 삼은 건 아니지?

그런 거 아니지, 칼렌?

내가 아주 역겨운 오해를 하는 거 맞지? 그런 거지?>

거기까지 읽고는 구겼다.

"오해는 무슨. 오랜만에 똑똑하게 구는데."

중얼거리며 편지를 벽난로 안으로 집어 던졌다. 줄을 당겨 보좌관을 호출했다.

"부르셨습니까, 소공작님?"

"지금 당장 해 줘야 할 일이 있습니다."

칼렌은 보좌관에게 서류를 내밀었다.

"이 섬을 사들이십시오."

다음 날, 칼렌 아디스는 남쪽의 작은 섬을 사들였다.

작지만 아름다운 휴양지였다.

칸나를 지하 연구실에 묶어 둔 지 나흘째, 그녀는 이제 발악할 힘도 없는 듯했다.

"대체 나한테 왜 이래?"

칸나가 잔뜩 쉰 목소리로 물었다. 칼렌은 어깨를 으쓱였다.

"글쎄요. 저도 잘 모르겠습니다."

"그러니? 난 알 것 같은데."

"말씀해 보십시오."

"너는 내가 네 말을 안 들어서 화가 난 거야. 그래서 철저하게 짓밟고 굴복시키고 싶은 거지. 넌 타고난 독재자에 지독한 변태거든."

정말 신기한 누님이었다. 저토록 신랄하게 말하면서, 정작 몸은 두려움에 덜덜 떨고 있다니. 그러더니 갑자기 태도를 확 달리했다.

"이제는 네 말 잘 들을게. 응? 그러니까 제발 내보내 줘."

칼렌은 옅게 실소했다. 설마 저런 거짓말에 속을 거라고 생각하는 걸까?

"누님, 이 일이 알려지면 제 명예는 땅에 떨어집니다."

"그래서? 어쩌자는 거야?"

"은폐할 생각입니다. 이 일을 아는 건 저와 누님뿐이니까, 누님 입만 막으면 되는 것 아닙니까?"

순간 그녀의 얼굴이 새하얗게 질렸다.

"너 설마 나를……."

이런, 살해 협박으로 착각한 모양이군. 그는 재빨리 덧붙였다.

"섬을 샀습니다."

"뭐?"

"아주 아름다운 섬이에요. 그곳에서 편하게 지내시면 됩니다."

"……."

칸나는 완전히 할 말을 잃은 듯했다.

"얌전히 계십시오. 저녁에 다시 오겠습니다."

칸나가 부들부들 떨었다. 그녀는 이를 악물며 무언가를 삼키고, 삼키고, 또 삼키다가, 결국엔 참지 못하고 소리쳤다.

"칼렌 아디스, 이 미친 새끼야! 난 네 소유물이 아니야! 당장 풀어! 이것 풀라고!"

"……."

"사람 살려! 제발 누구라도 좋으니까! 살려 줘요! 살려 줘!"

칼렌은 팔짱을 끼고 칸나의 발광을 가만히 지켜보았다.

그렇게 얼마나 지났을까? 결국 칸나는 제풀에 지쳐 늘어졌다. 칼렌은 침착하게 물었다.

"끝났습니까?"

"……개자식."

"학습 능력이 좋다고 생각했는데 이제 보니 영 아니군요. 그래 봤자 아무도 안 온다는 거 누님이 더 잘 아시잖습니까?"

그녀의 턱을 잡아 올려 눈을 맞추었다. 공포에 젖은 눈동자였다. 칼렌은 그녀에게 웃어 주었다.

"나중에 봐요, 누님."

'이건 뭐야?'

칼렌은 인상을 찡그렸다.

혼서가 왔다. 콜린 데비스가 정식으로 칸나에게 혼인을 요청한 것이다.

'쓸데없는 짓을.'

누님은 죽을 때까지 자신의 소유로 살아가야만 한다.

돌이킬 수 없는 강을 건넌 순간부터 정해진 운명이었다. 그녀를 지

배하고 싶다는 바람과는 별개로, 그가 저지른 짓을 숨기기 위해서라
도 그래야만 했다.

모든 사실이 알려지면 그의 위신은 땅에 떨어질 것이고, 최악의 경
우 소공작 지위를 잃을 수도 있으니.

'그래. 그건 누님과 나, 둘만의 비밀이다. 세상에 알려져선 안 돼.'

비밀을 숨기는 최고의 방법은 상대를 죽이는 거지만······.

누님을 죽일 생각은 눈곱만큼도 없다. 오히려 곁에 두고 소중하게
돌봐 주고 싶다. 그래서 섬을 샀다.

그와 그녀, 서로의 해피 엔딩을 위하여.

며칠이 지났다.

그는 착실하게 칸나를 옮길 준비를 해 나갔다. 그녀가 지루하지 않
도록 섬의 저택을 풍성하게 꾸미고, 그녀가 도주하지 못하도록 섬의
주민들을 매수했다. 모든 것이 순조롭게 진행되었다.

그날 전까지는.

"······누님?"

황궁에서 용건을 마치고 돌아왔을 때.

"어디 계십니까, 누님?"

지하 연구실은 텅 비어 있었다. 그녀의 손발을 묶은 밧줄만 허물처
럼 버려져 있었다.

'아.'

그 광경을 보자 머리가 멍해졌다. 없다. 누님이 없다.

'도망쳤어?'

호흡이 거칠어진다. 칼렌은 비틀린 숨결을 꽉 눌러 삼키며 밧줄을 들어 올렸다. 한 번의 시도로 날카롭게 잘린 단면. 칸나 혼자서는 결코 할 수 없는 일이다.

이것은…….

'누군가가 잘라 준 거군.'

그리고 곧 '누군가'의 정체를 알게 되었다.

"오늘 콜린이 놀러 왔는데, 못 봤지?"

이자벨이 의아한 얼굴로 말했다.

"언제 돌아간 건지 모르겠네. 들어오는 건 봤는데, 나간 걸 본 사람이 없거든."

콜린.

칼렌의 턱에 힘이 들어갔다. 그래, 콜린이라면. 녀석은 어린 시절부터 이 저택을 빈번하게 드나들었다. 인적이 드문 경로를 알 수도 있겠지. 누님과 친했으니, 그녀의 지하 연구실 존재도 알고 있었을 것이다.

그 녀석이 누님을 탈출시켰다. 감히, 내 것을. 내 여자를.

"하하……."

순간 열이 확 솟구쳤다. 맹렬한 분노가 요동쳤다. 칼렌은 손으로 이마를 짚었다가, 뗐다. 그때 이미 그의 눈은 냉철하게 가라앉아 있었다.

'네가 도망쳐 봤자.'

친구이기 때문에 알고 있다. 녀석이 생각할 만한 것. 생각하지 못할 것, 할 수 있는 것, 할 수 없는 것까지. 손금 보듯 읽을 수 있다.

"칼렌 오빠? 어디 나가는 거야?"

"잠시 다녀오지."

"어디 가는데?"

칼렌은 대답 없이 웃었다. 뜨거운 피가 끓어올라 웃지 않고서는 견딜 수 없었다.

사냥의 시간이다.

"허억, 허억……."

저 먼 곳에서 그들의 숨소리가 들린다. 마침내 따라잡았다.

그때쯤 칼렌은 말에서 내렸다. 그러고는 제 발로 걷기 시작했다. 사냥감이 코앞에 있으니 서두를 필요가 없었다.

콜린은 예상대로 가문의 도움을 받지 않았다. 철저하게 숨어 외국으로 도피하려 했다. 이 숲을 통해 국경을 넘을 생각이었겠지. 차라리 가문의 도움을 받았더라면 조금 더 오래 버틸 수 있었을 텐데. 하여간 어리석은 녀석이다.

"콜린."

그때, 칸나의 목소리가 들려왔다.

"이제 됐어. 넌 지금이라도 돌아가."

"아니, 난 널 두고 절대 안 가."

"하지만 너까지 위험해질 수도……."

"널 안전한 곳까지 데려다주게 해 줘. 부탁이야."

"……미안해."

"네가 왜 미안하다고 해? 나쁜 건 칼렌 아디스 그놈인데!"

"하지만 나 때문에 너까지……."

"그만해, 칸나. 사랑하는 여자가 그렇게 된 걸 지켜만 볼 병신은 없어."

아, 그러셔? 칼렌은 입술을 비틀어 웃었다. 이런 상황에 사랑 타령이라니. 아주 잘들 노는군.

"콜린, 나는……."

"알아. 칸나 너, 다른 남자를 사랑한다고 했지?"

그 말에 칼렌은 저도 모르게 멈추어 섰다. 숨을 죽였다.

누님이? 칸나 누님이 누군가를 사랑한다고?

"나는 그저 네가 안전할 수만 있다면 만족해. 그러니까 칸나, 일단은 도망가는 것만 생각하자."

칼렌은 천천히, 아주 천천히 머리칼을 쓸어 넘겼다. 드러난 눈매가 성마르게 얼어붙었다.

'짜증 나네…….'

그래서 그냥 빨리 끝내기로 했다.

"카, 칼렌!"

바짝 쫓아가 일부러 기척을 드러냈다. 그러자 콜린이 소스라치게 놀라며 칸나를 등 뒤로 숨긴다. 칼렌은 웃었다.

"안녕, 친구. 좋은 밤이지?"

그러고는 어깨에 둘러멘 활을 들어 올렸다. 단번에 시위를 잡아당겼다. 콜린이 눈을 커다랗게 뜬다.

"칼렌, 잠깐만!"

그 순간, 짧게 갈등했는지도 모른다.

콜린 데비스. 유일한 친구. 어린 시절부터 함께해 온 소꿉동무. 그와 함께 나눈 추억들, 기억들, 즐거운 순간들이 주마등처럼 스쳐 지나가서…….

그러나 찰나였을 뿐.

칼렌은 바로 활시위를 놓았다.

"안 돼!"

명중의 순간 칸나의 비명이 울려 퍼졌다. 콜린의 입술이 고통으로 일그러졌다.

"카, 칼렌, 너……."

듣지 않았다. 저택을 나서는 순간부터 오늘 밤에 콜린의 마지막을 보겠노라 결정했으니. 시체와 대화하는 취미 따위, 없다.

이후 칼렌은 연이어 세 발의 화살을 쐈다. 빗나가는 일은 없었다.

"아."

몇 번의 휘청거림 끝에 콜린의 몸이 무너졌다. 칼렌은 그제야 활을 내렸다.

"콜린! 아, 안 돼! 콜린!"

절명한 콜린의 몸을 붙잡고 칸나가 울부짖는다. 다가가자, 그녀가 눈물범벅이 된 얼굴로 그를 쏘아보았다.

"너! 너 어떻게 이럴 수가 있어! 콜린은 네 친구잖아!"

"친구든 가족이든 중요하지 않습니다. 제 것을 건드렸고, 제 비밀을 알게 됐다는 것이 중요하죠."

"이, 악마 같은……."

칼렌은 한숨을 내쉬며 말했다.

"피곤하게 하지 말고 일어나세요."

"이 개자식아, 차라리 날 죽여! 나도 여기서 죽이라고!"

"그러고 싶은 걸 간신히 참고 있습니다. 일어나세요, 누님."

"싫어! 이것 놔!"

칸나는 칼렌의 팔을 뿌리쳤다. 그러고는 필사적으로 도망치기 시작했다.

"아!"

그러다가 나무뿌리에 걸려 자빠지고 말았다. 칼렌은 그 우스운 일인극을 무표정하게 구경했다.

"조심하십시오, 누님. 며칠째 묶여 있었으니 기력이 없을 텐데."

그러고는 그녀에게 다가갔다.

"오, 오지 마!"

콜린의 최후를 목격해서일까? 그녀는 사지에 힘이 풀린 듯 일어나지도 못했다. 엎어진 그대로 버르적댔다. 마치 다리가 부러진 사슴 같았다. 어찌나 가엾고, 어찌나 처연한지…….

칼렌은 어느새 바짝 마른 아랫입술을 핥았다. 그리고 생각했다.

어쩌면 사냥에 중독된 자들은 사실 이런 순간에 중독된 걸지도 모른다. 덫에 걸린 짐승을 마음껏 감상하다가, 원하는 때 언제든 포획할 수 있는 순간을.

"누님."

칼렌은 몸을 숙였다. 활대를 내려 그녀의 등을 살포시 눌렀다. 그것만으로 칸나는 그 자세 그대로 석상처럼 얼어붙었다.

그가 명령했다.

"나를 봐."

잠시 후 칸나는 천천히 고개를 들어 칼렌을 올려다보았다. 공포에 질린 눈이었다.

"누님은 이런 순간에도 아름답네요."

칼렌은 그녀의 일그러지는 얼굴을 보며 웃었다.

이미 자신은 바닥이고, 이것보다 더 아래로 떨어질 수는 없다고 생각했는데…….

"정말, 미치게 예쁘네."

추락에는 끝이 없었다.

❧

그날 이후 칸나는 완전히 기가 꺾였다.

'잔혹하게 굴길 잘했군.'

마침내 맹견을 길들인 기분이랄까? 그 결과로 순순한 칸나를 손에 넣었으니 잘한 짓이었다.

칼렌은 그녀를 섬으로 옮겼다. 모든 것이 순조로웠다. 언젠가는 누군가가 그녀의 부재를 알아차릴 테지만, 그때는 이미 늦었다. 영원히 찾을 수 없겠지. 콜린처럼.

콜린은 대외적으로는 실종된 것으로 알려졌다. 실제로는 아주 깊은 숲 어딘가에 묻혀 있지만.

가슴이 아팠다. 콜린 데비스. 유일한 친구였는데.

하지만 비밀을 알게 된 이상 어쩔 수 없었다. 죽이는 수밖에.

'미안하다, 콜린. 그러니까 왜 쓸데없는 짓을 했냐. 왜 널 죽일 수밖에 없게 만들어.'

칼렌은 옛 친구의 명복을 빌어 주며 시가를 피웠다. 콜린이 선물해 준 시가였다.

'만약 다음 생이란 것이 있다면, 부디 누님과 엮이지 않기를.'

오르시니 아디스가 후원을 들락거린 지 한 달째. 한 달 내내 칸나의 머리털 하나도 볼 수 없자, 그는 더더욱 난폭해졌다.

"제기랄. 다 개 같아."

그는 언제나 잔뜩 화가 나 있었고, 세상 모든 것이 못 견디도록 짜증스러웠다. 오르시니는 자신이 전력으로 망가지고 있음을 알고 있었다.

차라리 이 집에서 나가 버렸다면 이보다는 나았을까? 아니면 칸나가 나갔다면…….

둘 중 누군가가, 시야가 닿지 않는 곳으로 떠났다면 지금보다는 나았을지도 모른다. 그러나 그녀는 한평생 내내 그의 영역에서 살았다.

그 고문 같은 세월이 길었다. 너무나도 길었다.

"빌어먹을 년, 대체 뭔 짓거리를 하고 다니기에 코빼기도 안 보이는 거야?"

오르시니는 그녀의 지하 연구실로 내려갔다. 쾅, 문짝을 걷어차며 들어갔다.

"야, 오물!"

그러나 연구실은 텅 비어 있었다. 그뿐인가? 책상 위에는 뽀얀 먼지가 얇게 쌓여 있었다.

"……뭐야?"

손가락으로 먼지를 쓸어 확인하는 순간 오르시니는 바로 깨달았다. 칸나는 이 저택에 없다.

아마도, 꽤 오래전부터.

❦

"누님. 저 왔습니다."

"칼렌!"

칸나가 활짝 웃으며 달려온다. 그의 목을 끌어안으며 매달렸다.

"이제 왔어?"

칸나가 이 섬에 온 지 두 달째. 이제 그녀는 이 삶에 완벽하게 적응한 것 같았다.

"피곤하지 않니?"

그녀는 너무나도 상냥했다. 한때 앙칼졌던 모습은 상상할 수 없을 정도로.

"괜찮습니다. 누님은 뭐 하고 계셨습니까?"

"아, 나 퍼즐 맞추고 있었어. 지금 다 맞췄는데 한번 볼래?"

칸나가 밝게 웃으며 그의 손을 잡아끌었다.

"어때? 멋지지?"

"예. 굉장한데요."

"그렇지? 저기, 저 부분 맞추는 게 좀 힘들긴 했는데……."

칼렌은 참지 못하고 그녀의 목덜미를 잡아당겼다. 그대로 입술을 맞추었다.

"보고 싶었습니다, 누님."

그녀와 떨어져 있는 내내 이 향기를 맡고 싶어서, 살결을 느끼고 싶어서 정말이지 미칠 지경이었다.

칼렌은 언제부터인가 항상 칸나를 생각했다. 파티 중에도, 회의 중에도, 일하는 중에도, 언제나. 온통 그녀 생각뿐이다.

"저 약혼할 것 같습니다."

칼렌의 팔에 기대어 누워 있던 칸나가 눈을 번쩍 떴다.

"약혼? 누구랑?"

"요안나 프리드리히. 얄덴 왕국의 왕녀입니다."

칼렌은 제 가슴팍 위로 흩어진 검은 머리칼을 어루만지며 말했다.

"일단은 약혼을 전제로 만나되 몇 년 후에 정식으로 약혼식을 치를 생각입니다."

"그럼 나는?"

칼렌은 그녀의 머리칼을 그러모아 입술을 맞추었다.

"누님은 계속 이곳에서 살면 됩니다. 제가 자주 오도록 하죠."

"……"

"정략결혼은 흔한 일이잖습니까? 귀족의 의무나 마찬가지입니다."

"……알아. 누가 몰라?"

그렇게 말한 칸나가 콧방귀를 뀌며 몸을 획 돌렸다. 그 등을 보고 있자니 기분이 이상해졌다. 성가셔야 하는데…….

그런데 그녀가 사랑스러웠다.

칼렌은 자신의 입매를 쓸었다. 이제 보니 입꼬리가 한껏 올라가 있는 것이 아닌가?

이건 곤란하다. 이런 걸 사랑스럽다고 느끼다니. 심지어 그녀의 분노에 일종의 쾌감 같은 것까지 밀려오고 있었다.

"하지 말까요?"

그러자 칸나가 고개를 슬쩍 돌린다.

"하지 말라면, 안 할 거니?"

"글쎄요."

"그런 대답이 어디 있어?"

칸나가 심술궂은 얼굴로 상체를 일으켰다. 그의 가슴팍에 손을 짚었다.

"똑바로 대답해, 칼렌."

폭포수처럼 쏟아지는 검은 머리칼이 그의 뺨을 간지럽혔다.

"약혼 안 하겠다고 말해."

칼렌은 눈부신 것을 보듯 그녀를 올려다보았다. 미소 짓는 그녀는 아름답다 못해 아찔했다.

"어서, 응?"

"누님."

"대답해, 칼렌."

이후의 일은 잘 기억나지 않았다.

안 할게요. 누님 말 들을게요. 혼미해진 정신으로 그렇게 대답했던 것 같다.

무서울 만큼 행복했다.

그러나 칼렌은 알고 있었다.

'누님은 날 증오하고 있다.'

지금의 모습은 연기다. 알고 있다. 알고는 있지만……

'그냥 속아 주자.'

칼렌은 마약에 중독된 한심한 인간들을 처음으로 이해했다.

이런 기분이라면 그럴 만하지. 몸에 나쁘다는 걸 알면서 혈안이 되어 찾을 만하지. 그러나 칼렌은 그다지 염려하지 않았다. 칸나가 아무리 발버둥 쳐 봤자 자신의 털끝 하나 건드릴 수 없을 테니까.

칼렌은 언제나 성공해 온 자신을 신뢰했고 언제나 패배해 온 칸나를 얕보았다.

그렇기에 그의 신경을 사로잡은 것은 다른 쪽이었다.

"칸나 너, 사랑하는 사람이 있다고 했지?"

누님이 사랑한다는 그 남자. 누굴까?

오르시니는 칸나의 흔적을 추적했다.

'칸나와 마지막으로 만난 것이 칼렌이다.'

그리고 칼렌은 최근 주기적으로 자리를 비우고는 했다. 철저한 미행 끝에 칼렌이 타는 배에 몰래 숨어들었다. 남쪽 섬에 도착했다.

그리고 엿보았다. 그 저택에서, 그 방에서, 칼렌과 칸나를.

연인처럼 다정한 남자와 여자를.

'미친놈들.'

순간 당장에 달려들어 두 연놈을 찢어발기고 싶은 살기가 솟구쳤다.

'이, 미친놈들.'

그런데 칼렌 아디스, 그 머저리 같은 자식은 이 살기조차 느끼지 못하고 있었다. 그 정도로 칸나에게 빠져 있었다. 저대로 목이 잘려도 눈치채지 못할 것 같았다.

오르시니는 빠르게 자리를 피했다. 더 봤다가는 정말이지 두 사람을 갈기갈기 찢어 버릴 것 같아서. 멀어지고 난 후에야 벽에 머리를 쾅 박았다. 이마가 찢어지고 피가 흘러내렸지만, 아픔 따위는 느껴지지도 않았다.

'이게 어떻게 된 일이지? 두 사람이 왜?'

아무것도 알 수 없었지만, 단 하나는 분명했다.

죽여 버리고 싶었다.

⚜

칼렌이 배를 타고 떠나는 것을 확인한 후 오르시니는 다시 저택으로 향했다.

"야."

문을 걷어차고 들어갔다. 그러자 화들짝 놀란 칸나가 침대에서 몸을 일으킨다.

"이 더러운 오물 같은 년."

그대로 칸나의 머리채를 억세게 휘어잡았다.

"너, 내 동생이랑 무슨 관계야."

칸나가 고통스러운 눈으로 그를 올려다본다.

"무슨 관계냐고! 말해!"

오르시니의 목덜미에 굵은 핏줄이 돋아났다. 그가 소리쳤다.

"칼렌이랑 무슨 관계냐고 묻잖아!"

그러자 칸나의 입꼬리가 올라갔다.

"왜? 부럽니?"

"이 미친년이……."

그때였다. 칸나의 두 팔이 그의 허리를 휘감았다. 그러고는 그의 단단한 복부에 얼굴을 묻었다.

"오르시니."

오르시니의 시간이 정지했다. 손아귀에서 절로 힘이 풀렸다. 스르륵, 그녀의 머리칼이 아래로 흩어졌다.

"나를 도와줄래?"

오르시니는 대답할 수 없었다. 아니, 들리지도 않았다. 한참 후에야 간신히 사고가 돌아왔다.

"……더러운 몸뚱이 치워."

칸나는 웃음을 꽉 참았다. 치우라니, 농담하는 건가? 이렇게 단숨에 뜨거워진 주제에.

'이것만큼은 칼렌에게 고마워해야 하는 걸까?'

그 녀석이 자신을 붙잡고 진창으로 떨어진 덕분에, 이제 그녀는 할 수 있는 것이 아주 많았다.

한때는 상상도 못 했던 짓들. 이제는 얼마든지 할 수 있다.

"도와줘, 오르시니. 날 도와줄 수 있는 사람은 너뿐이야."

오르시니의 팔을 끌이당겼나. 거대한 체구의 사내가 종이 인형처럼 쉽게도 무너졌다. 침대 위로 주저앉았다. 칸나는 그의 허벅지 위로 올라탔다.

"제발 날 도와줘."

그렇게 속삭이며 오르시니의 이마에 입술을 눌렀다.

"응? 그렇게 해 줄 거지?"

아래로 천천히 내려갔다. 뜨겁게 달아오른 그의 눈꺼풀에, 콧날에, 뺨에, 그리고 턱 언저리에. 꾹 눌렀다가 뗄 때마다 그의 손끝이 움찔움찔 경련했다.

"부탁이야…… 날 도와줘."

그러나 닿을 듯 말 듯, 입술에는 닿지 않고 근처를 배회한다. 오로지 숨결만으로 살갗을 훑을 뿐. 오르시니의 입매가 모멸감으로 일그러졌다.

"천박한 년."

그러나 그의 눈은, 그의 얼굴은, 폭발하는 기대감과 욕망으로 산산이 조각조각 부서지고 있었다. 이내 그의 자존심과 고집과 이성까지, 흔적도 없이…….

마침내 굴복했다.

"말해……."

꽉 억눌린 목소리가 새어 나왔다.

"뭘 원하는지, 말해."

다음 순간, 칸나는 그의 입술을 삼켰다. 오르시니가 죽음 같은 신음을 흘렸다. 그러고는 그녀를 강하게 부둥켜안았다.

"죽여 줘."

칸나는 그의 입속으로 저주를 흘려보냈다.

"칼렌을 죽여 줘."

저택에 돌아가자마자 칼렌은 약혼을 파기했다.

"소공작님, 정말 이래도 괜찮으시겠습니까?"

"이건 지나치게 일방적인 처사입니다. 고작 전서 한 장으로 약혼을 취소하시다뇨!"

"적어도 얄덴 왕실과 직접 대화를 나누는 성의를 보여야 하지 않겠습니까?"

가신들이 거세게 항의했지만, 이미 칼렌의 귀에는 아무것도 들리지 않았다.

'누님이 알면 좋아하시겠어.'

벌써 입꼬리가 올라간다. 물론 당연히 가식이겠지. 연기겠지. 가짜겠지. 알고 있다. 이번에도 잘 알고 있지만…….

그러나 누님의 기쁨만큼은 진심일 것이다. 그의 일을 망치고 그를 조종했다는 사실에 기뻐하겠지.

'그때만큼은 진심으로 웃겠군.'

칸나가 웃는 것을 보고 싶다. 가짜로 웃는 것도 예쁘지만, 진짜로 웃는 건 틀림없이 더 아름다울 테니.

그 순간, 칼렌은 눈치챘다.

무언가가 변했다. 그의 안에서 완전하게 변해 버렸다.

본래 누님에게 품었던 마음은 아주 난폭하고 폭력적이지 않았던가? 무슨 수를 써서라도 그녀를 갖고 싶었다. 독점하고 싶었다. 사실 그것은 감정이라기보단 욕정에 가까웠다.

그런데 지금 이 기분은, 가슴 한구석에 달콤한 꽃물이 스며든 것 같아서, 한없이 따뜻하고 부드러워서…….

모르겠다. 그냥, 저절로 웃음이 나온다.

그녀가 보고 싶었다.

⋄⋄⋄⋄⋄

열여덟 살의 어느 날.

그날, 칸나는 후원의 나무 아래에 떨어진 새끼 새를 발견했다.

'가여워라.'

둥지에서 떨어져 홀로 버둥거리는 꼴이 어찌나 안타깝던지. 그 모습이 꼭 자신 같았다. 그래서 새의 날개를 치료해 준 후, 둥지에 다시 올려놨는데…….

'내가 여길 어떻게 올라왔지?'

나무에 올라가는 것과 내려가는 것은 차원이 다른 행위였다. 그렇게 한동안 어쩌지도 못하고 나무에 매미처럼 붙어 있을 때였다.

"거기서 뭘 해?"

한 남자가 나타났다.

칸나는 바짝 긴장했다. 그 사람이다. 언제나 바쁜 그 사람을 보는 건 거의 1년 만이었다.

"새, 새가 다쳐서요……."

"그래서? 너도 다치고 싶어서 올라간 건가?"

아무 말도 못 하자 그가 재촉했다.

"빨리 내려와."

"모, 못 내려가겠어요."

"그럼 떨어져라. 잡아 주지."

"······."

떨어지라고? 이 높이에서? 말이 쉽지, 어떻게 제정신으로 떨어진단 말인가?

여전히 미동도 못 하자 그가 나직이 한숨을 내쉰다.

'어떡해.'

칸나는 나무 기둥을 붙잡으며 눈을 질끈 감았다. 이런 자신이 한심하다고 생각하시겠지. 이대로 그가 욕설을 내뱉으며 갈 거라고 생각했으나······.

"꺅!"

다음 순간, 그녀의 몸이 덜렁 올라갔다.

"아, 아······!"

그 사람이었다. 단숨에 나무를 타고 올라온 그 사람이 그녀의 몸을 어깨에 둘러멘 것이다.

놀라서 버둥거리자, 그가 그녀의 등을 지그시 눌렀다.

"가만히 있어."

커다란 손. 그리고 따뜻한 체온. 그 손아귀가 한없이 안온해서 순간 온몸에 힘이 풀렸다.

본능이 먼저 깨달은 듯했다. 이 손은, 이 사람은 세상 누구보다 안전하다는 것을.

그러나 곧 다시 바짝 긴장했다. 그녀가 떨어지지 않도록 등을 누르는 손, 그 선명한 체온에 심장이 미친 듯이 요동쳤다. 그대로 갈비뼈를 부수고 튀어나올 것 같았다. 그렇게 영원 같은 순간이 흐르고 마침내 땅에 발이 닿았다.

"가, 감사합니다. 아."

바로 중심을 잡지 못하고 휘청거리자 그가 어깨를 잡아 주었다.

그 순간, 눈이 덜컥 마주쳤다.

"……"

그대로 멈추었다.

움직일 수가 없었다. 자신을 직시하는 그의 눈동자에 영혼이 흡수당한 것 같았다. 그저 넋을 놓은 채 바보처럼 생각했다.

'이 사람은 신 같아……'

침묵은 찰나였을 뿐이다. 그 사람이 옆으로 시선을 비껴간다. 그제야 칸나는 허둥지둥 정신을 찾았다.

"죄, 죄송해요. 저기, 그런데 손에 상처가……"

한 손으로 나무를 탈 때 가시에 찔린 걸까. 그의 오른쪽 손바닥에서는 피가 흐르고 있었다.

"저, 제가 치료해 드릴까요?"

대체 어떤 용기로 그런 말을 했는지 모르겠다. 평생을 동경하고 두려워한 사람인데.

"……"

거절당할 거라고 생각했다. 그러나 그는 거절하지 않았다. 정확히 말하자면, 아무 답도 주지 않았다.

"여기서 잠시만 기다리세요! 제가 금방 도구를 가져올게요!"

칸나는 지하 연구실로 정신없이 달려가 치료 도구를 챙겼다.

'어서, 어서 가야 해. 그분이 떠나기 전에.'

도구를 한 아름 끌어안고 정원으로 달려가는 길, 숨이 벅차올랐다. 한 걸음 한 걸음 내달릴 때마다 가슴이 부서질 것처럼 떨려 왔다.

'아냐, 당연히 없을 거야.'

지금쯤이면 떠났을 거다. 그 사람이, 그렇게나 바쁜 사람이 자신을 기다릴 리가 없지 않은가?

그러나 그는 그곳에 있었다. 그 광경이 날카로운 파편처럼 가슴에 날아왔다. 깊숙이 박혔다.

어떻게 그에게 다가가 다친 손을 치료해 줬는지, 아무것도 기억나지 않았다. 기억나는 것은 나뭇잎 사이로 내리쬔 햇살의 조각과, 봄 향기 자욱한 공기와, 떨리는 숨결, 그리고…….

아슬아슬하게 닿은 손끝으로 스며드는 체온. 오로지 그것뿐이었다.

"다 됐어요."

그는 그녀를 지그시 내려다보더니 아무 말 없이 몸을 돌렸다. 그렇게 사라졌다. 언제나처럼, 손이 닿지 않는 곳으로.

이후 그 순간을 떠올리면 언제나 손과 등이 타들어 가듯 뜨거웠다. 그의 손이 닿았던 그 부분이. 화상을 입은 듯 욱신거렸다.

눈을 떠 보니, 오르시니가 침대 맡에 걸터앉아 궐련을 피우고 있었다.

"……."

칸나는 그의 널찍한 등을 가만히 바라보았다. 그리고 생각했다.

'등에 흉터가 있네.'

어쩌다 생긴 걸까…… 사실 별로 궁금하지도 않지만.

마음이 심란한지 그는 연달아 다섯 개의 궐련을 피워 댔다. 그의 생각이 복잡하든 말든 알 바 아니지만 슬슬 냄새가 짜증 났으므로 위로해 주기로 했다.

"오르시니."

진작 시선을 눈치채고 있었는지 그는 놀란 기색 없이 대꾸했다.

"왜."

"나한테 넘어간 게 그렇게 열 받니? 착잡하고 죄책감 들어?"

"입 찢어 버리기 전에 닥쳐."

"그렇게 자책할 필요 없어."

칸나는 반쯤 몸을 일으켰다. 그의 등을 향해 말했다.

"너는 아직 모르나 보네. 칼렌은 아는 것 같던데."

"뭘."

"아디스 공작님은 내 친부가 아니야."

"……."

짧은 정적이 흘렀다. 오르시니가 천천히 고개를 돌려 그녀를 바라본다. 얼빠진 얼굴이었다.

"뭐라고?"

"나는 네 살 때 아디스에 입양됐어."

칸나는 손을 뻗었다. 오르시니의 흉터를 만지자, 그의 근육이 딱딱하게 경직하는 것이 느껴졌다.

"오르시니 넌 그때 워낙 어려서 기억 못 하는 모양이지만……."

그의 피부는 달궈진 쇳덩어리처럼 단단하고 뜨끈했다. 칸나는 아무 감흥 없이 훑으며 말을 이었다.

"아디스 공작님이 내 엄마랑 무슨 심각한 얘기를 한 것 같았는데, 나도 잘 몰라. 대충 기억나는 건, 나를 검은 사도에게서 지켜야 한다고 했어. 검은 사도가 나를 차지하면 세상이…… 뭐랬더라? 찢긴다고 했나? 멸망한다고 했나?"

"……."

"웃기지?"

"……."

"아디스 공작님이 그 헛소리를 왜 믿은 건지 아직도 의아해. 마치, 미래에 직접 가서 세상의 끝을 보고 온 사람처럼 심각해 보였어."

칸나는 킥킥 웃었다.

"그분은 그걸 막기 위해 날 거둔 거야."

"너……."

한동안 침묵하던 오르시니가 인상을 찡그렸다.

"지금 나보고 그 개소리를 믿으라고?"

"안 믿어도 돼. 어쩌면 내가 잘못 들은 걸지도 몰라. 워낙 어릴 때라 기억이 왜곡된 걸 수도 있고."

사실 그녀도 믿지 않았다.

얼굴도 기억나지 않는 엄마, 그녀는 아마 대단한 사기꾼일 것이다. 알렉산드로 아디스를 완벽하게 속여서 피 한 방울 안 섞인 자신을 공작 가문의 영애로 만들었으니까.

그런 엄마가 원망스러웠다.

'당신은 그러면 안 됐어.'

나를 아디스의 장녀로 만들어서는 안 되는 거였어. 나를 그분의 여식으로 만들어서는 안 되는 거였어.

지금껏 단 한 번도 그분을, 그들을 가족으로 느껴 본 일이 없는데, 그저 아주 가끔 마주치는 남이나 마찬가지인데. 그 족쇄로 인해 그녀의 삶은 불행해졌다.

문득 콜린이 떠올랐다.

"난 네가 행복해졌으면 좋겠어, 칸나. 네가 사랑한다는 그 남자와는……
아예 가능성이 없는 거니?"

응, 없어.

칸나는 쓰게 웃으며 오르시니를 끌어당겼다. 이제 오르시니의 피부
는 불덩이처럼 뜨거웠다. 조금 전까지만 해도 치욕감에 몸을 떨던 주
제에, 그는 금세 모습을 달리했다. 정신없이 달려든다.

이 고욕을 버틸 수 있는 것은 그나마 그가 그분처럼 보이는 순간이
있기 때문이었다.

하지만 그래봤자 비루한 위안일 뿐이지.

'가능성 같은 건 없어, 콜린. 나는 영원히 행복해질 수 없어.'

그렇잖아도 벼랑 끝에 서 있던 나를 칼렌이 밀어 버렸어. 나는 추
락했고, 진창에서 뒹굴고 있어.

예전에는 내려가는 것이 어렵다고 생각했는데…….

이제는 올라가는 방법이 기억나질 않아.

칸나에게 가는 길, 칼렌은 태어나 처음으로 꽃을 샀다.

'누님이 꽃 따위를 좋아할 리가.'

그렇게 생각하면서도 마음이 설렜다. 마치 풋사랑을 시작한 어설픈
소년이 된 기분이었다.

칼렌은 생각했다. 어쩌면 이런 것이 사랑일지도 모르겠다고.

그녀를 원하는 이 갈망이 커지고 커지고 또 커져서, 기어코 사랑이라는 영역에 도달한 건지도 모르겠다고.

'그럼 이제 어떻게 해야 하지?'

그녀가 진심으로 웃었으면 좋겠다. 진심으로 행복해졌으면 좋겠다. 진심으로 자신을 좋아해 줬으면 좋겠다. 이런 마음이 드는 건 처음이라, 무엇을 어찌해야 할지 도저히 알 수가 없다.

하지만 그들에게는 시간이 있다. 그러니까 어떻게든 될 것이다. 천천히, 조금씩, 차근차근, 좋은 방향으로 걸어 나가면…….

"야, 칼렌."

그러나 그의 희망은 짓밟혔다.

"왔냐?"

"……"

칼렌은 무표정한 얼굴로 주위를 둘러보았다. 저택을 지키는 용병들의 수는 무려 백여 명. 그런데…….

"형님이 한 짓입니까?"

모두가 죽어 있었다. 시선 닿는 족족 그러했다.

"그럼, 걔가 이랬겠냐?"

오르시니는 검날에 묻은 피를 털어 냈다. 칼렌의 얼굴이 차갑게 굳었다.

"누님에게 무슨 짓을 했습니까?"

"말은 똑바로 해야지. 무슨 짓은 내가 한 게 아니라 걔가 한 거다."

오르시니가 입술을 비틀어 웃었다.

"걔가 날 꼬시더라고."

다음 순간, 칼렌은 빠르게 검을 뽑아 들었다. 그리고 거의 동시에 폭풍 같은 힘이 격돌해 왔다. 칼렌의 턱에 힘이 들어갔다. 실로 어깨가 빠져나갈 듯한 힘이었다.

"이게 무슨 짓입니까?"

"걔가 널 죽여 달라더군."

"그래서요. 여자의 사탕발림에 넘어가 형제에게 검을 겨눕니까?"

"내가 약속은 지키는 사람이거든."

캉, 검날에서 불꽃이 튀었다. 몇 번의 격돌 끝에 누구의 것인지 모를 피가 튀었다.

오르시니의 머리가 달아올랐다. 이 혈향이 그를 고무했다. 그리고 마침내 깨닫게 했다. 방 안에서 뒤엉킨 두 사람을 목격했을 때 느낀 살기, 그것이 칸나를 향한 살심이라고 생각했다. 그러나 오판이었다.

"오늘 너를 죽여야겠다, 칼렌 아디스."

그는 동생을 죽이고 싶었다.

'잘도 싸우네. 등신들.'

칸나는 창밖을 내려다보며 두 남자의 혈투를 구경했다.

'둘 다 죽어 버렸으면 좋겠다.'

칼렌이나 오르시니나, 둘 다 똑같이 역겨운 개자식들이었다.

둘 다 죽으면 최고의 결말이겠지만 둘 다 살아도 썩 나쁘지 않지. 이로써 형제 관계는 파탄이 났고, 평생 서로를 경계하거나 혹은 싸워 가며 살아갈 테니.

그러니 이제 됐다.

칸나는 힘없이 저택을 빠져나가 해변으로 걸어갔다. 용병들은 오르시니가 다 해치웠고, 두 남자는 싸우는 데 혈안이 되어 있으므로 그녀를 막을 수 있는 건 아무도 없었다.

'그러니까 이제 가자.'

이 세상이 아닌 다른 곳으로.

그곳이 어디든 상관없다.

설령 아무 데도 도달하지 못하더라도 괜찮다. 칸나는 이제 이곳에서 그만 살고 싶었다. 열네 살 때, 처음 독극물을 마셨을 때처럼 완전히 질려 버렸다.

'이제 지쳤어.'

쏴아아, 파도가 모래를 적시며 밀려온다. 칸나는 멍하니 바다를 바라보다가 천천히 한 걸음씩 걸어 들어갔다.

'이제는, 정말 지쳤어.'

살면서 단 한 번도 행복한 적 없었다. 언제나 어둠이었다.

처음으로 생긴 친구는 자신 때문에 죽었다. 그리고 딱 한 번, 아무도 몰래 마음에 빛을 품었지만…….

그래 봤자 어차피 영원히 닿지 못할 빛이었다.

'그래. 어차피 안 될 운명인걸.'

그를 사모하는 마음조차도 이제는 또 하나의 비극에 불과했다.

'마지막으로 한 번만 더 만날 수 있었다면 좋았을 텐데.'

하지만 그분은 언제나, 언제나, 언제나 바쁘니까.

어쩌면 1년 후에, 2년 후에, 운이 좋으면 만날 수도 있겠지. 그러나 그 시간을 버티기엔 이제는 지쳐 버렸다.

'그러니까 안녕.'

차가운 바다가 서서히 몸을 삼킨다. 그 냉기 속에서 칸나는 삶에 유일했던 온기를 떠올렸다. 그녀의 등을 지그시 누르던 그 손을.

그 체온만 떠올리며 계속 앞으로 걸어갔다.

그래서일까, 바닷속은 따뜻했다. 마치 단 한 번도 안겨 본 적 없는 그의 품처럼 느껴져서…….

벗어나고 싶지 않았다.

"뭐?"

형제의 싸움은 마을 주민의 다급한 외침에 멈추었다.

"크, 큰일 났습니다! 그 검은 머리 아가씨가……!"

쨍그랑! 먼저 검을 놓친 것은 칼렌이었다. 그가 한 대 맞은 듯한 얼굴로 물었다.

"그게 무슨 소리야?"

그는 자신의 귀를 의심했다.

"누님이…… 뭐 어쨌다고?"

다음 순간, 오르시니가 검을 내팽개치고 달려들었다. 주민의 멱살을 거칠게 잡아챘다.

"뭐라고 했냐. 다시 말해 봐."

"그, 그러니까 그 아가씨가, 바다로 들어갔다고요!"

"그래서?"

"그래서라뇨! 안 나왔다니까요!"

주민이 새빨개진 얼굴로 말했다.

"바다에 들어가서 다시 나오지를 않았어요!"

두 형제의 얼굴에서 표정이 사라졌다.

칸나 아디스가 바다로 걸어 들어갔다. 나오는 것을 본 사람은 아무도 없었다.

알렉산드로는 아주 오랫동안 의식을 잃었다. 클로드의 말에 의하면 우반신이 완전히 뭉개졌다고 했다.

반년 후 알렉산드로는 눈을 떴고, 그때 그의 몸은 거짓말처럼 회복해 있었다.

"다시 말해 봐."

그리고 깨어난 그에게 벼락같은 소식이 기다리고 있었다.

"지금 뭐라고 했지?"

"정신을 잃으신 사이에 그분의 부고가 전해졌습니다."

클로드는 알렉산드로의 눈치를 보며 조심조심 말을 이었다.

"시신은 발견되지 않았다고 합니다."

"……."

알렉산드로의 표정에는 변화가 없었다. 파문 없는 호수처럼 잔잔했다.

"……나가 봐."

클로드가 나가고, 혼자 남은 알렉산드로는 멍하니 침대에 앉아 창밖을 바라보았다. 아주 오랫동안 침묵하던 그가 입술을 열었다. 그리고 불러 보았다.

"칸나."

그 이름은 방 안을 아주 오랫동안 울리다가, 이윽고 공기에 스며들었다.

알렉산드로는 그때 깨달았다.

이 호흡이, 이 숨결이, 지켜야 할 존재가 사라진 세계의 공기는 그저 끔찍한 고통이라는 것을.

'내가 죽였다.'

칼렌은 하염없이 바다를 바라보았다. 칸나를 삼킨 바다였다.

'내가 죽였어. 누님은 내가 죽인 거야.'

해가 지고 달이 뜰 때까지, 또다시 아침 해가 어둠을 가로지를 때까지, 그는 아주 오랫동안 바다를 바라보았다. 그러던 어느 순간 그의 붉은 머리칼이 노인의 것처럼 새하얀 백발로 변했다.

그렇게 얼마나 지났을까?

"칼렌."

그녀의 목소리를 들었다. 칼렌은 놀란 얼굴로 고개를 들어 올렸다.

그녀가, 칸나가 바다 한가운데에 서 있었다!

"누님?"

"응, 칼렌."

누님이 대답한다. 살아서, 눈앞에서, 그에게. 깨닫는 순간 눈물이 주룩 떨어져 내렸다.

"제가……."

목소리가 부서졌다. 파편처럼 튀어나왔다.

"제가 잘못했습니다, 누님."

칼렌은 비로소 자신이 저지른 짓을 실감했다. 포악한 육식 동물이 사나운 이빨로 먹잇감을 뜯어 먹는 것과 다름없었다.

얼마나 괴로웠을까?

그러면 안 되는 거였다. 자신이 나빴다. 정말로 나빴다.

"제가, 정말 잘못했습니다."

"……."

"누님, 제발, 그러니까 그곳에서 나오세요. 예?"

"……."

"약속하겠습니다. 다시는 그러지 않겠습니다. 누님이 원하는 어떤 벌이든 달게 받겠습니다. 그러니까 제발……."

그러나 칸나는 대답하지 않는다. 용서하지 않는다.

당연하다. 용서까진 바라지도 않는다. 그가 바라는 것은 단 하나, 그녀를 저 바다에서 *끄집어내는* 것뿐.

"누님, 제발 부탁입니다. 그곳은 위험합니다. 들어가지 마세요."

칼렌은 비틀거리는 몸을 일으켰다. 칸나를 향해 다가갔으나, 그녀는 그저 짓궂게 웃는다. 몸을 빙글 돌려 달려간다.

"아, 안 돼요."

심장이 덜컹 떨어져 내렸다.

"누님! 가지 마세요! 누님!"

바다 안쪽으로 깊숙이 들어가는 그녀, 칸나를 쫓아 정신없이 달려 갔다.

"누님! 제발, 제발 가지 말아요!"

파도가 철썩이며 몸을 때렸다. 개의치 않았다. 오직 그녀를 꺼내야 한다는 생각, 오로지 그 집념만이 머리를 가득 채웠다. 다른 것은 없었다.

"누님!"

이번엔 안 돼. 이번만큼은 안 돼. 이번에도 바다에 누님을 빼앗길 수는 없어…….

"누님, 제발……!"

왈칵, 바닷물이 얼굴로 밀려온다. 칼렌은 손을 뻗었다. 그녀의 흔들리는 검은 머리채를 향해 힘껏 펼쳤다.

조금만, 아, 조금만 더 가까이 가면…….

'누님.'

마침내, 닿았다.

닿았다고 생각했다.

칸나의 죽음 이후, 칼렌 아디스의 머리칼이 노인처럼 백발로 세었으며, 정신 착란을 겪기 시작했다.

"누님, 제가 잘못했습니다. 제발 들어가지 마세요! 가지 말아요!"

소문에 의하면 그는 죽은 누이의 환상을 쫓아 바다 안으로 뛰어들어 갔다고 한다. 그러나 칸나 아디스가 그러했듯 그가 다시 나오는 것을 본 사람은 아무도 없었다.

오르시니 아디스는 실종되었다.

그는 스스로 오른팔을 잘라 외팔이가 되었으며, 술에 취해 어두운 뒷골목을 전전하는 것이 몇몇 사람에게 목격되었다.

알렉산드로 아디스는 은퇴했다.

유일하게 남은 자식, 이자벨 아디스에게 공작위를 물려주고 사라진 것이다.

그리고 3년 후, 알렉산드로는 검은 사도가 되어 나타났다.

한때 제국의 수호자였던 자가 약탈자가 되어 돌아온 것이다. 그의 손에 도시가 부서지고 그가 지나가는 자리마다 새빨간 불길이 일었다. 아무 명분도, 이유도 없이, 알렉산드로 아디스는 모든 것을 파괴했다.

그리고 마치 누군가에게 보내는 경고장처럼 매일같이 전단을 만들어서 무작위로 뿌려 댔다.

<다시 시작해라.

그렇지 않으면 내가 이 세상을 끝장내고, 네 세상을 박살 낼 테니.

다음번엔 반드시 지킨다.>

"성깔 하고는. 네가 이렇게 협박하지 않아도 다시 할 거야."

알렉산드로는 '그녀'가 시간을 되돌릴 수밖에 없게 만들고 있었다.

굳이 그러지 않아도 되돌릴 생각이었는데.

"그 애가 그렇게 마음에 들었나 보지?"

그는 모든 삶에서 그러했다.

언제나 회귀 전의 삶을 기억하지 못하는데도, 그는 매 삶에서 칸나를 지키려 혈안이 되었다. 도무지 실패를 인정하지 못했다.

"하여간 아디스 녀석들, 뭐 하나에 꽂히면 포기를 안 한다니까."

여자는 쓴웃음을 지으며 기록을 계속해 나갔다.

<이러한 실패에도 불구하고, 칸나는 아디스에 있을 때 가장 오래 살았다. 알렉산드로 아디스, 그 남자보다 칸나를 오래 살린 사람은 아무도 없다. 그러나 결국엔 실패로 종결된다.

저번 원인은 오르시니 아디스,

그리고 이번 원인은 칼렌 아디스다.>

여자는 잠시 펜을 멈추었다. 생각에 잠겼으나 곧 다시 쓰기 시작했다.

<칼렌 아디스는 아주 위험하다. 어쩌면 신령보다 더 위험한 사내일지도 모른다.

그는 소름 끼칠 만큼 라르고스와 닮았다. 라르고스 아디스. 제 욕망을 위해서라면 뭐든 하는 그 미친 사내와.

나조차도 라르고스를 길들이지 못하고 죽여야만 했는데, 과연 칸나가 칼렌을 통제할 수 있을까?

칼렌은 칸나에게 유해하지만, 모순적이게도 칸나에게 필요한 존재이다. 성력을 가진 제물로 칸나의 생존을 위한 도구, 그녀를 지키기 위한 수호자가 되어야 하니까. 그러니 그를 통제하는 데 성공해야만 다음 단계로 넘어갈 수 있다.

그게 가능할까?

칸나가 칼렌을, 그 사내를 완벽하게 무릎 꿇리고 회개시키지 않는

한, 칸나에게는 언제나 나쁜 결말뿐이다.>

"하지만 괜찮아."

여자는 펜을 내려놓았다. 피로한 듯 눈가를 문지르며 중얼거렸다.

"내가 널 이렇게 되도록 두지 않을 테니까."

손에 피를 내어 술법진을 그렸다. 과거로 시간을 되돌린다.

"너는 이런 끔찍한 일 겪지 않을 거야, 칸나. 너에게 이런 일은 일어나지 않았어."

그리하여 여자는 또다시 회귀했다. 수십 번. 수백 번. 어쩌면 수천 번이 될 수도 있는 회귀를.

아이가 행복한 종말을 맞이할 때까지.

외전 7. 전생 체험

칸나는 자신의 삶을 사랑했다. 솔직히 말하자면, 자신의 삶이 최고라고 생각했다.

'그래. 내 인생 최고야.'

칸나 발렌티노. 발렌티노 가문의 공작 영애. 비록 입양아지만, 실비엔은 그런 것 따위 신경 쓰지 않는다.

'설령 친오빠여도 그렇게까지 잘해 주진 않을걸!'

게다가 실비엔은 요정처럼 아름답고, 상냥하고, 똑똑하고, 힘도 세고……. 그야말로 완벽 그 자체. 그런 오빠가 세상에서 제일 사랑하는 사람이 바로 자신이다. 그것이 자랑스러웠다. 그래서 우쭐했다.

그는 자신의 말이라면 뭐든 들어주지 않는가?

'그래, 라파엘과 함께 지낼 수 있게 해 줬잖아? 갑자기 낯선 남자를 데려왔는데도 내 말을 들어줬어.'

길거리에서 남자를 주워 와도, 오빠는 무조건 고개를 끄덕였다. 네 뜻대로 해, 칸나. 나는 네 편이니까. 언제나 이렇게 상냥하게 웃으면서.

며칠 전, 열일곱 살 생일 때는 다이아몬드 광산을 선물해 줬다. 생일 축하해, 칸나. 네가 태어나서, 나에게로 와 줘서 기뻐. 이렇게 말하며 뺨에 입술을 맞춰 주었지.

모든 사람이 부러워했다. 실비엔 발렌티노 공작의 사랑을 흠뻑 받는 여동생, 칸나 발렌티노, 바로 자신을.

그런데…….

'이게 뭐지?'

칸나는 멍하니 눈앞의 광경을 바라보았다. 머릿속이 새하얗게 물들었다. 내가 왜 이러고 있는 거지? 오빠랑 내가 왜?

'꾸, 꿈인가?'

그들은 한 침대에, 아주 바짝 붙어 누워 있었다. 마치, 동침한 남녀처럼. 게다가 오빠는 거의 헐벗다시피…….

그때, 그가 눈을 떴다. 순간 칸나의 숨이 멎었다.

아침 햇살이 뽀얗게 부서진 그는 그 자체로 찬란한 보석 같았다. 은사 같은 머리칼과 광채를 머금은 푸른 눈동자, 새하얀 살결의 피부까지. 온통 빛으로 찬란해서 눈이 부셨다.

칸나는 넋을 잃었다. 그는 원래부터 그 누구보다 아름답긴 했지만, 오늘이야말로 미색의 절정인 듯싶었다.

"칸나."

그때 오빠가 미소 지었다.

"일어나셨습니까?"

"……."

"평소보다 일찍 깨셨군요."

"……."

뭐지? 왜 높임말을 쓰는 거지? 칸나는 침을 꼴깍 삼켰다. 어째서인지, 지금 그에게서 풍기는 분위기가 평소와는 달랐다.

게다가 외모도 어딘가 다르다. 그녀가 알던 것보다 더 성숙하고, 더 아름다운 외모였다.

마치 미의 정점에 오른, 완성된 성숙함과 관능이 느껴지는…….

"칸나? 왜 그러십니까?"

그의 말에 칸나는 조심스럽게 입술을 열었다.

"오빠, 왜 존댓말 해?"

"……."

그가 입을 다문다. 자신을 물끄러미 바라본다. 칸나는 초조한 마음에 재촉했다.

"오빠, 여기 어디야? 내 침실 아닌 것 같은데. 오빠 침실도 아니잖아."

"……."

"그리고 우리가 왜 이러고 있어? 이상해. 나 어제 분명히 내 침대에서 잤는데…… 밤에 무슨 일 있었어?"

왜 아무 말도 안 하는 걸까? 칸나가 고개를 기울였다.

"오빠? 왜 대답을 안 해?"

"음……."

그는 한숨인지 신음인지 감탄사인지 모를 소리를 내뱉었다. 그러고는 태연하게 웃었다.

"그래, 칸나."

아, 이제는 존댓말 안 한다.

그제야 칸나는 조금 안심이 된다. 실비엔은 손을 뻗어 칸나의 머리를 쓰다듬었다. 마치 여동생에게 그러하듯.

"괜찮아. 별일 아니니까 걱정하지 마."

불안해하는 칸나를 안심시켜 한숨 더 재운 후 실비엔은 곧장 밖으로 나갔다. 그리고 오르시니를 소환했다.

"뭐? 왜?"

지난밤 칸나와 함께한 것을 알기에 그는 불퉁한 얼굴이었다. 평소 같으면 적당히 달래 줬겠지만 이번만큼은 무시했다.

"일전에 그 상인 기억하십니까?"

"누구?"

"당신 새끼손가락 잘라 간 유물 상인 말입니다."

"그 새끼가 왜? 잡아서 포상이라도 내릴 생각이냐?"

"잡아 오세요."

"뭐?"

오르시니의 얼굴이 험악하게 일그러졌다.

"그깟 일은 황실 기사들이나 시키지 그러냐? 내가 네놈이 기르는 개새끼인 줄 알아?"

"칸나가 이상해졌습니다."

"그게 무슨 소리야?"

오르시니의 얼굴에서 분노가 싹 사라졌다.

"걔가 이상해졌다고? 어떻게?"

"어젯밤, 칸나는 저와 함께 남대륙의 유물을 연구했습니다."

단순한 흥밋거리로 보여 준 건 아니었다. 칸나는 연금술의 귀재였고 고대 연금술에 대해서는 누구보다 정통한 전문가였으니까. 그녀만큼 고대 유물 연구에 적합한 사람은 없었다. 그래서 그녀에게 맡겼다.

"그 유물 중 하나가 칸나에게 영향을 미친 것 같습니다."

"그게 뭔데?"

"이 수정 구슬."

실비엔은 탁상 위로 주먹만 한 수정 구슬을 내밀었다. 뿌연 아지랑이를 머금은 듯한 기묘한 구슬이었다.

"전생의 기억을 되살려 주는 수정 구슬이라고 알고 있습니다만."

실비엔은 수정 구슬을 톡톡 두드렸다.

"오래되어 효능을 잃은 것인지, 아니면 고장 난 것인지, 저는 아무것도 안 보였습니다."

그런데 칸나는 어젯밤에 이 수정 구슬을 한참 동안 들여다봤다. 아주 오랫동안, 홀린 듯이.

그때 이상한 것을 알아차렸어야 했는데…….

"칸나? 어떻습니까? 뭔가 보입니까?"

"전혀요. 그냥 아지랑이만 일렁이는데요?"

"그렇습니까?"

"예. 아무래도 이건 가짜 같은데요. 아니면 망가졌거나."

그 후에도 대화를 나누고, 와인 한잔을 마시고, 그렇게 침상 위에 올랐다. 그렇게 평소처럼 잠들었다. 그러나 일어나 보니 칸나는 아주 이상하게 변해 있었다.

"이 유물이 칸나에게 괴상한 영향을 끼친 것 같습니다."

실비엔은 조용히 말을 이었다.

"그녀는 저를 자신의 오라비로 믿고 있습니다."

오르시니의 얼굴이 일그러졌다.

"칸나가 널 가족으로 생각한다고?"

"예. 본인을 발렌티노 가문의 영애로 알고 있어요."

"……."

오르시니는 침묵했다. 한참 후에야 떠름하게 말했다.

"그러니까 지금……."

잠시 말을 끊었다가, 내뱉었다.

"칸나가 미쳤다는 소리냐?"

"되돌릴 수 있습니다."

실비엔은 단호하게 말했다.

"그러니 남대륙 유물 상인을 잡아들여 주십시오. 칸나가 어떻게 된 건지 알아봐야겠습니다."

"좋아."

오르시니가 몸을 일으켰다.

"잘됐군. 안 그래도 손가락을 자른 부위가 아프던 참이었는데."

오르시니는 그렇게 중얼거리며 떠났다. 아니, 떠나려 했다.

"오빠?"

문이 열리고, 칸나가 고개를 빼꼼 내밀었다.

"오빠, 여기 있어?"

오르시니가 멈춰 섰다. 칸나 역시 오르시니를 발견하고는 흠칫 몸을 굳혔다. 그러나 곧 배시시 웃으며 인사했다.

"안녕하세요, 신사님. 처음 뵙겠어요. 칸나 발렌티노예요."

"……."

그로부터 정확히 5초 후. 오르시니가 드디어 움직였다.

"처음 뵙겠습니다. 오르시니 아디스입니다."

그러고는 다른 사람처럼 미소 지으며 그녀의 손등을 잡아 입술을 맞추는 것이 아닌가?

"아름다운 영애를 뵙게 되어 영광입니다."

그의 반듯한 미소에 칸나의 뺨이 붉게 물들었다.

"저, 저야말로 영광이에요, 멋진 신사님."

"예? 방금 뭐라고 하셨습니까? 제가 멋지다고요?"

"예. 너무너무 멋지세요."

놀고 있네, 놀고 있어.

실비엔은 혀를 찼다. 칸나의 멋지다는 말 한마디에 오르시니의 귀가 새빨갛게 달아오른 것이다.

그 꼴을 보다 못한 실비엔이 몸을 일으켰다. 칸나가 수줍어하는 것보다 오르시니가 신사인 척 구는 걸 보는 것이 힘들었다.

"빨리 안 가고 뭐 하십니까?"

그러자 칸나의 시선을 몹시 의식한 오르시니가 예의 바르게 대답했다.

"제 생각에는 칼렌을 보내는 게 좋을 것 같습니다, 폐하."

"상인의 얼굴을 직접 본 사람은 당신뿐이지 않습니까? 어서 가십시오."

"그래도 이렇게 아름다운 숙녀분을 두고 어떻게……."

"적당히 하고 가십시오."

아쉬워하는 그를 쫓아 보내자 칸나가 안타까운 눈길을 보냈다.

"오빠, 저 남자 진짜 멋지다. 무섭게 생겼는데 멋있어."

"그래?"

"응."

그렇게 말한 칸나는 갑자기 실비엔을 와락 끌어안았다.

"물론 오빠만큼은 아니지만."

"……."

실비엔은 그저 말없이 웃으며 칸나를 내려다보았다.

"오빠가 세상에서 제일 멋있어."

그러고는 사르르 짓는 눈웃음. 어지간한 사람은 이 단계에서 심장이 쿵 떨어져 내릴 것이다. 아마 오르시니였다면 코피가 터졌겠지.

'애교가 굉장한데.'

실비엔은 그렇게 생각하며 그녀의 등을 토닥였다.

'이건 아마도 그거겠지.'

선희가 시간을 되돌리면서 사라진 과거 속의 칸나. 아무래도 그녀 같았다.

실비엔은 당시를 회상했다. 칸나의 영혼 조각을 찾기 위해 세계를 넘나들었을 때. 그 여정의 시작 단계에서, 그는 칸나의 친모를 만났다.

그때 그녀가 이런 말을 했다.

"나는 칸나를 살리기 위해 여러 번 시간을 되돌렸어. 그러던 중, 너와도 마주친 적이 꽤 있고."

그래, 분명히 이렇게 말했다.

"사라진 과거 중에는 칸나가 네 동생으로 자란 적도 있었지. 혹시 기억나니?"

그때 자신이 뭐라고 대답했더라?

"당신의 말이 헛소리로 들리는 것을 보니 기억이 안 나는 모양이군요."

"궁금하지 않아? 이야기해 줄까?"

"필요 없습니다. 제게 중요한 것은 지금 이 현실입니다. 사라진 과거 같은 꿈같은 이야기가 아니라."

실비엔은 한숨을 내쉬었다.

'그때 제대로 들어 볼 걸 그랬어.'

하지만 당시 그는 아주 예민하게 곤두서 있었다. 칸나의 죽음을 본 지 얼마 되지 않았을 때니까. 이미 사라진 물거품 같은 이야기보다는, 현실에 도움 되는 것에 집중하고 싶었던 것이다.

'일단 남대륙의 유물 상인을 고문해 보면 답이 나오겠지.'

그때였다.

"오빠?"

칸나가 그의 목을 확 끌어당겼다. 뺨에 쪽, 입술을 맞추었다.

"날 두고 무슨 생각을 해?"

그러고는 연신 뺨에 뽀뽀했다.

"응? 무슨 생각 하는 거야?"

쪽, 쪽, 쪽. 부드럽게 뭉개지는 감촉에 순간 실비엔의 손에 힘이 들어갔으나, 빠르게 풀어졌다.

'아니지.'

그는 침을 삼켰다. 잠시 혹 끓었던 충동도 삼켜 냈다.

'그러면 안 되지.'

지금의 칸나는 그저 애교 많은 여동생이고, 오빠에게 어리광을 부리는 것뿐이다. 여기서 허튼짓을 했다가는 정신에 충격이 갈지도 모른다.

"오빠? 왜 한숨 쉬어?"

"아무것도 아니야."

한숨이 저절로 나왔다. 그저 오르시니가 빨리 남대륙 유물 상인을 끌고 오길 바랐다.

꧁꧂

칸나는 이 상황이 혼란스러웠다.

'갑자기 나이가 들었어!'

분명 어제까지만 해도 자신은 열일곱이고 실비엔은 스무 살이었는데!

"칸나, 넌 기억을 부분적으로 잃은 것 같아."

그녀가 어젯밤에 머리를 부딪쳤는데, 그 때문에 부분 기억 상실이 왔다고 한다.

'기억 상실이라니. 그런 소설 같은 일을 겪다니. 신기해.'

혼란스럽긴 했지만 내심 기분이 좋았다. 완연한 성인 여성으로 자란 자신의 외모가 아주 만족스러웠으니까.

"나 정말 굉장하다……."

칸나는 전신 거울 앞에서 자신의 나신을 감상했다.

'밤의 여신 같아.'

어릴 때 이런 분위기는 없었는데. 지금은 뭐랄까, 자신조차 넋을 잃게 할 정도의 색기가 온몸에서 짙게 풍기고 있었다.

"나 정말 잘 컸네."

칸나는 몸을 요리조리 돌려 보며 몸매를 감상하다가 흐뭇하게 웃었다. 고혹적인 분위기가 마음에 들었다. 이 정도면 실비엔의 곁에 서도 부족하지 않겠지.

'그래, 오빠는 더 잘나졌잖아. 황제가 됐으니까.'

그가 황제가 된 건 놀랍긴 하지만 생각해 보면 당연했다.

'하긴. 이 세상에 실비엔 발렌티노보다 잘난 사람이 어디 있어?'

그처럼 완벽한 신의 피조물이 세상 꼭대기에 서는 건 자연의 섭리나 마찬가지였다.

'그나저나 라파엘은 언제 돌아오는 거지?'

오빠가 "잠깐 심부름 보냈어. 곧 올 거야"라고 말하긴 했지만…….

라파엘이 혼자서 뭘 할 수는 있을까?

'오빠는 왜 라파엘에게 심부름 같은 걸 시켜? 또 어디서 비누 같은 거 주워 먹으면 어쩌려고.'

가여운 라파엘. 그가 걱정되어서 한숨이 나왔다.

다행히 잠시 후 라파엘이 돌아왔다.

"라파엘!"

칸나는 그에게 달려가 와락 끌어안았다.

"무사한 거야? 어디 다친 데는 없고? 땅에 떨어진 음식 같은 거 주워 먹지는 않았지?"

"예."

"다행이다. 이상한 사람이 바나나 준다고 따라갈까 봐 얼마나 걱정했는데……."

칸나의 말이 뚝 끊겼다.

'라파엘 몸이…….'

라파엘은 처음 보는 검은 로브를 입고 있었다. 그런데 로브가 헐렁해서, 벌어진 틈으로 가슴이 드러났는데, 그 가슴이 굉장히…….

"어, 어머."

화르륵, 그제야 얼굴에 불이 붙는다. 자신이 이 가슴에 얼굴을 비볐단 말인가?

"미, 미안."

"뭐가 미안하십니까?"

"내가 네 가슴에 얼굴을…… 아니, 네가 그런 옷을 입고 있을 줄 몰라서."

"……?"

라파엘은 고개를 기울였다. 그는 의아했다. 가슴이 뭐가 어쨌다는 걸까? 게다가 원래 칸나는 그의 새 사제복을 꽤 좋아했었는데.

'역시, 황제가 말한 대로야. 머리가 좀 이상해지셨군.'

실비엔에게 미리 설명을 들었기에, 라파엘은 침착하게 대응했다.

"죄송합니다. 불쾌하시다면 다른 옷을 입도록 하겠습니다."

"아니, 아니! 불쾌하다니! 그런 거 아니니까 계속 입어."

"예……? 알겠습니다."

칸나는 라파엘의 얼굴을 어루만졌다.

"그런데 라파엘은 겉모습이 별로 안 변했네?"

"예?"

"오빠한테 들었지? 나 기억 상실이라 지금 기억이 어릴 때에 멈춰 있어. 그런데 라파엘은 내 기억과 똑같아. 여전히 스무 살 같아."

"……."

라파엘은 곤란해졌다. 뭐라고 대답해야 할까?

그야 저는 지금 스무 살이니까요. 세계수가 사라지면서 몸과 마음, 정신이 과거로 회귀했습니다. 그리고 이 외모가 서른 살까지 변함없이 쭉 갑니다. 제가 좀 성장을 빨리 해 버려서…… 라고 고백할 수는 없었다.

그래서 그냥 이렇게 답했다.

"저는 굉장한 동안입니다."

"그렇구나."

칸나는 그의 머리칼을 만지작거리다가 웃었다.

"너는 여전히 내 거야?"

라파엘은 그녀를 물끄러미 바라보았다. 칸나의 검은 눈동자에 불같은 소유욕이 일렁였다.

"대답해 봐, 라파엘."

콱, 칸나가 라파엘의 손목을 쥐었다.

"너 지금도 여전히 내 거니?"

그 힘이 아주 마음에 들었다. 그리고 묘하게 그를 자극했다. 라파엘은 입안이 서서히 마르는 것을 느꼈다.

"물론입니다."

"그렇구나."

그제야 칸나가 만족스럽게 웃었다.

"다행이다. 넌 내 거야, 라파엘. 앞으로도 잊으면 안 돼."

"예, 칸나."

그 말에 칸나가 눈을 휘둥그렇게 떴다.

"칸나라고? 너, 원래는 나한테 주인님이라고만 불렀는데……."

그런가. 그렇다면, 그렇게 맞춰 주면 되지. 라파엘은 느긋하게 대답했다.

"죄송합니다, 주인님. 방금은 제 실수였습니다."

"아니야, 싫다는 게 아니라, 그냥 깜짝 놀라서. 사실은 좋았어."

그렇게 말한 칸나는 라파엘의 목에 팔을 휘감았다.

"라파엘."

"예, 주인님……."

그의 말끝이 흐려졌다. 칸나가 곧장 입술을 맞춰 온 것이다.

"……."

라파엘은 바로 반응하지 못하고 눈을 깜빡였다. 예상하지 못한 전개여서. '머리가 이상해진 칸나'가 자신에게 이럴 줄은 상상도 하지 못했지만…….

뭐든 좋다.

라파엘은 그녀의 허리를 부둥켜안았다. 한쪽 손은 그녀의 머리칼 틈으로 비집어 넣으며 가까이 끌어당겼다. 그러고는 약간은 서투르게 겹쳐 오는 입술을, 그녀와는 달리 아주 능숙하게 빨아 당기며 호응했다.

"자, 잠깐만."

칸나가 숨을 헐떡이며 속삭였다.

"너, 너 왜 이렇게 잘해?"

"주인님이 가르치셨습니다."

그 말을 끝으로 다시 입술이 맞붙었다. 뒤에서 기척이 가까워지고 있는 건 알았지만, 멈출 생각은 없었다.

"뭐 해?"

예상대로 잠시 후 그놈의 목소리가 들려왔다.

"오, 오빠!"

그제야 눈치챘는지, 칸나가 화들짝 놀라며 라파엘을 밀어낸다. 라파엘은 입술을 핥으며 뒤로 물러났다. 그의 눈에 날카로운 갈증이 스쳤다가 사라졌다.

"오빠, 그러니까 이건……."

실비엔은 팔짱을 낀 채 두 사람을 바라보다가 싱긋 웃었다.

"라파엘, 잠깐 나 좀 볼까?"

실비엔은 라파엘을 으슥한 복도 구석으로 끌고 갔다.

"지금 칸나와 뭘 하신 겁니까?"

"문제 있습니까?"

"있죠. 지금 칸나는 본인이 열일곱인 줄 알고 있습니다."

"압니다."

"그런데 그게 할 짓입니까?"

"지금의 저와는 나이 차이가 얼마 나지도 않습니다. 당신이라면 문제가 되겠지만."

라파엘이 적대적으로 답하자 실비엔은 헛웃음을 내뱉었다.

"아하. 넌 몸도 정신도 어려졌으니까 괜찮다 이거지?"

"반말하지 마라."

"서운하네. 우리 사이에."

"너와 난 아무 사이도 아니다."

"정말 그렇게 생각해?"

그렇게 말한 실비엔이 한 발짝 다가온다. 라파엘은 저도 모르게 뒤로 물러났다. 그것은 거의 본능적인 반응이었다.

"다가오지 마십시오, 황제 폐하."

그러자 실비엔이 피식 웃음을 흘렸다.

"왜요? 저를 보면 배가 고픕니까?"

"……."

라파엘은 눈을 내리깔았다. 정곡이었다.

'어떻게 안 거지?'

황제는 그가 성력에 식욕을 느끼는 사실을 알고 있었다.

그건, 비밀인데. 과거 사제들의 성력을 주식 삼아 온 일은 숨기고 있었기에 아무에게도 말하지 않았다.

심지어 칸나조차 모르는 건데, 황제가 어떻게……?

'대체 저 녀석과 난 무슨 관계였던 거지?'

라파엘은 많은 것을 잊었다. 몸과 마음이 과거의 순간으로 돌아가며 실비엔 발렌티노에 대한 기억도 사라져 버렸다. 그런데 최근 들어 몇몇 장면이 아주 단편적으로 떠올랐는데…….

그 장면들이 좀…… 아니, 많이 이상했다.

"벗겨 먹으니 더 맛있군."

자신이 실비엔의 얼굴을 보며 그렇게 말하지를 않나. 섬 같은 곳에서 그에게 목을 졸리지를 않나. 심지어 숨을 헐떡이면서 의식을 잃어가는데 자신은 일말의 저항조차 하지 않았다. 마치 그 행위를 허락한 것처럼.

대체 저 녀석과 무슨 관계였기에 그런 괴상한 짓을 했단 말인가?

라파엘은 불안했다. 어쩌면 사회화가 덜 된 과거의 짐승 같은 자신이, 실비엔의 탐스러운 성력에 홀려 이상한 짓을 저지른 건 아닐까? 만약 정말 그런 거라면? 그 사실을 칸나가 알게 되면? 무엇보다, 왜 저놈이 위였지?

그때 황제가 말했다.

"왕성한 욕구는 여전하네, 라파엘. 하긴 지금은 특히 한창때니까 그럴 만하지. 그래도 사춘기는 끝난 모양이야?"

"반말하지 말라고 했다."

"뒤에서 몰래 입맛 다시는 것보다 앞에서 편하게 말하는 게 낫지 않겠어?"

라파엘은 입을 다물었다. 황제는 말을 너무나도 잘했다. 그리고 자신을 아주 잘 알았다. 분하지만, 자신을 말 몇 마디로 조종할 수 있는 놈이었다.

"긴말 안 할게. 칸나가 정신이 돌아올 때까지는 내버려 둬. 몸이나 정신에 부담 가는 짓은 자제하란 말이야."

"……알겠다."

"그래. 넌 여전히 착하네. 하기야 예전부터 내 말을 잘 들었지."

"뭐?"

실비엔은 긴장한 라파엘의 어깨에 손을 얹었다. 그러고는 은밀하게 웃었다.

"너는 예전에도 내 말은 뭐든 들었거든."

기나긴 시간을 살아온 실비엔의 눈에는 어려진 라파엘의 속이 훤히 보였다. 보아하니 지금 뭔가 굉장한 오해를 하는 것 같은데…….

"뭐든, 말이야."

실비엔은 그 오해에 불을 붙였다.

"특히 그 섬에서는 대단했지."

섬, 그 단어에 라파엘의 어깨가 흠칫 굳었다. 아마 뭔가 어설프게 생각이 난 모양이다.

"그렇게까지 내 요구를 다 들어줄 필요는 없었는데 말이야. 지금 와 생각해 보면 좀 미안하더라고."

자신과의 추억을 몽땅 잊어버린 괘씸한 녀석이지 않은가? 그는 이 나쁜 친구 놈을 괴롭혀 줄 작정이었다.

'어디 한번 마음고생 좀 해 보라지.'

예상대로, 라파엘의 눈에 불안함이 스쳐 갔다. 실비엔은 그것을 즐기며 말을 이었다.

"그리고 그거 알아?"

실비엔이 그의 귓가에 악마처럼 속삭였다.

"난 언제나 위였어."

칸나는 정원을 거닐었다.

'지루해. 다들 왜 이렇게 안 와?'

늘어지게 하품을 하며 있는 힘껏 기지개를 켜는 순간이었다. 탕, 가슴팍의 보석 단추들이 튕겨 나갔다.

"……맙소사."

생전 처음 겪는 현상에 넋이 나갔다. 아무리 상의가 꽉 끼는 옷을 입었다지만, 기지개도 좀 격하게 켰다지만…….

'이게 진짜 가능한 거였어?'

나 정말 잘 컸구나. 칸나는 실실 웃으며 몸을 수그렸다. 수풀 안으로 들어간 단추를 향해 손을 뻗을 때였다.

"황제 폐하 말이야, 어제도 그 여자 만난 거지?"

남자의 목소리가 들려왔다. 칸나는 그 자세 그대로 흠칫 굳었다.

황제? 황제라면, 오빠일 텐데?

"정말 대단한 여자야. 그 여자, 신령도 만난다며? 신령은 폐하의 친우 아니었나?"

"그 여자가 그런 걸 신경 쓰겠냐? 아디스 형제도 동시에 만나잖아. 본인은 아디스의 장녀면서."

남자들의 목소리가 점점 가까워진다. 칸나는 재빨리 수풀 안으로 몸을 구겨 넣었다.

'오빠 얘기하는 거 맞지?'

그리고 본격적으로 엿들었다.

"자존심도 없나? 어떻게 당당하게 바람피우는 여자를 만나지?"

"난 이해 가던데. 솔직히 그 여자가 좀 예쁘냐? 아아, 나도 애인 중 한 명이 되고 싶다."

"이봐. 너 이러다가 조만간 그 여자 하렘에 들어가겠다?"

"안 그래도 번호표 뽑고 기다리는 중이다. 몰랐냐?"

"조심해라. 너, 크랙 자작이 그 여자한테 연서 보냈다가 오르시니 아디스한테 얻어맞은 거 알지?"

"알지. 코뼈 부러졌다며!"

그러고는 남자들은 와하하, 웃음을 터뜨렸다. 칸나는 완전히 넋이 나간 채 그들의 대화를 엿들었다.

'오빠가 만나는 여자가 있다고?'

심지어 그 여자가 다른 남자와 바람을 피우는 여자라니. 게다가 오르시니 아디스라면, 아까 만났던 그 섹시한 남자를 말하는 걸 텐데…….

"그런데 신기하지 않아? 폐하 말이야. 그 여자와 이혼하고 나서 연애를 시작했잖아."

……뭐?

"그러게 말이다. 이혼할 당시에는 그 여자와 사이가 굉장히 나빴다고 들었는데……."

남자들의 목소리가 점점 작아진다. 이윽고 더는 들리지 않을 곳까지 멀어졌다.

'이혼이라니? 그게 무슨 소리야?'

이혼은, 결혼한 다음에야 할 수 있는 거 아닌가?

'그럼 오빠가 결혼했었다는 거야?'

도저히 납득이 안 되지만, 억지로 관계도를 머릿속에 그려 보았다.

오빠와 오빠 친구. 그리고 아디스 형제 두 명. 그리고 그들을 동시에 만나는 아디스의 장녀……?

"……."

미친 연놈들.

잠시 후 실비엔이 돌아왔다.

"칸나? 왜 그래?"

"아무것도."

"혹시 울었어? 어디 봐 봐. 눈이 붉은데……."

"아무것도 아니라니까!"

찰싹! 칸나는 실비엔의 손을 거칠게 뿌리쳤다. 도저히 분을 참지 못하고 소리쳤다.

"내가 아무것도 아니랬잖아!"

"칸나?"

실비엔은 그녀의 분노를 이해할 수 없었다. 조금 전까지만 해도 기분 좋은 고양이처럼 애교를 부려 댔던 칸나가, 갑자기 왜?

"왜 그래? 혹시 나한테 화났어?"

"그래, 화났어! 어떻게 화가 안 날 수 있겠어?"

그녀는 새빨개진 얼굴로 실비엔의 가슴을 퍽퍽 때렸다.

"다 들었어! 오빠, 결혼했었다며? 이혼했다며? 이혼한 전처 만난다며? 그런데 그 여자가 엄청난 바람둥이라며!"

칸나의 눈에 눈물이 글썽 고였다.

"오빠가 뭐가 부족해서 그런 여자를 만나! 그런 사이코패스 같은 남자 밝힘증을!"

"……."

"쳐 죽일 년! 흡혈귀 같은 년!"

칸나가 이글이글 타오르는 눈으로 외쳤다.

"안 봐도 뻔해. 그 사악한 흡혈귀 같은 여자가 들꽃처럼 순수한 오빠를 꼬드겼겠지!"

그 말에 실비엔은 웃지도 못하고 눈썹을 슬쩍 찡그렸다.

"진정해, 칸나. 그 여자는 그렇게까지 지독한 사람이 아니야."

"오빠 지금 그 여자 편들어?"

칸나는 눈물이 핑 맺혔다. 오빠가 다른 여자의 편에 서다니…….

"무슨 일이십니까?"

그때, 라파엘이 다가왔다. 그는 두 사람을 번갈아 보더니 어두운 얼굴로 물었다.

"괜찮으십니까? 이 음험한 자가 무슨 짓을 한 겁니까?"

그 순간 눈물이 터졌다. 다행히 라파엘은 예전처럼 정상이다. 미친 사이코패스의 애첩으로 전락한 오빠와는 다르다!

"라파엘, 날 데리고 나가 줘. 이곳에 있기 싫어."

"칸나, 잠깐만."

"놔!"

칸나는 어깨를 잡는 실비엔의 손을 뿌리쳤다.

"내 얼굴 계속 보면서 살고 싶으면 그 흡혈귀 같은 여자와 헤어져!"

그렇게 소리친 칸나는 라파엘과 함께 사라졌다. 영원히 해결할 수 없는 과제를 부여받은 실비엔은 하하 웃으며 하늘을 올려다보았다.

'오르시니, 빨리 오세요. 제발.'

"신령은 어떤 사람이야?"

라파엘은 수도의 저택으로 칸나를 데려갔다. 칸나는 소파에 앉자마자 물었다.

"오빠의 친구라던데?"

"그것이……."

"분명 골이 텅텅 빈 짐승일 거야. 그러니까 친구의 여자를 만나지."

라파엘은 입을 꾹 다물었다.

"심지어 그 여자는 오빠의 전처라던데. 어떻게 그럴 수 있지? 신령이라는 자가 어떻게 친구의 옛 아내를 만나?"

라파엘은 말없이 천장을 올려다보았다. 아주 곤혹스러운 기색이었다.

"라파엘? 혹시 어디 아파? 안색이 좋지 않은데."

"아뇨. 그런 건 아닙니다만."

잠시 머뭇거리던 라파엘이 비장한 얼굴로 말했다.

"접니다."

"뭐가?"

"제가."

그는 마치 전쟁터에 나가는 듯한 기세로 천천히 말했다.

"제가 그 신령입니다."

뭐래? 칸나는 뚱하니 그를 쳐다보다가 한숨을 내쉬었다.

"라파엘. 언제 농담을 배웠어?"

"농담이 아닙니다."

칸나는 눈썹을 들어 올렸다. 라파엘이 저렇게까지 난감해하는 건 처음 본다. 순간 불길한 예감이 들기 시작했다. 설마, 그럴 리가.

"농담이 아니라고?"

"예."

"네가 신령이라고?"

"예."

"……."

말도 안 된다고 생각하는 순간 그의 옷이 눈에 띄었다.

라파엘의 검은 로브. 얇은 띠 위로 그려진 황금빛의 문양, 저건……
아까는 미처 보지 못했는데…… 지금 이렇게 자세히 보니, 아무래도
대신전의 사제임을 상징하는 문양 같은데.

"정말로? 농담이 아니라?"

"아닙니다."

하긴. 농담하는 라파엘이라니, 그거야말로 말도 안 된다.

"맙소사."

소용돌이 같은 충격이 머리를 후려쳤다. 이윽고 놀라우리만큼 차가
워졌다.

"그러니까 네가."

목이 졸리는 듯 숨이 막혀 왔다. 칸나는 가슴을 콱 붙잡으며 말했다.

"네가 신령이라고?"

"예."

"그 여자의 애인 중 한 명이라고?"

칸나는 웃음을 터뜨렸다. 그러다가 뚝 그쳤다.

'미쳤어.'

잃어버린 기억 속, 그 시간 동안 무슨 일이 벌어진 걸까. 다들 미친
게 분명하다.

"어떻게 그래?"

칸나는 원망 가득한 눈으로 라파엘을 노려보았다.

"넌 내 거라며?"

"예, 물론 저는……."

라파엘의 입매가 굳었다. 칸나의 뺨을 타고 눈물이 방울방울 흐르기 시작한 것이다. 라파엘은 손을 뻗었지만, 그녀에게 닿기 직전 멈추었다. 그러고는 심각한 얼굴로 물었다.

"제가 눈물을 닦아드려도 되겠습니까?"

"바보. 그런 거 묻지 마."

이윽고 커다란 손이 뺨을 덮는다. 칸나는 그 손에 기대었다가 얼굴을 돌려 그의 손바닥에 입술을 맞추었다.

"라파엘."

그러고는 그의 손목을 잡아당겼다. 소파 위로 무너진 그의 몸에 올라탔다.

"내가 너에게 입맞춤을 가르쳤다고 했지?"

촉, 그의 입술에 가볍게 입 맞추며 물었다.

"그것만 가르쳤어?"

"……아뇨."

"그럼 또 뭘 가르쳤어?"

라파엘은 대답하지 않았다. 칸나는 그를 꽉 끌어안으며 가슴팍에 얼굴을 묻었다. 두근두근, 그의 심장 소리가 들려온다. 그의 뜨거워지는 몸이, 격렬한 심장 소리가 대신 대답하는 것 같았다.

"라파엘. 나는 너에게 뭘 가르쳤는지 아무것도 기억이 안 나는데……."

이 심장은 내 거야. 강렬한 소유욕이 솟구친다.

"그렇다면 이번엔 네가 날 가르쳐야 하는 거 아냐?"

라파엘은 내 거야. 내 사람이야. 몸도, 마음도, 다 내 것이야. 내가 주워왔고, 내가 보살폈고, 내가 지킨 사람이야. 그 흡혈귀 같은 여자에게 절대로 못 빼앗겨. 내 오빠도, 내 라파엘도.

"가르쳐 줘, 라파엘."

그 순간, 라파엘의 머릿속에 황제의 말이 스쳤다. 칸나를 당분간 내버려 두라는 말. 재수 없는 자식이지만 황제는 대체로 옳았다. 이번에도 그랬다.

"지금은 안 됩니다. 지금은 상태가 불안정하시니……."

아…… 라파엘의 목소리가 흩어졌다. 칸나가 입술로 틀어막은 것이다. 이윽고 서투른 입맞춤이 쏟아졌다.

"응? 얼른. 가르쳐 줘."

"하지만……."

숨결이 뒤섞이는 가운데 라파엘은 간신히 거부의 말을 끄집어냈다.

"이러시면 안 됩니다."

"그런 게 어딨어. 돼."

"지금은 안 됩니다. 나중에, 기억이 돌아오면."

"싫어. 난 지금이어야 해."

"안 됩니다. 이러지 마십시오. 부디……."

그것이 마지막 이성이었다. 칸나가 그의 손을 잡아 그녀의 허리를 쥐게 만든 순간, 그 순간에. 라파엘은 생각했다. 황제도 분명 이런 시련은 견디지 못했을 거라고. 그러니까 이건 어쩔 수 없는 거라고.

그러나 마지막 이성을 긁어모아 잠시 제동을 걸었다. 그녀의 몸을 번쩍 안아 올렸다.

"라파엘?"

"침대에서."

그렇게 말하면서 성큼성큼 걸어갔다.

"침대에서 가르쳐 드리겠습니다."

한편, 오르시니는 말을 타고 열심히 달려가고 있었는데…….

"멋진 신사님."

머릿속은 한 장면만 끊임없이 되감고 있었다.

"멋진 신사님."
"너무너무 멋지세요."

내가…… 멋있다고……?
그는 멍한 얼굴로 말고삐를 붙잡았다. 칸나에게 그런 말을 듣는 날
이 올 줄은 몰랐다. 칸나가 그런 눈으로 자신을 쳐다볼 줄도 몰랐다.
발그레한 뺨, 수줍은 미소, 그리고 설레는 눈빛. 그동안 멸시, 경멸,
혐오 3종 시선 세트에 길든 오르시니의 가슴은 요란하게 들썩이고 있
었다.
'미친 게 나쁜 건 아닐지도…….'
고삐를 쥔 그의 손아귀에 힘이 들어간다.
'아니, 어쩌면 미친 게 아니라 치유된 걸지도 모른다. 세상의 독기
를 너무 많이 마셔서, 정신이 칸나를 보호하기 위해…….'
기어코 말도 안 되는 합리화까지 하기 시작했다. 왜냐하면 칸나는
힘든 일을 너무 많이 겪었으니까. 내내, 줄곧, 어린 시절부터.

'나 때문에.'

히이잉! 말이 크게 울며 급하게 멈춰 섰다. 오르시니가 고삐를 잡아당긴 것이다. 그는 고삐 쥔 손을 물끄러미 바라보며 생각했다.

'칸나는 다 잊었다.'

지금의 칸나는 아무것도 기억하지 못한다. 아무것도.

그러기를 얼마나 소망했던가? 그동안 몇 번이나 꿈꿨다. 아무 일도 일어나지 않은, 아디스로 묶이지 않은, 그저 남자와 여자로 처음 만났더라면. 어쩌면.

두근두근, 심장이 불길하게 맥동한다. 마치 잘못을 저지르기 직전의 어린애처럼.

어쩌면, 지금, 이 관계를 잘 쌓아 간다면…… 칸나가 자신과 사랑에 빠질 수도 있는 것 아닌가?

"아파."

"죄송합니다."

라파엘은 칸나의 팔과 다리, 허리를 열심히 주무르며 사과했다.

"라파엘, 살살해 줘."

"죄송합니다."

라파엘은 힘이 너무 셌다. 지금도 본인은 최대한 힘 조절을 하는 것 같았지만, 칸나가 느끼기엔 여전히 강했다. 안 그래도 근육통 때문에 스치기만 해도 아픈데……. 칸나는 처음으로 그가 위험하게 느껴졌다.

'라파엘에게 그런 면이 있을 줄이야.'

그녀가 유혹할 때는 이러면 안 된다고, 부디 이러지 마시라고, 순결하고 정결한 척은 다 해 댔으면서.

'침대에 올라가자마자 그렇게 돌변하다니.'

평소의 라파엘과는 달랐다. 그런 모습이 있으리라고는 상상도 못했을 만큼 대담했고 때로는 무례했다. 물론 그가 그녀에게 상냥하지 않은 순간은 한 번도 없었지만…….

상냥하긴 한데, 그냥 말로만 상냥한 무뢰배 같았달까.

'어떻게 라파엘이 나한테 그래?'

칸나가 원망의 시선으로 흘겨보자 라파엘이 고개를 숙였다.

"죄송합니다."

"……."

등골이 오싹했다. 이제는 그의 죄송하다는 말이 무서웠다. 지난 시간 내내 라파엘은 죄송하다고 연신 사과를 했다. 그것이 소름 끼쳤다.

입으로는 계속 죄송하다고 말하면서, 몸으로는…….

"라파엘, 나 이제 네가 무서워."

"죄송합니다."

"사과하지 마. 그게 더 무서우니까."

칸나는 베개를 만지작거리며 입꼬리를 슬쩍 올렸다. 이렇게 투덜거리고는 있지만, 그래도 기분은 굉장히 좋았다. 굉장히.

"정말 그걸 내가 다 가르친 거야?"

"예."

"그 여자는?"

"예?"

"너, 그 여자의 애인이라며? 아디스 가문의 장녀인가 뭔가 하는 바람둥이."

"······."

그녀의 팔을 주무르던 라파엘의 손이 멈추었다. 칸나는 그를 노려보았다.

"그 여자는 대체 뭔데?"

라파엘은 잠시 고민하다가 말했다.

"제게 여자는 당신뿐입니다."

라파엘은 칸나에게 거짓말을 할 수 없었다. 그의 가치관으로는 불가능한 일이었다. 그러나 진실을 말할 수도 없다. 지금의 칸나는 도저히 받아들일 수도 믿을 수도 없을 테니까.

"사정이 있습니다. 지금은 그 여자에 대해 자세히 설명할 수 없지만······."

라파엘은 그녀의 눈을 똑바로 보며 말했다.

"맹세할 수 있습니다. 제 삶에 다른 여인이 존재한 적은 단 한 순간도 없습니다."

한동안 라파엘을 뚫어지게 바라보던 칸나의 눈이 서서히 너그러워졌다.

'그래. 라파엘이 그럴 리 없지.'

그렇게 확신하는 순간 문득 궁금해졌다.

'그럼 난 누구한테 배운 거지?'

그 찰나, 어째서인지 실비엔의 얼굴이 스쳐 지나갔다. 칸나는 소스라치게 놀랐다.

'미쳤어!'

칸나는 베개에 얼굴을 파묻었다. 나쁜 짓을 저지른 것처럼 심장이 쿵쾅거렸다.

'그럴 리가 없지. 그런 일이 있으면 이상한 거지.'

그렇다면 누구일까? 실비엔, 그리고 라파엘. 그녀에게 의미 있는 남자는 오로지 이 둘뿐인데…….

"라파엘, 그럼 이거 하나만 말해 줘."

"말씀하십시오."

"아디스 가문의 장녀, 그 여자가 오빠와 만난다는 건 사실이야?"

"예. 그는 아디스 가문의 장녀와 내밀한 관계를 맺고 있습니다."

"오빠는 그 여자를 사랑하지?"

"예. 그는 그녀를 사랑합니다. 이 세상 누구보다도."

라파엘은 거짓말을 하지 않는다. 칸나는 그 사실을 아주 잘 알고 있었다.

"……그렇구나."

마음이 복잡해졌지만 칸나는 눈을 감았다. 생각이란 것을 하기엔 너무 피곤했다. 슬슬 아침 해가 뜨고 있는데 지금껏 한숨도 못 잔 상태였으니.

"나 잘래."

"예, 주무십시오."

"이리 와서 안아 줘."

그 말에 라파엘이 그녀의 옆에 누웠다. 칸나는 그의 팔을 베고 그의 품으로 파고들었다. 그렇게 얼마나 지났을까? 라파엘이 고요한 목소리로 물었다.

"……주무십니까?"

자는 척해야지. 그러자 라파엘이 아쉬운 듯한 한숨을 내쉬는 것이 느껴졌다.

'으, 역시 무섭다니까.'

뜨끈하게 달아오른 그의 손끝이 그녀를 어깨를 쓰다듬었다. 완전하게 해소하지 못한 갈증이 느껴지는 손길이었지만 칸나는 꿋꿋이 모른 척, 자는 척했다. 그러다가 곧 잠들었다.

꿈을 꾸었다.

"칸나."

옆에 누운 그가 그녀를 바라본다.

"넌 정말 아름다워."

아니, 아름다운 것은 그였다. 그의 몸에 드리우는 달빛조차 빛을 잃었으니. 칸나는 쉰 목소리로 말했다.

"라파엘은……?"

그의 눈이 차가워진다. 그가 허리를 세워 앉는다. 다시금 그녀를 한눈에 내려다본다. 마치 그녀의 지배자처럼.

아니, 아니다. 실제로 지배하였으므로 이 순간만큼은 지배자라 부름이 옳았다.

"라파엘을 풀어 줬어?"

"아니. 아직."

"제발, 오빠. 라파엘을……."

"글쎄. 어쩔까?"

칸나는 흐느꼈다. 평소의 오빠라면 분명 머리를 쓰다듬으며 달래 주었을 텐데…….

그러나 그는 머리를 쓰다듬어 주지 않는다. 뺨에 입술을 맞추지도 않는다. 토닥여 주지도 않는다. 그저 아주 야만적인 눈으로 그녀를 감상하듯 샅샅이 내려다보다가, 이윽고 그녀의 두 손을 잡아 손에 키스했다.

"칸나, 설마 이건 그 녀석을 풀어 주는 대가인 거야?"

"아니야, 나는 오빠를 정말로 사랑해서……."

"그렇다면 내 이름을 불러야지. 날 사랑한다고 해야지. 계속 다른 남자 이름을 부르면……."

그가 웃었다.

"더 자극되는데."

칸나는 울음을 터뜨렸다. 얼룩지고 구겨진 시트 위의 그는 낯선 사람이었다. 기품도 예의도 없었다. 우아한 껍질이 모조리 벗겨져 나가고, 가시 같은 본성만이 남아 그녀를 사정없이 찔러 댔다.

그럼에도 불구하고 사랑하였으므로 사랑한다고 말했다. 수십 번이나 고백했다. 아마도 그는 믿지 않았던 것 같다.

진심인데, 정말로 사랑하는데.

하지만 라파엘 역시도 사랑해서, 그는 자신의 것이라서, 그에게는 자신뿐이라서, 도저히 내버려 둘 수가 없어서……

"제발 라파엘을 살려 줘. 사랑해, 오빠. 내가 사랑하는 건 오빠니까."

그의 눈에 배신감이 사무쳤다. 아픔 같은 것이 스쳤으나 잠깐이었다.

"나도 사랑해, 칸나."

그는 끝까지 믿지 않았다. 그런데도 믿는 시늉을 했다.

칸나는 눈을 번쩍 떴다.

"괜찮으십니까?"

라파엘이 그녀를 걱정스럽게 내려다보고 있었다.

'방금 그건 뭐지? 꿈?'

그녀는 거친 숨을 몰아쉬었다. 이마에 식은땀이 흐르는 것이 느껴졌다.

"잠시만 기다리십시오. 따뜻한 차를……."

칸나는 급하게 그의 손을 낚아챘다.

"아냐, 가지 마!"

그러고는 그의 손을 끌어당겨 손바닥에 얼굴을 파묻었다.

"가지 말고 여기에 있어."

칸나는 라파엘의 손을 꽉 붙잡았다. 심장이 미친 듯이 뛰었다.

"정말 끔찍한 악몽을 꿨어."

거짓말이다. 실은 끔찍하지 않다. 도리어 짜릿한 꿈이었다.

아직도 그 여운에 발끝이 저릿저릿할 정도로. 그 감각이 그녀를 깨닫게 했다. 그리고 화나게 했다.

'오빠가 그러면 안 되지.'

실비엔이 그녀를 버렸다. 칸나는 그에게 그 여자와 자신, 둘 중 하나를 선택하라고 했다. 그는 칸나를 선택하지 않았다. 오히려 그 여자를 두둔하기에 바빴다. 자신보다 그 여자를 더 중요시했다.

'오빠가 어떻게 그래?'

만약 정상적인 여자와의 정상적인 연애였더라면 어떻게든 참아 냈을 것이다.

그런데 대놓고 바람을 피우는 여자였다. 오빠는 고작 그 여자의 애인 중 한 명에 지나지 않았다. 고작, 애인 중 한 명. 겨우 그따위 취급을 받겠다고 나를 버려?

'내가 오빠에게 그것밖에 안 돼?'

꿈속에서 느낀 실비엔의 배신감, 분노, 그것을 지금 그녀가 고스란히 느끼고 있었다.

'두고 봐. 내가 어디까지 할 수 있는지 오빠가 똑똑히 봐.'

아디스의 장녀라고 했나? 그 여자가 가진 남자들을 빼앗을 거다.

그래, 아디스 형제. 그 남자들을 양옆에 끼고 오빠를 보며 깔깔깔 비웃어 줘야지. 그럼 오빠도 분명 상처받겠지.

그때 오빠는 어떤 얼굴을 할까?

아주 아팠으면 좋겠다. 꿈에서처럼, 그렇게 배신감에 사무치는 표정을 했으면 좋겠다.

꽃♥️

칸나는 곧장 아디스 저택을 방문하려 했다. 그런데 운명의 계시인 건지 아디스에서 먼저 마차를 보내왔다.

"아디스 공작께서 보내셨습니다. 부디 저택으로 모실 수 있는 영광을 주십시오."

상대는 신비로운 백발의 청년이었는데, 그녀를 향해 아주 부드럽게 미소를 지어 보였다. 어찌나 반듯하고 맑은 미소였는지 죄 한 번 안 짓고 산 사람처럼 선량해 보였다.

"저는 칼렌 아디스입니다. 부디 칼렌이라고 불러 주시길. 아름다운 숙녀분을 모실 수 있어 영광입니다."

너구나. 칸나의 눈이 예리하게 빛났다. 그녀의 목표물이 눈앞에 떨어진 것이다.

'미안해요, 칼렌 경.'

당신도 보아하니 순진한 사람 같네. 마치 오빠처럼, 한 송이 들꽃처럼 순수해 보여.

'저렇게 세상 물정을 모르니까 나쁜 여자한테 당하는 거지.'

지금까지는 아디스 장녀의 먹잇감이었겠지만…….

"반가워요, 칼렌 경."

칸나는 그에게 미소를 지었다. 이번엔 자신의 먹잇감이 될 것이다. 가엾게도.

마차가 덜컹거릴 때마다 온몸이 쑤셔 왔다.

"몸이 아프십니까?"

"아뇨, 근육통이 좀……."

"근육통이라뇨? 어쩌다가?"

라파엘이 눈이 벌게져서는 말을 안 들었어요, 라고 말할 수는 없었다.

"별거 아니에요. 그냥 근육이 좀 뭉친 것 같아요."

그러자 맞은편에 앉은 칼렌이 아주 진지한 얼굴로 고개를 끄덕였다.

"그것참 안타깝군요. 그렇다면 제가 풀어 드릴까요?"

"……."

칸나는 눈을 끔벅이며 그를 바라보았다. 칼렌은 지금껏 읽고 있던 책을 옆자리에 내려놓았다. 그러고는 잔잔하게 웃었다.

"해 드릴까요?"

뭘? 뭘 해 줘?

"왜 놀라십니까? 한두 번 해 온 일도 아닌데."

"그게 무슨……?"

"모르시는 걸 보니 정말 기억을 잃으신 모양이군요."

난처해진 칸나는 입을 다물었다.

벌써 그녀가 기억 상실이라는 소문이 퍼진 걸까? 기왕이면 아무도 몰랐으면 했는데…… 그러나 저 의미심장한 말을 그냥 넘길 순 없으므로 조심스럽게 물었다.

"한두 번 해 온 일이 아니라는 게 무슨 뜻이에요?"

"그게 무슨 뜻이냐면……."

칼렌이 말끝을 흐리며 손을 아래로 내렸다. 그러고는 그녀의 발목을 잡아 들어 올렸다. 제 무릎 위에 조심스레 올려놓았다.

"자, 잠깐, 지금 무슨 짓을 하는 거예요?"

당황한 칸나가 말을 더듬었으나 칼렌은 아무것도 안 들리는 척 그녀의 구두를 벗겨 냈다.

"잠깐만요, 당신……."

그 순간 그의 손끝이 칸나의 발끝을 길게 훑었다.

"……아."

단 한 번의 손짓으로 발끝에서부터 등골까지 찌르르 울렸다. 즉, 엄청나게 시원했다.

"이런 걸 하는 관계라는 뜻입니다."

"마, 마사지를 말하는 건가요?"

"그것도 포함되어 있죠."

"칼렌 경이 왜요? 이런 건 하인들이나 하는 일이잖아요?"

그러자 칼렌의 눈이 휘어졌다. 아주 재미있는 이야기를 들은 것처럼.

"정신이 열일곱 살이라더니 정말이군요. 참으로 순진한 어린애 같은 생각이에요."

"……."

순간 기분이 확 나빠졌다. 어린애라니? 이래 봬도 알 거 다 알고 할 거 다 해 봤는데? 화가 난 그녀는 날이 선 목소리로 쏘아붙였다.

"뭔가 오해하시는 모양인데, 저는 마사지 받는 것 별로 좋아하지 않아요. 제가 워낙 간지러움을 잘 타서……."

"그건 잘 못하는 사람에게 받아서 그런 거겠죠."

그렇게 말한 칼렌이 의미심장하게 웃었다.

"저는 아주 잘합니다."

귀공자처럼 말끔한 미소였으나 그의 손은 하인처럼 그녀의 발을 주무르고 문지르고 있었다. 그 간극이 묘하게 자극적이었다.

"당신이 어찌나 흡족해했는지 몇 번은 저에게 큰 상을 내려 주기도 했죠."

"그게 뭔데요?"

"말하면, 해 주실 겁니까?"

해 줘? 뭘 해 줘?

아주 당혹스러웠다. 기억을 잃기 전의 자신은 대체 뭔 짓을 한 건까? 상상조차 가지 않는다. 그러나 한 가지 확실한 건…….

'와, 진짜 시원하네.'

칼렌의 자신감에는 근거가 있었다. 태어나서 이렇게 시원한 마사지는 처음 받아 본다. 그의 손은 무서울 만큼 정확했다. 어디를 어떻게 눌러야 그녀가 좋아할지 파악하고 있는 손이었다.

'하지만 이건 좀 이상한데……'

비좁은 마차 안에서 남자의 무릎에 다리를 올린 채 안마를 받다니. 이건 귀족 여성이 외간 남자와 할 짓이 아니다.

'오빠가 알게 되면 틀림없이 화내겠지.'

거기까지 생각이 닿자 호승심이 울컥 피어올랐다.

'그게 뭐? 오빠는 더 이상한 짓도 하고 다니잖아.'

잔뜩 삐뚤어진 칸나는 이 마사지를 즐기기로 작정했다.

"그렇다면 제가 당신과 연인이었다는 소리예요?"

그러자 칼렌이 생각하듯 잠시 눈을 위로 굴렸다.

"연인이라…… 아뇨. 그런 건 아니었습니다."

"그럼 대체 뭐였는데요?"

"복잡한 관계입니다. 솔직히 그게 어떤 관계든 별로 상관없고요."

그렇게 말하는 칼렌의 손은 어느새 조금씩 위로 이동하고 있었다. 감촉이 서서히 올라올수록 칸나의 목덜미에 힘이 들어갔다.

"확실한 것은, 당신에게는 제가 필요했고……."

칼렌이 느릿느릿 말하며 그녀의 복사뼈를 둥그렇게 훑었다. 그러자 간지럽고 오묘한 감각이 전신을 휩쓸었다. 칸나는 반사적으로 치맛자락을 꽉 움켜쥐었다.

"저 역시 당신이 필요했죠. 온 마음을 다해, 절실하게."

"거래 관계였다는 뜻인가요?"

"그렇게 각박한 관계는 아니었습니다. 이래 봬도 당신 역시 저를 꽤 좋아했으니까요."

대체 무슨 소리인지 모르겠다. 서로 필요하고 좋아하는데, 연인은 아니라니……. 아니, 그건 그렇고.

'이 사람 아까와 같은 사람 맞아?'

분명히 조금 전까지는 소년처럼 천진한 인상이었다. 아주 무해하고 안전하게 느껴졌는데……. 지금은 요사스러운 색기를 풍기고 있었다. 그의 주위를 떠도는 공기마저도 야릇하게 느껴질 정도였으니.

'설마 이중인격인가?'

혼란에 빠진 가운데 그의 손이 그녀의 발목을 타고 조금씩 올라왔다.

"……칼렌 경."

"예."

칸나는 입술을 깨물었다. 무릎 아래를 스치는 손길에 움찔 전류가 흐른 것이다. 어쩐지 발끝이 점점 오므라들고 입안이 바짝바짝 말라가서, 칸나는 마른 입술을 핥았다.

칼렌이 부드럽게 재촉했다.

"듣고 있습니다. 말씀하세요."

그러나 말할 수가 없었다. 오히려 이상한 소리가 나올 것 같아 입안을 꽉 깨물었다. 그러자 칼렌이 나지막한 웃음을 흘렸다. 마치 다 아는 사람처럼.

"어떠십니까? 이제 근육통 같은 건 느껴지지도 않죠?"

정말 그랬다. 이제 아픔 같은 건 기억도 나지 않을 지경이 되었다. 그의 섬세한 손끝에 지그시 힘이 들어갈 때마다 저릿저릿한 전율이 휘몰아쳤다. 반복되는 자극에 머리까지 눅진하게 녹아내리는 것 같았다. 칸나는 어느덧 바짝 다가온 그의 가슴팍을 밀쳤다.

"이, 이런 건……."

"괜찮아요. 늘 하던 일입니다. 당신 몸이 기억하고 있을 거예요."

그래도 이건 아니라고 생각하는 순간, 머리 한편에서 또 다른 자신이 반발했다.

뭐 어때서? 오빠도 똑같은데. 아니, 오빠는 더 나쁜데…….

'그래, 어차피 유혹하려고 했던 사람인걸. 차라리 잘됐어.'

결정한 순간 칸나는 모든 것을 놓았다. 그저 급류에 몸을 맡기듯 휩쓸렸다.

"칸나."

모든 것이 흐릿해진 어느 순간, 칼렌이 그녀를 불렀다.

"섬 좋아하십니까?"

그러니까 이럴 수도 있다.

"여보, 넷째 만들어 줘. 응?"

칸나가 앙큼하게 웃으며 졸라 댔지만 오르시니는 고개를 젓는다.

"안 돼. 네가 힘들어."

그러고는 그녀의 부른 배에 손을 얹었다. 이 배 안에 그들의 셋째 아이가 있었다.

"일단 셋째부터 낳고 생각하자."

아니다, 아니다, 오르시니는 자신의 뺨을 철썩 때렸다.

'이건 너무 멀리 나갔어.'

가까운 것부터 상상해 보자. 오르시니는 폭주하는 상상을 다독였다. 혼인하기 전으로, 막 연인이 되기 직전의 시점으로…….

"저와 함께 춤을 추시겠습니까?"

그래, 칸나와 춤을 추는 거다. 흔한 사교 파티에서, 여느 연인들이 그러하듯.

"어머, 죄송해요, 제가 실수로 발을……."

"괜찮습니다."

칸나가 자신의 발을 밟아 주는 것도 좋겠지. 한 번쯤은 칸나의 실수를 겪어 보고 싶으니까. 그리고 테라스에서 첫 입맞춤을 나누자.

'그래, 그게 칸나와 나의 첫 키스가 되는 거야.'

칸나가 그를 죽일 작정으로 선사했던 사신의 키스가 아닌, 연인의 키스.

'그리고 바로 정원으로 나가서…….'

미로 정원의 으슥하고 어두운 곳을 찾아서 푹신한 수풀 위로 칸나를 눕히는 거다. 재킷을 벗어 아래에 깔아 줘야지. 그리고 파티용 드레스는 벗기기 힘드니까 그냥 찢어 버리면…….

'아니야, 찢으면 곤란해. 돌아갈 때 힘들잖아.'

게다가 그런 식의 첫 경험은 옳지 않다. 칸나가 뭐라고 생각하겠는가? 그녀는 오르시니 아디스를 멋진 신사라고 믿고 있는데.

그는 빠르게 상상을 수정했다.

'일단은 참자. 나는 짐승이 아니니 참을 수 있다.'

역시나 정식으로 혼인을 한 다음에 하는 게 낫겠지. 신혼여행은 어디로 갈까?

"미치겠네."

오르시니는 입술을 짓씹었다. 상상이 너무 자극적이라 온몸이 화끈거렸다. 그러나 한번 시작한 달콤한 몽상을 도저히 멈출 수가 없었다.

어찌나 푹 빠졌는지, 오르시니는 몇 번이나 낙마할 뻔했다.

결국 그는 말에서 내렸다. 마침 숲이고, 마침 아무도 없었다.

그는 나무 기둥에 등을 기대앉아 하늘을 올려다보았다. 그리고 본격적으로 망상에 몰입했다.

"여보, 넷째 만들어 줘. 응?"

그는 한동안 그 구간에서 머물다가 바로 미로 정원으로 건너뛰었다. 칸나를 수풀 위로 눕힌 다음에 드레스를…… 이건 신사가 할 짓은 아니지만, 상상은 자유니까 마음대로 해도 되겠지. 마음대로, 마음껏…….

'아, 제길.'

오르시니는 길게 탄식했다. 상상하는 내내 아주 황홀했지만, 그 끝에 다다르자 짙은 회의감이 몰려왔다.

목적지가 코앞이다. 지금 이 숲만 지나면 해안 마을이 나온다.

그러나 그는 이 길목에서 멈춰 섰다. 더 나아가야 할까? 아니면 다시 돌아가야 할까? 아직 결정하지 못했다.

그는 손수건으로 더러워진 손을 닦은 후 몸을 일으켜 옷을 추슬렀다. 다시 말 위로 올라탔다.

'일단은 가자. 일단은 그놈을 만난 이후에 생각하는 거다.'

그리고 마침내 해안 마을에 도착했을 때, 그를 기다리는 사람과 마주쳤다.

"왔군."

오르시니는 말을 멈춰 세웠다. 알렉산드로 아디스가 그를 기다리고 있었다.

"제가 올 걸 알고 있었습니까?"

"폐하께서 전서구를 보내셨다."

오르시니는 이를 갈았다. 실비엔이 그를 믿지 못하고 알렉산드로에게 언질을 준 것이다.

"그놈, 죽었다."

"예?"

"남대륙 유물 상인. 그놈은 얼마 전에 죽었어."

알렉산드로는 아주 곤혹스러운 얼굴로 말했다.

"나와 문제가 좀 생겨서⋯⋯."

"⋯⋯."

"다툼이 있었다."

그러니까 알렉산드로의 손에 죽었다는 소리였다. 오르시니는 기가 막혀서 물었다.

"다툼이 있었다고 사람을 죽입니까? 대체 어떤 다툼이었기에?"

"그럴 만한 일이 있었다."

"⋯⋯잠깐. 그거 설마 상처입니까?"

오르시니는 눈을 의심했다. 가까이에서 본 알렉산드로의 뺨에 기다란 상흔이 있었던 것이다. 그것은 그가 생전 처음으로 목격한 알렉산드로의 상처였다.

'상처라니? 저 남자에게 누가, 어떻게?'

설마, 그 상인이? 대체 얼마나 대단한 놈이기에 저 남자에게 상처를 입힌 거지? 아니, 일단 그건 둘째 치고.

"그래서? 그 유물 상인은 정말 죽은 겁니까?"

"그래."

순간 오르시니의 입꼬리가 떨렸다. 툭 튀어나온 저열함을 감추기 위해 입가를 손으로 쓰다듬었다.

"그렇군요. 정말 큰일입니다."

그런 오르시니를 빤히 바라보며 알렉산드로가 말했다.

"하지만 걱정할 필요는 없어. 내가 해결 방법을 아니까."

오르시니의 얼굴에서 표정이 사라졌다.

"그럼 가지."

"……간다고요?"

"그래."

알렉산드로는 오르시니의 속을 훤히 읽을 수 있었다. 어떤 고민을 하고 있을지 뻔했다. 그렇기에 믿고 맡길 수가 없다.

"바로 출발하지."

눈을 떴을 때, 칸나는 마차에 몸을 웅크리고 있었다.

'언제 잠들었지?'

칸나는 부스스한 얼굴로 몸을 일으켰다.

'아, 맞아. 칼렌 경이랑……'

그의 환상적인 마사지 이후 완전히 노곤해져서 잠들고 말았다.

'칼렌 경은 어디에 간 거지?'

의아해하는 찰나 칼렌의 목소리가 들려왔다.

"비키십시오, 폐하."

"칼렌 경이야말로 포기하시죠."

이건 오빠 목소리잖아? 칸나는 마차의 창문을 열었다. 그러고는 당황했다.

'여긴……?'

철썩이며 밀려오는 파도 소리, 하늘을 비행하는 갈매기의 울음이 들려온다.

'바닷가잖아?'

그리고 칼렌과 실비엔은 항구 앞에서 대치 중이었다.

"며칠간 섬으로 여행을 가는 것뿐입니다."

"칸나도 동의했습니까?"

"물론입니다."

그런가? 내가 동의했던가? 칸나는 잠시 기억을 더듬었다.

"나랑 같이 갈래요?"

"좋아요."

했네, 동의.

거의 제정신이 아니라 기억이 희미하긴 하지만, 확실히 했다.

'오빠가 칼렌 경과 말다툼을 하는 건가? 내가 칼렌 경과 여행 가는 걸 막으려고?'

그렇게 생각하자 입꼬리가 저절로 올라갔다. 성공했다. 마침내 실비엔도 자신처럼 속이 타기 시작한 것이다.

"오빠, 거기서 뭐 해?"

의기양양해진 그녀는 마차 밖으로 나갔다.

"언제 여기에 온 거야?"

"너와 칼렌 경보다 조금 더 일찍."

그렇게 말한 실비엔은 안도의 한숨을 삼켰다. 조금이라도 늦었으면 큰일 날 뻔했다.

'라파엘이 소식을 줘서 다행이야.'

역시나 칼렌 아디스는 방심할 수가 없다. 단순한 오르시니와는 다르다고 해야 할까? 칼렌은 때로는 얼음 같았고, 때로는 불 같았고, 때로는 뱀 같았고, 때로는 양 같았다.

즉, 산전수전 다 겪은 실비엔도 상대하기 난해한 사람이었던 것이다. 그러니까 당연히⋯⋯.

"나는 칼렌 경이랑 섬에 갈 거야."

당연히 열일곱 살 칸나에게는 무리였겠지. 염려한 대로 칸나는 칼렌에게 휘말려 있었다.

"그러니까 방해하지 말고 비켜, 오빠."

"그건 곤란한데."

실비엔은 어깨를 으쓱였다.

"지금부터 항구를 통제할 예정이거든. 이 순간부터 모든 배의 출항을 금지할 거야."

"뭐?"

칸나의 입술이 벌어진다. 어이가 없다는 표정이다.

"칼렌 경도 다시 한번 생각해 보시죠. 칸나가 기억이 돌아올 경우도 생각하셔야 하지 않겠습니까?"

"⋯⋯."

"잠시 잊으신 모양인데, 칸나는 화가 나면 아주 무섭습니다. 그건 경이 더 잘 아시겠죠."

최악의 경우 칼렌 아디스를 죽여야 한다.

그러나 실비엔은 그런 일이 없길 바랐다. 진심이었다. 이러니저러니 해도 칼렌은 칸나의 소중한 성력 충전체니까…….

"좋습니다."

그러나 다행히도 칼렌은 생각을 바꿔 주었다. 칸나의 무시무시한 분노를 기억해 낸 모양이다.

"알겠습니다. 아디스 저택으로 돌아가도록 하죠."

"잘 생각하셨습니다."

실비엔은 칸나를 향해 웃어 보였다.

"칸나, 너도 섬에 갈 생각은 하지 마."

"……."

"칸나? 대답해야지?"

그러자 잔뜩 화가 칸 칸나가 날카롭게 내뱉었다.

"짜증 나. 오빠 따위 정말 싫어."

그러고는 쌩하니 지나쳐 칼렌과 마차에 탄다. 홀로 남은 실비엔은 쓴웃음만 지었다.

'맙소사. 이래서야 정말로 사춘기 여동생의 반항기를 겪는 것 같잖아.'

대체 언제까지 이 짓을 해야 하는 걸까? 그는 회의감에 젖어 한탄했다.

'아아, 역시 오빠 역할은 질색이야.'

실비엔은 그저 한숨을 내쉬었다. 다행히도 인내는 그의 특기였다.

"어서 와요, 언니!"

저택으로 가자 붉은 머리칼의 여자가 뛰어와 포옹했다.

"저는 이자벨 아디스라고 해요!"

힘이 너무 세서 숨이 막혔지만, 이자벨은 환하게 웃으며 계속 말했다.

"인간관계에서는 첫 만남이 중요하다잖아요? 이게 우리의 첫 만남인 거예요, 언니! 한 줌의 티끌 없이 맑고 아름다운 지금 이 순간이…… 어머? 언니?"

칸나가 호흡 곤란으로 컥컥거리자 칼렌이 이자벨을 억지로 떼어 내었다.

"이자벨, 넌 네 힘이 멧돼지와 다름없다는 것을 좀 잊지 마라."

"아. 맞다, 그랬지. 미안해요. 아무튼 잘 부탁해요, 언니!"

"자, 잘 부탁해요. 저, 그런데 말이죠."

칸나는 주변 눈치를 흘끔 살피며 물었다.

"아디스의 장녀께서는 지금 저택에 계신가요?"

침묵이 내려왔다. 그러나 잠시 후 이자벨이 어색하게 웃으며 대답했다.

"글쎄요. 아마 잠깐 나간 것 같은데요."

'언니가 정신이 나가긴 했으니까.'

그러니까 거짓말은 아니었다.

칸나는 아디스 남매와 함께 식사한 후 배정받은 손님방에 들어갔다. 그런데 뭔가 석연치 않았다.

'이 익숙한 느낌은 뭐지? 게다가 최근까지 누가 쓰던 방 같은데…….'

깨끗하게 정돈되어 있긴 했지만 사람의 흔적이 느껴졌다. 아니나

다를까 책상 서랍에서 구겨진 종이를 발견했다.

'봐, 누가 쓰던 방 맞잖아?'

<알렉스에게.>

쓰다 버린 연서 같은데…… 함부로 봐도 되는 걸까? 그러나 이미
눈은 다음 문장으로 가고 있었다.

<지난번에 보낸 편지 무슨 뜻이에요?

이제 더는 편지하지 말라는 말, 내가 어떻게 받아들여야 해?

편지조차 주고받지 않으면 우리는 어떡해?

그 이후로 내 편지 못 받았어? 왜 회신이 없죠? 설마 일부러 답장
안 하는 거야?>

"뭐야, 이 한심한 여자는."

쯧쯧, 칸나는 혀를 찼다. 알렉스라는 남자가 여자에게 더는 편지하
지 말라고 한 것 같은데, 그 뜻이 뭐겠는가?

'관계를 끊고 싶다는 뜻이지, 이 미련한 여자야. 넌 차인 거야.'

하긴 본인도 차인 걸 알았으니 이 편지를 보내지 않고 서랍에 처박
은 거겠지. 감정을 이입한 걸까? 괜스레 기분이 우울해졌다. 칸나는
한숨과 함께 중얼거렸다.

"보고 싶다."

라파엘, 그리고 오빠가 그리웠다. 예전에 한집에서 살 때가 좋았
는데…….

어느새 훌쩍 시간은 흘러 있고, 다들 흩어져 살고 있고, 자신은 아무것도 기억 못 하고. 게다가 오빠는 딴 여자를 사랑하고.

그래서 오빠 속을 새카맣게 만들고 싶었는데.

밤이 되어 감성이 차오른 것인지, 지금은 다 필요 없으니 그저 보고 싶었다.

'그냥 돌아갈까?'

순간 흔들렸지만 곧 반발심이 튀어나왔다.

'아니, 절대로 싫어. 이대로 순순히 돌아가지 않을 거야.'

실비엔 발렌티노는 변했다. 예전 같았더라면 그녀가 다른 남자와 마차를 타고 떠나게 내버려 두지 않았을 것이다.

'내가 난잡하게 굴어도 그렇게 태연할 수 있을 것 같아? 두고 봐. 난 끝까지 갈 거야.'

그 순간, 칸나는 벼락처럼 깨달았다. 지금 자신은 상대의 관심을 끌기 위해 발악하는 어린애와 다름없다는 것을.

자각하는 순간 한없이 비참해졌다.

'아, 안 되겠다.'

이러다가 방구석에서 홀로 훌쩍이는 바보짓을 할지도 몰라. 칸나는 어깨에 숄을 두른 채 밖으로 나섰다. 정원이라도 산책하며 기분 전환을 할 생각이었다.

"아?"

그러다가 복도에서 한 남자와 마주쳤다. 익숙한 얼굴이었다.

"아디스 공작님?"

아니, 아니다. 오르시니 아디스가 아니었다.

놀라우리만큼 닮았지만, 그보다 머리칼이 조금 더 단정했고 뺨에는 처음 보는 상처가 있었다.

"아디스 공작님의 형제분 되시나요?"

그러나 남자는 대답하지 않았다. 한동안 가만히 서서 그녀를 응시할 뿐.

"저기요?"

"……예."

마침내 남자의 입술이 열렸다.

"그렇습니다."

듣는 순간, 가슴이 울렁였다. 깊은 곳에서 울리는 듯한 고요한 음성. 정말이지 너무나도 듣기 좋은 목소리였다.

'멋있어.'

칸나의 뺨이 발그레하게 물들었다. 역시라고 해야 할까? 아디스 가문 사람들은 하나도 빠짐없이 다 미남미녀였다.

"처음 뵙겠어요. 저는……."

그렇게 인사하며 다가가려 할 때였다.

"거기 계십시오."

남자의 말에 칸나는 멈춰 섰다. 남자는 칸나가 다가온 만큼 뒤로 물러나며 말했다.

"그곳에 계십시오."

마치, 다가오지 말라는 것처럼 들렸다.

'왜지?'

의아했지만 동시에 불쾌했다. 자신이 전염병 환자도 아닌데, 왜 못 다가가게 한단 말인가?

그러나 어째서인지 그의 말을 거역할 수가 없어서, 칸나는 그 자리에 서서 말했다.

"저는 칸나 발렌티노라고 해요. 아디스 공작님의 초대를 받고 왔어요."

남자는 대답 없이 그녀를 물끄러미 바라보았다. 칸나는 애가 타서 재촉했다.

"귀공의 성함은 어떻게 되시나요?"

남자가 곧바로 대답했다.

"모르셔도 됩니다."

"예?"

"저는 곧 떠날 자이니."

그러고는 한 발짝, 또 뒤로 물러난다.

"그럼."

그것이 인사였던 걸까. 남자는 그대로 돌아섰다. 칸나는 멍하니 멀어지는 그의 뒷모습을 바라보았다.

'뭐야?'

방금 무슨 일이 일어난 거지.

칸나는 몹시 넋이 나가서 그가 사라진 자리를 바라보다가 그대로 발걸음을 돌려 방으로 돌아갔다.

'뭔데?'

침대에 털썩 누워 베개에 얼굴을 파묻었다.

'대체 뭐야, 그 사람?'

마치 허깨비를 본 기분이었다. 칸나는 한동안 기이한 감각에 젖어 있다가, 머지않아 잠들었다.

❦

그날 밤, 실비엔은 알렉산드로와 만남을 가졌다.

"정말 이걸로 끝입니까?"

실비엔은 칸나의 정신을 헝클어뜨린 수정구를 깨부쉈다. 그는 깨진 수정 구슬의 조각을 집어 올리며 말했다.

"이제 칸나는 괜찮아지는 겁니까?"

"예. 유물을 부수면 그 안에 깃든 힘은 사라집니다. 제가 겪은 바로는 그렇습니다. 다만……."

알렉산드로는 잠시 말을 멈추었다.

"온전한 정신으로 돌아오기 전까지는 혼란이 있을지도 모릅니다."

"혼란이라면……."

"정신적인 문제입니다. 아마 착란 현상을 단계적으로 겪을 겁니다."

"어쨌든, 결국 괜찮아진다는 거지요?"

"예."

실비엔은 알렉산드로의 뺨에 난 흉터를 슬쩍 바라보았다.

"대체 무슨 일이 있었던 겁니까?"

뭔 일이 있었기에 알렉산드로 아디스가 상처를 입었단 말인가? 유물에 대해서는 어떻게 잘 알고 있고?

그러나 알렉산드로는 대답하는 대신 이만 몸을 일으켰다.

"자세한 일은 서한으로 정리해서 올리겠습니다."

"정말 가실 겁니까?"

실비엔은 넌지시 그를 잡았다.

"그러지 말고 더 머무시는 건 어떻습니까?"

"아뇨."

알렉산드로는 그대로 몸을 돌렸다. 그 넓은 등에는 일말의 미련조
차 없었다.

"이제 제 역할은 끝났습니다."

잠든 사이, 옛날 기억들이 칸나를 덮쳤다.

"오빠, 너무 무서워."

"괜찮아, 칸나. 내가 지켜 줄게."

계모의 발광을 피해 오빠와 함께 옷장에 숨어 있던 기억. 그리고 수
없이 사랑을 속삭이던 기억.

"오빠, 사랑해."

"나도 사랑해."

"난 오빠뿐이야."

"나에게도 너뿐이야."

……그런데 어떻게 그럴 수 있지? 칸나는 어느새 잠에서 깨어나 천
장을 올려다보았다.

'아파.'

왜인지 머리가 깨질 것처럼 아파 왔다. 정신이 뒤죽박죽 엉키는 기
분이었다. 온통 혼란스러운 가운데, 배신감만이 또렷하게 떠올랐다.

'어떻게 오빠가 변할 수 있지?'

그건 말이 안 되잖아.

그렇게나 사랑한다고 속삭였으면서, 이 세상에 사랑하는 건 그녀
하나뿐이라고 했으면서.

그 순간 두려움이 해일처럼 밀려왔다. 이대로 오빠의 사랑을 잃으면 어떡하지? 그 전에 어떻게든 해야 한다, 무엇이든, 어떻게든.

"……칸나?"

정신을 차려 보니, 칸나는 오르시니 아디스 공작의 침실에 들어와 있었다. 자신이 어떻게 그의 방 위치를 아는 걸까? 도저히 알 수가 없다.

"야, 네가 어떻게 여길?"

붉은 머리칼의 남자가 놀란 얼굴로 상체를 일으킨다. 칸나는 무작정 그의 침상 위로 올라갔다.

"아디스 공작님."

그러자 그가 숨을 급하게 들이켜는 것이 느껴졌다.

"공작님은 너무 멋있어요."

칸나는 남자의 목에 팔을 둘렀다.

"공작님이 너무 멋있어서, 첫눈에 반한 것 같아요."

넋 나간 남자의 얼굴을 내려다보며 환하게 웃었다.

"공작님은 절 어떻게 생각해요?"

손을 내려 그의 팔목을 잡았다.

"저는 공작님을 생각하면 이렇게 심장이 뛰어요. 제 심장 소리 느껴지죠?"

겹쳐진 그의 손이 후들후들 떨리고 있었다. 그가 사랑하는 건 아디스의 장녀일 텐데, 마치 자신을 사랑하는 것처럼.

뭐든 상관없다. 칼렌 아디스는 자신과 이미 내밀한 관계니까. 이제 이 사람만 유혹하면 된다.

"네? 말씀해 주세요. 공작님은 절 어떻게 생각하세요?"

라파엘이 가르쳐 준 대로 그의 입술에 키스했다. 칼렌이 가르쳐 준

대로 그를 어루만졌다.

"나는 너를."

마침내 공작에게서 끓는 듯한 목소리가 흘러나왔다.

"너를 너무 원해서, 이미 돌아 버린 것 같다."

"사랑한다는 뜻이죠?"

"……."

"저도 사랑해요."

남자가 숨을 멈추었다. 심장도 멈춘 것 같았다. 그런 얼굴이었다. 이 순간 살해당하는 듯한 그런 표정. 이대로 가슴을 가르고 심장을 꺼내 가도 모를 것 같았다.

칸나는 그의 입술에 자신의 입술을 내렸다. 그리고 읊조렸다.

"사랑해요."

"……다시 말해 봐."

"사랑해요."

"다시."

칸나는 끊임없이 그 단어를 속삭이며 애정을 퍼부었다. 그가 정신을 못 차리게, 아니, 아예 잃어버리게, 쏟아지는 폭우처럼 그를 적셨다.

"칸나……."

오르시니 아디스는 그녀의 이름을 불렀다. 내내 그 이름을 불렀다. 칸나는 그의 얼굴을 바라보았다. 황홀경의 정점에 휩싸인 그 얼굴, 꿈이든 환상이든 함정이든, 이 순간을 위해서라면 열렬히 빠져들 것만 같은 얼굴을 오랫동안, 아주 오랫동안 바라보다가…….

"난, 이대로 죽어도 좋아."

그의 갈라진 음성을 마지막으로 잠들었다.

머리가 너무 아프다.

잠을 자는 중에도 쪼개질 것 같다. 꿈은, 기억은, 폭력적인 기세로 그녀를 후려쳤다.

"오빠, 내 데뷔탕트 때 에스코트해 줄 거야?"

"당연하지. 다른 사람이 하게 내버려 둘 것 같아?"

까르르 웃으며 그의 품에 뛰어들었다. 그러자 그가 그녀를 안으며 이마에 입술을 맞추었다.

"넌 내가 가장 사랑하는 사람인데, 다른 사람에게 그런 기회를 넘길 수는 없지."

그 말이 기뻐서 칸나는 그의 뺨에 입술을 맞추었다.

"나도 오빠를 제일 사랑해."

그 순간 그의 눈이 이글거렸다. 그녀를 잡아먹을 것처럼 바라보다가 다시금 오빠의 눈으로 웃었다.

"나도 사랑해, 칸나."

칸나는 무언가 달라졌다는 것을 눈치챘다.

완전히 확신한 것은 그때였다. 열다섯의 데뷔탕트. 다른 남자와 처음으로 춤을 추었을 때.

"즐거웠어?"

"응?"

"콜린 데비스와 아주 즐거워 보이더라고."

테라스에서 잠시 홀로 쉬고 있을 때였다. 오빠가 대뜸 들어왔다. 언제나처럼 웃는 얼굴이었다.

"그자가 네 뺨에 입술을 맞추던데."

웃는 얼굴인데, 평소와는 다른 기묘한 위압감이 그녀를 짓눌렀다.

"아주 좋아 보이더라, 칸나."

오빠가 그녀에게 성큼성큼 걸어왔다. 그 폭풍 같은 기세에 겁을 집어먹는 찰나. 그가 그녀의 얼굴을 잡았다.

"아······."

뜨거운 입술이 뺨에 닿았다. 콜린이 맞춘 그 부위에, 꾹 내리누른다.

"······."

아니다. 콜린이 입 맞춘 부분보다 그녀의 입술과 더 가까웠다.

서로의 입술 끝자락이 아슬아슬하게 맞물린 거리. 조금만, 아주 조금만 고개를 비틀어도 입술끼리 닿을 자리. 그곳에 멈춰 그들은 한동안 숨결을 뒤섞었다. 코끝으로, 입안으로, 오직 서로의 체향과 호흡만을.

그는 어떤 심정으로 참아 낸 걸까?

자신은 어떤 심정으로 견뎌 낸 걸까?

"미안해."

천년 같은 시간 끝에 실비엔이 얼굴을 들어 올렸다. 그때 그는 여느 때처럼 맑은 미소를 짓고 있었다. 조금 전의 격랑은 마치 신기루였던 것처럼.

"와인이 좀 과했나 봐."

"오빠."

"나는 먼저 돌아갈 테니 즐기다가 와, 칸나."

그 순간에 완전하게 깨닫고 말았다. 그가 자신을 너무 사랑해서, 그 사랑이 동생을 향한 감정을 넘어 버렸다는 것을.

그 순간의 환희를 기억한다.

'오빠는 나를 정말 사랑하는구나.'

이후 칸나는 그의 사랑을 즐겼고 그의 인내를 시험했다.

"사랑해, 오빠."

뺨, 턱. 입술 근처. 아주 가까이. 실비엔이 한순간 자제를 잃으면 언제든 입술을 삼킬 수 있는 거리에 키스했다. 그럴 때마다 그의 아름다운 푸른 눈이 열망으로 타올랐다. 그러다가 새카맣게 타들어 갔다. 칸나는 그의 고뇌가 즐거웠다. 그의 모든 고통, 인내, 죄책감은 사랑의 증거물이었으니.

'나는 정말 끔찍한 인간일지도 몰라.'

이런 자신을 알아차린다면 오빠도 진저리칠 것이다. 아주 요망한 요물이라면서, 동생을 잘못 거두었다며 후회하겠지. 하지만 그러고도 결국엔 사랑할 것이다. 실비엔 발렌티노는 자신의 것이니까.

'그런데 이럴 수는 없지.'

꿈이 어찌나 강렬한지, 어디까지 꿈이고 현실인지 구분할 수 없었다. 그저 옆에 누워 잠든 붉은 머리칼의 남자, 아디스 공작을 보고 깨달았다. 그녀는 막 꿈에서 깨어났다. 지금은 현실이다.

'오빠가 날 배신하면 안 되지.'

칸나는 몸을 일으켰다. 어떻게 황궁까지 갔는지 기억이 나질 않았다. 머리가 혼란스러웠다. 술에 취한 것처럼 무거웠고, 빈혈이 이는 것처럼 현기증이 일었다.

"칸나?"

그리고 마침내 그를 찾아내었을 때, 칸나는 그에게 달려갔다. 그러자 그가 반사적으로 두 팔을 벌려 안아 주었다.

"오빠."

"응, 칸나."

실비엔이 웃었다. 칸나는 더 짙게 웃었다.

"오빠, 나 있잖아."

그러고는 발끝을 올려 그의 귓가에 속삭였다. 라파엘과 있었던 일을. 칼렌과 있었던 일을. 오르시니와 있었던 일을. 소곤소곤, 아주 재미있는 이야기를 하듯, 아주 상세하게, 징그러울 만큼 자세하게 묘사했다. 처음부터 끝까지, 단 한 부분도 빼먹지 않고.

"그때 내 기분이 어땠냐면……."

칸나의 이야기가 길어질수록 실비엔의 얼굴이 천천히, 아주 천천히 가라앉았다.

"적당히 해."

도저히 끊기지 않는 적나라한 고백 속에서 그가 아주 조용히 경고했다. 그러나 칸나는 무시했다.

"……그래서 그다음에는 아디스 공작이 내 등에……."

그의 입가에 맺힌 미소가 서서히 사라졌다. 푸른 눈동자에서 웃음기가 완전히 빠져나갔다. 이윽고 건조하고 메마른 사막처럼 말라붙었다가…….

마침내 영하의 온도로 추락했다.

"그래서."

한참 후 입술을 연 실비엔은 더는 웃지 않았다.

"그걸 나에게 친절하게 설명하는 이유가 뭐야?"

그의 목소리가 이토록 낮게 깔린 적이 있던가?

"말해 봐."

그의 손이 칸나의 옷깃을 붙잡았다. 멱살을 잡듯 거칠게 끌어 올린다.

"이게 그렇게 궁금했어?"

점점 가까워지는 그의 얼굴을 보며 칸나는 오싹한 쾌감에 전율했다. 드디어. 드디어 화를 낸다. 오빠가, 나에게, 화를.

"내가 눈 뒤집히는 꼴을 그렇게 보고 싶었어?"

그렇게 말한 실비엔이 웃었다. 입술 끝자락으로만 웃고는, 말했다.

"감당할 자신은 있고?"

다음 순간, 그가 칸나의 입술을 날카롭게 베어 물었다.

'아.'

달콤한 통증이 밀려온다. 그 고통에 칸나는 한없이 아득해졌다.

그래, 맞아. 난 오빠를 무너뜨리고 싶었어. 먼저 키스해 주길 바랐어. 이성도 이지도 잃고 나를 원하길 바랐어. 지금처럼, 짐승처럼.

칸나는 그의 목을 열렬히 끌어안았다. 이대로 정신을 잃어버릴 것 같았다. 이것을 너무나도 바라서, 이 사람을, 이 입술을⋯⋯.

"오빠⋯⋯."

그렇게 속삭이는 순간이었다.

"오빠?"

실비엔이 그 단어를 따라 읊으며 웃음을 터뜨렸다.

"좋지. 그것도 재미있겠네."

그가 칸나의 몸을 소파 위로 던지듯 밀쳤다.

"그래, 칸나 발렌티노. 어디 계속 끝까지 오빠라고 불러 봐."

실비엔은 달아오른 목소리로 지껄였다. 거친 손아귀로 크라바트를 단숨에 뜯어냈다. 내던졌다. 잠시 후 칸나의 옷깃 단추가 한꺼번에 터져나갔다.

실비엔은 칸나를 끌어안은 채 짙은 후회에 잠겼다.

'내가 뭘 한 거지?'

지금 칸나의 정신 연령은 그에 비하면 막 태어난 아기나 다름없는데. 그 아기의 도발에 넘어가 버렸다. 심지어 정신 착란을 겪는 중일 텐데도. 완전히, 완벽하게 넘어가 버렸다.

실비엔은 자괴감에 휩싸여 잠든 칸나의 얼굴을 어루만졌다. 칸나의 입술은 붉게 부르터서 거의 터져 있고, 땀과 눈물로 범벅이 된 얼굴은 엉망진창이었다.

"칸나, 부디 용서를……."

하지만 당신이 나빴습니다.

실비엔은 속으로 변명했다. 되바라진 칸나 발렌티노, 그 버릇없고 철없고 이기적인 여자애는 고작 열일곱밖에 안 된 주제에 아주 요사스럽기 짝이 없어서……

'칸나가 이 시간 동안 일어난 일을 다 잊어야 하는데.'

유물을 깨부쉈으니 이제 칸나는 슬슬 제정신을 찾을 것이다. 눈을 뜨면 부디 다 잊기를. 안 그러면 자신이 한 짓을 다 기억할 텐데. 그가 생각하기에도 좀, 아니, 많이 심했으니까……

그때였다.

"허억!"

칸나가 눈을 번쩍 떴다.

"아, 아!"

그러고는 두 손으로 목을 부여잡으며 숨을 컥컥 내뱉는다.

"오, 오빠."

갑자기 왜 이러는 거지? 실비엔은 급하게 상체를 일으켰다.

"칸나? 왜 그래? 어디 아파?"

"왜, 왜, 왜……!"

돌연 칸나가 눈물을 쏟았다.

"왜 없었어?"

"……뭐?"

"지켜 준다고 했잖아!"

칸나가 괴로운 듯 소리쳤다. 그러고는 또다시 목을 더듬는다. 마치, 목이 붙어 있는지 확인하려는 것처럼.

"나, 나를 지켜 준다고 했잖아. 그런데 없었어. 없었어. 나를, 지켜 준다고 했으면서……."

그녀의 얼굴이 새하얗게 질려 간다. 입술이 경련하듯 떨렸다. 비 오듯 땀이 쏟아졌다.

"왜 내가 죽을 때 없었어!"

홍수처럼 쏟아지는 기억들 속에서 마침내 칸나는 모든 것을 떠올렸다. 열일곱 살, 그 나이에 영원히 멈춘 그녀의 삶을. 죽음을.

'그래, 나는 죽었어, 그때, 그 사람에게.'

라르고스 아디스.

"그 사람이 나를 납치하려고 했어."

칸나는 머리칼을 쥐어뜯으며 정신없이 중얼거렸다.

"그 사람이, 나를, 아디스의 기사들이, 발렌티노의 기사들을 공격하고…… 나를 잡아가려고."

그때 오빠가 자리를 비웠던 순간.

라르고스 아디스가 그녀의 팔을 잡아당겼다. 순순히 따라오면 다치지 않을 거라고 말했다. 그러나 칸나는 발버둥 쳤다.

"싫어! 이것 놔!"

잠시 후에 정말로 죽을 줄 알았더라면 따라갔을 것이다. 죽고 싶지 않았으니까. 이대로 죽기에 자신의 삶은 너무나도 아름다웠으니까. 그러나 오빠가 금방 온다고 말했다. 그것을 믿었다. 그래서 버텼다.

"나 지금 장난하는 거 아닌데, 칸나 양. 어서 가자."
"이것 놓으라고 했잖아!"

온 힘을 다해 저항했다. 오빠가 올 때까지만 기다리면 된다. 그는 금방 올 거다. 조금만 버티면 된다. 그가 자신을 지켜 줄 테니까. 나쁜 일이 벌어지도록 내버려 둘 리가……

"주인님!"

그때 먼 곳 어디선가 라파엘의 음성이 들렸다. 칸나는 울음을 터뜨리며 외쳤다.

"라파엘, 여기야!"

그러자 라르고스가 인상을 구긴다. 인내의 한계에 다다른 듯했다.

"내가 장난 아니라고 했을 텐데."

그러고는 검을 꺼내 들었다. 하늘 높이 번쩍 들어 올린다. 칸나는
그 궤적을 좇아 시선을 들어 올렸다.
설마.

"어차피 난 네 피가 필요한 거라서, 몸뚱이만 있으면 되거든."

설마, 저 검이 나를 내리칠 리가. 내가 여기서 죽을 리가.

"칸나!"

문이 왈칵 열리고 피투성이의 라파엘이 뛰어들어 온다. 그의 보라
색 눈동자와 마주친 순간. 라르고스가 검을 내리쳤다. 섬광이 그녀의
목을 갈랐다.
그것은 아주 차갑고, 서늘한 감각이었다.

"아."

칸나는 눈을 깜박였다. 한 번, 두 번, 세 번. 눈을 감았다 뜰 때마
다 세상이 빙글빙글 회전했다. 천장과 바닥이 정신없이 뒤집히고, 마
침내 둔탁한 소리와 함께…… 바닥으로 떨어져 내렸다.

그리고 칸나는 자신의 몸을 보았다. 목이 없는 몸을.

"칸나!"

그리고 들리는 라파엘의 울부짖음. 칸나는 입술을 열었다.
열었다고 믿었다.

"라파엘, 오빠는?"

말했다고 믿었다.
그러나 들려오는 목소리는 없었다. 그것을 마지막으로 끝. 그것이
칸나 발렌티노의 최후였다.
"오빠는 안 왔어."
칸나는 울음을 터뜨렸다.
"금방 오겠다고 했으면서."
그런데 그는 그곳에 없었다. 지켜 준다고 약속했으면서…….
"내가 죽도록 내버려 두면 어떡해? 오빠는 내가 목이 잘릴 때까지
안 왔어. 너무 무서웠는데, 끝까지 오빠를 기다렸는데!"
실비엔은 몸부림치며 발광하는 칸나의 팔을 붙잡았다.
그는 알 수 있었다. 이것이 알렉산드로가 말한 정신 착란, 그 마지
막 단계라는 것을. 이 순간만 지나면 칸나는 온전해질 것이다.
그러니까 그저 기다리면 되는데…….
"미안."
왜 그 혼란이 자신에게도 찾아온 걸까.

칸나가 하는 말을 듣고 있자니 저절로 눈가에 물기가 고여 왔다.

"미안해."

이상하게도 목구멍이 타들어 가는 것만 같았다. 감당할 수 없는 통증이 그의 가슴을 찢었다.

"지켜 주지 못해서 미안해, 칸나."

그의 머리는 아무것도 기억하지 못하는데, 영혼만큼은 그때의 상처를 고스란히 기억하는 것처럼.

"하지만 이제 괜찮아, 칸나."

칸나가 젖은 눈으로 그를 바라보았다. 실비엔은 그녀의 눈물을 닦아 주며 말했다.

"이제는 안전해. 그러니까 안심해도 좋아."

칸나의 표정에서 공포가 흐려진다. 그녀가 떨리는 목소리로 물었다.

"정말?"

"그래. 이제 넌 안전해."

실비엔은 그녀의 이마와 콧등, 입술과 뺨에 쉴 새 없이 입을 맞추었다.

"넌 안전해, 칸나."

그러자 다친 새처럼 바들바들 떨던 칸나의 몸이 조금씩 진정해 갔다. 그녀가 물었다.

"그럼 이제 계속 곁에 있을 거지?"

"당연하지."

"다행이다."

다시 한번 더, 속삭였다.

"정말 다행이야……."

마지막이었을까? 그것을 끝으로 칸나는 또다시 깊게 잠들었다.

"그래."

실비엔은 그녀를 끌어안았다.

"정말 다행이지."

✢✥✢

다시 눈을 떴을 때, 칸나는 본래의 모습으로 돌아와 있었다.

"왜 이렇게 몸이 아픈 거죠?"

그녀는 엉망이 된 몸 상태에 당황한 눈치였다.

"안 아픈 곳이 없어요. 머리부터 발끝까지 아작 난 것 같다고요."

실비엔은 죄책감에 할 말을 잃고 말았다. 그건 온전히 그가 이성을 잃은 탓이었으니. 그렇다고 사실대로 고할 수는 없었으므로 대충 둘러댔다.

"당신이 저와 함께 술을 먹고 계단에서 넘어졌는데…… 기억이 안 나시는 모양입니다."

"제가요?"

"예."

그러자 칸나가 눈을 가느다랗게 뜨며 몸의 한 부위를 가리켰다.

"이건요? 이건 아무리 봐도 잇자국 같은데요?"

"……."

"실비엔 발렌티노. 내가 우습게 보여?"

"아뇨. 절대요."

"그럼 빨리 사실대로 말해요. 그리고 내 얼굴은 왜 이렇게 부어 있는 거예요?"

"그게 말입니다."

실비엔은 한숨을 참았다.

"제가 취해서, 잠든 당신을…… 죄송합니다. 제가 쓰레기입니다."

"당신에게 가학적인 면이 있는 건 알고 있었지만 이 정도인 줄은 몰랐네요."

"드릴 말씀이 없습니다."

"당연하죠! 세상에, 이건 뭐 짐승도 아니고 어떻게 이럴 수 있어! 하여간 사람이 천박하다니까!"

한동안 잔소리가 날아왔다. 따끔한 질책이었지만 실비엔은 마음 깊이 안도했다. 다행히 칸나는 아무것도 기억하지 못한다. 정말 다행이었다.

실비엔은 칸나의 뺨을 쓰다듬으며 말했다.

"칸나."

"왜요?"

실비엔은 잠시 그 순간에 멈추었다. 칸나가 자신을 바라보고, 다음에 이어질 말을 기다리는 그 순간에.

"난 당신이 살아 있어서 정말 기쁩니다."

칸나는 그를 물끄러미 올려다보다가 웃었다.

"저도 살아 있어서 기뻐요."

……그리고 며칠간 폐 끼친 건 미안해요.

칸나는 그 말을 속으로 삼켰다. 모두 다 기억나는 건 아니다. 그래도 대충은 기억하고 있다. 며칠간 자신에게 일어난 기막힌 일들을.

'이게 대체 무슨 봉변이야?'

라파엘과 칼렌, 오르시니에게도 폐를 끼쳤다. 그러나 딱히 미안하거나 부끄럽진 않았다. 그들 모두 나름의 방식대로 그 순간을 즐겼던 것 같으니까.

'다들 신났네, 신났어.'

하지만 딱 한 명, 실비엔에게는 미안했다. 그리고 고마웠다. 제대로 사과한 후 감사의 표현을 하고 싶지만 실비엔은 자신이 완전히 잊었길 바라는 것 같으니까……

'그러니까 모른 척해 줘야지.'

칸나는 아무것도 기억나지 않는 척 웃었다.

"왜 그렇게 웃으십니까?"

"아뇨, 그냥."

실비엔의 물음에 칸나는 둘러댔다.

"지금 보니 여기에도 잇자국이 남아서요. 세상에. 변태가 따로 없네. 어떻게 이런 곳에……"

"칸나. 식사할까요? 배고프죠?"

"좋아요."

그렇게 그들은 서로를 위하여 서로를 속였다. 선의의 거짓말이었다.

외전 8. 칸나의 삶

제정신으로 돌아온 이후, 칸나는 곧장 칼렌을 찾아갔다.

'넌 죽었어.'

감히 또 섬에 가두려고 하다니. 이 기회에 버릇을 단단히 고쳐 놓겠다. 위협할 생각으로 예전에 그가 준 채찍을 들고 가자 칼렌이 화들짝 놀라 변명했다.

"누님, 오해하시는 겁니다."

"웃기지 마. 라파엘이랑 실비엔에게 다 들었어. 칼렌 아디스, 네가 나를 또 섬으로 데려가려 했다고!"

그 부분은 칸나도 정확하게 기억하고 있다. 마차에서 보낸 황홀한 시간과 그가 섬으로 이끌었던 순간까지. 그러나 '몰라! 기억 안 나!'로 밀고 가고 있었으므로, 라파엘과 실비엔의 말을 인용했다.

"누님."

칼렌은 그녀의 발치에 무릎을 덥석 꿇었다.

"정말 오해입니다, 누님."

순간 흠칫 놀랄 정도로 진실하고 투명한 눈빛이었다. 마치 어린 사슴처럼……

'아니지, 사슴이라니, 말도 안 돼. 뱀이라면 모를까.'

속으면 안 된다. 이 녀석은 필요할 때마다 얼굴을 바꿔 끼우는 녀석
이지 않은가?

칼렌의 교활함은 실비엔도 인정할 정도였다. 칼렌 아디스를 주의하
라고 은근한 경고까지 했으니.

"저는 그저 잘해 보고 싶었을 뿐입니다. 섬에는 안 좋은 기억이 있
으니……."

칼렌이 잠시 말을 끊었다가 덧붙였다.

"저는 아직도 그때의 악몽을 꿉니다."

그때.

그녀가 인형을 만들고 칼로 가슴을 찌르게 만들어 자신의 죽음을
연출했던 그 순간.

그때 칼렌의 정신은 산산이 조각나서 부서졌다. 그날 이후로 칼렌
은 머리가 새하얗게 셌고, 정신 착란을 겪었고, 기어코 스스로 첨탑
아래로 몸을 던졌다.

"……그게 뭐 어쨌다는 거야?"

그때를 생각하면 칸나도 마냥 기분이 좋진 않았다. 칼렌이 자결했
다는 소식을 들었을 때, 그녀도 기분이 찜찜했으니까.

"그곳에서 누님과 좋은 추억을 만들면 괜찮아질 것 같았습니다."

칼렌이 자책 어린 표정으로 중얼거렸다.

"하지만 누님께는 감히 그런 요청을 드릴 수 없으니…… 그래서 잠
시 모든 것을 잊으셨을 때, 그때 며칠만 다녀올 생각이었습니다."

그의 뺨을 타고 투명한 눈물이 방울방울 흘러내렸다.

"저만 생각했습니다. 죄송합니다, 누님. 제발 용서해 주세요."

그러고는 그녀의 손을 잡고 손아귀에 얼굴을 비벼 왔다.

"누님, 부디 용서를……."

칸나는 손아귀를 흠뻑 적신 그의 눈물과, 붉어진 그의 눈두덩이를 번갈아 보았다.

'으이구, 진짜.'

한숨이 저절로 나왔다.

최근에서야 깨달은 건데, 자신은 우는 남자한테 약하다. 그리고 아무래도 칼렌은 그 사실을 자신보다 먼저 알아차린 듯했다.

"그 섬은 당장 팔도록 해."

"예. 물론입니다. 그렇게 할게요."

"좋아."

그렇게 말한 후 칼렌의 흰 머리를 쓰다듬었다. 그러자 칼렌의 얼굴에 긴장감이 사라졌다. 칸나가 용서해 준 것이다.

"믿어 주셔서 감사합니다, 누님."

그러고는 칸나의 손에 묻은 눈물을 핥기 시작했다. 축축하고 말캉한 감촉이 지나가자 등골에 소름이 확 돋았다.

"뭐 하는 거야? 하지 마."

"아뇨. 제가 닦겠습니다. 제가 누님의 몸을 더럽혔으니……."

"됐다니까."

칸나가 손을 억지로 잡아 빼자 그는 아쉬운 기색이었다. 그러나 곧 환하게 웃었다.

"누님, 오해를 푸셨으면 이제 채찍질을 하셔야죠."

왜 얘기가 그렇게 되는 거지?

"제 진심을 알아 주셔서 감사합니다만, 그건 그거고 잘못은 잘못이죠. 제가 잘못을 한 건 사실이니 벌을 내리셔야 하지 않겠습니까?"

칼렌은 능수능란하게 말하며 꽉 잠근 셔츠의 단추를 툭툭 풀었다.

"어서 저를 벌해 주세요."

역시 이 녀석은 미쳤어.

❧

실비엔에게 가 보니, 그의 눈에 시퍼런 멍이 들어 있었다.

"실비엔! 아니, 어쩌다가!"

칸나는 깜짝 놀라 소리쳤다.

"누가 그런 거예요? 어쩌다가!"

천상의 존재처럼 고결한 이 얼굴에 멍이 들다니. 어떤 개 같은 자식이 이런 잔혹한 짓을 했단 말인가!

"라파엘이 그랬습니다."

순간 전투력이 피시식 식었다. 칸나는 어깨를 으쓱였다.

"맞을 짓을 했나 보군요."

"너무하네요, 칸나."

실비엔은 그녀의 손을 잡아 시퍼렇게 물든 눈가에 가져다 댔다.

"당신이 총애하는 제 얼굴을 이렇게 만들었단 말입니다. 그러니 라파엘에게 화를 내셔야죠."

"대체 뭔 짓을 했기에 그래요?"

"그냥 좀……."

실비엔이 그녀의 손끝에 입술을 맞추다가 키득거렸다.

"라파엘이 저를 잊은 게 서운해서 조금 놀려 줬는데 말입니다, 그 녀석이 그걸로 상당한 마음고생을 한 모양이더군요."

그러고는 웃음을 터뜨린다.

"그런데 그 장난질이 들통났습니다. 라파엘이 어제부로 기억을 상당히 되찾은 것 같더라고요."

"그래요? 잘됐네요."

"잘됐죠. 제 얼굴은 안됐지만."

"대체 뭔 장난을 쳤기에……."

눈두덩이가 이렇게 시퍼레지다니. 라파엘이 주먹으로 실비엔의 눈을 후려친 걸까?

'상상이 안 가. 라파엘이 주먹질이라니.'

그때 실비엔이 칸나를 끌어당겨 자신의 무릎에 앉혔다. 칸나는 저도 모르게 그의 목에 팔을 휘감다가 흠칫했다.

'아, 이런. 그때 버릇 나왔다.'

칸나 발렌티노. 아주 발칙했던 시절의 습관이 나온 것이다.

'실비엔에게 들키면 안 되는데.'

칸나 발렌티노 시절의 기억을 아주 조금, 일부분 간직하고 있다. 물론 아무것도 기억 못 하는 척하고 있지만…… 그래도 가끔은 그를 오빠로 따랐던 시절의 버릇이 불쑥 나오고는 했다.

바로 지금처럼.

'알아차린 건 아니겠지?'

칸나는 슬그머니 실비엔의 눈치를 살폈다. 그러자 실비엔이 환하게 미소 지었다.

"왜 그렇게 봐요, 아름다운 나의 아가씨?"

그 순간에 칸나는 잠깐 넋을 놓았다. 그럴 수밖에 없었다. 작정하고 매혹적으로 웃는 그에게 매혹당하지 않는 건 아주 힘겨운 일이었으니.

그를 처음 보았을 때도 이 이상으로 아름다운 사람은 없을 거라고 생각했는데, 있었다. 바로 미래의 실비엔이었다.

"갑자기 뭐예요? 아름다운 아가씨라니, 낯간지럽게."

"뭐긴요. 교태 부리는 중이죠."

그의 농담에 칸나가 옅은 웃음을 흘릴 때였다. 실비엔이 그녀의 이마와 콧등, 뺨에 가볍게 입을 맞추었다. 칸나 발렌티노가 실비엔에게 그러했던 것처럼.

그 순간 강렬한 예감이 스쳤다.

'역시 눈치챈 것 같은데?'

칸나는 의심의 눈초리로 그를 살폈다. 실비엔은 그저 언제나처럼 웃고 있었다.

"실비엔."

"예."

칸나는 잠시 망설이다가 고개를 저었다. 아무렴 어때.

"아니, 아무것도 아니에요."

실비엔은 대답 없이 칸나를 바라보다가, 그녀의 목에 남은 잇자국을 손가락으로 쓸었다.

"많이 흐려졌네요. 아쉬워라."

"아쉽긴 뭐가 아쉬워요? 그리고 여기 아래쪽은 아직 선명하게 남아 있어요. 대체 얼마나 세게 물었기에……."

"어쩔 수 없었습니다. 당신이 아주 맛있었거든요."

"……."

한때 세계수가 존재했던 정원에도 봄이 찾아왔다.

"실비엔의 눈에 멍이 들었단 말입니까?"

보라색 제비꽃이 흐드러지게 피어난 꽃밭 위, 칸나는 라파엘과 함께 앉아 햇볕을 즐겼다.

"어딘가에 부딪힌 모양이군요."

"네가 때렸다던데?"

그 말에 라파엘은 잠시 멈칫했다가 태평하게 말을 이었다.

"그 녀석이 헛된 말로 저의 정신을 만신창이로 만들었기에 약간의 보복을 하긴 했습니다만······."

라파엘이 저 정도로 말하는 걸 보니 정말 마음고생을 했나 보다. 실비엔은 대체 어떤 장난을 친 걸까?

"폭력이라고 말할 것까진 아닙니다. 타이른 정도입니다."

"······."

"저는 폭력을 좋아하지 않습니다. 오로지 평화만을 추구합니다."

칸나는 눈을 가느다랗게 뜨고 그를 응시했다. 라파엘은 언제나처럼 무표정한 얼굴이었다.

'하여간 저 내숭.'

칸나는 웃음을 참으며 말했다.

"어쨌든 기억이 돌아왔다며? 축하해. 이제 전부 기억난 거야?"

"예."

라파엘은 잠시 망설이다가 덧붙였다.

"제가 철없이 군 시절을 이해해 주셔서 감사합니다."

"응?"

"제가 기억을 잃었을 때 상당한 패악을 부린 것으로 압니다."

"패악이라니? 절대 아니야. 그저 약간의 신경질과 짜증을 부렸을 뿐."

"죄송합니다."

아니야, 나야말로…….

칸나는 그 말을 삼켰다. 그건 자신이 할 말이었다. 칸나 발렌티노의 행패에 비하면 사춘기 라파엘은 성자 수준이었으니까.

"사과하지 마. 우리 사이에 그럴 필요 없잖아."

"이해해 주셔서 감사합니다."

칸나는 한 번 미소 지은 후 그의 허벅지를 베고 누웠다. 그러자 라파엘이 그녀의 흐트러진 머리칼을 조심스럽게 정돈해 주었다.

'아, 편안하다.'

한없이 다정한 손길을 받고 있자니 절로 평온해진다. 조금씩 잠이 내려오는 찰나, 라파엘이 그녀의 목에 목걸이를 걸어 주었다.

"성력을 새로 담아 놓았습니다."

칸나는 목에 걸린 하얀 돌을 만지작거렸다. 일전에 오르시니가 구해 준 남대륙의 유물, 성석이었다.

'이거, 생각보다 훨씬 쓸 만해.'

상당히 많은 양의 성력이 저장되는지라 한 번 성력을 채워 넣으면 일주일 정도는 홀로 거뜬하게 버틸 수 있었다.

"고마워, 라파엘."

"도움이 되었다니 기쁩니다."

그렇게 말한 라파엘이 다시금 그녀의 머리칼을 만졌다.

"잠이 오십니까?"

"응, 조금."

“침대로 모실까요?”

“아니. 네 허벅지가 더 편해. 좀 많이 딱딱하긴 하지만······.”

“죄송합니다. 시간을 주신다면 곧 푹신하게 만들겠습니다.”

“무슨 소리야? 절대 안 돼. 난 지금 네 허벅지가 좋아.”

“감사합니다. 영광입니다.”

아니, 영광일 것까지야.

칸나는 소리 없이 웃으며 다시금 눈을 감았다. 머리칼을 만지는 그의 손길을 느끼며 낮잠을 청했다.

꼭 집에 온 것처럼 편안했다.

✦❧✦

대신전에서의 용건을 마치고 아디스 저택으로 돌아왔을 때였다.

“야! 칸나!”

칸나는 못 들은 척 정원을 가로질렀다. 그러나 소용없다. 오르시니가 순식간에 그녀의 곁으로 뛰어왔다. 그는 히죽히죽 웃고 있었다.

“이제 왔냐?”

뭐가 저렇게 신난 거야? 괜히 짜증이 치밀어 칸나는 그를 외면했다.

“야, 야. 내 말 안 들리냐? 칸나.”

“시끄러워. 나 부르지 마.”

“네 사랑이 널 부르는데 대답해야지.”

이래서 피하려고 했는데······.

자신이 잠시 정신이 이상해졌을 때 오르시니에게 달려들어 그렇게나 사랑한다고 지껄인 모양이다.

……사실은 기억하고 있다. 아주 선명하게.

"칸나 네가 날 덮쳤다니까. 짐승처럼 침을 질질 흘리면서 달려들었단 말이다."

웃기지 마. 내가 언제 침을 흘렸어! 소리치며 반박하고 싶었지만 기억을 잃은 척하는 중이라 그럴 수도 없다. 그저 주먹을 꽉 쥐며 말할 뿐.

"오르시니, 침착하게 다시 한번 생각해 봐. 아마도 침을 질질 흘린 건 내가 아니라 너였을 거야."

"아니, 너야. 네가 나를 뼈까지 발라 먹을 기세로 달려들었다."

오르시니가 얄미울 만큼 진지한 얼굴로 말했다.

"내가 제발 그만 좀 하라고 말렸는데, 네가 내 입을 틀어막고 내 옷을 막 찢더니, 그 옷 조각으로 내 팔을 묶고 억지로……."

저 녀석은 평소에 무슨 망상을 하면서 살기에 저런 상황이 술술 나오는 거지?

"적당히 해, 오르시니. 내가 잠깐 미쳐서 그랬다는 거 몰라?"

"그 미친년도 너다. 네가 네 입으로 뱉은 말이라고."

참으로 낙천적이고 긍정적인 사고방식이 아닐 수 없다.

"아마 미쳐 버린 내가 널 이용하려고 그랬을 거야. 네가 워낙 쉬운 녀석이어서 말이지."

"어. 그게 뭐."

"응?"

"뭐 어쩌라고."

오르시니가 그녀를 쏘아보며 말했다.

"네가 날 사랑한다고 했다. 다른 건 내가 알 게 뭐냐."

세상에…….

뭐라고 말을 해야 할지 모르겠다. 단순해서 세상 살기 참 편하겠다는 생각만 들 뿐.

"야. 기왕 이렇게 된 거 한 번 더 말해 봐라."

"돌았니?"

"사랑한다고 해 봐."

"싫어."

"사랑해."

"……."

뭐?

칸나는 눈을 크게 뜨고 그를 돌아보았다. 그리고 그녀보다 더 당황한 남자의 얼굴을 발견했다.

오르시니는 자신이 뱉은 말에 자신이 더 놀란 것 같았다. 전혀 계획하지 않은, 생각조차 않은, 그저 실수로 가득 차오른 물을 엎지르고 만 듯한 표정이었다.

그러나 그는 곧 결연한 눈으로 그녀를 마주 보았다. 거의 노려보는 시선이었다. 그러고는 협박하듯 사납게 말했다.

"그게 뭐. 내가 그렇다는데, 어쩔 건데 네가?"

아마도 경멸 섞인 독설이 날아올 거라고 생각한 모양이다. 그것이 어이가 없어서 헛웃음이 절로 나왔다.

"뭐야, 오르시니. 너랑 안 어울리게……."

순간 칸나는 당황했다. 그렇게 대꾸하는 자신의 목소리가 미세하게 떨리고 있었기에. 그 감각에 깜짝 놀라 고개를 획 돌렸다. 숨듯이, 감추듯이.

"……너 좀 이상하다?"

그러나 오르시니는 그 미묘한 변화를 알아차리고는 그녀의 어깨를 툭 쳤다.

"야, 칸나. 나 봐 봐. 나 보라고."

툭툭, 계속해서 어깨를 친다. 방금 사랑 고백을 한 사람이라기보다는 시비를 거는 무뢰배에 가까워 보였다.

"야⋯⋯."

그러나 다음 순간, 오르시니가 말을 흐렸다. 그의 손끝을 칸나가 슬그머니 잡은 것이다.

"⋯⋯."

칸나는 말없이 그의 손을 바라보았다. 새끼손가락을 영영 잃은 그의 손을. 그러고는 살짝 고쳐 잡더니, 말했다.

"얼른 들어가자. 피곤해."

"어? 어, 어⋯⋯."

홀린 듯 멍청하게 구는 오르시니의 손끝을 잡아끌며 칸나는 이 시간에 안도했다.

'다행이다.'

지금이 저녁이어서, 불그스름한 노을이 그녀의 달아오른 뺨을 가려 주고 있어서.

정말 다행이었다.

다음 날 칸나는 출근했다.

"교수님, 오셨습니까?"

그녀는 일주일에 두 번 황립 아카데미에서 동대륙 의술 및 약재 강의를 하고 있었다.

최연소인 데다가 관련 학위도 없었지만, 그녀의 신분도 신분이거니와, 해당 분야에서는 최고 권위자였으므로 잡음 같은 건 없었다. 오히려 학계에서 칸나의 평판은 아주 좋은 편이었다. 사교계에서는 엉망이었지만.

"교수님, 여기 강의 자료입니다."

그녀의 전담 조수가 퀭한 얼굴로 자료를 내밀었다.

"엘릭, 잠 못 잤어?"

"설마 그렇게 많은 업무를 주셨는데 제가 잠을 잤을 거라 생각하십니까?"

하여간 까칠하다니까. 칸나는 자신의 조수 엘릭을 바라보았다. 창백한 백금발에 은테 안경. 약간은 차가운 눈빛을 지닌 이지적인 인상의 청년이었다.

"수고했어. 혹시 필요한 거 있으면 언제든 말해."

"봉급 인상해 주십시오. 보너스도 주십시오. 용돈도 주십시오."

"용돈은 곤란해."

제법 익숙한 상황이었으므로 칸나는 침착하게 대꾸했다.

"봉급 인상에 보너스는 줄 수 있어. 안 그래도 그러려고 했거든. 넌 일을 굉장히 잘하니까."

"그리고 내년 이맘때쯤엔 부교수로 채용될 수 있도록 해 주십시오."

엘릭이 진지하기 그지없는 얼굴로 말했다.

"까놓고 말해서 하루빨리 남 뒤치다꺼리하는 조수직을 그만두고 부교수가 되고 싶으니 출셋길 좀 열어 주시죠."

"너무 까놓고 말한 거 아니니?"

"교수님의 권력이라면 안 될 것도 없잖습니까? 부디 세 인생의 동아줄이 되어 주십시오."

"그러면 넌 나에게 뭘 줄 수 있는데?"

"아시다시피 저는 가난한 평민 출신인지라 가진 게 없습니다. 가진 것은 부모님께서 물려주신 이 아름다운 몸뚱이뿐."

엘릭은 비장하게 말했다.

"몸을 써서 할 수 있는 일은 뭐든 하겠습니다. 요구하신다면 오늘 당장 밤 시중도 들 수 있습니다."

"진정해. 난 그런 거 필요 없어."

엘릭이 당장에라도 옷 단추를 풀 기세였기에, 칸나는 떨떠름하게 손을 저었다.

"그리고 난 아카데미 채용에 관여할 권한이 없어. 물론 추천서 정도는 써 줄 수 있지만……."

"교수님의 추천서면 충분합니다. 감사합니다."

엘릭이 은테 안경을 고쳐 올리며 말했다.

"제 소원을 들어주셨으니 뭐든 요구하십시오, 교수님. 뭐든 하겠습니다. 설령 그것이 부도덕한 요구일지라도……."

"너 그쯤 되면 실례인 거 알지?"

"그럴 리가요. 저는 단지 은혜를 갚으려는 것뿐입니다."

칸나는 한숨을 내쉬었다.

'엘릭 저 녀석도 뭔가 이상해.'

아무래도 한평생 괴상한 사람들만 꼬이는 팔자인 게 분명했다.

강의를 마치고 집으로 돌아가는 길, 날씨가 굉장히 좋았다.

'이제 정말 봄이구나.'

마차의 창문을 열고만 있어도 기분이 좋아진다. 봄바람을 한껏 느끼던 칸나는 결국 마차를 멈춰 세웠다.

"여기서부터는 걸어서 갈게요."

그렇게 호위 기사 몇 명을 대동한 채 산책 겸 걸어갈 때였다.

"신기한 아가씨네."

누군가가 말을 걸어왔다.

"아주 신기한 아가씨야."

칸나는 옆을 돌아보았다. 노파 한 명이 길바닥에 담요를 펼치고 앉아 있었는데, 그 앞에는 커다란 수정 구슬이 놓여 있었다.

'점쟁이인가?'

그런데 그 수정 구슬이 그녀를 괴롭혔던 남대륙의 유물과 아주 흡사한 모양새였다.

'저것도 남대륙의 물건 같은데.'

나중에 실비엔에게 말해 줘야겠다. 그렇게 생각하며 다시 발걸음을 재촉할 때.

"짝이 여럿이네?"

노파가 그녀의 등을 향해 멋대로 지껄였다.

"자아, 어디 보자. 아하. 아가씨는 영혼이 여러 개로 쪼개져서 갈라져 있네. 분열되어 있어. 그러니까 영혼의 상대가 한둘이 아닌 거지."

칸나는 자리에서 멈춰 섰다. 노파를 내려다보았다. 노파가 누런 이를 드러내며 히죽 웃었다.

"평생 사랑이 모자랄 일은 없겠어, 짝 많은 아가씨."

"……."

"하지만 조심해야 할 거야. 지금 아가씨는 억지로 살아 있는 거거든."

"저 천것이 감히……."

뒤에 선 호위 기사가 검을 뽑으려 하자 칸나가 팔을 들어 올려 막았다. 노파는 겁도 없이 말을 이었다.

"아가씨는 지금 운명의 눈을 속이고 숨어 있어. 이야, 그렇군, 위대한 힘이 아가씨를 숨겨 주고 있구먼."

노파가 수정 구슬을 더 자세히 들여다보더니 킬킬 웃었다.

"그러니 조심해. 들통나는 순간, 아가씨를 지나친 운명의 화살이 다시 아가씨에게 돌아올 거야."

듣다 못한 호위 기사가 불쾌한 기색으로 말했다.

"칸나 님, 정신 나간 노인 같으니 무시하십시오. 원하신다면 눈앞에서 치워 드리겠습니다."

"아니, 됐어요. 그냥 가요."

그러나 뭔가 찜찜했기에, 칸나는 금화 하나를 노파에게 툭 던졌다. 복채였다.

"충고는 새겨듣겠어. 하지만 염려 안 해도 될 거야."

칸나는 단호하게 말했다.

"난 오래오래 행복하게 살 거니까."

<그래서, 어제는 얄덴 왕국의 유적지를 둘러보았어요!

아멜리아 왕비 전하, 그리고 요안나 왕녀 전하와 함께한 시간이라 아주 즐거웠어요.

내일은 로렌초 왕자님이 왕궁을 구경시켜 주신대요!>

저택에 도착한 칸나는 루시가 보낸 편지를 읽어 내렸다. 현재 루시는 그녀의 친모와 함께 여행 중이었다.

'지금은 얄뎬에 있나 보네.'

<그런데 있잖아요, 엊그저께 길을 가다가 어린 소년을 위협하는 강도를 만났는데, 너무 무서운 나머지 제가 달려가서 강도를 걷어찼거든요. 그랬더니 그 강도의 정강이뼈가 부러졌지 뭐예요. 정말정말 무서웠어요.>

'글쎄, 루시. 그 강도가 더 무서웠을 것 같은데.'

칸나는 웃음을 흘렸다. 루시는 점점 건강해졌고 점점 황소처럼 강해지고 있었다.

'아디스의 피가 어디 안 가지.'

칸나는 편지를 넘겼다. 이번엔 얄뎬의 왕녀 요안나에게서 온 편지였다.

<일처다부제 도입됐다며? 역시 아슬란 제국은 서대륙 최고의 선진국이었어!

그래서 말인데, 나 제국으로 이민 가려고. 진심이야. 한 번 사는 인생, 원하는 형태로 살아야 하지 않겠어?>

칸나는 웃음을 터뜨렸다. 이제는 말을 놓게 된 요안나와는 역시나 죽이 잘 맞았다.

<애인이 네 명이라니, 정말 부럽다 칸나. 넌 내 우상이야. 나도 반드시 너처럼 살고 말겠어!>

쓰다가 흥분을 한 것인지 요안나의 글자는 점점 과격해져 가고 있었다.

<있잖아, 칸나. 궁금한 게 하나 있는데, 너는 그 사람들을 다 사랑해? 내가 두 사람은 동시에 사랑해 봤는데(누군지는 비밀이야) 네 명까지는 상상이 안 가서.>

"사랑이라……."
만약에 '칸나 발렌티노'라면 당당하게-
"당연하지. 다 사랑해. 각자가 다 다른 매력이 있다고! 모두 내 거야. 아무도 못 줘!"
라고 말할 테지만.
'난 도저히 그렇게는 말 못 하겠다.'
어지간히 뻔뻔하지 않은 이상 불가능한 대사였다.
그러나 동의하지 않는 건 아니다. 칸나 발렌티노의 성향이 흔적처럼 남은 건지, 소유욕이 굉장히 강해져 버렸다. 자신도 깜짝 놀랄 정도로.

'아니, 어쩌면 그게 내 본성일 수도 있지.'

그들에게 느끼는 감정은 다 다르다. 각기 다른 색채와 온도, 형태를 가지고 있었다. 분명한 것은 그들 모두 다 소중하고, 깊이 아끼고 있으며, 행복을 바란다는 것이었다.

그리고 아주 확고하게 자신의 사람이라고 생각한다. 이제는 정말로 그렇게 여기게 되었다.

'그래, 이제는 삶의 동반자 같아.'

칸나는 남은 편지들을 펼쳐보았다. 아멜리아와 로렌초 왕자, 그리고 최근 동대륙 약재 연구 모임에서 사귄 동료들에게서도 편지가 와 있었다. 강의를 듣는 제자들의 편지까지 합치면 모두 스무 통이 넘는다.

문득 그것이 신기했다. 한때는 이 세계에서 외톨이었던 시절이 있었는데…… 이제는 그 고독한 시간이 잘 기억나지 않는다.

그 순간, 칸나는 자신의 행복을 실감했다.

좋아하는 일을 하면서 좋아하는 사람들과 살아가는 삶. 이것이 행복이 아니면 무엇이 행복이겠는가?

'맞아. 요새는 정말 행복해.'

가슴이 충만하게 차올라 저절로 웃음이 나왔다. 칸나는 엷게 미소지으며 편지 꾸러미를 서랍 안에 넣었다. 그러다가 발견했다.

잔뜩 구겨진 종이. 차마 보내지 못한 편지를.

"……"

칸나는 머뭇거리다가 그 편지를 휴지통에 버렸다.

'안 보내길 잘했지.'

분명히 그 사람에게 부담만 됐을 테니까. 칸나는 쓴웃음을 지었다. 알렉산드로와는 완전히 끝났다.

그가 그녀를 끊어 냈다. 그가 더는 편지하지 않기를 바란다고 했다. 온전한 휴식을 누리고 싶어 내린 결정이니 이해해 달라고 했다.

그것이 그에게서 온 마지막 문장이었다. 몇 번 붙잡는 편지를 보냈지만 회신은 돌아오지 않았다. 그래서 칸나도 받아들였다.

'어쩔 수 없지. 싫다는 사람을 억지로 붙잡는 것도 웃기잖아.'

칸나는 눈을 감았다. 그러자 기다렸다는 듯 무서울 만큼 선명하게 떠올랐다.

알렉스.

그의 매서운 눈매. 바짝 마른 에메랄드빛의 눈동자.

언제나 굳게 다물고 있는 단호한 입매. 그리고 약간은 거친 감촉의, 닿을 때마다 뜨겁게 달아올라 있었던 입술…….

알렉산드로.

그의 손. 커다란 손아귀. 굳은살 박인 딱딱한 손바닥. 긴 손가락.

밤새 그녀를 어루만졌던. 머리칼을 휘감았던. 허리를 움켜잡았던. 어깨 아래로 미끄러져 내려갔던, 손.

그 손이 지나간 궤적을 모두 기억한다. 불길이 태우고 간 자국처럼 욱신거려서 지금도 그가 자신을 만지고 있는 것 같았다. 지금도, 지금 이 순간에도…….

짙은 그리움이 물처럼 차올랐다. 기어코 속눈썹 사이로 한 방울 맺히고야 말았다.

"칸나."

그때, 그의 목소리가 들렸다.

"칸나 아디스."

아…….

심장이 미친 듯이 뛰기 시작했다.

언제나 그랬다. 그의 목소리. 그의 부름. 고요한 새벽 같은 그 음성을 들으면 가슴이 아려 와서 어쩔 줄을 모르겠다.

"왜 울지?"

그 물음에 칸나는 눈을 감은 채로 속삭였다.

"당신 때문에."

그러자 다음 순간, 알렉스가 그녀의 턱을 잡아 올린다. 그의 숨결이, 체온이 가까워지는 것이 느껴진다. 이윽고 그가 그녀의 눈물을 핥았다. 전율이 흘렀다. 손끝까지 아려 와서, 차라리 고통스러웠다. 그만두었으면. 아니, 영원했으면.

"알렉스……."

대답은 들려오지 않는다.

이후 얼마간의 침묵이 흘렀을까. 칸나는 아주 천천히 눈을 떴다. 그러자 한가득 고인 눈물이 뺨을 타고 주르륵 흘러내렸다.

텅 빈 방.

공허하다. 서글프고, 비참하다.

그러나 이렇게밖에 만날 수가 없다. 이제 그는 오로지 상상 속에서만 느낄 수 있었으니.

"등신 같아."

칸나는 욕설을 중얼거렸다.

"등신 같아, 칸나 아디스."

좋아하는 것들로 가득한데, 필요한 건 다 가지고 있는데, 단지 그사람 하나 없을 뿐인데…….

그런데도 알렉산드로의 자리는 그 무엇으로도 채워지지 않는다.

그가 떠난 자리 그대로 텅 비었다. 기어코 상처가 되어 부패했다. 하루 종일 마냥 행복하다가도, 하루에 한 번은 반드시 아픔이 찾아 왔다. 바로 지금처럼.

'괜찮아. 온종일 내내 행복할 수는 없잖아. 하루에 한 시간 정도는 지금처럼 울적할 수도 있지.'

완전하지 않다고 하여 불행한 것은 아니다. 원하는 모든 것을 빠짐 없이 다 가진 삶이 어디 있겠는가? 그런 건 동화에서나 찾아볼 수 있 겠지.

'그러니까 궁상은 그만 떨자. 계속 이러는 거 정말 추해.'

칸나는 몸을 일으켰다. 얼굴에 열감이 느껴져 창문을 벌컥 열었다. 그 순간 봄 향기 묻은 바람이 뺨을 스치고 지나갔다.

칸나는 소망했다. 이 바람이 부디 아주 먼 곳까지 흘러가기를. 멀 리, 아주 멀리, 바다가 있는 마을까지 흘러가서, 그 사람에게 닿기를. 그에게 내 체향을, 내 체온을, 내 마음을 전해 주기를.

'잘 지내, 알렉스.'

난 행복하니까, 부디 당신도 행복하기를.

나 없이 살아갈 삶이 충만하기를, 외롭지 않기를…….

외전 9. 악의 꽃

언제나 장면은 그 방, 그 침대에서 시작한다.

그녀가 그의 품에서 속삭였다.

"배고파, 알렉스."

그 말에 그는 침대맡 바구니에 한가득 담긴 딸기를 집어 올렸다.

"입 벌려."

그러자 여자가 붉은 입술을 반쯤 열었다. 그는 그 안으로 딸기를 밀어 넣었다. 그 어떤 의심도 없이 순순히 받아먹는 여자가 꼭 자신의 것 같았다.

알렉산드로는 심장이 따뜻한 물에 잠기는 듯한 감각에 사로잡혀 그 광경을 바라보았다.

한없이 아름답고 한없이 사랑스러운 그의 연인. 살면서 이토록 감동을 주는 생명체는 본 일이 없었다. 앞으로도 없을 것이다.

가슴 끝까지 벅차오르는 감정에 그의 혀끝이 간지러웠다. 사랑한다고 말하고 싶었다. 그래서 그 여자의 이름을 불렀다. 그녀의 눈을 보고, 이 마음을 전하고 싶어서.

"칸나."

그러자 여자가 눈을 스르륵 뜬다. 그러고는 고개를 위로 올려 그를 바라보았다.

눈이 마주쳤다.

"네?"

그 순간, 여자는 아이가 되어 있었다.

알렉산드로는 머리를 후려치는 충격에 얼어붙었다. 순식간에 장면이 바뀐다. 아디스 저택의 후원. 그 아이와 그 여자가 동일인임을 처음으로 깊이 실감했던 순간으로.

"왜 부르세요?"

아무것도 모르는 소녀는 천진하게 미소 짓는다. 약간은 수줍은, 두려워하는, 동경하는 미소. 소녀가 유년 시절 내내 지어 왔던 그 웃음으로……

"●●●."

그 시절에 불렀던 호칭으로 그를 부른다.

그것이 그의 목을 콱 졸랐다. 숨통을 끊어놓을 기세로 찍어 눌렀다.

"말씀하세요, ●●●."

아니야.

그는 서둘러 변명했다. 소녀에게. 자신에게. 세상에게. 아니야. 절대 아니야. 나는 너를. 결코, 절대, 절대로……

"●●●?"

변명 따원 소용없다는 듯 그 아이가 또다시 그렇게 부른다.

그 순간 그는 죽어 버리고 싶었다.

혐오감. 죄책감. 죄악감. 그 고열의 불덩이가 그의 뼈와 살과 영혼마저 불태웠다. 그 고통이 너무나도 끔찍해서, 차라리 영영 사라지고 싶었다.

❧❦❧

알렉산드로는 악몽에서 깨어났다. 손으로 얼굴을 덮었다. 이마에 식은땀이 한가득 맺혀 있었다.

또다. 또 그 꿈을 꿨다.

그 악몽을. 그 애가 그 여자임을 실감하는 그 끔찍한 순간의 꿈을.

잠시 후, 거칠어진 호흡이 진정되었을 때 즈음 그는 침대에서 몸을 일으켰다. 책상에 앉아 편지를 써 내렸다.

<칸나에게>

칼날 같은 이별의 문장을 작성하며 그는 다시 한번 실감했다.

진작 이랬어야 했다. 진작에 끊어 냈어야 했다.

'그래. 이것이 옳다.'

그 애를 위해서. 그리고 자신을 위해서.

그렇게 시간이 흘렀다.

칸나와의 관계를 끊어 낸 이후 악몽도 멈추었다. 그는 이제 평온하게 잘 수 있었다.

마침내 찾아온 평화였다.

"그거 아십니까?"

그로부터 며칠 후 클로드가 말했다.

"이곳 영주님의 따님 말입니다. 알리샤 아가씨요. 누군지 아시죠?"

"그게 누구지?"

"누구긴요? 사나흘에 한 번꼴로 행차해서 알렉산드로 님 시선 한 번 받으려고 애쓰던 그 아가씨 말입니다."

"아."

그제야 알렉산드로는 그 여자를 기억해 냈다.

이제 스무 살쯤 되었을까? 얼굴을 붉히며 그의 곁을 맴도는 여자가 있었다. 그런데 최근 안 보이는 것을 보니 마침내 제정신을 차렸나 보다, 라고 생각하는 순간.

"악귀에 씌었대요."

클로드가 음산한 얼굴로 말했다.

"닭장의 닭을 모조리 씹어 먹고 거미처럼 벽과 천장에 달라붙어 기어 다닌다고 합니다. 목도 기이한 각도로 회전한대요."

"그런가."

"안 놀라십니까?"

"딱히."

"하기야. 딱히 놀라울 것도 없죠. 솔직히 저도 안 놀랍습니다."

클로드가 하하하 웃으며 말했다.

"오후 6시가 되도록 침대에서 안 일어나는 사람도 있는데 뭐가 놀랍겠습니까?"

"……."

알렉산드로는 대꾸하지 않았다. 그러니까 클로드는 그를 비난하고 있었던 것이다. 알렉산드로는 진지한 얼굴로 항변했다.

"나는 게으름 피울 자유가 있다."

"아, 물론이죠. 그런데 식사는 하셨습니까?"

"아니."

"지금 잠옷 셔츠 단추 삐뚤게 잠그신 건 아십니까?"

"아니."

"지금 제가 말씀드렸으니 제대로 잠그세요!"

"귀찮아."

"그러면 제발 머리라도 좀 빗으십시오. 조만간 새가 날아와서 둥지를 틀 수도 있습니다."

"안 틀어."

"튼다니까요! 한번 창문 열어 볼까요? 새가 알렉산드로 님 머리에 둥지 틀어서 알 낳나 안 낳나!"

"좋지. 그날 저녁은 새 구이다."

클로드는 알렉산드로의 등짝을 후려갈기고 싶은 충동을 억눌렀다.

"알렉산드로 님, 조심하세요. 계속 그렇게 살면 조만간 나무늘보로 종이 바뀔 수도 있습니다."

그러자 알렉산드로가 미친놈 보듯 그를 응시했다.

"클로드, 너 머리가 어떻게 된 것 아닌가? 정신 좀 차려라."

순간 클로드는 울컥 화가 치밀었다. 정신 차려야 할 사람이 누군데 그래!

'대체 이 사람 왜 이렇게 된 거야!'

알렉산드로 아디스가 나무늘보와 동급이 돼 버리다니! 역대 아디스 중 최강이라는 사람이! 그래도 얼마 전까지만 해도 낚시도 가고 장도 보러 가고 요리도 하고, 그럭저럭 잘 살아가고 있었는데…….

이젠 정말 아무것도 안 한다.

'인생 포기한 백수도 아니고!'

어찌나 무력한지 죽을 날만 기다리는 노인네 같았다.

"제 말 좀 들어 보세요. 알렉산드로 님의 육체는 20대 초반에 멈췄고, 최근에야 시간이 흐르기 시작했죠? 칸나 아가씨가 저주를 깼다면서요?"

"……."

"그게 무슨 말인지 아십니까? 앞으로 살아갈 날이 저보다도 길게 남았다는 뜻입니다."

클로드는 열변을 토해 냈다.

"그런데 이렇게 아무것도 안 하고 사실 겁니까? 새롭게 다시 시작한다는 마음으로…… 이런 제길, 자고 있잖아!"

대체 언제부터 졸고 있었던 거야! 클로드는 발을 쾅 굴렀다.

"일어나세요!"

결국 알렉산드로는 클로드의 손에 집에서 쫓겨났다.

'왜 내가 내 집에서 쫓겨나야 하는 거지?'

클로드는 그가 뭔가 하길 바라는 것 같지만, 어림도 없다. 어떻게든 최선을 다해 게으름을 피울 생각이었으니.

그는 인적이 드문 숲의 언덕을 찾아 드러누웠다.

'이제 잘 수 있겠군.'

나무 그늘에 누운 후 밀짚모자를 얼굴 위로 덮었다. 그렇게 한차례 낮잠을 청하려 했을 때…….

"알렉스?"

그 여자의 목소리가 들려왔다.

"알렉스, 맞아?"

알렉산드로는 밀짚모자를 천천히 옆으로 치웠다.

"역시, 알렉스가 맞네."

시야를 가득 채운 검은 머리칼이 살랑인다. 그녀가 웃으면서 그를 내려다보고 있었다. 눈부시도록 아름다웠다.

"여기서 뭐 해?"

그녀가 귓바퀴 너머로 흔들리는 머리칼을 넘긴다. 햇볕 아래 드러난 하얀 귀가 그려 낸 듯 미려했다.

"아, 미안. 혹시 내가 자는 거 깨운 건가요?"

알렉산드로는 가만히 그녀를 올려다보다가, 낮게 잠긴 목소리로 대답했다.

"아니."

그렇게 눈을 깜빡이는 순간.

그는 꿈에서 깨어났다.

"……."

알렉산드로는 눈을 떴다. 쏴아아, 나뭇잎이 바람에 나부꼈다. 흔들리는 잎사귀 사이로 쪼개지는 빛살 조각이 눈을 찔렀다. 시야가 부서 눈살을 찌푸렸다.

풍경뿐이었다. 오로지 풍경뿐.

'언제 잠든 거지?'

알렉산드로는 다시 눈을 감았다. 잠들기 전 얼굴을 덮어 놓았던 밀짚모자는 어느새 사라져 버렸다. 아마 바람에 날아간 모양이다. 상관없다. 그저 다시 잠들기만 한다면······.

'아니, 글렀군.'

잠시 후, 예측했듯 그를 부르는 목소리가 들려왔다.

"거기, 자네가 알렉인가?"

알렉산드로는 슬그머니 눈만 떠 확인했다. 갑옷을 입은 기사가 험악한 얼굴로 그를 노려보고 있었다.

"이런 건방진 새끼. 당장 안 일어나고 뭐 하는 거지?"

귀찮다. 하지만 무시한다면 더 귀찮은 일이 생기겠지. 알렉산드로는 순순히 몸을 일으켰다.

"붉은 머리, 초록색 눈. 맞는군. 자네가 알렉 맞지?"

알렉산드로는 고개를 끄덕였다. 그리고 그 순간 기사가 그의 뺨을 쫙 후려쳤다.

"어디서 평민 놈이 건방지게 고개를 까닥여! 똑바로 대답 안 해?"

알렉산드로의 얼굴이 비스듬히 옆으로 돌아갔다. 붉은 머리칼 사이로 드러난 그의 눈은 그저 지겨움이었다.

어떻게 할까.

"죄송합니다."

어떻게 하긴.

이 세상에 상대의 숨통을 끊는 것만큼 쉬운 일은 없지만 이제 살육은 염증이 날 정도로 지겨웠다. 살아 오며 너무나도 많은 생명을 부수고 짓밟아 왔다. 그러니 이제는 아무도 죽이고 싶지 않다. 싸우고 싶지도 않다.

고작 다섯 글자의 단어를 내뱉는 것으로 해결될 일이라면, 그렇게 하는 쪽이 더 좋았다.

"흥, 패기 없는 녀석."

기사는 그의 발치에 침을 탁 뱉으며 조롱했다.

"네놈, 아가씨의 총애를 받는다고 기고만장하지 마라. 그럴듯한 몸뚱이 외에는 볼 것도 없는 새끼가……."

기사는 알렉산드로를 훑어보며 못마땅한 얼굴로 말했다.

"나를 따라와라. 아가씨께서 부르신다."

"가지 않겠습니다."

"네가 오지 않겠다고 하면, 아가씨가 이걸 전하라고 하시더군."

기사가 내미는 종이를 받아 펼쳤다.

<네 애인을 이곳에 잡아 두고 있어. 네가 이번에도 나를 무시하면 내가 이 여자를 어떻게 할 것 같아?>

……이걸 그 여자가 썼다고?

'술에 취해서 쓴 건가? 아니면, 마약?'

최근 그를 귀찮게 하긴 했지만 나쁜 아가씨는 아니었다. 이런 삼류 치정극을 벌일 만한 사람은 아니었는데…….

'게다가 애인이라니.'

애인 같은 건 없다. 예전에도, 그리고 지금도. 그의 삶에 애인이 존재했던 일은…….

'아니. 아닌가?'

생각해 보니 있는 것 같다.

일생에 단 한 번. 기억이 뒤엉켜 어린 시절로 돌아갔던 순간을 제외하면 그에게 사랑은 언제나 혼자 하는 것이었으니. 그러나 그저 무시하기엔 마음에 걸리는 것이 있었다.

그 애.

얼마 전, 그 애가 오르시니를 만나기 위해 이곳에 왔으니까.

'아니, 그럴 리가 있나?'

말도 안 되는 생각이다.

하지만. 그래도. 만약에. 만에 하나라도…….

"알겠습니다."

결국 알렉산드로는 기사의 뒤를 따라갔다. 당연히 멍청한 덫이겠지. 모르는 게 아니다. 잘 알고 있다. 하지만 일말의 가능성을 남겨 두느니, 눈으로 직접 확인하는 게 나았다.

❧

영주 성에 도착하자, 영주가 그를 기다리고 있었다.

"처음으로 인사드립니다, 알렉산드로 아디스 님."

알렉산드로는 미간을 좁혔다. 신분을 감추면서 살고 있는데 어떻게 알아차린 거지?

"죄송합니다. 제 딸아이가 반한 남자라 하기에, 뒤에서 신분을 알아보다가 그만."

"……."

"은신하고 지내시는 듯하여 아무에게도 말하지 않았습니다. 염려 마십시오."

영주의 손은 긴장으로 떨리고 있었다.

"알렉산드로 님을 뵌 적 있기에 한눈에 알아봤습니다. 오래전, 수도에 잠시 방문했을 때…… 그때 알렉산드로 님을 뵈었습니다."

지금으로부터 20년도 더 전, 거대한 검은 용이 나타나 수도를 파괴했다. 당시 청년이었던 영주는 그 광경을 똑똑히 기억하고 있었다. 눈앞의 남자가 지금과 똑같은 얼굴로 검은 용의 몸 위에 올라타 벼락을 내리쳤던 순간을.

"제가 대신 사과드리겠습니다. 지금 제 딸아이는 제정신이 아닙니다."

"그래. 그런 것 같더군."

알렉산드로는 고개를 끄덕였다.

"마약인가? 아니면 술?"

"예? 아뇨! 알리샤는 그런 것 절대 안 합니다!"

"너무 엄하게 굴지 마라. 그 나이 때는 그럴 수 있다. 이런 말 하기 부끄럽지만 나 또한 한때는 약에 중독됐었지."

"갑자기 그런 충격적인 고백을 하시다니……. 어쨌든 그런 게 아닙니다."

영주가 초조한 얼굴로 말했다.

"알리샤가 귀신에 씐 듯합니다."

"귀신?"

"예."

순간 오늘 클로드가 한 말이 스쳐 지나갔다. 그를 비난하기 위해 하는 말인 줄 알았는데, 설마 진짜였단 말인가?

그때 영주가 털썩 무릎을 꿇었다.

"부디 제 딸을 구해 주십시오, 알렉산드로 님."

"며칠 전부터입니다. 갑자기 눈이 검게 물들더니 도저히 이해할 수 없는 짓을 하기 시작했습니다."

닭의 목을 뜯고. 내장을 씹어 먹고. 거미처럼 천장과 벽을 기어 다니고…….

"오늘은 갑자기 마을의 처녀를 납치해 오더니, 고문을 하겠다고 으름장을 놓았습니다. 일단 막긴 했습니다만."

"……."

"비록 제 친딸은 아니지만 그래도 제가 기른 아이입니다. 제 아내의 외도로 생긴 아이죠. 얼굴만 반반한 제 동생과…… 크흑."

갑작스러운 가정사 고백에 알렉산드로가 곤란해할 때, 영주가 눈물을 뚝뚝 흘리며 애원했다.

"그래도 가문에 들이기로 한 순간부터 알리샤는 제 딸입니다. 젖니도 나지 않았던 아기 시절부터 지금까지, 제가 지킨 아이입니다."

"……."

"부디 제 딸을 구해 주십시오."

알렉산드로는 그 여자의 방으로 향했다.

'귀찮군.'

성기사고 뭐고 다 은퇴했는데 또 일을 맡아 버리다니. 그러나 영주가 그의 정체를 언급했다. 굳이 그리했다. 그건 거래를 제안한 것이다. 알렉산드로의 은신을 도울 테니 딸을 구해 달라는 무언의 제안이었다.

귀찮긴 하지만 다른 마을로 이사 갈 생각은 추호도 없었으니까.

'빨리 해결하고 가야겠어.'

그렇게 생각하며 문을 여는 순간, 무언가가 달려들었다.

"커헉!"

알렉산드로는 손을 뻗어 여자의 목을 틀어쥐었다. 그대로 높이 번쩍 들어 올렸다.

"넌 뭐야."

"아, 아파요……."

"넌 뭐냐고."

알렉산드로는 알리샤를 살폈다. 새빨개진 얼굴로 울먹이는 눈빛. 어딜 봐도 연약한 여인 그 자체였다.

"아, 알리샤예요! 알렉, 제발."

"이대로 목을 부러뜨려 줄까?"

알렉산드로는 감흥 없이 말했다.

"이 여자애가 어떻게 되든 알 바 아니다. 그러니 기회를 줄 때 말해. 넌 뭐야."

그러자 알리샤의 몸부림이 멈췄다. 눈물 그렁그렁한 눈으로 그를 빤히 응시하다가…….

"조금 더 상냥하게 굴어 주는 건 어때?"

그러고는 요사스럽게 웃었다.

"네 여자에게 하는 것의 반의반만큼이라도 다정하게 굴었더라면,

알리샤가 나에게 넘어오지도 않았을 텐데 말이야."

그렇게 말하는 알리샤의 눈이 시커멓게 달아올랐다.

"안 그래? 일레이오 아디스의 둘째 아들아."

그 순간 알렉산드로의 눈매에 힘이 들어갔다. 일레이오 아디스. 오래전 죽은 부친의 이름이었다. 그런데 그 이름을 어떻게?

"왜? 설마 화가 나나? 왜 화를 내지? 네가 죽인 거나 다름없는 부친인데?"

알렉산드로의 손등에 핏줄이 붉거졌다. 저것은 무엇이기에 알고 있는 걸까? 저것의 말대로, 그로 인해 죽은 거나 다름없는 부친을.

의문이 피어오르는 가운데 알리샤는 미친 사람처럼 웃어 대며 지껄였다.

"그래, 나는 다 안다! 네 기억을, 네 그 시커먼 속내를 다 안다! 나에게는 아흔아홉 개의 눈이 있거든!"

흰자도 없이 시커멓게 물든 눈알이 광기로 빛났다.

"과연 네 부친은 알았을까? 생전 그토록 자랑스러워하던 둘째 아들, 그 아들이 색욕에 미쳐 아디스의 모든 혈육을 제물로 바쳤다는 것을!"

킬킬킬킬, 알리샤가 입이 찢어져라 웃으며 지껄였다.

"그뿐이랴! 네가 아디스의 장녀에게 한 짓을 알게 되면 어떻게 될까! 분명 천국에서도 지옥을 맛보게 될 것이다!"

"닥쳐."

알렉산드로의 얼굴이 얼어붙었다. 알리샤의 목을 틀어쥔 손아귀에 저절로 힘이 들어갔다. 이대로 그냥 부러뜨리고 싶었다. 부러뜨리면, 더는 지껄이지 못할 테니까.

그를 사로잡은 양심의 가책. 영원히 지워지지 않을 죄악감을.

그러나 알리샤는 멈추지 않고 침을 튀겨 가며 외쳤다.

"자, 알리샤의 부친을 봐라! 피 한 방울 안 통한 딸아이를 진심으로 딸로 아끼고 사랑하지. 그런데 너를 봐!"

그 말이 화살처럼 그의 심장에 날아왔다. 명중했다.

"네가 그 아이에게 무슨 짓을 했는가 봐라!"

그 말이 알렉산드로의 속을 잔혹하게 쑤셔 벌렸다. 그 틈으로 시커먼 것이 스며들었다.

"자아, 어서 봐!"

그 순간, 악귀의 힘인 걸까. 그의 눈앞에 환영이 강제로 펼쳐졌다.

그의 집. 그의 방. 그의 침대. 그 새하얀 시트 위에서 태양처럼 웃고 있는 여자가 그에게 손을 뻗었다.

"이리 와, 알렉스."

과거 그의 침대에서 그러했던 것처럼 매혹적으로 속삭였다.

"얼른."

알렉산드로는 여자를 빤히 바라보았다.

알고 있다. 당연히 환각이다. 그러나 알렉산드로는 그 환영에서 눈을 뗄 수 없었다. 잊을 수도 지울 수도 없었다.

몇 번이나 꿈에서 그를 찾아왔던 그 순간.

알렉산드로는 그때의 모든 것을 기억하고 있었다. 자신을 바라보던 그녀의 얼굴과 표정과 목소리와 몸짓과 숨소리까지, 모두 다.

"넌 잊고 싶지 않았던 거야."

그리고 그 생각을 '그것'이 정확히 집어 내었다.

"진정 후회했더라면 집을 옮겼어야지. 그 아이가 영영 찾아올 수 없는 곳으로 떠났어야지."

그조차도 외면했던 진실을 꼬집었다.

"네 소망을 내가 안다. 그러니 내 손을 잡아라. 네 원대로 해 주마."

킬킬킬, 쇠 긁듯 거칠게 웃는다.

"내 손을 잡는다면 네가 원하는 것을 주겠다. 가령……."

순간 눈앞의 환영이 바뀌었다.

"가령, 이런 미래라든가."

이번에도 칸나였다. 그녀가 눈부시게 웃으며 어린 아기를 안아 든다. 그리고 말했다.

"알렉스, 우리의 딸이야. 이름을 뭐로 지을까요?"

알렉산드로는 서둘러 눈을 감았다. 차마 눈 뜨고 볼 수가 없었다. 낯이 뜨거웠다. 불이 난 것처럼 홧홧했다.

"외면하지 마라. 수치스러워하지 마라. 가책하지 마라."

'그것'이 속삭이며 그의 욕망을 부채질했다.

"내 손을 잡는 즉시 현실이다."

현실.

알렉산드로는 그 단어를 곱씹었다. 현실, 그 아이와 그러한 미래를 맞는 현실.

"사실 넌 그런 현실을 맞이하기 위해 여기까지 온 것이 아니야?"

그런가.

"네 아비와 네 형제와 네 자식까지 팔아먹으면서."

그럴지도.

"그런 희생을 치렀으니, 대가를 얻어 내야지."

알렉산드로는 천천히 눈을 떴다. 온통 시커먼 손이 눈앞에 있었다.

아홉 개의 손가락, 날카로운 손톱을 가진 악마의 손.

"잡아."

알렉산드로는 손을 뻗었다.

"잡아라."

잡았다.

'그것'은 태초부터 존재하였다.

'그것'은 인간들 사이로 흘러 들어가며 몸집을 부풀려 왔다. 그렇게 시간이 흐르고 흐른 어느 순간 인간들은 '그것'에게 이름을 붙였다.

악마. 악마의 왕. 마왕. 마귀. 온통 악하고 삿된 이름의 상징이 그것이었다.

'그것'은 한때 인간의 왕들을 지배하였다. 욕망을 부추겼고. 마침내 목적을 이루었다. 남대륙을 멸망시킨 것이다. '그것'은 시커먼 안개로 잠긴 대륙을 유영하며 즐기다가 지겨워질 때쯤 다른 대륙으로 넘어왔다. 또 다른 먹잇감이 가득한 대륙으로.

'아주 대단한 피다.'

그 대륙에서 '그것'의 숙주가 누군가의 새끼손가락을 가져왔다.

'아주, 굉장한 피야.'

그리고 이 마을에 같은 피를 가진 사내가 있음을 알아내었다. 알렉산드로 아디스. 고대 성기사의 후손이었다.

'그것'은 코웃음 쳤다. 성기사의 성력은 위험하지만 그만큼 달콤했다. 자신보다 약하기만 하다면, 그저 맛 좋은 영약에 불과했으니. 그리고 '그것'은 지금껏 자신보다 강한 성력을 접한 적이 없었다.

고대의 위대한 성기사들도 자신에게 먹혀 이지를 잃지 않았던가? 그러니 분명 이번에도 마찬가지겠지. 그래서 놈을 갖기로 했다.

"음……."

마침내 가졌다.

'그것'은 알렉산드로의 몸과 정신을 지배하는 데 성공했다. '그것'은 알렉산드로의 몸을 음미했다. 저절로 감탄이 나왔다.

"대단한 몸이군."

그러고는 알렉산드로의 주먹을 쥐었다가 펴 보았다. 지금껏 점령했던 그 어떤 몸보다 강대한 힘이 느껴졌다.

"세상을 능히 지배하고도 남을 힘을 썩히고 있다니, 어리석은 인간이로군."

'그것'은 아래를 내려다보았다. 쓰러진 알리샤가 보인다. '그것'은 남대륙의 유물에 깃들어 저 여자에게 닿았다. 정신을 유혹하여 몸을 빼앗았다.

그러나 이제 필요 없다. 지상 최강의 몸을 손에 넣었으니까.

'그것'은 몹시 만족하며 이 육체의 기억을 읽어 내었다. 그리고 그 여자, 칸나 아디스에 대해 완전하게 알아내었다.

'이물질의 피는 예로부터 아주 진귀한 재료 중 하나였지.'

'그것'은 웃었다. 이제 새로운 목표가 생겼다. 이 몸으로 그 여자를 손에 넣고 그 피로 이 세계를 휘두르리라. 남대륙과 같은 꼴로 만들리라.

'그것'은 눈을 감았다. 숙주들의 몸에 심어 놓은 수많은 분신을 떠올렸다. 그리고 그들을 소환했다.

"이리 와."

아니, 아니다. 소환하려는 것이 아니다.

오히려 모든 분신을 그 여자, 칸나 아디스에게 보낼 생각이다. 훌륭한 피, 훌륭한 재료가 되어 줄 그 여자에게 보낼 생각인데…….

"이리 와라."

그 여자에게 보내서, 그 여자의 피를 가져올 생각인데.

"어서."

'그것'은 당황했다. 지금 이 부름, 분신을 소환하는 이 명령은 자신의 의지가 아니었기에.

그러나 그 명령을 들은 악마 떼가 숙주의 몸에서 벗어난다. 빠르게 그를 향해 날아왔다.

"모든 삿된 것들은 나에게 와라."

알렉산드로 아디스가 육신에 가둔 '그것'의 권능을 사용하여 말했다. 그 목소리가 밤의 바다처럼, 고요하게 밀려오는 파도처럼, 광활하게 널리널리 퍼져 나갔다.

"나에게로 와라."

그 애에게 가지 마라. 그 애가 아닌 나에게로 와라.

알렉산드로가 모든 분신을 불러 모으는 순간, 그리하여 이 육신 안으로 가두는 순간, '그것'은 깨달았다.

아, 속았구나.

알렉산드로는 '그것'에게 제 몸을 허용하였다.

그다지 어려운 일은 아니었다. 그저 아가리를 크게 벌리고 먹이가 떨어지기를 기다렸을 뿐. 자신의 몸에 깃든 '그것'이 알렉산드로의 모든 것을 읽었듯, 알렉산드로 역시 '그것'의 모든 것을 읽었다.

참으로 가당찮은 계획이었다.

그 아이를? 내가 어떻게 살린 아이인데, 감히.

그는 자신과 하나가 된 '그것'의 권능으로 하나하나 불러 모았다. '그것'의 분신을. 인간의 몸을 점령하고 숙주 삼은 악마 떼를.

마침내 모조리 다 불러 모은 순간, 알렉산드로는 눈을 번쩍 떴다. 그와 동시에 감춰 놓았던 성력을 불러일으켰다. 폭발하는 섬광처럼 단번에 집어삼켰다.

"안 돼!"

'그것'이 달아났다. 그의 몸을 필사적으로 빠져나간다. 멀리, 먼 곳으로 가려 하였으나…….

도망갈 수 있을 리가.

알렉산드로는 오만하게 '그것'을 바라보았다. 이미 자신의 성력에 휩싸인 '그것'은 모서리부터 부서져 가고 있었으니.

"아, 안 돼. 안 돼."

알렉산드로는 마침내 '그것'의 형체를 보았다. 아주 시커멓고 아주 어두운 것. 아흔아홉 개의 뿔과 아흔아홉 개의 눈과 아흔아홉 장의 날개가 달린 '그것'의 몸을.

'그것'이 빛 속에서 울부짖었다.

"그만둬라! 내가 네 소원을 들어주겠다! 내가, 내가!"

"이게 내 소원이다."

"아니, 거짓말이다! 나는 널 알아. 나는 널 보았다. 네 욕망을 안다!"

"이것이 내 바람이다."
빛의 폭발 속에서 '그것'이 산산조각으로 부서졌다. 아흔아홉 개의 뿔이, 날개가, 눈이, 빛 속으로 삼켜지고 검은 먼지처럼 부서진다.

"언제까지 위선을 떨 수 있을 것 같아!"

틀렸다는 것을 직감한 걸까? '그것'은 마지막 숨을 불살라 저주했다.

"내가 예언 하나 할까? 너는 결국 또다시 죄를 지을 것이다! 너 스스로 또다시 나락으로 몸을 던질 것이야! 아니."

그러고는 킬킬 웃으며 외친다.

"넌 이미 나락이다!"

그것이 마지막이었다. 허공에 남아 있던 두 개의 눈은 곧 빛에 휩싸여 먼지로 부서졌다.

마침내 고요함이 찾아온다. 알렉산드로는 서서히 성력을 거두었다.
그제야 뒤늦게 고통이 작렬했다. 알렉산드로는 왈칵 피를 토해 냈다.

"빌어먹을."

짜증이 밀려온다. 은퇴했는데. 분명 은퇴했는데 이런 짓을 하고 있
다니. 게다가 언제 상처가 났는지 뺨에서도 피가 흐르고 있었다. 그는
피를 닦아 내었다.

그 순간 환청이 귀를 때렸다.

"너는 결국 또다시 죄를 지을 것이다!"

아니. 절대로.

그렇게 되는 것이 두려워서 자신의 손으로 끝냈다. 그녀와는 완전
히 끝났다. 그러니 그런 일은 벌어지지 않는다.

다시는 그녀를 보지 않고 살아갈 테니까.

그러나 다음 날 그의 결심이 무너졌다. 실비엔에게서 연락이 온 것이
다. 칸나가 남대륙의 유물에 당해 정신이 이상해졌다는 소식이었다.

'그나마 다행히 '그것'이 깃든 유물은 아닌 것 같군.'

'그것'의 지식을 모조리 얻게 된 알렉산드로는, 유물을 파괴하면 유
물의 힘이 사라짐을 알게 되었다.

그 방법을 알려 주기 위해 올라갔을 때.

"저는 칸나 발렌티노라고 해요."

그 아이와 마주쳤다.

"귀공의 성함은 어떻게 되시나요?"

알렉산드로는 그녀를 물끄러미 바라보았다. 발그레한 뺨, 기대감 어린 눈으로 자신을 바라보는 여자를.

그녀와 이런 식으로 처음 만났더라면 좋았겠지.

"모르셔도 됩니다."

하지만 불가능한 일이다.

"저는 곧 떠날 자이니."

그렇기에 끝을 냈다. 끝을 내었으니 더는 미련을 두지 않았다.

알렉산드로는 단호하게 돌아섰다. 이것으로 비로소 기나긴 첫사랑이 끝을 맺었다고 생각했다. 그렇게 믿었다.

알렉산드로는 다시 일상으로 돌아왔다.

그 애 없는 삶은 평화로웠다. 너무나도 평화로워 자신이 살아 있다는 것을 잊을 정도였다.

어느 날, 간곡한 영주의 청에 못 이겨 영주성에 들렀다.

"부디 제 딸아이를 잔인하게 거절해 주십시오. 그래야만 알리샤가 포기를 할 듯싶습니다."

그래서 그리해 주었다.

"저는 한 번 이혼하였으며 슬하에 자식이 넷이나 있습니다. 게다가 자식들의 모친은 두 명입니다."

알리샤가 충격을 받은 듯 입을 크게 벌렸다.

"거, 거짓말 말아요! 당신이 그렇게 하반신 가벼운 난봉꾼일 리가 없어!"

"아뇨. 저는 난봉꾼이 맞습니다."

"거짓말! 제 또래 같은데 어떻게 자식이 넷이에요!"

"어린 나이부터 여색을 밝혀 이리되었습니다. 믿기 힘드시면 아가씨의 부친에게 여쭤보시길."

"아니야아아! 내 알렉이 그럴 리 없어!"

"부디 아가씨의 나이에 어울리는 청년을 만나십시오."

그 말을 끝으로 영주의 마차를 타고 돌아가려는데 다른 사람과 함께 타게 되었다. 옛 요리 선생이었다.

"괜찮으신 거예요, 알렉 씨?"

들자 하니 그의 애인으로 오인당한 여자가 바로 요리 선생이었다고 한다. 제정신을 차린 알리샤가 아주 미안해하며 사과를 했는데 그 과정에서 둘이 친해진 모양이다.

'여자의 우정은 알 수가 없군.'

마차 안, 요리 선생이 걱정스러운 얼굴로 물어 왔다.

"알리샤 아가씨께서 일전의 일을 굉장히 후회하시더라고요. 자신이 왜 그랬는지 도저히 이해할 수가 없다고 하셨어요."

"……."

"아마도 제 생각엔 술을 마시고 그러신 것 같아요. 그게 아니면 마약에 손을 대셨거나……."

알리샤는 본인이 악귀에 들렸다는 사실을 알지 못했다. 그것은 오로지 영주와 알렉산드로만이 아는 사실이었다.

"알렉 씨도 마음고생하셨겠어요."

요리 선생의 말에 알렉산드로는 대답하지 않았다. 요리 선생도 어색한 분위기를 견디지 못하고 입을 다문다. 더 이상의 대화는 없었다.

알렉산드로는 더는 이 여자와 말을 섞지 않았다. 더는 이 여자에게 수업도 받지 않는다. 이 여자가 누구보다 불편했다.

이 여자는 알고 있으니까. 그 애가 이 여자에게 직접 말했으니까.

"나는 그 사람의 애인이에요."

알렉산드로는 그 순간을 생생히 기억할 수 있었다.

아주 짧게, 젊은 시절의 자신으로 돌아갔던 순간. 방 안에서 엿들은 칸나의 거짓말을.

그 순간 어찌나 가슴이 떨렸던지.

그녀도 날 사랑한다. 내가 사랑하는 여자가 나를 사랑한다. 그 사실에 환희가 밀려왔다. 생전 처음 겪은 격정에 이성을 잃었다.

결국엔 저질러선 안 될 일을 저지르고 말았다.

며칠 동안, 그 방에서, 내내…….

알렉산드로는 한 손으로 얼굴을 덮었다. 이것은 버릇이었다. 그때를 떠올리면 그는 언제나 이렇게 얼굴을 가리고는 했다. 그 순간을 떠올리는 자신의 얼굴을 감추고 싶었기에.

아무도 보지 못하도록. 설령 자신일지라도 목격할 수 없도록.

분명 아주 흉악한 짐승의 얼굴을 하고 있겠지. 도덕도 양심도 이성
도 없이 오로지 저열한 본능에 미친 눈이겠지. 그 얼굴을 봐 버리면
부서져 버릴 것 같았다.

그러나 그는 이미 부서져 있었다. 더는 망가질 곳이 없었다.

"알렉스?"

마차에서 내리는 순간이었다. 익숙한 목소리에 알렉산드로는 고개
를 획 돌렸다.

"……"

처음엔 환상인 줄 알았다. 그러나 아니었다.

칸나였다. 칸나가 그의 집 정원 앞에 서 있었다. 그리고 그녀의 시
선은 자신의 뒤를 향해 있었다. 그 살벌한 눈빛을 보는 순간, 알렉산
드로는 그제야 요리 선생과 함께 마차에서 내렸다는 것을 깨달았다.

"그, 그럼 전 이만."

요리 선생은 그의 눈치를 보며 재빠르게 사라졌다.

"둘이 같이 오는 길이에요?"

요리 선생이 사라지고 나서야 칸나가 물었다.

"응? 둘이 함께 오는 길이냐고 묻잖아."

"……"

알렉산드로는 대답하지 않았다. 뭐라고 대답해야 할지 알지 못했
다. 그냥, 너무나 갑작스러웠다. 그리고 당혹스러웠다. 이 순간이 현실
처럼 느껴지지 않을 만큼.

"그래."

그래서 일단은 대답했다. 사실 그대로를. 그러자 칸나의 얼굴이 쨍하게 차가워졌다.

"아. 그래요?"

신경질적인 분노가 날카롭게 맴돌다가, 곧바로 억누르는 듯했다.

"그렇단 말이지."

그러나 떨리는 목소리는 감추지 못했다.

"밤늦게까지 좋은 시간 보냈나 봐?"

칸나가 기어코 빈정거린다. 알렉산드로는 가만히 칸나를 응시했다. 질투심을 감추지 못하는 칸나를. 그런 스스로를 경멸하는 칸나를. 그럼에도 불구하고 멈추지 못하는 칸나를.

"클로드 경의 말로는 이제 요리 수업은 안 받는다던데. 따로 만나는 걸 보니……."

그렇게 말한 칸나가 입술을 꽉 깨물었다. 마치 스스로를 닥치게 만들려는 듯.

"미안해요. 내가 제정신이 아니지. 미쳤나 봐."

그렇게 중얼거리더니 빠르게 그를 지나쳤다. 알렉산드로는 곧장 그녀를 따라가려다가, 멈추었다.

따라가면?

그는 무표정한 얼굴로 멀어지는 칸나의 뒷모습을 바라보았다. 따라가면, 자신이 놓칠 리가 없을 텐데…….

잡은 다음에 무엇을 하려고?

'아니.'

알렉산드로는 주먹을 쥐었다가 폈다. 오늘은 위험하다. 적어도 지금은 아니다. 그는 등을 돌렸다. 정원을 가로질러 집의 문으로 걸어갔다. 일단은 이 순간을 넘겨야 한다.

얼마 전 '그것'이 그의 마음과 욕망을 뒤집어 놨다. 그래서일 거다. '그것' 때문에. 그래서 흔들리는 것이다. 칸나가 자신을 찾아와서 흔들리는 것이 아니다. 그렇게나 단호하게 끝을 내지 않았던가?

자신이 고작, 여자가 먼저 찾아와 줬다고 쉽게 흔들리는 멍청이일 리가 없다⋯⋯.

"알렉스!"

그때였다. 다시금 돌아오는 발걸음 소리가 들렸다.

"기다려, 알렉스!"

그녀가 그에게 달려오고 있었다. 알렉산드로는 이를 악물었다.

'안 돼.'

칸나, 안 돼.

오지 마. 안 된다. 지금은 오면 안 돼. 지금만큼은 안 돼. 내게 오면 안 된다. 네가 오면, 그러면, 그렇게 되면⋯⋯.

그러면⋯⋯ 내가 피하면 되는 것 아닌가?

그러나 그는 피하지 않았다. 기어코 그 자리에 우뚝 서서 그녀를 기다렸다. 나무처럼. 영원처럼. 기다림이 업인 것처럼.

그 자리에서 음미했다.

점점 빠르게 다가오는 그녀의 발소리를, 호흡을, 머리칼의 거친 나부낌을. 그녀가 가까워질수록 거칠게 요동치는 자신의 심장 박동을 느끼면서.

그녀를 기다렸다.

"알렉스!"

그녀가 왔다.

그녀가 뒤에서 그를 끌어안는다. 부드러운 체온이 온풍처럼 밀려왔다. 달콤한 향기가 등을 덮쳤다. 뒤에서 가느다란 팔이 뻗어와 그의 가슴팍을 와락 휘감는다.

"알렉스."

알렉산드로는 그 순간에 박제되었다.

영원 같은 찰나였다.

"보고 싶었어."

그녀의 목소리가 등 뒤에서 흩어진다.

"너무너무 보고 싶었어요."

호흡이 비틀린다. 도저히 저절로 쉬어지지 않는다. 그래서 숨을 크게 들이마셨다가, 내뱉었다. 그리고 말했다.

"칸나, 이것 놔."

"싫어."

"내가 말했을 텐데. 나는……."

"알아. 알아요. 알고 있어. 휴식이 필요한 거 아는데, 알고 있는데."

그녀의 목소리가 떨렸다. 그의 가슴팍을 꽉 끌어안은 손끝이 어찌나 달아올랐는지, 후끈거리는 것이 느껴졌다. 아니, 어쩌면 그의 열기까지 더해진 탓이겠지.

"당신이 너무 보고 싶어서 참을 수가 없었어."

알렉산드로는 현기증을 느꼈다.

힘들어서, 숨이 가빠 온다. 온몸을 때려 오는 폭풍우 속에서 간신히 버티고 서 있는 듯했다. 자칫 잘못하면 고꾸라질 것 같았다. 아래로. 까마득한 진창으로.

"제발 날 버리지 말아요."

칸나가 그의 옷자락을 잡아당긴다. 힘을 주어 그의 몸을 돌린다. 가소로울 만큼 약한 힘이었다.

그러나 절대적이었다. 그는 이것에 저항하는 법을 알지 못했다.

수십 년 전 처음 만난 순간부터 그러했다.

"제발, 제발……."

그녀의 힘에 이끌려 몸을 돌리며 알렉산드로는 예감했다. 아니, 확신할 수 있었다.

기어코 내가. 결국엔, 이번에도, 내가…….

"알렉스."

마침내 그녀를 마주 보는 순간 모든 것이 당연해졌다.

그래, 당연하다. 당연한 것이다.

칸나가 그의 목에 팔을 휘감는다. 발꿈치를 힘껏 돋운다. 그러고도 닿기엔 부족했기에, 알렉산드로는 칸나의 허리를 손으로 움켜쥐었다. 힘차게 위로 끌어 올렸다.

가까워지는 얼굴이 찬란하여 눈이 부셨지만 그래도 끝까지 보고 싶었다. 그녀의 풍성한 속눈썹이 살포시 내려앉는 것도, 열 오른 호흡이 잘게 부서지는 것도, 이윽고 천천히 겹쳐지는 살결이 떨리는 것도…….

그 애의 입술을 머금으며 그는 똑바르게 실감했다.

나는,

최악의 인간이다.

달콤한 죄악감을 끝으로 생각이란 것이 부서졌다. 새하얗게 폭발해서 잔해조차 남지 않았다.

야만의 시간이 재현된다.

그 집에서, 그때처럼.

그동안 알렉산드로를 끝없이 자책하게 만든 구렁텅이 안으로, 그는 열렬하게 빠져들었다. 자비로운 밤은 늪처럼 깊었다. 두 사람을 어둠 속으로 감춰 주었다.

아무도 모르게, 누구도 보지 못하도록.

그 가려진 시간 내내 온통 뜨거웠다. 몸을 가르는 아찔함에 취해 다른 세계로 떨어진 것 같았다.

나락이었다.

극락이었다.

"당신의 마음을 알아."

새벽녘의 희미한 달빛 속에서 그녀가 말했다.

"내가 모를 거라고 생각하지 말아요."

그녀의 목소리가 가슴팍 위로 흩어진다. 알렉산드로는 그녀의 머리 칼을 쓸어 넘기며 조금 더 가까이 끌어당겼다. 이제 그녀에게서는 자신의 체향이 풍겼다. 머리부터 발끝까지 온통 그의 체취로 가득했다.

"나와 이러고 있는 순간이 행복하죠?"

"그래."

"하지만 그만큼 괴롭지?"

알렉산드로는 그녀의 이마에 입술을 맞추며 대답했다.

"그래."

얼마 전, 오르시니가 말한 적 있다.

"그 평화라는 것, 칸나 옆에서는 못 취하나 봅니다."

아들의 말이 옳았다.

칸나의 곁에 있는 것은 끊임없는 마음의 전쟁을 의미했다. 휴식과 평화 따위는 없다. 영혼을 찢는 죄책감과 고뇌 없이 가질 수 없는 여 자였다. 그럴 수밖에 없는 관계였다. 그들이 다시 태어나 다른 관계로 만나지 않는 이상 이 죄악감은 영원히 따라붙을 것이다.

그는 이 전쟁을 종결할 방법을 알고 있다.

이 관계를 끝내면 된다. 다시는 만나지 않으면 된다. 그러면 이 고통 도 끝난다. 그래서 그리하였다.

하지만, 실은, 진심으로는…….

그러고 싶지 않았다. 관계의 끝을 선언하고 나서도 끝이 나지 않기 를 바랐다. 이 여자를 가져 보았기에. 그 순간의 만족감과, 경이로움 과, 기쁨을 알고 있기에.

도저히 버릴 수 없는 여자. 그러나 결코 가져서는 안 되는 여자. 그 것이 칸나였다.

오르시니는 이 모든 것을 알았던 것이다.

알렉산드로를 막는 유일한 적은 알렉산드로 자신이라는 것을.

"그래서 내가 생각을 해 봤어요."

칸나가 고개를 올려 그를 바라보았다.

"내가 예전에 엄마가 있는 세계에서 살 때, 어떤 이야기를 들었거든."

"뭔데."

"1년에 딱 하루만 만나는 연인의 이야기예요."

칸나가 그의 턱선을 손가락 끝으로 훑으며 속삭였다.

"서로 아주 먼 곳에서 살아서 결코 함께할 수 없지만, 그래도 일 년에 한 번은 만나서 끔찍하게 사랑한다는 이야기야."

칸나의 목소리에 설렘과 희망이 샘솟았다.

"그러니까 우리도 그렇게 만나요. 하지만 1년에 한 번은 너무 적으니까, 그보다는 더 자주."

"……."

"알아. 나랑 함께 있으면 당신이 힘들다는 것. 하지만 아무 고난 없이 평화롭기만 한 인생 같은 거, 시시하지 않아요?"

그러고는 가느다랗게 눈을 접어 웃는다. 그가 너무나도 좋아하는 눈물점이 매혹적이었다.

"그러니까 가끔은 괴로운 것도 괜찮을 거야, 알렉스."

알렉산드로는 그녀의 눈물점에 입술을 맞추었다. 가볍게 핥았다. 그러자 그녀가 간지러운지 가볍게 웃으며 말을 잇는다.

"가끔은, 이런 나쁜 짓을 하는 것도 재밌을 거예요."

"그런가."

"그래요. 약속할 수 있어. 죄책감 같은 거, 함께 있는 순간만큼은 기억도 안 날 정도로 행복하게 해 줄 테니까."

칸나가 그의 목을 끌어안으며 귓가에 속삭였다.

"자기야…… 그렇게 하자. 응?"

순간 머리가 핑 돌았다. 눈가가 시큰거릴 정도의 열기가 솟구쳐서, 알렉산드로는 끓는 듯한 신음을 내뱉었다.

"칸나 아디스."

"응? 그렇게 듣기 좋았어요? 장난이었는데."

"적당히 해."

"거짓말. 이렇게 좋아하면서. 당신도 몸과 말이 따로 논다니까."

"계속 나쁘게 굴 건가?"

"뭐 어때? 이미 우린 나쁜데."

칸나는 달아오른 그의 뺨을 쓰다듬었다.

"우리 둘의 이야기가 마냥 아름답고 행복한 동화 같지는 않겠지만……."

칸나가 웃었다.

"해피 엔딩 같은 것보다 내가 더 좋잖아?"

알렉산드로는 칸나를 바라보았다.

스며드는 달빛 속에서 미소 짓는 그녀는 지나치게 아름다워 마치 천상의 존재 같았다.

하지만 그는 알고 있다. 분명 그녀는 천사의 얼굴을 한 악마일 테지. 그는 완벽하게 현혹되었다. 눈먼 광신도가 되어 가진 모든 것을 여자의 제단 위에 바쳤다. 그의 인생, 그의 영혼, 종래에는 그의 혈육까지도.

이제 그에게 남은 것은 단 하나, 뼈다귀만 남은 비루한 양심뿐이었지만…….

"내 말대로 할 거죠?"

여자는 그것마저 갈취한다.

"다시는 날 버리지 않겠다고 약속해요."

모두 다 바치라 명한다.

"알렉스, 날 좋아하잖아. 나 하나만, 평생 나 하나만 좋아했잖아."

그리고 유혹한다. 그리한다면, 아주 달콤한 열매를 주겠다고.

"얼른…… 응?"

칸나는 그의 눈가에 입술을 맞추었다. 그러고는 눈물처럼 흘러내렸다. 뺨을 타고 입술을 지나, 턱 끝에 대롱이며 맺혔다가…… 천천히 아래로 추락한다.

"……칸나."

그녀가 내리는 홍수에 그는 잠겨 죽어 갔다. 숨결이 가빠지고 뜨거워진다. 그리고 아득해졌다. 이성이 젖어 간다. 녹아내린다. 흔적도 없이, 형체도 없이.

알렉산드로는 또다시 처참하게 무너지는 자신을 목격했다.

칸나가 그를 죽이고 있었다. 포식자처럼 송두리째 먹어 치우고 있었다. 저 예쁜 입술로, 저 달콤한 입술로…….

전부.

알렉산드로는 더운 숨과 함께 토해 냈다.

"그래."

영혼까지 삼켜지는 듯하여, 한 손으로 시트를 꽉 움켜쥐었다. 남은 손으로는 자신의 얼굴을 가렸다. 금수일 것이 분명한 찰나를 보지 못하도록. 그리고 고해했다.

"그래."

네가 맞다. 네가 옳다. 언제나, 어느 때에나, 어느 순간에나, 내가 너를, 칸나 아디스, 너를…….

헐떡이며 내뱉는 순간, 수십 년의 비밀을 자백하는 그 순간, 그는 자유의 극치에 다다랐다. 그것은 해방감에 가까웠다.

그는 신음했다.

그녀는 진정 옳았기에.

이 전능한 황홀경 앞에서 무엇도 중요하지 않았으니.

"기뻐. 그렇게 말할 줄 알았어."

계시 같은 속삭임 앞에서 모든 것이 명확해진다. 새하얗게 부서졌던 시야가 또렷해진다. 마침내 모든 불순물이 사라지고 단 하나만이 남는다.

"알렉산드로 아디스, 난 당신이 정말 좋아."

그가 바라는 것은 단 하나다.

언제나 어느 때나 하나뿐이었다.

"당신은 내 거야."

칸나.

내 삶을 부순 내 운명의 약탈자여.

너는 언제나 악마 떼처럼 맹렬하게 나를 지배하는구나.

나의 아름다운 재앙, 애가 끓도록 연모하는 내 사랑아.

〈누군가 내 몸에 빙의했다〉 외전 완결